Fantasy Homo-Erotik

1. Auflage
Februar 2009

Fireangels Roman

Redaktion: Myriam Denise Engelbrecht
Satz: Myriam Denise Engelbrecht
Lektorat: David Gräfrath, Bärbel Engelbrecht
Titelillustration: Nina „Eru Nuo" Nowacki
Illustrationen Innenteil: Nina „Eru Nuo" Nowacki
Umschlaggestaltung: Myriam Denise Engelbrecht

Druck und Verarbeitung:
Opolgraf S.A., Polen
ISBN-13 978-3-939309-13-0

www.fireangels.net

Anne „Lail“ Delseit

in maiorem dei gloriam

zum höheren Ruhme Gottes

Fireangels

Vorwort

Lieber Leser! Die folgende Geschichte basiert auf der freien Interpretation religiöser Texte und Mythen verschiedener Konfessionen.

Ähnlichkeiten zu realen Personen sind nicht beabsichtigt. Die Geschichte beabsichtigt ferner nicht, das sittliche Empfinden gläubiger Menschen zu verletzen. Es wird angeraten, die folgenden Seiten mit Humor, Fantasie und Weltoffenheit zu lesen oder gänzlich von ihnen Abstand zu nehmen.

Fireangels-Team & Autorin

Inhalt

Prolog

fabula angeli

Die Geschichte eines Engels

Was taten sie da? Was hatten sie vor? Ich war wie versteinert, unfähig, mich zu rühren; es schien, als wäre das Blut in meinen Adern gefroren, als hätte mein Herz aufgehört zu schlagen. Die Zeit stand still. Wohin ich auch blickte, sah ich eine geteilte Welt: Tosende Gefühle, leidenschaftliche, aber grausame Hitze einerseits, unbewegtes Schweigen, besonnene, aber verblendete Kälte andererseits.

Ich konnte es nicht fassen. Ich wollte es nicht sehen, dieses Bild, von dem ich meine Augen dennoch nicht abwenden konnte. Es widersprach allem, was hätte sein sollen. Eine noch größere Gräueltat als der Frevel von Eden. Waren wir denn nicht alle Kinder Gottes? Waren wir denn nicht alle Brüder? Nichts schien mir ferner, als dass wir von unsrem Vater dazu bestimmt waren, gegeneinander zu kämpfen.

Mit knapper Not konnte ich dem Schwerthieb eines Bruders ausweichen, der sich in meinen Rücken geschlichen hatte – Oh, Vater! Wie grausam konnte ein Engel in deinem Auftrag sein?! Ich floh vor dem Kampfgeschehen, meine Füße, meine weißen Kleider schwarz von Ruß und Staub. Noch nie hatte ich soviel Leid gesehen!

Aus unzähligen, matten Augen sahen Angst, Wut und Verzweiflung zu mir auf und ich war unfähig, ihnen Trost zu spenden. Ein Gebet nach dem anderen sandte ich zu unserem Vater, während ich nach meinen Herren suchte, die ich – noch vor meinem Vater – für die Einzigen hielt, die dieses Gemetzel aufhalten konnten.

Ich fand sie hinter einem Hügel und erschrak, als auch sie die Schwerter erhoben hatten. Ich sah sie kämpfen, Bruder gegen Bruder. Und in ihren Hieben konnte ich keine Zurückhaltung entdecken. Verzweifelt sank ich in den Staub, schlug die Hände über dem Kopf zusammen. Wenn selbst diese zwei gegeneinander im Argen kämpften...

Doch war es nicht prophezeit? Warum sträubte ich mich gegen dieses Bild? Letztendlich war es doch kein schlechtes Zeichen. Alles würde wieder ursprünglich, die Ordnung wieder hergestellt werden. Wieso konnte ich mich nicht darüber freuen, mich nicht damit anfreunden?

Weil ich tief in meinem Innern wusste, dass es nicht richtig war, was sie taten.

Wieso ergriff ich nicht für einen Partei? Warum eilte ich nicht zur Hilfe?

Weil ich dann den anderen, den ich nicht minder schätzte und ehrte, hätte verraten müssen.

So stand ich da und sah ihnen zu. Wie sie kämpften. Und je länger ich sie beobachtete, desto deutlicher schien es mir, dass sie nicht nur ihretwegen kämpften. Hinter Ruhe und Zorn glaubte ich Verzweiflung zu erkennen. Dies miterleben zu müssen war so grausam, dass ich mir wünschte, weinen zu können. Es war zu früh und es war der falsche Weg; die Zeichen für diese Trennung und Zusammenkunft, für diesen heiligen und teuflischen Pakt waren noch nicht erschienen - das musste ihnen doch klar sein! Und trotzdem musste ich mit ansehen, wie es ihnen beiden ernst war, den anderen zu unterwerfen.

Ich war wie versteinert, unfähig, mich zu rühren; meine Hände zitterten - aber nicht vor Kälte. Es war noch zu früh!

Herr! Herren!, schrie ich innerlich, aber keine Silbe wollte über meine Lippen kommen; nicht ein Wispern konnte ich hervorbringen – es war, als wehrten sich meine Gedanken dagegen, gehört zu werden.

Wie hatte es nur soweit kommen können?

Leider wusste ich es genau. Und ebenso wusste ich, dass ich nicht ganz unschuldig daran war.

Und als der Erzengel Michael seinem finstren Bruder das Schwert aus der Hand schlug und ihn niederstürzen ließ, stand fest: Der himmlische Rebell ward von seinem eigenen Bruder geschlagen. Und alle, die dem Rebellen

Luzifer folgten, fielen endgültig mit ihm in die Welt der Verdammnis.

Dass dies jedoch mit Nichten das Ende, sondern nur ein Akt in Seinem Bühnenstück war, sollten wir erst später feststellen. Einige von uns würden sich dadurch in ihrem Hass bestätigt sehen. Die anderen aber, die Gott immer noch die Treue hielten, würde auch diese Erkenntnis nicht in ihrem Glauben erschüttern.

Ich hingegen sollte mich nie ganz für eine Seite entscheiden können...

I

cuius regio eius religio

Wessen Gebiet es ist, der bestimmt die Religion

Eine gigantische Feuerkugel schwebte unter dem kostbar verzierten Kuppeldach. Ihre Flammen zuckten träge und tauchten den düsteren Saal in ein unwirkliches Licht. Ich saß rittlings auf der Balustrade eines der zahlreichen Balkone, während mein Blick mit mäßigem Interesse umherschweifte. Unter der kleinen Sonne ging es jäh in die Tiefe; zwischen Decke des Saals und dem Boden, den nur die Höchsten der Unseren zu betreten wagten, lagen ein paar Hundert Galerien und Balkonreihen.

Bald würde jeder Sitz auf jedem Balkon gefüllt sein, das Volk sich auf den Galerien drängen. Aber noch war es still. Und die Stille brachte eine Kälte mit sich, die ungehindert in meinen Körper drang und ein seltsames, aber wohlbekanntes Gefühl der Übelkeit hervorrief.

Es war immer so, wenn Er nicht anwesend war - als ob der Flammenkörper in der Kuppel einzig und allein für Ihn seine Wärme abstrahlte und für niemanden sonst. Aber das war nichts Eigenartiges; hier schien alles nur für Ihn und seinetwegen zu existieren.

Bei diesem Gedanken runzelte ich die Stirn und seufzte. Wenn Er nur ein anderer gewesen wäre. Wenn doch alles anders gekommen wäre...

Ich musste lachen. Selbst dann würde wohl dies alles existieren und gewiss auch nur seinetwegen.

Aber vielleicht wäre es dann in diesem Moment nicht so kalt gewesen. Vielleicht hätte die Sonne geschienen, die manch einer hier noch nie gesehen hatte. Vielleicht war es Glück, dass ich es kannte, die Schönheit der Natur, ihre Vielfalt. Rauschende, reißende Bäche, Vogelschwärme und Blumenmeere – all dies hatte ich mit eigenen Augen gesehen. Und jetzt, umgeben von tristem, leblosem Ödland, brauchte ich nur die Augen zu schließen, um sie wieder vor mir zu sehen. Diese Bilder waren ein Schatz, den ich für den Rest meines Lebens bewahren würde und gleichzeitig ein Fluch, der mir unabwendbar eines Tages den Tod bringen würde.

Wo ich dann hinkäme, nach dem Tod? In den Himmel gewiss nicht, in die Hölle aber ebenso wenig, denn von jenem Ort war ich einst gekommen und an diesem Ort war ich auch jetzt.

Himmel und Hölle. Zwei unheimlich unpräzise Wörter für zwei Reiche, die so vielschichtig und undurchsichtig sind, dass man wohl tausende Leben gebraucht hätte, um nur eines von beiden ganz erkunden zu können, mit all seinen Völkern, Fürsten und Herrschern.

Ob nun die Hölle eine Kehrseite der Erde war, die noch einmal in sieben Erden unterteilt war, und die von den sieben Himmelsreichen schalenartig wie in einem Kuppelsystem umgeben wurde und jeweils mit einer Erde eine Einheit bildete, oder gar Himmel und Hölle zusammen die eine Seite teilten und die Erde auf der anderen Seite lag; darüber konnten sich die Menschen Gedanken machen. Für die Bewohner der Hölle und auch - das war mir aus Erfahrung bekannt – für die des Himmels spielte das alles überhaupt keine Rolle. Vielleicht nur für einige wenige Wächter, die dafür verantwortlich waren, dass nichts durcheinander geriet.

Ein Donnergrollen mischte sich in die Stille und ließ mich hochschrecken. Es passierte mir jedes Mal, dass ich während des Wartens völlig in Erinnerungen oder Überlegungen versank; und fast immer war es dann jenes Grollen, das mich wieder in die Gegenwart zurückholte.

Rimmon musste den Saal betreten haben. Es donnerte immer, wenn Rimmon den Saal betrat, denn Blitz und Donner waren seine Verbündeten. Er war ein Erzdämon, ein Pendant zu den Himmlischen Erzengeln.

Und das Besondere an Rimmon war, dass er tatsächlich einmal zu den Großen Sieben, den sieben Erzengeln des Himmels gehört hatte. Einst hatte er sich mit göttlichem

Recht neben Michael, Raphael, Uriel und Gabriel stellen können. Jetzt aber war von seinem Engelswesen nichts mehr übrig: Eine unheimliche Aura umgab das finstere Wesen, dessen langes, welliges, schwarzes Haar ohne jede Ordnung am Kopf zu kleben schien. Leere, ebenso schwarze Augen machten nicht mehr den Eindruck als könnten sie sehen - das heißt, sehen konnten sie schon, aber wohl nur das, was da war; Tiefsinnigeres, das, was hinter allem steckte, vermochten sie nicht mehr zu erfassen.

In dem bleichen Gesicht war nichts mehr von einstiger engelhafter Milde, Sanftheit und Verständnis. Die Züge des Erzdämons waren auf eine ausdruckslose Art und Weise hart. Aber nichtsdestotrotz war Rimmon ein Wesen sphärischer, bestialischer Schönheit geblieben.

Wie schon so oft beobachtete ich ihn und verlor mich wieder in Gedanken. Das passierte mir wirklich häufig.

Ich beneidete ihn.

Nicht um sein Aussehen, sondern um seine Position in der Öffentlichkeit - also seiner Position als Mitglied in der hochrangigen Gesellschaft der Hölle.

Rimmon saß als solches in der ersten Balkonreihe und die war nicht weit vom geheiligten Boden entfernt.

Kurz: Der Erzdämon hatte die Chance, dass Er beim Betreten des Saales zu ihm gehen und seine Hand schütteln würde.

Oh, wie gern hätte ich auf seinem Platz gesessen... Doch es war zu spät, sich weiter darüber Gedanken zu machen, denn in diesem Moment ertönte ein im wahrsten Sinne des Wortes höllisches Gejaule.

Baal betrat den Saal, seines Zeichens Meister aller infernalischen Zeremonien diesseits der Hölle - kein Geringerer als er durfte diese hohen Abende moderieren.

Inzwischen hatten sich fast alle Balkone gefüllt, nur wenige der großen Höllenfürsten fehlten noch.

Baal klatschte einmal in seine klobigen Hände. Er war von wirklich kleinem, gedrungenem Wuchs - ich zum Beispiel überragte ihn um fast vier Köpfe und gehörte selbst nur zum unteren Mittelfeld. Unter den in jeder Hinsicht großen Fürsten schien er auf den ersten Blick völlig unterzugehen. Aber auch nur auf den ersten Blick.

"TACETE!"

Das war Baal. Eine tiefe Bassstimme, die Unwissende dem kleinen Dämonen niemals zugeordnet hätten, grollte - viel lauter als Rimmons Donner - durch das Gewölbe und ein noch bedrohlicher grollendes Echo folgte. Das war Latein.

Baal hätte auch eine andere Sprache nehmen können, um seinen Standarderöffnungssatz von sich zu geben, der im Übrigen übersetzt jedes Mal *Schweigt!* hieß, egal, in welcher Sprache. Aber Latein war unsere *lingua franca.* Eine der wenigen Gemeinsamkeiten, die wir noch mit unseren himmlischen Brüdern teilten. Eigentlich war Baals Befehl vollkommen überflüssig.

Denn, obwohl sich der Saal mittlerweile gefüllt hatte, war es immer noch unheimlich still. Abgesehen von Rimmons Donnern.

Niemand sprach ein Wort. Eines hatte Baal also zweifellos erreicht: Die ungeteilte Aufmerksamkeit des Saals.

Ich wusste, dass er diese Momente genoss. Selbst, wenn auch jetzt alle – wie gewöhnlich – auf ihn hinab sahen, waren es doch andere Blicke: Baal stand auf dem heiligen Boden und darum beneidete ihn wohl jetzt ein jeder, der auf einem Balkon sitzen musste.

Heilig. Ich mag dieses Wort. Es ist so ähnlich wie göttlich, aber es gibt einen feinen Unterschied: Wenn etwas göttlich ist, ist es zwar meist auch heilig, aber doch immer in irgendeiner Form Gott zugeordnet. Nun könnte mir der Glauben an Gott natürlich heilig sein, was definitiv nicht so ist, aber mir könnte auch der Schlaf heilig sein, oder besser: Die Erinnerungen an vergangene Zeiten.

Und natürlich war die Hölle nicht göttlich. Es mag zwar Engel geben, die auch die Hölle Gott zugehörig sehen, doch dies sind Theoretiker, die ihre Theorie sofort verwerfen würden, kämen sie nur einmal hierher.

Dass die Hölle etwas Heiliges hat, würde jeder Gläubige natürlich vehement verneinen. Aber halt! Waren wir nicht auch Gläubige?

Sicher nicht im eigentlichen Sinne. Wir fanden kein Heil in Gott, ergötzten uns nicht an seiner Güte - und weil wir seine Existenz nicht leugnen konnten, hassten und verabscheuten wir ihn, denn er hatte uns verdammt. Gott war uns in keiner Weise heilig. Wir hatten Dinge, Orte, wie der Boden dieses Gewölbes, die uns heilig waren. Weil Er auf ihm wandelte. Er, der für uns gottgleich war.

"Ave, Luzifer!", erklang Baals Stimme plötzlich in nasalem Ton. Wieder schrak ich auf - ich verliere mich wirklich zu leicht in Gedanken.

Alles hatte sich erhoben, und auch ich stellte mich nun an die Balustrade meines Balkons.

Der von Baal vorgesprochene Ruf wurde nun von allen wiederholt, immer und immer wieder. Auch ich schloss mich dem an Intensität wachsenden Getöse an, dessen Ausmaß die Säulen des Himmels erzittern lassen und eines Tages zum Einsturz bringen würde. So glaubten wir.

Es glich einer Beschwörungsformel, die in einem ungeordneten Echo in der Kuppel und im ganzen Gewölbe widerhallte.

Ave, Luzifer - *Sei gegrüßt, Luzifer.*

Es war wie im alten Rom: Ave, Imperator! Morituri te salutant! Ja, dies traf wohl zu, Luzifer war unser Imperator, und wir die Todgeweihten, die Ihn grüßten. Nur waren wir natürlich viel älter als Rom...

Unterbrochen wurde die infernalische Ehrerbietung schließlich durch einige Flammen, die plötzlich aus der Feuerkugel in den Saal schossen. Ihre Rauchschweife bildeten unwirkliche Kurven in der Luft und tauchten das Gewölbe in einen diesigen Dunst.

Und dort, wo die Flammen letztendlich auf dem Boden aufschlugen, wuchsen Feuersäulen in die Höhe. Bald säumten sie den Weg zu dem imposanten, steinernen Thron auf der anderen Seite des Saales, auf dem unser höchster Fürst in Kürze Platz nehmen würde.

Ich war wie von Sinnen, versank gänzlich in Bild und Klang. Die tiefroten Flammen... es war beinahe eine Beleidigung. Nicht für uns, sondern für den Himmel, für die Engel. Dieser Aufmarsch war eine Machtdemonstration Luzifers, wie sie nicht provokanter hätte sein können. Das Feuer gehorchte ihm. Ihm, dem *Lichtbringer*, dem Sohn des Morgens, dem Drachen der Dämmerung, dem Fürsten der Luftmächte, der dieser Titel enthoben und als Satanel - der *Widersacher* - in jenes Reich verbannt worden war, das man so gerne als Hölle bezeichnete. Für uns war er immer noch Luzifer, der erste Engel, geboren aus Gottes Licht, das mächtigste existierende Wesen - und er würde es immer bleiben.

Und wie ich innerlich meiner Bewunderung in Hymnen freien Lauf ließ, ebbte der Chor plötzlich ab. Es war, als würde jedes seelenlose Geschöpf im Saal wie auf ein geheimes Zeichen hin die Luft anhalten.

Dann waren sie zu hören: Schritte - gleichmäßige Schritte, wie sie nur die stattlichsten Männer zu gehen vermochten.

Alle Augen waren auf das gerichtet, was zuerst gesehen werden konnte: Ein langer schwarzer Umhang und ein offener Zopf schwarzen Haares, der über diesen Umhang fiel. Von der Seite sah Ihn nur, wer von sehr hohem Rang war und auf entsprechenden Balkonen sitzen durfte.

Vergleichsweise wenige kannten Luzifer in einer anderen Erscheinung. Ich jedoch konnte mich an den Seraph Luzifer noch genau erinnern. Er war wie ein Phantom, das mich unaufhörlich verfolgte. Vor meinem geistigen Auge wandelte sich das schwarze Haar in einen warmen Braunton. Der Umhang wich einem weißen Gewand und zwölf Flügel sprossen dort aus dem Rücken, wo jetzt Narben auf ihr Fehlen hinwiesen - was nur jene wissen konnten, denen er sich schon einmal ohne Robe gezeigt hatte. Eine Geste der Vertrautheit, die nur den Höchsten von uns zu Teil wurde. Das Verschwinden seiner Engelsflügel war Sagen umwoben. Wer hatte sie ihm genommen? Gott? Er selbst? Wer auch immer es gewesen sein mochte, Luzifer hatte neue Flügel: Sechs an der Zahl, schwarz und federlos wie die eines Drachen, die bei Bedarf aus seinem Rücken hervorwuchsen. Und doch wirkte er in meinen Augen nicht mehr so imposant wie jener Seraph, der wohl für immer in meinem Kopf herumspuken würde. Dieser Luzifer war anders. Der Respekt, den man ihm nun entgegenbrachte, glich Angst. Auch das so klare Blau seiner Augen, das früher auf so milde Art und Weise gefordert hatte, ihm zu begegnen, stach nun aus seinem - durchaus vornehm - weißen Gesicht und wirkte immer bedrohlich.

In aller Stille hatte der *Lichtbringer,* der Er für uns immer noch war, den Thronweg hinter sich gelassen und drehte sich nun zu den Balkonreihen um. Da war es wieder, jenes kalte Blitzen in den blauen Augen. Ich fröstelte, gefesselt von dem Anblick, der sich mir bot.

In unbeschreiblicher Eleganz ließ sich Luzifer auf seinem Thron nieder, sein Blick schweifte umher, schien alles zu erfassen, obgleich Er niemals den Blick gehoben hätte, um zu den oberen Reihen aufzusehen.

Das hatte nichts mit Eitelkeit oder Arroganz zu tun. Man mag annehmen, dass der Satan ein von allen Todsünden besessenes, durch und durch grausames Monster sei. Der Wahrheit entspricht dies aber in keiner Weise.

Er mochte wohl stolz sein, aber wer war das nicht? Tatsächlich wage ich zu behauten, dass sich Luzifer innerlich nicht wirklich verändert hatte. Immer noch war er - überwiegend - geduldig wie ein Engel, *Ratio* und *Emotio* waren im gesunden Gleichgewicht, und er zeigte auch keine satanische Aggressivität.

Doch ich will ihn nicht wieder in den Himmel loben, denn dort gehört er nicht hin. Luzifer hatte klare Ziele, allen voran seine unbedingte Rache. Vielleicht würde sie blutig sein, doch das war nicht besonders wichtig, solange sie eine gute Rache sein würde. Luzifer wusste auf diesem Gebiet genauestens zu differenzieren.

Baal stand immer noch am Thronweg - etwa auf mittlerer Höhe, zwischen zwei Feuersäulen - und wartete.

Der Blick unseres Herrn schien indes von Sekunde zu Sekunde desinteressierter zu werden. In der Tat wusste ich, dass diese Art von Empfängen Luzifer immer unheimlich langweilten, doch sie gehörten nun einmal als ein festes Zeremoniell zum Protokoll.

"TACETE!", durchbrach Baal nach einiger Zeit erneut völlig sinnlos die Stille. Er atmete tief ein und streckte sich etwas. "Die Engel der Prostitution."

Ein Raunen ging durch die Menge. Viele Anwesende beugten sich vor, um einen Blick auf das, was da kommen würde, zu erhaschen. Ich selbst machte mir nicht die Mühe, mir den Hals zu verrenken.

Engel der Prostitution - eine wahrlich schöne Beschreibung der vier Satansbräute. Es wurde gesagt, dass man sich an den Vieren gar nicht satt sehen könnte. Meine Augen hatten demnach schon seit Jahrtausenden im Hungerzustand verbracht, waren gar magersüchtig, denn ich konnte rein gar nichts an den vier Damen finden. Ich hatte in meinem Leben schon weitaus Schöneres gesehen. Wer den Erzengel Gabriel beim Bad im Vollmond überrascht, vergisst dies nicht so schnell und findet nichts Vergleichbares...

Aber wie dem auch sei, ich betrachtete das Geschehen mit mäßigem Interesse - im Übrigen tat ich damit das Gleiche wie Luzifer.

"Agrat Bat Mahlat und Eisheth Zenunim...", kündigte Baal mit geschwollener Brust an.

Ein heiseres Kichern ließ die Flammen erzittern, als die zwei Grazien über den Thronweg zu ihrem Gemahl eilten, um sogleich unterhalb seines Throns auf großen Kissen Platz zu nehmen. Unter ihm, das war selbstverständlich.

Luzifer selbst schien davon nichts mitzubekommen. Vielleicht ignorierte er sie auch absichtlich. Das wusste man bei ihm nie so genau, selbst mir war es nicht vergönnt, hier eindeutig zu interpretieren. Doch wäre es so gewesen, ich hätte ihn sehr gut verstanden.

Fakt war, er würdigte die beiden keines Blickes.

Die Schaulustigen hatten Agrat und Eisheth auf ihrem Weg begafft und sahen nun wieder erwartungsvoll geradewegs nach unten, wo bald die nächste der Vier auftauchen würde - die Reihenfolge des Auftretens war seit Anbeginn die gleiche geblieben.

Naamah hieß sie, die schönste der vier Engel. Naamah - das bedeutete soviel wie *die Angenehme*. Angenehm war mir diese Person aber nicht. Sie war der Inbegriff der Wolllust und sie als Hure zu bezeichnen, schien mir noch sehr milde ausgedrückt.

Doch in seinem allmächtigen Wesen kannte Luzifer - Seraph oder Satan - natürlich weder Eifersucht noch sah er eine der Vier als seinen Besitz an.

Alle warteten. Auf Naamah. Wieder einmal vergeblich. In Baals Gesicht zeigten sich erste Anzeichen einer gewissen Angst, die sich erfahrungsgemäß in den nächsten Augenblicken noch steigern sollten. Er war der Zeremonienmeister und in diesem Sinne der Verantwortliche.

Nach einer Weile, in der sich seine Angst mehr und mehr in Nervosität wandelte, die bis in die obersten Balkonreihen sichtbar war, räusperte er sich laut.

Luzifer sah unverzüglich auf und eine seltsame Lebendigkeit funkelte in seinen eisigen Augen.

Man konnte Baal förmlich im Boden versinken sehen. Mir gefiel dieser Anblick. Ein großer Höllenfürst, reduziert auf ein Häufchen Elend unter dem direkten Blick seines Vorgesetzten. Peinlich, peinlich...

Das Leben wich aus den Flammensäulen, wie eingefroren standen sie bewegungslos da. Augenblicklich wurde es kälter.

Scheue Blicke der Menge schweiften von Luzifer zu Baal, alle warteten. Dann, typisch für solche Situationen, bewegten sich die Mundwinkel Luzifers und formten ein ganz und gar süffisantes Lächeln.

Ich musste unweigerlich ebenfalls lächeln - spöttisch in Baals Richtung.

In einer schier unglaublich müden Geste hob Luzifer seine linke Hand ein Stück von der Armlehne des Throns und winkte ab. Das hieß, er ließ sie wieder fallen.

Wiederum standen Baal seine Emotionen mitten ins Gesicht geschrieben: Er war - um es salopp auszudrücken – *platt,* unfähig, sich noch einen Millimeter zu bewegen, oder gar einen Satz zu sprechen. Und wieder waren alle Blicke auf ihn gerichtet. Er tat mir fast ein bisschen Leid. Aber nur fast.

Eindringlich, abwartend, als wollte er Baal damit an etwas Wichtiges erinnern, ruhte Luzifers Blick auf dem Zeremonienmeister. Ich weiß nicht, ob Baal in diesem Moment einfach nur vollkommen weggetreten oder einfach nur zu stumpfsinnig war, um die Zeichen seines infernalischen Imperators zu verstehen, jedenfalls reagierte er nicht.

Erst als der Hall federleichter Schritte erklang, atmete Baal wieder durch. Nur, um sogleich wieder zu erstarren, weil er sich seines Fehlers bewusst wurde. Glücklicherweise war der Aussetzer diesmal nur von kurzer Dauer:

"Äh-... ähem...", räusperte er sich verlegen.

Die Gestalt war mittlerweile auf seiner Höhe, hielt nun aber höflich inne und sah ihn abwartend an.

Luzifer hatte derweil den Kopf auf einer Hand aufgestützt und schien unheimlich amüsiert.

"Lilith", klang es kurz, knapp und unsauber artikuliert aus Baals Kehle.

Wie auch zuvor zeigte sich der Imperator gnädig.

Das wunderte mich nicht, denn er hatte nun etwas ganz anderes im Kopf, nämlich das engelsgleiche Wesen, das nun wieder auf ihn zuging.

Lilith war wohl die einzige, die es sich gefallen ließ, mit einem Engel verglichen zu werden, denn sie war nie einer gewesen. Sie war Satans Liebling. Aus ganz klaren Gründen: Weder Gott noch Adam, für den sie ursprünglich und noch vor Eva als Frau vorgesehen gewesen war, waren mit dem Temperament und der Emanzipiertheit Liliths zurechtgekommen. Also hatte Gott sie Luzifer im Grunde geschenkt und sich damit selbst gedemütigt; er hatte – nach Luzifer – ein zweites, großes Wesen erschaffen, von dem er sich viel erhofft, das ihn aber ent- und getäuscht hatte.

Dies verschaffte Lilith zweifellos Privilegien. Sie saß – nein, sie *thronte* direkt an Luzifers Seite, wenn auch nur auf der Armlehne. Diese Geste des Höllenregenten war zugleich wieder charakteristisch für ihn: Auf der einen Seite demonstrierte er, dass er es nicht nötig hatte, sich über allen Dingen präsentieren zu müssen. Er konnte auch zu Niederrangigen aufschauen, weil sie ihm dann immer noch bedingungslos untertan waren. Dies zeigte auch die Struktur des Saales: Obwohl der Thron natürlich leicht erhöht stand, sahen wir alle zu ihm hinab.

Doch andererseits wäre es ihm wohl nie in den Sinn gekommen, Lilith einen eigenen Thron zuzusprechen. Luzifer war alleiniger Thronhalter und natürlich hatte niemand Einwände. Zwar gab es immer wieder Tumulte und kleinere Aufstände, nicht selten trieb der Hunger nach immer mehr Macht einzelne Fürsten dazu, ihre Grenzen zu überschreiten. Aber im Endeffekt stand die Masse der Gefallenen und Dämonen hinter ihrem einen Herrn und bestätigte ihn durch schier wahnsinnige, inbrünstige Treue.

Luzifer war demnach fast ein demokratisch gewählter Gott.

II

ludit in humanis divina potentia rebus

Im Menschlichen spielt die göttliche Allmacht

Was nun folgte, ist schnell erzählt: Jeder widmete sich seinen Gesprächen, ja es entbrannte eine wahre Kommunikationsfreude. Natürlich nur unter den benachbarten Balkonen. Doch allzu schnell ging sauber ausgesprochenes Latein in einem Schwall aus Grunz- und Krächzlauten unter. Ein Grund, warum ich es hasste, auf gleicher Höhe mit der breiten Mittelschicht der gemeinen Dämonen zu sitzen.

Um den Thron herum herrschte währenddessen reges Gewusel. Auf unzähligen blinkenden Silbertabletts wurde Essen für den Herrscher und seine Damen hereingetragen. Eine in meinen Augen viel zu ehrenvolle Aufgabe für die gnomenhaften Unterdämonen.

Einen Großteil des Mahles ließ Luzifer mit Abwinken zurückgehen. Die betroffenen Tabletts wurden dann in die untersten Balkone gereicht. Auch hier war ich der festen Überzeugung, dass die Empfänger sie in keiner Weise verdienten.

Der Sinn und Zweck der ganzen Versammlung mag auf den ersten Blick nicht klar zu erkennen sein - auch ich brauchte einst einige Zeit, um den tieferen Sinn zu verstehen. Es war wie ein heiliges Prozedere. Die Demonstration von Einheit. Hier zeigten die Gefallenen, die Söhne der Finsternis, dass sie immer noch zu ihrem Herrn Luzifer standen, der sich in jener Zeit gegen Gott gestellt hatte. Und der Rest bestätigte, dass er Luzifer weiterhin als Herrscher akzeptierte.

In den ersten Jahrtausenden des Bestehens der beiden großen Reiche hatte es bei derartigen Veranstaltungen immer viel zu proklamieren gegeben: Schlachten gegen die Söhne des Lichtes in dieser oder jener Region Gehennas, eventuelle Siege, Entwicklung der Struktur des Reiches, Ernennungen, und vieles, entsetzlich vieles, mehr.

Jetzt waren derartige Nachrichten selten. Nur noch ab und an wurde vom Tode hochrangiger Dämonen berichtet, etwas häufiger von neuen Nachkommen, aber im Grunde gab es so gut wie nichts Neues mehr zu verkünden.

Himmel und Hölle lebten in einem Scheinfrieden, der einem Pulverfass glich, das in einem brennenden Raum stand. Ein einziger Funke würde genügen.

Und bald musste es einfach soweit sein. Bald würde es explodieren. Dieser Auffassung waren viele. Vor allem jene, denen die Langeweile alle Vernunft ausgetrieben hatte. Es gab viele Panikpropheten in den Reihen der Infernalischen, die in jedem Rauchschweif ein Zeichen sehen wollten. Aber was dann tatsächlich geschehen würde, wenn jener Schicksalsfunke übersprang, oder wie er überhaupt aussah, das wagte keiner sich vorzustellen.

Mich tangierte diese Angstschürerei, die viele Fürsten für ihre eigenen Zwecke missbrauchten, in keiner Weise. Denn ich hatte wohl als Einziger ein vollständiges Bild der gegenwärtigen Lage der beiden Reiche.

Die beiden Flügel der Tür meines Balkons öffneten sich quietschend. Ich hatte grundsätzlich einen Balkon für mich alleine, ein Privileg, das mir keinesfalls unbedacht zugesprochen worden war.

Schnell zog ich die Vorhänge an den Seiten des Balkons zu - aus Routine - und trennte ihn somit vom Saal ab. Dadurch wurde es zwangsweise stockfinster, aber auch das war Absicht, denn, was nun geschah und geschehen würde, war nicht für andere Augen bestimmt.

Die Türen wurden wieder geschlossen. Ich wartete geduldig ab. Dann gab es ein dumpfes Zischen und eine schwache Flamme tauchte den kleinen Raum in ein Dämmerlicht. Wie gewöhnlich blinzelte ich - egal wie oft dieses Szenario ablief, das Aufflackern überraschte mich immer wieder. Und da stand er. Einen knappen Meter von mir entfernt, in ganzer Größe und Schönheit.

Der Satan Luzifer persönlich.

Wie immer verzaubert von dem Anblick neigte ich mein Haupt zu einer Verbeugung.

"Sariel, ich erinnere mich daran, dass wir beschlossen hatten, die Zeit nicht mit überflüssigen Gesten zu verschwenden", bemerkte der Imperator leise, aber unverfälscht klar. Luzifer hatte es nicht nötig, lauter zu reden.

Ich richtete mich also wieder auf. Es war wie ein Ritual - ich würde bis in alle Ewigkeit jedes Mal zu einer Verbeugung ansetzen und jedes Mal würde er mich dabei unterbrechen. "Verzeiht, Luzifer", erwiderte ich mit einem leichten Lächeln.

Er schüttelte nur leicht den Kopf und winkte in seiner typischen, erschöpften Art ab. Das war lediglich eine beiläufige Geste, denn im Grunde war er damit beschäftigt, seinen Umhang zur Seite zu raffen, um sich auf der steinernen Bank niederzulassen, die auf jeder linken Seite eines jeden Balkons zu finden war.

Ich blieb stehen - ich blieb immer stehen. Und ich bevorzugte es, stehen zu bleiben.

Ich glaube, ich muss an dieser Stelle etwas erklären - insbesondere zu meiner Person. Ich sagte, ich würde Rimmon und Baal um ihre Positionen beneiden, dabei sehe ich den Drachen der Dämmerung nach jeder Versammlung unter vier Augen. Doch dass ich sie beneide, stimmt nach wie vor.

Mein Name ist Sariel, das bedeutet soviel wie *Gottes Befehl.* Ich bin - wie Baal – ein Höllenfürst. Dennoch führe ich im Vergleich zu ihm ein Schattendasein. Aus gutem Grund, aber das ist eine andere Geschichte.

Ich stamme - wie Luzifer - aus dem Himmel. Ebenso wie Rimmon war ich dort einst einer der sieben großen Erzengel.

Interessant, wie eng doch alles miteinander verbunden ist, nicht wahr? Und wie paradox mein Name doch scheint... Nun, Himmel und Hölle lassen sich eben doch nicht ganz trennen.

Mein Herr faltete die Hände in seinem Schoß. "Was hast du mir zu berichten, Sariel?"

Ich räusperte mich und begann: "Es scheint ruhig im Himmel und nach den Aussagen des Erzengels Gabriel hat seine Exzellenz, der große Metatron in naher Zukunft keine Pläne, die das Höllenreich betreffen..."

"Es scheint...?" Luzifer hob eine Augenbraue.

Ich nickte nur und er erwiderte mein Nicken. Auch dies entsprach einem festgelegten Ablauf.

"Und Michael?", fragte er nach einiger Zeit.

Ich zuckte nur mit den Schultern.

Ich glaube, jetzt ist es an der Zeit, für weitere Erklärungen...

In der Tat hatte ich immer noch Zugang zum Himmel - natürlich nicht offiziell. Denn offiziell hatte ich den Himmel nach Kriegsende verlassen.

Zugegeben, wäre ich nicht vorher gegangen, wäre ich des Himmels verwiesen worden. Doch tatsächlich war ich es, der gegangen war, und so hatte ich mir in gewisser Weise meine Ehre bewahrt.

In der Hölle stand mir nun der Rang eines Höllenfürsten zu; und was hätte mich davon abhalten sollen, diesen zu ergreifen?

Aber ich war aufgrund meiner Tätigkeit während des Krieges für eine besondere Aufgabe vorgesehen, die es mir unmöglich machte, ein Leben wie Baal oder die anderen Fürsten zu führen.

Im Grunde war ich so etwas wie ein geheimer Vermittler, ein Diplomat zwischen Himmel und Hölle.

Nicht offiziell - offiziell hatten Himmel und Hölle nichts mehr miteinander zu tun und waren zwei völlig getrennt existierende Reiche, wobei der Himmel das erstrebenswerte, richtige, gute Reich war... ich werde mich hier eines Kommentars darüber enthalten.

Fakt ist aber, dass ich seit meines Falls fast ununterbrochen zwischen Himmel und Hölle hin- und herpendelte und Nachrichten überbrachte.

Nein, das stimmt jetzt so auch nicht. Es gab im Himmel natürlich keine Zentrale für höllischhimmlische Diplomaten, keine Botschaft der Hölle. Im Gegenteil, würde meine Tätigkeit offiziell, käme ich wohl als Spion vor ein himmlisches Gericht... wobei das nicht weiter schlimm wäre, denn wohin hätte man mich verbannen sollen? In die Hölle, der ich sowieso schon zugehörig war? Auf die Erde, wo ich - theoretisch - unermesslichen Schaden anrichten könnte?

Wie dem auch sei, letztendlich war es so, dass ich zwischen Luzifer und dem Erzengel Gabriel hin- und herreiste und allein für diese zwei Botschafter spielte.

Ob mir das gefiel? Nun, ich konnte nicht klagen... es hätte schlimmer kommen können.

Trotzdem kam ich mir immer noch so vor, als würde ich die Liebesbriefe eines Pärchens überbringen, deren Familien ihnen den Umgang miteinander verboten hatten...

Nein, natürlich - oder leider - war die Beziehung zwischen Luzifer und Gabriel eine rein platonische. Es ging in den Briefen - das hatte mir Gabriel erzählt - um die Zukunft der beiden Reiche und einen möglichen Frieden.

Gut, solche durch und durch edlen Absichten waren immer gute Ausreden für allerlei Geplänkel... aber ich hatte meine Gründe, weshalb ich eine Affäre der beiden für vollkommen ausgeschlossen hielt.

Was Michael nun mit der ganzen Sache zu tun hatte? Nein, er war natürlich nicht, ich betone, nicht Gabriels Verlobter, der quasi Luzifers Gegner in einem höllisch-himmlischen Liebesdrama darstellte. Difficile est saturam non scribere - *es ist schwer, darüber keine Satire zu schreiben...*

Alles begann vor langer, langer Zeit... und nein, dies ist kein Märchen. Es war nach der letzten großen Schlacht. Luzifer war geschlagen, Michael der strahlende Vorzeigeheld Gottes, Symbol für das Gute, das über das Böse siegt. Gabriel jedoch wandte sich von ihm ab und... Bitte um Vergebung, das war natürlich ein Scherz. Gabriel hat hier nichts zu suchen - wie gesagt, das hier ist kein Liebesdrama. Luzifer wurde also aus dem Himmel vertrieben. Michael war nun an seiner Stelle Regent der Engel unter Gott. Aber nicht lange. Bald darauf ließ Gott den Patriarchen Henoch von seinen getreuen Erzengeln in den Himmel holen. Metatron, der jüngste Engel, wurde geboren - oder entstand aus Henoch, je nachdem, wie man es denn sehen will - und übernahm die Regentschaft der Engel. Im Übrigen übernahm er noch einige andere Dinge, Aufgaben und Titel von Michael. Cui honorem, honorem - *Ehre, wem Ehre gebührt.*

Ich frage mich immer wieder, wie sich der große Michael, der, der ist wie Gott, gefühlt haben muss, als das alles geschah. Jedenfalls war er eines Tages spurlos aus dem Himmelreich verschwunden.

Und dann, vor nicht allzu langer Zeit, fand der Erzengel Uriel, der inzwischen als Eremit auf Erden lebte, einen Menschen mit der Aura Michaels und nahm ihn bei sich auf. Schnell lag auf der Hand, was passiert sein musste: Mit einer Inkarnation hatte Michael entschieden das Schlachtfeld geräumt und sich aus der Affäre gezogen. Er hatte sein Wissen in der hintersten Ecke seines Geistes eingeschlossen, sodass der Mensch sich an rein gar nichts mehr erinnerte. Er hatte nur einen schier unerschöpflichen Wissensdrang. Und er alterte nicht – ein weiteres Indiz dafür, dass er der Erzengel sein musste. Außerdem schien er sich in einigen Momenten sogar beinahe bewusst zu sein, wer er war, oder zumindest, dass er jemand von nicht unwichtiger Bedeutung war. Aber davon abgesehen war er nichts weiter als ein armseliger, unfähiger Mensch.

Pardon, unfähig und armselig im Vergleich mit der unbeschreibbaren Macht, die der Engel Michael einst gehabt hatte.

Nun hätte Luzifer ihn natürlich mühelos töten können... Luzifers Stolz hatte Michael mit seinem Sieg über ihn zweifellos verletzt, doch der Herr der Hölle hatte bis heute nichts in dieser Richtung unternommen. Im Gegenteil: Ab jenem Tag war es nun auch noch meine Aufgabe, regelmäßig auf die Erde zu fliegen, um mich nach dem Menschen Michael zu erkundigen.

So fragte mich Luzifer auch an diesem Tag nach dem Zustand seines derzeit menschlichen Feindes.

Dieses Mal konnte ich ihm aber nichts berichten. "Ich war noch nicht dort", antwortete ich ruhig. Ich wusste, dass ich keine Angst wegen dieser Antwort haben musste. In der Regel.

Luzifer nickte nur. Ungewöhnlich schwerfällig.

Wie immer, wenn es um Michael ging, fragte ich mich im Stillen, was Luzifer eigentlich bezweckte. Warum tötete er diesen Menschen nicht?

Eine durchaus plausible Möglichkeit lag im Grunde auf der Hand, wenn man die Person Luzifer näher kannte. Deshalb sah ich sie auch als die einzig wahre an. Was wäre es auch für ein Triumph gewesen, einen armseligen Menschen zu töten? Es wäre ebenso befriedigend, einen Erzrivalen im Schlaf zu erstechen - Spaßfaktor gleich Null.

Wonach es Luzifer dürstete, war die Wiederherstellung seiner Ehre. Was er wollte, war ein vor ihm in die Knie gezwungener, auf dem Boden kriechender Erzengel mit zerrupften Flügeln und blutverschandeltem Antlitz. Und dann sollte Michael ihn, den Regenten der Hölle, um Gnade anflehen, ihn um Verzeihung bitten, ihn als seinen König anerkennen.

Soweit meine Vermutung. Dass diese Annahme viel Wahrheitsgehalt für mich hatte, sagte ich bereits.

"Flieg sofort dorthin." Luzifer erhob sich.

Ich sah auf und zog leicht die Augenbrauen zusammen. "Aber..."

Das hätte ich nicht sagen sollen, und ich wusste das auch genau. Luzifers Augen blitzten in meine Richtung. "Was, aber?", erklang es ruhig - dieses Mal jedoch schwang ein bedrohlicher Unterton mit.

"Mit Verlaub, Luzifer, doch ich glaube nicht, dass diese Reisen zu Uriel wirklich von Nöten sind."

Er hob die Augenbrauen. "So? Glaubst du das...?"

Eine kalte Welle der Skepsis rollte über mich hinweg. Ich neigte mein Haupt in angedeuteter Demut. "Luzifer, die Prophezeiung besagt, dass Michael erst dann zurückkehren wird, wenn die Welt in großer Gefahr ist..." Ich wusste, dass Luzifer um diese Prophezeiung wusste, und er wusste, dass ich es wusste.

Er nickte nur und winkte ab. Ich wartete. Nach einer Weile schritt er wieder zur Tür. "Tu, was ich dir sage, Sariel. Stelle meine Anordnungen nicht in Frage."
Mit diesen Worten schob er einen der Türflügel auf und verschwand.

Die kleine Flamme erlosch und ließ mich in der Dunkelheit allein.

Es war keine Drohung gewesen - obgleich ein Zuhörer dies annehmen würde. Es war vielmehr ein gut gemeinter Ratschlag. Luzifer hatte es nicht nötig, zu drohen. Mir schon gar nicht.

Ich blieb noch eine gewisse Zeit unbeweglich stehen. Dann zog ich die Vorhänge zurück.

Wieder blinzelte ich. Alle Flammen waren in die Kuppel zurückgekehrt, alle Wärme war erloschen. Mein Blick schweifte noch einmal durch das riesige Gewölbe, dann kehrte ich dem Bild den Rücken und verließ den Balkon. Ich würde zur Erde reisen. Ich würde Uriel aufsuchen. Ich würde eine Zeit lang zusehen, wie der ehemalige Erzengel Michael sein menschliches Leben führte und mich mit Uriel darüber unterhalten.

Letztendlich würde ich dann wieder zur Hölle zurückkehren und mit leeren Händen dastehen. Das tat ich seit Jahrtausenden.

Ich konnte meinem Imperator lediglich erzählen, was der Mensch Michael gerade studierte, über welche moralischen Aspekte er gerade philosophierte. Am interessantesten schien mir da noch der Teil, alles über seine derzeitige Lebensgefährtin zu erfahren - die natürlich beinahe regelmäßig wechselten, da Michael nicht alterte und das ja irgendwann auffällig werden könnte.

Aber von einem Erwachen oder mindestens von Anzeichen dafür, würde ich gewiss nicht berichten können. Und somit würde ich wieder mit leeren Händen dastehen.

Meine Reise zur Erde schien mir daher absolut sinnlos. Aber Befehl ist Befehl.

Und den Befehlen des Imperators - das legte er mir immer wieder, wie auch vor wenigen Augenblicken, ans Herz - widersetzte man sich nicht.

III

alea iacta est

Der Würfel ist gefallen

Ich flog also zur Erde.

Das klingt jetzt sehr simpel, ist es aber nicht. Man kann nicht einfach so zur Erde fliegen. Dazu braucht man schon ein wenig Hilfe - bestenfalls die des Fürsten der Luftmächte.

Man fliegt auch nicht "hoch" oder "runter" - je nachdem, ob man nun aus Hölle oder Himmel kommt.

Zum Sphärenreisen benutzen wir Tore. Die Portale.

Das Portal, das Hölle und Erde verbindet, ist generell offen und meist unbewacht - niemandem soll es verschlossen sein.

Die Engel können dieses Portal nicht sehen - um es auf Erden ausfindig machen zu können, benötigten sie die Hilfe eines Dämons gleichen Ranges oder gleicher astraler Kraft. Und welcher echte Engel geht schon einen Pakt mit einem Dämon ein... Es sei gesagt, dass Engel darüber hinaus natürlich ihre eigenen Mittel und Wege haben, um zu reisen. Nämlich ihre eigenen Portale.

Jedenfalls gelangt man über eben dieses Portal zur Erde - wo auch immer man dort hin will.

Das klingt wiederum komfortabel und einfach, doch will die Gedankenlenkung erst einmal gelernt sein.

Zielgerichtete Gedanken sind so etwas wie die Programmierung eines GPS - um es mit modernen Wörtern der Menschen zu sagen.

Wer nicht hundertprozentig weiß, wo er hin möchte, landet irgendwo.

Will man beispielsweise in die Sahara und denkt im entscheidenden Moment, dass es etwas kühl ist, so wird man wohl eher an einem der Pole oder in Grönland auftauchen als in der Sahara.

Ein leerer Geist, ein einziger zielstrebiger Gedanke, ein offenes Herz. Das ist vonnöten.

Was meditative Zustände angeht, unterscheiden wir uns nicht von den Söhnen des Lichtes.

Ich stieg also auf die Erde hinab - um es poetisch auszudrücken. Ich bin immer noch zu einem bestimmten Teil ein Engel, ich erlaube mir solche Floskeln.

Mit geschlossenen Augen trat ich durch das Licht, dass die Welten von einander trennt und verbindet.

Ich weiß, dass war schon wieder unheimlich schwulstig, ich werde mich um Besserung bemühen.

Wie gewöhnlich hörte ich Vogelzwitschern und den Wind, der durch die Blätter der Bäume wehte. Mein Willkommensständchen. Ich öffnete die Augen, stand in einer mir mittlerweile gut bekannten Sackgasse.

Es war um die Mittagszeit. Die Sonne schien auf die Erde, doch im Schatten der Häuser war es angenehm kühl. Ich verbarg meine Flügel. Wie üblich bei den Reisen zur Erde trug ich unauffällige Leinenkleidung. Auch wenn man ein auserwähltes Wesen ist, man muss sich ja nicht überall aufspielen - auch als Höllenbewohner nicht.

Unter normalen Bedingungen wäre ich niemals tagsüber in einer Stadt gelandet - grundsätzlich war es sogar verboten. Doch die sommerliche trockene Hitze, die bewirkte, dass fast die gesamte Bevölkerung zu dieser Stunde Siesta hielt, ermöglichte mir auch zu dieser Tageszeit eine sichere Ankunft.

Langsam schritt ich vorwärts. Um mich herum pulsierte das Leben, obwohl alles schlief. Ohne Scheu überquerte ich die Hauptsstraße und ging weiter und erreichte bald darauf eine kleine, mit Olivenbäumen gesäumte Allee.

Überall roch es nach Sommer, würzig, warm, wie verdorrtes Holz, vermischt mit Blütendüften und angehaucht mit einer Prise Meeressalz.

Ich folgte der Allee zu einem schmalen Weg, der sich in Schlangenlinien einen Berg hinauf wand, bis er in einem gepflegten Rondell endete.

Das Zirpen der Grillen war allgegenwärtig. Auf manche Menschen wirken Grillen auf Dauer nervtötend. Auch ich wurde langsam von diesem Fluch befallen.

Das Herz sehnt sich nun einmal immer nach Neuem - Gier nach Neuem steckt in allem, was lebt. Und wenn dann immer diese Grillen zirpen... aber ich will mich nicht beschweren, schließlich war es ein Zeichen von Leben. Und danach verzehrte sich mein Herz.

Irgendwo in der Nähe hatte man eine Bewässerungsanlage eingeschaltet. Das Sprenkeln klang wie eine heftige Diskussion im Flüsterton.

Die Häuser um mich herum waren aus Holz, weiß lackiert, mit Balkonen und Terrassen. Beinahe verlor ich mich in diesem malerischen Idyll. Hier - und das konnte ich aus Erfahrung sagen - war es schöner als im Himmel, denn hier herrschte ein Leben, das sich unaufhörlich die Freiheit nahm, zu existieren.

Ein plötzliches Blitzen in meinem linken Augenwinkel fesselte meine Aufmerksamkeit. Provozierend roter Lack. Auf Hochglanz poliert. Dynamisch. Sportlich. Die Sonne spielte über Dach und Motorhaube. Schimmernde Felgen. Ledersitze. Ein nagelneues oder sehr gut gepflegtes Automobil thronte vor einer mit Ranken umschlungenen Garageneinfahrt. Bei meinem letzten Besuch war es jedenfalls noch nicht da gewesen. Der Gedanke, es mir für eine kurze Probefahrt auszuleihen, spukte für einen Moment verlockend durch meinen Kopf. Aber ich musste weiter und so blieb leider keine Zeit für eine nähere Betrachtung...

Ich ging auf eines der Häuser zu und schritt die Stufen einer Treppe empor, die hinauf und hinter das Haus führten. Dort, dem Berg zugewandt, lag eine kleine Terrasse. Malerisch, wie ein kleines Paradies. Auf einem großen Tisch, auf dem wohl bis vor Kurzem noch etwas für eine Mahlzeit vorbereitet worden war, stand ein Korb mit diversen Schalenrückständen. Wilder Wein wand sich um und durch ein kleines Dach über einer Tür. Aus einem rostigen Hahn plätscherte klares Wasser, das über kleine Fugen in ein Beet rann. Nur ein kleines Tor trennte mich von diesem Garten Eden. Ich hätte ohne Mühe darüber steigen können, doch das musste ich gar nicht. Ich war hier willkommen.

Eine Schnur hing von einer Glocke hinab, die am Vordach befestigt war.

Ohne zu zögern, zog ich an der Schnur und ein klarer Glockenton erklang. Ein Ton, den wohl kein Glockenbauer auf Erden einem Klangkörper je hätte entlocken können. Einige Zeit lang rührte sich nichts. Der zauberhafte Glockenton verhallte im Wind, wurde wohl aufs Meer hinausgetragen. Dann erklangen Schritte - nackte Füße auf weißem Stein. "Salve, Sariel", grüßte mich die Gestalt mit einem herzlichen Lächeln.

Ich neigte mein Haupt, wie immer, wenn ich Uriel gegenübertrat. Uriel gehörte zu den wenigen Engeln, die uns nicht als minderwertig oder als Verräter brandmarkten. Er war neutral und frei in seinen Meinungen geblieben und dafür schätzte ich ihn. Vielleicht war er der einzige, dem ich zu dieser Zeit so etwas wie Respekt entgegenbringen konnte. Das hellbraune Haar war zu einem lockeren Zopf geflochten, der ihm noch weit über seine Schulter fiel. Die fast schwarzen Augen wirkten warm und weich und trotz seiner großen Gestalt strahlte er eine angenehme Ruhe aus. Ich konnte ihn mir bei bestem Willen nicht wütend vorstellen.

"Salve, Magister", erwiderte ich den Gruß. *Magister*, das war Uriels neuer Titel. Nachdem Michael menschlich geworden war, hatte Uriel, der Erdeneremit, es sich zur Aufgabe gemacht, jenen zu unterweisen - in geistlichen wie weltlichen Dingen.

Eigentlich hätte Michael in die Hände Raphaels gehört, doch den hohen Erzengel banden seine Pflichten zu jenen Zeiten so eng an den hohen Himmel Araboth, dass er diesen - selbst um Michaels Willen - nicht hatte verlassen können.

Uriel ging sichtlich in seiner Berufung auf. In den Jahrhunderten, in denen ich ihn und Michael immer wieder besuchte, hatte sich der unnahbare Wächter beinahe zu einer Vaterfigur für den Menschen Michael entwickelt - obwohl Michaels Seele eigentlich mehrere Zeitalter älter war als sein Lehrmeister.

Mit einer einladenden Geste öffnete der Sühne-Engel das kleine Tor. Uriel, *Feuer Gottes*, der himmlische Vorsitzende des Tartarus - der Hölle.

Ich erwähnte bereits, wie falsch es ist, die beiden Welten als Himmel und Hölle zu bezeichnen - das führt zu Verwirrungen. Nehmen wir also diesen Titel Uriels einfach hin... Ich betrat sein Eden mit dem angemessenen Respekt und nahm sogleich - wie üblich - an dem Tisch platz.

Der große Erzengel, der sowohl Cherub als auch Seraph war, verschwand zunächst im Haus und kehrte wenig später mit einer gefüllten Obstschale zurück.

Langsam stellte er sie vor mir ab und setzte sich mir gegenüber.

Schon mit meinen Augen aß ich die verschiedenen Früchte im Korb; meine Finger zuckten, unbedingt wollten sie das weiche Äußere der Pfirsiche berühren.

Für einen Bewohner des Höllenreiches waren frisches Obst und Gemüse ein Luxus. Im Grunde brauchten wir keine Nahrung, wir ernährten uns von anderen, nicht materiellen Dingen, genau wie die Engel.

Doch allein für den Geschmack einer süßen Pflaume wäre ich damals über Leichen gegangen.

Äpfel gab es in dem Korb übrigens nicht - obwohl Uriel nicht mehr der himmlischen Gerichtsbarkeit unterfiel, hielt er sich an dieses Verbot. Ich persönlich finde Bananen, Gurken, Möhren und Maiskolben weitaus anstößiger als Äpfel - aber wem es gefällt... Ich hatte diesbezüglich nichts zu entscheiden und eigentlich auch nicht das Recht, irgendetwas zu kritisieren. Aber ich nehme es mir trotzdem heraus, zu sagen, dass es völlig absurd ist. Punkt.

Ich hatte also meiner Gier gehorchend nach dem Pfirsich gegriffen - und ich fühlte mich kein bisschen schuldig.

Uriel beobachtete mich, doch war sein Blick ganz und gar nicht penetrant. Es machte mir nichts aus, ich wusste, dass er nichts Abwertendes dachte.

"Irgendwelche Fortschritte?", fragte ich dann nach einer Weile.

Uriel schloss kurz die Augen und fuhr sich seufzend über die Schläfen. "Was Araboth und Luzifer doch für einen Wissensdurst entwickeln können..."

Man vermerke: Luzifer und Araboth - Luzifer zählte also nach Uriels Worten ebensoviel wie der gesamte hohe Himmel. Der Erzengel schüttelte leicht den Kopf.

„Es hat sich nichts verändert."

Er griff in den Korb, fischte eine Feige heraus und betrachtete sie eingehend.

„Sag mir, Sariel, wenn etwas passiert wäre, wem würdest du es zuerst berichten?" Erst jetzt sah er mich an. „Dem Grande Grimoire Luzifer oder dem Erzengel Gabriel?"

Ich hielt einen Moment im Kauen inne. Tatsächlich hatte Uriel mir an jenem Tag zum ersten Mal diese Frage gestellt. Nachdenklich kaute ich meinen Bissen zu Ende und lehnte mich in meinem Stuhl zurück.

"Das kommt darauf an, in wessen Auftrag ich mich zu diesem Zeitpunkt befinden würde."

"Aber dennoch wirst du es beiden mitteilen?"

Wiederum schwieg ich einige Zeit, schlug dann ein Bein über das andere und zuckte mit den Schultern. "Ich mag der Höllenschar angehören, doch fühle ich mich Araboth in dieser Hinsicht immer noch verpflichtet."

Uriel lächelte hintergründig. „Araboth?" Er aß die Feige. Dann erhob er sich und hob eine kleine Gießkanne vom Boden auf. Mit ihr ging er zu einem kleinen Wasserhahn und begann, sie mit Wasser zu füllen.

"Araboth - bedeutet das für dich *Gott*? Oder *Metatron*? Oder *Gabriel*?"

Ich hob die Augenbrauen. Ich wusste genau, worauf er hinauswollte. Ich verbannte ein paar störende Haarsträhnen hinter mein rechtes Ohr - wobei mir einfiel, dass ich sie schon vor Wochen hatte schneiden lassen wollen. "Ihr wisst, dass ich auf Geheiß der großen Erzengel handele."

Uriel nickte. "Also Metatron, Gabriel und Raphael..."

Die übrigen zwei erwähnte er nicht - er wusste ebenso gut wie ich, dass diese auch nichts damit zu schaffen hatten.

Der Erzengel beugte sich zu einer kleinen Tomatenpflanze in einem Bottich und goss sie behutsam.

Dann wandte er sich seinen vielen anderen Schützlingen zu und ließ ihnen die gleiche Behandlung zuteil werden. Gabriel wäre stolz auf ihn gewesen.

Ohne zu zögern hatte ich mir derweil einen zweiten Pfirsich gegriffen, als menschliche Stimmen die Idylle störten.

Ich hatte nichts gegen Menschen. Sie waren für mich lediglich arme Geschöpfe, die weder – oder nur in nicht nennenswertem Ausmaß - Kraft aus Gottes Licht noch Kraft aus Gottes Schatten beziehen konnten. Hilflose, machtlose... bemitleidenswerte Kreaturen. Doch wenn ich gerade das Leben auf Erden zu genießen begann, kamen sie mir partout in die Quere und zerstörten die angenehme, paradiesische Atmosphäre - es war mehr als ärgerlich.

Schritte eilten die Treppe empor, das Tor flog mit einem Ruck auf - glücklicherweise waren es die Schritte von nur einem Paar Füße.

"Ich bin wieder da!", rief eine junge, männliche Stimme, während die Schritte nicht abbrachen, sondern schnurstracks an uns vorbei ins Haus gelenkt wurden.

Ehe ich aufsehen und den Kopf wenden konnte, waren Tor und Tür schon wieder zugefallen, oder besser gesagt, zugeworfen worden.

Als wäre nichts, aber auch rein gar nichts passiert, goss Uriel weiterhin in aller Seelenruhe seine Pflanzen, dann stellte er die Gießkanne zurück an ihren Platz. Während er sich wieder auf seinen Stuhl setzte und die Hände in seinem Schoß faltete, sah ich immer noch irritiert zu der geschlossenen Tür. So hatte ich Michael bis zu diesem Tag noch nie erlebt.

"Er wird gleich kommen." Uriel machte eine abwinkende Geste.

Ich beugte mich etwas vor. "Ich dachte, es hätte sich nichts verändert?" Skeptisch runzelte ich dir Stirn. Das alles erschien mir doch etwas zu seltsam.

Uriel schwieg - eine Reaktion, die meine Vermutung bestätigte. "Nun", meinte er schließlich, "Ich weiß noch nicht, ob es wirklich eine Veränderung ist." Er zuckte mit den Schultern.

Ich sah ihn nun doch sehr überrascht an. „Ihr wisst es nicht?"

In diesem Moment öffnete sich die Tür wieder.

"Salve", klang es mir beinahe desinteressiert entgegen.

Vor mir stand ein junger Mann, vom Aussehen her um die zwanzig Jahre alt, mit klaren blauen Augen und zu meinem Erstaunen recht kurz geschnittenem, rotbraunem Haar.

Ich glaubte, diesen jungen Mann gut zu kennen - ich kannte ihn schon Zeit meines Lebens, doch hatte ich ihn nie zuvor in Turnschuhen und Trainingsanzug gesehen...

Uriel sah den Menschen derweil ruhig an. Dieser setzte sich zu uns an den Tisch und kreuzte die Füße über der Tischplatte.

"Ich habe nachgedacht, Uriel", eröffnete er das Gespräch und griff nach einer Pflaume. "Ich hab mir die ganze Schöpfungsgeschichte noch mal genauer angeguckt und..."

Ich horchte auf, immer noch verwirrt von seinem Aufzug, und auch Uriel schien auf Michaels Worte zu warten. Der junge Mann verschränkte die Arme vor der Brust und seufzte. "Ich glaube, ich kann, nach einigen logischen, rationalen Abwägungen sagen, dass das alles gequirlter Mist ist, den sich irgendjemand ausgedacht hat, um die Menschen zu kontrollieren - was jetzt ja offensichtlich auch nicht mehr funktioniert..."

IV

carpe diem

Nutze den Tag

Nun, vielleicht sollte ja alles so kommen. Von einem rationalen Punkt aus betrachtet war das Ganze bei Weitem nicht so tragisch. Inzwischen denke ich sogar, dass die Ereignisse äußerst vorhersehbar gewesen waren.

Doch in jenem Moment, als Michael sein eigenes Selbst für nichtig erklärte, waren weder Uriel noch ich im Stande, rational zu denken.

Ich war – wie man sich denken kann – zu jener Zeit kein besonderer Freund des Himmels. Zwar war es dort warm, sauber und hell. Aber wenn ich einen Haufen narzisstischer Angeber sehen wollte, dann reichte mir die hohe Gesellschaft der Hölle vollkommen - die satanischen Narzissten wurden ihrem Titel zumindest mit Stolz gerecht und verloren ihr Ziel nicht aus den Augen.

Natürlich gab es Ausnahmen – auf beiden Seiten. So verehrte ich beispielsweise der Erzengel Gabriel sehr. Obwohl ihre immerwährende Freundlichkeit und Aufopferungsbereitschaft meiner Ansicht nach eben so fatal waren wie Raphaels Drang, überall sein Wissen kundtun zu müssen...

Worauf ich hinaus will, ist, dass die Tatsache, dass gerade Michael, der hohe Seraph, mit der Existenz seines Schöpfers auch seine eigene leugnete, selbst einem Höllenanhänger wie mir das schwarze Blut in den Adern gefrieren ließ.

Die Söhne der Finsternis pflegten zwar im großen Stil, Gott zu verhöhnen, aber seine Existenz zu leugnen, das wagte nicht einmal Luzifer persönlich.

Völlig gelassen saß der junge Mann währenddessen in seinem Stuhl, unbeeindruckt von dem Schock, den er Uriel und mir offensichtlich versetzt hatte und schälte eine Banane. Als die Versteinerung langsam aus meinen Gliedern wich, wandte ich mich mit einem entsetzten Blick an Uriel. Der Lehrmeister war blass. Auch Uriel war kein Heiliger, auch er war in gewisser Weise vermenschlicht, was ihn mir sehr sympathisch machte, aber dass er ein Engel war, ein von

Gott geschaffenes Wesen, dessen war er sich immer noch mit berechtigtem Stolz bewusst.

Es blieb still.

Mein Blick wurde immer fragender und neugieriger. Was würde der Erzengel sagen? Uriel war alles zuzutrauen. Als er endlich die Lippen bewegte, um zu sprechen, sah auch Michael auf.

"Hast du das also festgestellt?", fragte er ruhig. Seine Stimme zeigte sich deutlich unbeeindruckt - ein schier unfassbarer Kontrast zu seinem immer noch schockierten Gesichtsausdruck.

Michael nickte.

"Schön." Uriel nickte ebenfalls. Und schien wieder die Ruhe selbst.

Ich legte die Stirn in Falten. Schön? War das alles?

Auch Michael war sichtlich mit der Reaktion seines Magisters unzufrieden.

"Ja..." Der junge Mann hob die Augenbrauen.

Uriel faltete seine Hände und sah ihn weiterhin vollkommen gelassen an. Dann lächelte er wissend.

Es wäre gelogen, wenn ich jetzt sagen würde, ich wäre nicht überrascht gewesen.

"Wenn du das meinst, dann wird es dafür wohl Gründe geben", erklärte der Erzengel.

Jetzt war ich völlig fassungslos. Ich wusste nicht, was schockierender war: Michaels Verleumdung oder Uriels Toleranz dieses Verhaltens. Ich warf Uriel - wohl zum ersten Mal - unmissverständlich kritische Blicke zu. Michael schien von dem Urteil seines Lehrers ebenso irritiert zu sein wie ich. Es war ja nicht so, dass Uriel sein Haus mit Kruzifixen, Altären und Heiligenbildern schmückte, doch dass er in entscheidendem Sinne gläubig war, wurde jedem Fremden nach einiger Zeit bewusst. Umso erstaunlicher war, dass er Michaels ketzerischer Theorie nunmehr tolerierte und akzeptierte.

"Ich muss noch telefonieren..." Michael schob seinen Stuhl zurück und verließ die Terrasse, ohne eine Reaktion abzuwarten. Ich sah ihm fragend hinterher. Telefonieren? Mir wurde unmissverständlich klar, dass ich doch zu wenig Zeit auf Erden verbrachte, denn was Telefonieren war, wusste ich zu jener Zeit beim besten Willen nicht.

Uriel seufzte schwermütig und hielt sich den Kopf. Seine Miene war mit einem Mal unübersehbar finster. Ich fühlte mich augenblicklich erleichtert. Offenbar war der Magister doch ganz und gar nicht geneigt, Michaels Verhalten so einfach hinzunehmen.

Ich erhob mich, denn ich war entschlossen, zu gehen. Ich spürte, dass es nicht richtig war, Uriel jetzt anzusprechen und nachzuhaken. Nicht weil der Erzengel Kritik nicht verkraftet hätte, sondern weil es in diesem Moment meiner Meinung nach nichts an der Situation geändert hätte. So wandte ich mich leise ab und trat auf das kleine Tor zu.

"Sieh an, Sariel, nun hast du etwas zu berichten", erklang Uriels Stimme hinter meinem Rücken.

Ich blieb stehen, drehte mich aber nicht um. "Ja", erwiderte ich kleinlaut und fühlte mich seltsamerweise schuldig. In der Tat hatte ich mir gewünscht, etwas berichten zu können. Doch so etwas? Nein, das war nie meine Absicht gewesen. Ich hörte, wie Uriel seinen Stuhl ebenfalls zurückschob und aufstand.

"Zerbrich dir nicht den Kopf, ich werde es Gabriel melden", meinte er noch und ging an mir vorbei, auf die Eingangstür des Hauses zu. "Ich schätze, wir werden uns schon bald wiedersehen."

Die Tür wurde geöffnet und wieder geschlossen und ich stand alleine da.

Ich würde Gabriel trotzdem aufsuchen, nachdem ich Luzifer Bericht erstattet hatte. Das stand für mich außer Frage.

Ich öffnete das Tor und schritt langsam die Treppenstufen hinab. Jeder meiner Schritte hallte dumpf auf dem steinernen Grund wieder. Die Luft roch allmählich abendlich, obwohl es noch lange dauern würde, bis sich der Himmel tiefrot färbte. Grillen zirpten, Wasser plätscherte leise aus Sprenkelanlagen. Ich ertappte mich dabei, dass ich schlenderte. Ich wollte nicht in Luzifers Reich zurück. Ich wollte hier warten, bis sich die Sonne hinter dem Horizont verkrochen hatte und den Sternen beim Aufflackern zusehen. Dann, irgendwann, würde ich immer noch zurückkehren können.

Ich hätte es sicherlich gekonnt. Aber es war meine Pflicht, es nicht zu wollen.

So zwang ich mich jeden weiteren Schritt in jene abgelegene Gasse zurück, um die Botschaft von Michaels Wandlung zu überbringen und je länger ich darüber nachdachte, desto erfreulicher erschien mir diese Wandlung.

Der Himmel war eines Erzengels ärmer - aber nicht nur irgendeines Erzengels, sondern des hohen Erzengels, des Seraphs Michael, des zweitältesten aller Engel. Und somit war die Hölle einer Sorge ärmer, nämlich der Bedrohung, die Michaels Existenz fortwährend bedeutete.

Ein triumphales Gefühl formte meine Lippen zu einem kleinen Lächeln, als ich den leuchtenden Vorabendhimmel und seine vor Leben pulsierende Erde durch das Portal verließ. Luzifer würde höchst erfreut über diese Nachricht sein.

"Wie bitte?!"

Eh ich mich versah umschlang eine Hand meinen Hals. Keinen Augenblick später verlor ich den Boden unter den Füßen und wurde unsanft gegen eine steinerne Säule gestoßen. Luzifer war ganz und gar nicht erfreut. "Was, bitte?!", hallte seine Stimme erneut voller Rage durch die Hallen seiner Privatgemächer.

Ich hörte etwas zerbrechen - es klang wie feinstes Glas.

Eisheth und Agrat hatten sich wohl wieder die Zeit damit vertrieben, sich gegenseitig die leuchtenden, in Kugeln manifestierten Seelen aus Luzifers persönlicher Sammlung zuzuwerfen, und eine davon bei Luzifers erbostem, fassungslosem Aufschrei fallen gelassen.

Neugierig sahen sie zu ihrem Gemahl, und auch wenn ich es nicht sah, ich wusste, dass ihre Augen nur auf weitere Gewalttaten Luzifers warteten.

Naamah - ja, die Dame war tatsächlich persönlich anwesend und nicht auf Kopulationsreisen auf Erden - saß hingegen ganz ruhig auf einem langen, steinernen Tisch und feilte ihre langen Fingernägel, mit denen ich bei all ihrer Schönheit keine Bekanntschaft machen wollte.

Völlig erstarrt hing ich, den Boden immer noch zu weit von meinen Zehenspitzen entfernt, im festen Griff des Teufelkönigs und rang nach Luft. Nicht eine Sekunde dachte ich daran, mich befreien zu wollen.

Ich versuchte, dem zornigen Blick meines Herrn standzuhalten und abzuwarten, bis er mich wieder losließ.

"Varitatio delectat, nicht wahr Luzifer?", erklang die sanfte Stimme Liliths – gleichgültig und nicht unabsichtlich mit einem Hauch Sarkasmus.

Abwechslung erfreut? Irritiert blinzelte ich in ihre Richtung und stellte überrascht fest, dass Luzifer es mir gleichtat.

"Lass ihn runter, er ist viel zu nützlich. Wenn du hochrangige Höllenmitglieder entlassen willst, fang doch mit Astarte oder Proserpina an." Ohne Scheu führte Lilith ihre Zurechtweisung fort. Sie war wohl als Luzifers Liebling auch die Einzige, die dies tun konnte, ohne um ihre Existenz bangen zu müssen. Doch offensichtlich genügte ihr die Position als die Frau an Luzifers Seite nicht, denn Astarte und Proserpina, die sie aus den Reihen der großen Erzdämonen entfernt haben wollte, waren niemand

Geringere als zwei der mitunter schönsten und mächtigsten weiblichen Persönlichkeiten in Gottes Schatten.

Nun, nemo enim potest personam diu ferre, wie es der Erdenbewohner Seneca einmal formuliert hatte - *niemand kann auf Dauer eine Maske tragen.* Das machte mir Lilith nicht weniger sympathisch, besonders unter dem Gesichtspunkt, dass sie mich gerade vor dem noch ausstehenden Zorn Luzifers bewahrt hatte, denn dieser ließ mich nun tatsächlich los.

Unabwendbar brach ich auf die Knie. Meine Beine waren nicht mehr dazu fähig, meinen Körper zu tragen.

Mit einer Hand tastete ich über die Male an meinem Hals, während ich - in einer äußerst unwürdigen Haltung - nach Luft rang.

Luzifer und Lilith führten derweil ein Duell der tödlichen Blicke, während Eisheth und Agrat sich wieder voll und ganz ihrem Ballspiel zuwandten. Naamah erhob sich ihrerseits vom Tisch und stolzierte langsam zu der großen Tür am anderen Ende des Raumes, durch die Lilith diesen vor wenigen Minuten betreten hatte.

Das Erste, was ich danach registrierte, war der Luftzug, der entstand, als Luzifer mit wehendem Mantel an mir vorbei zum Kopf des langen Tisches schritt, um dort auf einem thronähnlichen Stuhl Platz zu nehmen. Dann hörte ich die Schritte von Liliths nackten Füßen, ein Geräusch, das beinahe in dem allgegenwärtigen Knistern des Feuers unterging. Hoch über unseren Köpfen tanzte ein kleiner Feuerball. Zu meinem Erstaunen kam sie direkt auf mich zu und wenige Momente später tauchte ihre fast weiße, feine Hand direkt vor meinem immer noch zu Boden gesenkten Gesicht auf.

"Steht auf, Sariel, es ziemt sich nicht für unsereins, auf dem Boden zu kriechen - dafür gibt es niedere Kreaturen wie die Menschen."

Steht auf - Steht auf. Lilith persönlich zollte mir Respekt. Unter normalen Bedingungen hätte ich mich mit einer offensichtlichen Geste beschämt und geehrt gezeigt. Jetzt aber sah ich nur fragend zu dem schönen Engel der Prostitution auf.

Ihre Hand zu ergreifen, wagte ich nicht. Aufstehen musste ich dennoch.

Lilith gefiel meine Reaktion wohl sehr – jedenfalls lächelte sie mich hintergründig an. Einem Menschen wäre dieses Lächeln wohl höhnisch, hinterlistiges und unheimlich vorgekommen, aber unter Dämonen war ein solches Lächeln in der Regel das Pendant zum höflichen, lieben Lächeln der Menschen.

Ich möchte an dieser Stelle erwähnen, dass jeder, sollte er einen Dämon freundlich, höflich und lieb lächeln sehen, am besten auf der Stelle die Flucht ergreift, denn Dämonen können in ihrer Freundlich- und Höflichkeit und vor allem in ihrer Liebe unheimlich brutal und zerstörerisch, wenn nicht sogar vernichtend sein. Ein Grund, warum ich es immer vorgezogen hatte, allein zu bleiben.

Lilith liebäugelte also auf dämonische Art und Weise mit mir. Was im Endeffekt dazu ausartete, dass ihre rechte Hand auf meiner Schulter, am Saum meines Umhangs und ihre linke Hand auf meiner rechten Wange lagen und sie sich unmissverständlich an mich schmiegte.

Mit einem unüberhörbaren Knurren machte Luzifer auf seine Anwesenheit aufmerksam und schlug den Umhang zur rechten Seite über die Armlehne des imposanten Stuhles.

Mit einem nun zuckersüßen Lächeln - man beachte meinen eben dargelegten Ausführungen - ließ Lilith von mir ab und kam der Aufforderung ihres Gemahls nach, wobei sie an der gegenüberliegenden Tischkante elegant auf die Platte sprang. Alles überblickend schritt sie tänzelnd auf dem Tisch weiter, bis zum anderen Ende, wo sie sich nach typischer Manier neben Luzifer auf der rechten Armlehne des Stuhls niederließ, ohne zwischenzeitlich den Boden zu berühren.

Den kurzen, tadelnden und vorwurfsvollen Seitenblick ihres Gatten ignorierte sie stilvoll durch einen prüfenden Blick auf die Fingernägel ihrer rechten Hand.

Hatte ich nicht zu Anfangs erwähnt, dass Luzifer nicht Besitz ergreifend oder eifersüchtig ist? Nun, um genau zu sein, was Eisheth, Agrat und vor allem Naamah angeht, so stimmt dies auch.

Aber Lilith war und blieb sein geheiligter Liebling und da neigte er durchaus zu Eifersüchteleien. Was nicht hieß, dass er sie tatsächlich liebte.

"Nun...", begann er schließ-lich und öffnete seinen lockeren Zopf, was Lilith dazu veranlasste, sich eine der Strähnen heranzufischen und spielerisch auf ihren Fingern aufzudrehen.

Ich trat an das andere Ende des Tisches und hob fragend die Augenbrauen.

Erst jetzt bemerkte ich, dass Luzifer blass war. Sein Gesicht wies auch sonst ei-

ne vornehme - oder fast kränkliche - Blässe auf, aber nun war er auf eine selbst für einen Sohn der Finsternis ungesunde Art weiß.

Ein Seufzen entwich dem Regenten der Hölle und es schien von einem ungeheuer schweren Herzen zu kommen.

"Sariel, brich unver-züglich in den Himmel auf. Ich will wissen, wie Araboth darauf reagiert u-..."

Eine Seelenkugel rutschte aus Agrats Händen und verfehlte Luzifers Kopf nur um eine Handbreite.

Luzifers linke Hand war im Nu zur Faust geballt und traf auf die steinerne Tischplatte - eine Zusammenkunft, die der Tisch mit einem Riss büßen musste.

"Hört auf! Raus! Alle beide!", donnerte Luzifers Stimme unmissverständlich. Diese Stimmgewalt war so überraschend und untypisch, dass Lilith, die die Kugel aufgefangen hatte, zusammenfuhr und beinahe rückwärts von der Lehne gefallen wäre, hätte Luzifer nicht schon längst vorausahnend einen Arm um sie gelegt.

Kleinlaut und ohne Diskussion verließen die beiden anderen Engel der Prostitution den Raum. Luzifer stützte seinen Kopf auf seine linke Hand und wirkte mit einem Mal unheimlich müde. "... und was die Propheten dazu sagen", beendete er seinen Satz mit mäßigem Enthusiasmus. "Lilith, geh zu Rofocal, er soll es öffentlich machen." Er machte eine abwinkende Handbewegung.

Rofocal war derjenige, der gleich nach Luzifer und dem Rat der Teufel die größte Macht in der Hölle innehatte. Unter dem Gesichtspunkt, dass Luzifer der König der Hölle war, konnte man sagen, dass Rofocal den Platz des Regierungschefs einnahm. Das mag jetzt ein bisschen nach konstitutioneller Monarchie klingen und es wäre vielleicht hätte es auch demokratische Züge gehabt, wenn Rofocal nicht seit Urzeiten immer der einzige Kandidat für dieses Amt gewesen wäre. Unter anderem, da sich kein anderer traute, gegen ihn anzutreten. Und die, die sich trauten, sahen es nicht ein, die Anstrengungen und die Verantwortung auf sich zu nehmen, nur um in der Hierarchie der Hölle aufzusteigen. Wobei die, die sich trauten, in der Regel ohnehin sehr hohe Positionen bekleideten... Dass Luzifer darüber hinaus natürlich ganz und gar nicht in die Form eines konstitutionellen Monarchen passte, steht außer Frage. Letztendlich war Rofocal für die Finanzen zuständig – eine Aufgabe, die ihm Luzifer nur zu gerne überließ.

Lilith nickte gehorsam und erhob sich.

"... Ich bin in meinem Schlafzimmer und will nicht gestört werden", fuhr Luzifer fort, während er zur Decke hochsah, was dazu führte, dass die Flammenkugel in der Kuppel kleiner und kleiner wurde, bis der Raum nur noch in ein mattes Dämmerlicht getaucht war.

"Berichte mir auch nicht heute, Sariel, berichte mir morgen", ordnete er an und warf mir nochmals einen Blick zu, der von Müdigkeit und Antriebslosigkeit geradezu zerfressen war. Langsam, aber immer noch in unnachahmlich imposanter Eleganz, stand er auf und verschwand über eine Treppe am Ende des Raumes.

Lilith verneigte sich kurz in Richtung ihres Gatten und winkte mich dann hinter ihr her, aus dem Raum. Ich war ihr noch nicht einmal bis zur Tür gefolgt, als es im Raum stockfinster wurde und das Licht auf dem Flure, das unter dem kleinen Türspalt her leuchtete, mir beinahe wie ein heiliger Wegweiser aus der Dunkelheit vorkam.

"Ich habe ihn noch nie so erlebt", meinte Lilith leise, aber nicht bedrückt, sondern eher verstimmt, nachdem sie die Tür des Raumes hinter mir zugezogen hatte. Ich nickte zustimmend. Wir schritten den Gang hinab bis zu einer Gabelung.

"Kommt doch nachher zu mir in meinen Turm, wenn Ihr aus dem Himmel zurück seid, Sariel." Sie sah mit einem fast bittenden Blick zu mir auf, doch ihre Stimme war unüberhörbar direkt. Ein unmissverständlicher Hinweis darauf, dass sie mich nur aus Höflichkeit fragte, ich aber eigentlich keine Wahl hatte. So nickte ich abermals.

Offensichtlich dadurch zufrieden gestellt, ließ sie mich stehen und eilte davon. Wie schon des Öfteren wunderte ch mich, wie ihre Fußsohlen so weiß bleiben konnten, wenn sie über den mit Asche bedeckten Felsboden schritt.

Eine Weile sah ich ihr hinterher, dann nahm ich den anderen Weg und verließ ich das Gebäude. Ich trat auf eine Terrasse hinaus, wo mich ein vertrauter, apokalyptischer Ausblick erwartete:

Ich war in einem weiteren riesigen Höhlensaal von unfassbarer Größe. In dem unterirdischen Raum hätten wohl mehrere Metropolen Platz gefunden. Tatsächlich befand sich hier eine einzige Stadt, das Herz der Hölle, Luzifers Thron, das Pendant zum Hohen Himmel Araboth.

Die dominierende Farbe war ein Aschgrau, denn dies war die Farbe des Felsens, in den diese Stadt einst geschlagen worden war. Ich stand am höchsten Teil eines Rundganges, der sich spiralförmig in die Tiefe wand und die einzelnen Ringebenen miteinander verband. Luzifers private Gemächer lagen am Ende dieser verbindenden Spirale, dem Höchsten der Ringe, auf den tieferen lagen die Paläste der höchsten Satane und ihrer Gefolgschaft. Um zu Rofocal zu gelangen, würde Lilith auf dem Spiralweg zwei Ringe hinabsteigen müssen, denn dort lagen die Häuser vergleichsweise niederer, aber immer noch hochrangiger Beamter.

Einen Moment innehaltend, stützte ich mich auf das steinerne Geländer und ließ meinen Blick schweifen.

Tief, tief unter mir, am Boden der Höhle, brodelte ein riesiges Lavabecken - dessen Größe, um einen Vergleich zu geben, der des Mittelmeeres entsprach. Das flammende Meer war ständig in Bewegung, gigantische Feuerwalzen und Fontänen schossen empor und sackten wieder in sich zusammen und erhellten so die riesige Höhle.

Etwas wie eine Sonne oder einen Himmel gab es nicht. Hob man den Blick, so sah ich in eine undurchsichtige Masse aus grauen Aschewolken, die sich an der Höhlendecke sammelte und wohl irgendwo an die Oberfläche trat - in Gehenna vielleicht.

Lilith würde ich nachher in ihrem Turm treffen - die Türme waren steinerne Burgen, die aus dem Feuermeer ragten. Die größte dieser Burgen war den vier Satansfrauen vorbehalten und dorthin, genauer gesagt in ihre Gemächer, hatte mich Lilith so freundlich eingeladen. Um dort hinzugelangen gab es zwei Wege: Schwimmen - ja, schwimmen - oder, wer es konnte, fliegen. Wahrscheinlich würde sie mir einen Drachen schicken. Aber darüber machte ich mir jetzt noch keine Gedanken.

Bis zu den Portalen hatte ich noch einen weiten Weg vor mir. Zunächst musste ich wiederum auf die Erde, um von dort aus in den Himmel zu gelangen. Und wie jedes Mal musste ich mich noch von dem schwefligen Geruch und der Asche befreien, um wieder ganz dem Standardbild eines Engels zu entsprechen… Nur um mich danach wieder mit Asche zu bedecken, damit ich auch hier nicht unnötig Aufmerksamkeit auf mich ziehen würde. Denn natürlich war meine Funktion als Doppelagent nur Luzifers engstem Kreis bekannt, und nicht nur mir selbst war sehr daran gelegen, dass dies auch so blieb.

So schritt ich weiter auf dem Spiralweg hinab und je weiter ich vorwärts kam, desto neugieriger wurde ich. Wenn Luzifer über die Geschehnisse offensichtlich außer sich war, wie würde dann Araboth reagieren?

V

ad astra

Zu den Sternen

Lange war ich unterwegs.

Ich möchte meinen Weg jetzt genauer beschreiben:

Wie bereits anfangs erwähnt, gibt es ganze sieben Himmel und darüber hinaus auch sieben Erden. Und die Höllentore zu unserem eigenen Reich befinden sich in Gehenna, einem Kontinent der sechsten Erde namens Arqa.

Man neigt dazu, alle Erden außer der Erde als Höllenerden abzutun, tatsächlich beschränkt sich unser Reich ganz bescheiden auf Arqa und ihren Kontinent Gehenna. Hier liegen die unzähligen Fürstentümer, die das Reich der Hölle bilden.

Arqa bildet eine Einheit mit dem sechsten Himmel, Makhon. Das heißt, sie liegen in einer Sphäre.

Am einfachsten ist das Reisen zwischen Himmel und Erde innerhalb einer Sphäre. Warum das so ist, ist ungeklärt.

Vielleicht kann es sich Luzifer aufgrund seiner Astralkraft erlauben, direkt von den Niederhöllen in den hohen, siebten Himmel zu reisen, für solche meines Schlages ist es einfacher, innerhalb einer Sphäre zu bleiben. Abgesehen davon wäre es auch Selbstmord gewesen, als Geächteter direkt nach Araboth zu reisen und mich Cassiels Armee in die Arme zu werfen. Im Handumdrehen wäre ich in der Festung von Ma'on, dem fünften Himmel, gelandet.

Direkt von Arqa nach Makhon reisen konnte ich aber auch nicht. Zum einen wegen der unberechenbaren klimatischen Zustände dieses Himmels, zum anderen wegen der dort stehenden Ausbildungsstätten der Engelsschar.

Das mit den verschiedenen Sphären klingt wirklich sehr kompliziert und ich gebe zu, dass ich selber den Sinn dieses Systems nicht verstehe. Die Wege des Herrn sind eben unergründlich.

Würde mich ein Mensch fragen, auf welcher der Erden er nun existierte, so würde ich auf die zweite, Adama, tippen. Vielleicht ist aber auch beides falsch. Vielleicht hat es

doch immer nur eine Erde und einen Himmel gegeben, ja vielleicht liegt diese eine Erde sogar im Himmel – oder umgekehrt. Vielleicht macht es unserem göttlichen Vater Spaß, uns darüber nachdenken zu lassen, wozu man gleich sieben Erden braucht, wenn Gottes Menschenkinder doch nur auf einer Leben... Angeblich sollen auf einigen der Erden äußerst seltsame Gestalten ihr Dasein fristen. Aus meiner Erfahrung kann ich nur sagen, dass das auf die Welt der Menschen und die Hölle zutrifft. Gehen wir einfach weiterhin von sieben Himmeln und sieben Erden aus. Und auf welcher dieser Erden auch immer die Menschen leben, auch ohne es genau zu wissen, funktioniert alles auf seltsame, wohl von Gott geplante Art: Ich konzentriere mich auf mein Ziel und erreiche es. Es würde mich interessieren, ob Gott einst Mathematiker war oder werden wollte, auch wenn diese Frage wohl unbeantwortet bleiben wird.
Jedenfalls musste ich, um dem Schicksal einer Gefangennahme zu entgehen, zunächst zur ersten Erde, Eres, reisen und von dort aus in den ersten Himmel, Shamajim, deren Herrscherin der Erzengel Gabriel persönlich ist.

Shamajim ist ein wirklich zauberhafter Ort, der Traum eines jeden Naturpoeten. Auf keiner Erde kann man so fesselnde Sonnenuntergänge beobachten wie in Shamajim und an keinem anderen Ort haben meine Augen bis dato jemals so wunderschöne Gärten erblicken können. Wenn es jemals ein gelobtes Land gegeben hat, muss es hier gewesen sein.

Gabriels Residenz liegt an einem großen See. Die Architektur erinnert entfernt an die großen griechischen Metropolen der Antike. Kunstvoller Prunk, den eine menschliche Hand niemals hätte erschaffen, kaum ein menschlicher Geist jemals hätte erdenken können. Die hellen Säulengänge, die unzähligen Gärten und idyllischen Brunnenplätze...

Aber noch befand ich mich in den Kellerräumen der Residenz, in einem abgelegenen Flur. Meine Reisen zu Gabriel endeten stets an diesem Ort, weil meine Ankunft so nicht auffiel. Über schmale Treppen gelangte ich in eine der unzähligen Hallen. Durch ein Fenster lachte mir der Sonnenaufgang entgegen, das Licht spiegelte sich auf dem ruhenden Wasser. Ein malerischer Anblick. Wenn auch keinesfalls perfekt. Aber das wusste ich auch erst, seit ich dem reinen Engeldasein den Rücken gekehrt und die Welt der Menschen gesehen hatte. Wahres Leben. Das fehlte hier. Egal, wie viel Mühe sich die hohen, heiligen Engel gaben, wirkliches Leben, so wie Gott es einst auf Erden geschaffen hatte, konnten sie nicht in ihre Reiche bringen.

Wie dem auch sei, dem ausgezehrten Auge ist jeder Bissen recht. Und meine Augen verlangten, verwöhnt wie sie waren, nach etwas ganz Bestimmtem, Auserlesenem: Dem Anblick des hohen Erzengels Gabriel.

Mein Weg führte mich in einen kleinen Innenhof. Springbrunnen schossen kristallklares Wasser in weite Höhen. Exotische Rosenbüsche in allen erdenklichen Farben waren zu Hecken, Säulen und anderen Formen geschnitten worden, während sich weiß blühende Rankenpflanzen einen eigenwilligen, verworrenen Weg durch den Garten suchten.

Ich wanderte umher und wie jedes Mal stellte ich leicht wehmütig fest, dass diesem Garten, trotz aller Pflanzen, definitiv das Leben fehlte. Kein einziger Vogel sang und nicht ein einziges Insekt war zu sehen.

Mein eigentliches Ziel war ein kleiner Balkon am anderen Ende des Gartens. Wie gewöhnlich kletterte ich an einer Ranke empor. Natürlich hätte ich fliegen können, doch damit hätte ich mich verraten. Denn unsere Flügel strahlen während des Fliegens eine astrale Kraft ab – egal ob sie göttlicher oder teuflischer Herkunft ist. Als Geächteter schöpfte ich meine Kraft aus der Finsternis und wenn ich diese hier und jetzt verwendet hätte, so wären im gleichen Augenblick in Araboth die Alarmglocken losgegangen.

Wozu diese astrale Kraft? Ganz ehrlich, die Flügel allein - und wenn es auch bei einigen hohen Engeln über hundert an der Zahl waren - sind physisch nicht in der Lage, einen Engels- oder Dämonenkörper ohne weitere Hilfe auch nur eine Sekunde in der Luft zu halten.

Ich zog also das Klettern vor, war bester Dinge und voller Vorfreude. Doch kaum hatte ich beide Füße leise auf dem Steinboden des Balkons aufgesetzt, änderte sich dies schlagartig.

"Das ist eine infame Lüge, Gabriel!", schlug mir eine schrille Stimme entgegen. Skeptisch zog ich die Augenbrauen zusammen und ging durch die Balkontür in ein kleines Zimmer, das zu einer Seite durch einen Vorhang begrenzt wurde.

"Ich glaube das einfach nicht!", die Stimme setzte zu immer neuen Höhenflügen an.

Zum Idealbild eines Engels gehört zweifelsohne eine angenehme Stimme - wie ein warmer Glockenton - und die besondere Art, in Monotonie zu sprechen, die den Hörer aber unausweichlich in ihren Bann zieht.

Nun, wenn dies das Idealbild war, so war der Engelsfürst Cassiel wohl am weitesten davon entfernt. Eine Hand voll Worte aus seinem Mund reichten grundsätzlich aus, um in mir Aggressionen hervorzurufen, die jeden behandelnden Psychologen reich gemacht hätten. Darüber hinaus passte mir Cassiels Anwesenheit schon generell überhaupt nicht.

"Cassiel, eine Oktave tiefer wäre erträglicher", mischte sich eine vergleichbar sanfte, tiefe Stimme ein, die schon eher dem Stimmideal eines Engels entsprach. In diesem Moment empfand ich sie sogar als unbeschreiblich angenehm. Trotzdem wurde ich stutzig. Ich wusste, dass Cassiel grundsätzlich alle anderen Himmel überwachen ließ, und sicher war er nur hier, um endlich Klarheit zu erhalten, da Gabriel und Uriel es tunlichst vermieden hatten, zu viele Informationen über Michael an Araboth weiterzugeben.

Aber was bewegte Raphael dazu, Gabriel in ihrer Residenz aufzusuchen?

Der Raum, in dem ich mich inzwischen befand, war im Übrigen kein anderer als Gabriels höchstpersönliches Schlafgemach. Auch hier schlangen sich feinblättrige Pflanzen an den Wänden und Möbeln entlang, besonders kunstvoll waren hierbei die umschlungenen Pfosten des großen Himmelbettes.

Es erfüllt mich mit gewissem Stolz, sagen zu dürfen, dass ich wohl der einzige Engel außer Gabriel selbst war, der diesen Raum bis zu diesem Tag je hatte betreten dürfen. Nicht einmal Gabriels Personal durfte sich diesem Raum auch nur nähern; das galt für alle Räume, die ich durchqueren musste, wenn ich nach meinen Sphärenreisen hier ankam. Gabriel hatte alles vortrefflich organisiert. Und dennoch war sie während der ganzen Jahrhunderte meiner heimlichen Besuche so naiv und unschuldig geblieben, dass ich weiterhin unbehelligt durch ihr höchstes Heiligtum schreiten konnte.

Ich brauche erst gar nicht zu erwähnen, wie viele Dämonen mich darum beneideten, denn Gabriel war auch in der Hölle immer noch das weibliche Ideal schlechthin und im Vergleich zu den Dämonen- und Teufelsweibern kam sie zweifellos einer Göttin männlicher Fantasien gleich...

Warum fühle ich mich jetzt so unheimlich ertappt? Ja, ich gebe zu, ich hatte meine ganz eigenen, privaten Hintergedanken. Wer verübelt es mir?

Der, der es mir verübelt, sollte zuerst einmal in meine Situation geraten! Ich, in der Blüte meiner Lebenszeit, dazu verdammt, mich in der Hölle mit den Inbegriffen krankhafter, weiblicher Dominanz herumzuschlagen; was sind das für Aussichten?

Natürlich, Bilder zum Träumen gab es in den Niederhöllen sicherlich, aber ich kann hier nur wiederholend die vertrackte Psyche weiblicher Höllenbewohner aufführen. Es ist aussichtslos, zum Verzweifeln.

Mittlerweile war ich an den Vorhang herangetreten, der den Raum von einem größeren Atrium abtrennte.

Gabriel hasste - nein, Engel hassen nicht, also: Gabriel empfand keine Zuneigung zu Türen, daher waren die Durchgänge ihrer Residenz zu einem Großteil einfach nur mit schweren Stoffvorhängen abgegrenzt. Und war ein Vorhang zugezogen, so hieß das, dass man nicht eintreten durfte. Das hatte bislang auch jeder akzeptiert.

Cassiel hatte indes nicht aufgehört, lautstark zu zetern, und ich war immer noch nicht dazu in der Lage gewesen, den genauen Kontext herauszuhören. So sehr es dem Wesen eines Engels auch widersprach: Er tobte unüberhörbar, redete sich immer mehr in Rage. Vermutlich war sein Verhalten in irgendeiner Form gerechtfertigt, denn Cassiel war schließlich ein hoher Seraph und regierender Fürst in Araboth. Wäre es nicht von äußerster Dringlichkeit und im heiligen, göttlichen Interesse, hätte er sich nicht so aufregen müssen oder dürfen. Cassiel war schließlich auch dafür bekannt, noch sich noch eiserner an den Engelskodex zu halten als Michael - vor seinem Abstieg der Vorzeigeengel schlechthin - es in seinen besten Zeiten je getan hatte. Et omnia ad maiorem dei gloriam – *und alles zur größeren Ehre Gottes.*

Aber das ist eine Geschichte, die ich später erzählen werde, denn zu diesem Zeitpunkt wusste ich noch nicht so viel im Vergleich zu dem, was ich noch erfahren würde...

Während meine Gedanken also recht ziellos umherschweiften und ich über Cassiels Beweggründe sinnierte, geschah es, dass ein bestimmter Teil von mir, mein Ego Daemonicus, mein Dämonisches Ich, sich still und heimlich die Oberhand erschlich.

Es brachte mir ein Bild, eine Fantasie, einen anregenden Gedanken, in dem all meine guten Vorsätze ertranken.

Es wäre auch ein wahrhaft göttliches Bild gewesen, vielleicht hätte man davon sogar noch auf Erden gelesen. Auf jeden Fall, um der Reimerei ein Ende zu bereiten, hätte man sich noch lange daran erinnert. Und die Umsetzung der Fantasie wäre mir eine Menge Ärger wert gewesen.

Im Handumdrehen hatte ich mich eines Großteils meiner Kleider entledigt, meinen Zopf gelöst und meine Haare durcheinander gebracht, war zu Gabriels Bett stolziert, hatte die Kissen zerwühlt, mir die Decke geschnappt und provisorisch um meine Hüfte gewickelt. Nur mit diesem essentiellen Accessoire bekleidet, zog ich den Vorhang zur Seite, betrat den Raum und durchbrach mit einem verschlafenen Gähnen schamlos Cassiels neue Ragewelle.

Ohne jedoch weiter Notiz von jenen Engelspersönlichkeiten zu nehmen, die nach meinem Geschmack sowieso völlig überflüssig hier und jetzt anwesend waren, tapste ich auf mein angepeiltes Ziel, namentlich Gabriel, zu. Im gleichen Atemzug, in dem ich die gläserne Amphore, die sie gerade bei sich trug, aus ihren Händen fischte, legte ich mein Kinn schwerfällig auf ihre linke blanke Schulter. Dann schmiegte ich mich ohne zu zögern an sie und nahm einen Schluck aus dem Trinkgefäß, wobei ich den anderen Arm um sie legte.

Das war unglücklicherweise erst möglich, nachdem ich die Decke losgelassen hatte und diese wollte leider nicht an ihrem Platz bleiben und fiel unverzüglich zu Boden.

Das war mein Einsatz. Auf Erden waren Sprüche wie "Guten Morgen, mein Engel" oder "Schatz, komm doch zurück ins Bett" Gang und Gebe, aber das war mir noch nicht provokant genug. Selbstverständlich war es mittlerweile auch still genug im Raum, dass ich nur verschlafen murmeln musste; man würde mich gut genug verstehen.

"S-sariel", erklang Gabriels heisere Stimme, aber ihr Ton war für meine Zwecke ideal, denn er bot mir weder direkte Gegenwehr noch zeigte er klare Zurückweisung oder Abneigung.

"Deus vult decipi, ergo decipiatur, Gabriel", hauchte ich gerade deutlich genug in das Ohr der Fürstin von Shamajim - *Gott will betrogen werden, also soll er betrogen werden.* Es war meiner Ansicht nach deutlich genug. Ich war zufrieden.

"Du solltest jetzt gehen, Cassiel. Fürst Metatron wird dich bestimmt schon vermissen..."

Ich schreckte aus meinem Wachtraum hoch. Raphael war so ein Spielverderber!

Unzufrieden betrachtete ich mein Spiegelbild in einem kleinen Teich, der an einer Stelle im Boden in Gabriels Schlafzimmer eingelassen war. Ja, da stand ich immer noch.

Ich stand, in voller Montur - zurückgebundenem, aschblondem Haar, in weißen, kniehohen Stiefel, einer weißen Tunika, einer noch weißeren Hose und einem ebenso langweilig-weißem langen Umhang über meinen Schultern – immer noch in Gabriels Schlafzimmer und der Vorhang war immer noch zugezogen.

Muss ich erwähnen, dass ich Weiß grundsätzlich nicht ausstehen kann und es mir in diesem Augenblick besonders zuwider war?

Doch trotz alledem - man vergebe mir einen Anflug von Narzissmus - Weiß stand mir vortrefflich. Und auch der abdunkelnde Effekt der Höllenasche, der mein ehemals strohblondes Haar mit der Zeit heimgesucht hatte, begann, mir mehr und mehr zu gefallen, je länger ich mich selbst im Wasserspiegel musterte.

Was mir äußerst missfiel war die keilförmige Narbe auf Höhe des rechten Kieferknochens - es zerstörte mein ganzes Selbstbild.

Ich war meinem Dämonischen Ich dankbar, als es mich endlich von meinem wässrigen Abbild losriss und mich wieder zur Vernunft kommen ließ.

Was tat ich da eigentlich? Es gab viel Wichtigeres!

Mir war fast entfallen, dass Raphael Cassiel auf seine charmante Art gebeten hatte, doch unverzüglich zu verschwinden. Es brachte mich ein bisschen ins Grübeln.

Wie weit war Raphael nun auch schon in die Affäre verstrickt?

Cassiel schien indes gar nicht begeistert von Raphaels Vorschlag und tobte ungebremst weiter.

"Beruhigt Euch, Fürst Cassiel." Gabriel sprach wie üblich herzlich und warm. Sie verlor nie ihre Geduld. Cassiel hätte bis zum Tag der Apokalypse weiter schreien können, vorausgesetzt, ihm wäre nicht vorher die Luft ausgegangen. Gabriel wäre ruhig geblieben, hätte manches abgenickt, bei manchen Dingen beschwichtigend gestikuliert und so weiter und so fort...

"Beruhigen?!" Cassiels Stimme war nun vergleichsweise höher als Gabriels.

"... Cassiel!" Raphael hingegen klang in diesem Moment wie ein bedrohliches, tiefes Donnergrollen vor einem vernichtenden Gewittersturm. Es war selten, dass Raphael so laut wurde. Normalerweise begnügte er sich damit, seine Opponenten mit feinster, facettenreichster Rhetorik in Grund und Boden zu walzen, aber Cassiel hatte nun offenbar eindeutig über die Stränge geschlagen. Und das war diesem wohl durchaus bewusst, denn er verstummte augenblicklich.

Eine bedrückende Stille übernahm die Herrschaft im Raum.

Ich wagte nicht, mich zu rühren; ich fürchtete nun, dass mich jemand hören könnte.

Vielleicht sollte ich hier etwas Entscheidendes anmerken:

Ich rücke Cassiel ja schon in ein ziemlich negatives Licht.

Das ist im Grunde ungerecht. Ja, er nervt ungemein und ist wirklich kein angenehmer Zeitgenosse. Doch das ist nicht seine eigene Schuld.

Dies wurde mir wieder einmal bewusst, als ich mir nach einer Weile doch ein Herz nahm und leise ganz nah an den Vorhang schlich und ihn vorsichtig ein kleines Stück zur Seite zog.

Im Hintergrund sprudelte ein kleiner Springbrunnen im Wasserbecken des Atriums.

In einem großen Lehnstuhl, an einer Säule, wenige Schritte vom Wasserbecken entfernt, hinter einem kleinen Tisch saß, die Hände in seinem Schoß gefaltet, der Erzengel Raphael. Der Glänzende, der heilt. Ein zweifellos imposanter Sohn des Lichtes, mit langem Haar, das über die letzten Jahrhunderte Grau geworden war, während sich sein Gesicht seine Jugend bewahrt hatte. Und seine ebenholzfarbenen Augen blickten mit offensichtlicher innerer Distanz zu der Gestalt, die sich mit beiden Händen auf der Platte eines Arbeitstisches abstützte.

Gabriel saß indes am Rand des kleinen Brunnens. Und, wie es der Zufall so wollte, hielt sie eine gläserne Amphore in ihren Händen.

Wie tausende Schleier aus Seide schimmerte ihr langes, scheinbar nicht zu bändigendes Haar in den einfallenden Lichtstrahlen in wohl allen Blond-, Rot- und Brauntönen, die das Farbenspektrum hervorbringen konnte.

Abertausende Tautropfen zierten ihr Haar wie kleine Edelsteine und spinnwebenähnliche, seidige Geflechte hielten einzelne Strähnen zusammen. Hätte sie nicht wie üblich ein für ihren eigentlich nahezu perfekten, geschmeidigen Körper völlig unpassendes, unvorteilhaftes, weißes Leinenkleid getragen, hätte ich meine Fantasien auf der Stelle Wirklichkeit werden lassen.

Gut, das war jetzt etwas vorschnell geurteilt. Das Kleid war nett. Ein Leinenkleid, das noch weit über den Boden reichte. Die Partien von Brust bis Hüfte blieben jedoch gänzlich unbetont; nicht mal ein Gürtel durfte Gabriels eigentliche Körperform zeigen.

Geradezu paradox zu dieser Kleidungsphilosophie war die Tatsache, dass nur die linke Schulter in Stoff gehüllt war, während das Leinen auf der rechten Seite unter der Achsel verschwand.

So hatte man den seltsamen Gegensatz eines völlig nackten rechten Armes und eines völlig verborgenen linken Armes, denn hier fiel ein für Engelsgewänder typischer, weiter Glockenärmel von der Schulter bis zu ihren Knien. Je länger ich sie so ansah, desto besser gefiel mir das Kleid.

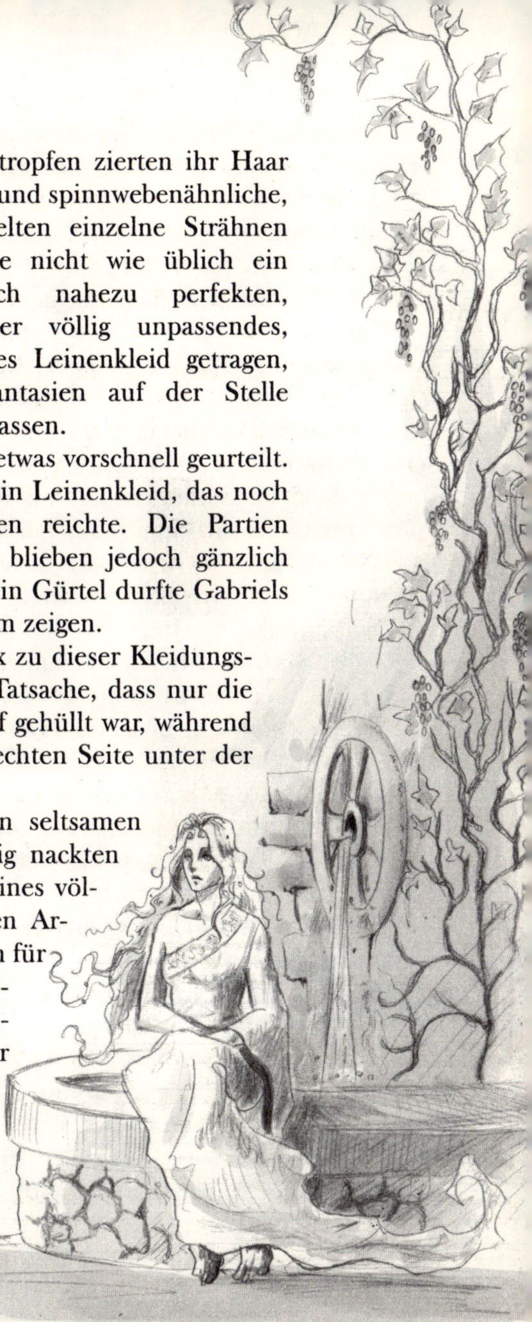

Es hatte etwas Verheimlichendes, aber auch Verlockendes an sich. Zumindest auf eine Höllenkreatur wie mich.

Gabriel, Herrin der Cherubim, die zur linken Gottes sitzt, die Kraft.

"Das wird ein Nachspiel haben!", murmelte Cassiel nach einer Weile, doch er klang nicht sehr überzeugend. Sein mittelbraunes Haar rankte sich in unverkennbaren Engelslocken um seinen Kopf und seine dunkelgrünen Augen sahen beinahe abfällig von Gabriel zu Raphael.

Er tat mir leid. Cssiel tat mir leid. Ganz ehrlich. Es musste schlimm für ihn sein, von Gabriels Milde und Raphaels Rhetorik in die Ecke gedrängt zu werden. Besonders, weil Cassiel völlig zerrissen war: Cassiel war ein androgyner Engel und wusste wohl nicht, ob er sich als solcher den beiden anderen gegenüber hoch- oder minderwertiger vorkommen sollte. Es war ein Konflikt im Himmel, der so alt war wie der Himmel selbst. Cassiel hatte sich jedenfalls seit Neuestem - das verriet sein abfälliger Blick - jener Fraktion im Himmel angeschlossen, die alle nicht-androgynen Engel als Systemfehler betrachteten, da diese zu schwach seien, um der Sünde der Wollust zu widerstehen. Nun, was mich angeht, so bin ich schuldig im Sinne der Anklage. Na und?

Wie dem auch sei, Cassiel verließ hocherhobenen Hauptes das Atrium.

Raphael entwich ein befreiendes Seufzen, dann sah er auf und genau in meine Augen.

"Salve, Sariel... wie lang ist es jetzt her? Vierhundert Jahre?"

Wie vom Blitz getroffen fuhr ich zusammen und wich zurück, nur vergaß ich dabei, den Vorhang loszulassen und riss ihn von der Stange, taumelte noch weiter rückwärts, stolperte und fiel - glücklicherweise an dem kleinen Teich vorbei.

Fassungslos starrte ich, jetzt am Boden sitzend, den Erzengel an. Ich hatte nicht eine Sekunde lang an meiner Sicherheit hinter dem Vorhang gezweifelt und musste nun feststellen, mich doch irgendwie verraten zu haben.

Hatte Cassiel mich auch gesehen?

Mit einem Räuspern versuchte ich, so elegant wie möglich wieder aufzustehen, und schritt auf Raphael zu. Dummerweise verfing sich ein Stück Vorhang an meiner Stiefelschnalle und schleifte hinter mir her. Es war wie verhext.

"S-salve", murmelte ich immer noch etwas apathisch, trat den Vorhang weg und setzte mich in einen Korbstuhl an den kleinen Tisch.

Gabriel trat ebenfalls, milde lächelnd, als hätte sie mich bei einer meiner Fantasien ertappt, an den Tisch und setzte sich mir gegenüber auf einen kleinen Hocker. "Musstest du lange warten?"

Ich zuckte mit den Schultern und winkte ab. "Das spielt keine Rolle." Ein Blick zu Raphael verriet mir, dass er der gleichen Meinung war. Ich faltete meine Hände und sah die beiden fragend an. "Also?"

Gabriel und Raphael sahen sich kurz an.

"Es wird noch eine Weile dauern, bis man von Michaels Bruch mit Gott erfährt", begann Raphael schließlich. "Vielleicht wird es aber auch gar keinen Bericht darüber geben. Araboth hat den Engeln seit seinem Verschwinden schon viel zu viel verschwiegen."

Gabriel nickte. "Michaels Verschwinden wurde von Araboth regelrecht propagiert. Man stützt sich auf eine alte Prophezeiung..."

Ich hob die Augenbrauen. Alte Prophezeiungen gab es unzählige. Angesichts der Umstände dachte ich aber sofort an das göttliche Versprechen, dass sich Michael der Welt bei einer herannahenden, vernichtenden Katastrophe offenbaren würde – um in seiner Funktion als verlängerter Arm unseres barmherzigen Schöpfers die Spreu menschlicher Seelen vom Weizen zu trennen. Der strahlende Held des Himmels erneut in einer seiner Paraderollen... Ich werde später noch versuchen zu erläutern, warum mir der Engel Michael grundsätzlich eher unsympathisch war. Jedenfalls schien Araboth nun die gar nicht abwegige Idee zu haben, Michaels Verschwinden als ein Omen für jene göttliche Offenbarung zu proklamieren.

Und tatsächlich deutete vieles darauf hin: Das neue Jahrtausend hatte begonnen und die Erde glich mehr und mehr einem Pulverfass. Endzeitstimmung. Genau der richtige Schauplatz für eine Demonstration göttlicher Allmacht und Gnade. Das sorgte gewiss für neue Jubellieder in den Himmelschören.

Aber wie würden die Engelsscharen reagieren, wenn sie erfuhren, dass ihre Ikone nun - ähnlich wie vor langer Zeit der große Bruder Luzifer - nicht mehr in ihren Reihen stand?

Gut, Michael drohte dem Himmel nicht mit Verderben, er leugnete lediglich seine Existenz. Aber der Gedanke führte mich automatisch zum nächsten: War Luzifer deshalb so außer sich, weil Michael es ihm in etwa gleichtat?

"Was sagt Satanel dazu?", fragte Raphael plötzlich und riss mich wieder aus meinen Gedanken. Natürlich hätte der hohe Erzengel niemals den wahren Namen des Verräters genannt. Luzifer war hier tot - oder mindestens nur noch der Führer der Söhne der Finsternis. Er war Satanel.

Ich legte den Kopf leicht schief und zuckte abermals mit den Schultern. Ich würde Raphael unter keinen Umständen etwas über das Befinden meines Herrn verraten. Dieser hatte mich aber anscheinend schon wieder durchschaut und stützte seinen Kopf in seine linke Hand. "Oh, ich habe nicht gedacht, dass er so wütend reagiert..." Ein wissendes Lächeln spielte auf den Lippen des Engels.

Ich fühlte mich in diesem Moment äußerst genötigt, ihm zu zeigen, dass Gewalt zwar nicht immer eine Lösung, aber in diesem Augenblick ein guter Ersatz für ebenso schlagende Argumente gewesen wäre, wobei mir diese schlagenden Argumente beim besten Willen nicht einfallen wollten. Aber Gabriels Anwesenheit hemmte mich ungemein. Ich wollte in ihrer Gegenwart nicht ausrasten. Ich hätte ihr und Raphael damit nur den Beweis geliefert, dass ich als Engel nichts mehr taugte und ihren Vorstellungen eines Gefallenen entsprochen. Und wer weiß, was dann geschehen wäre. Ich wollte gerade zu einer Antwort anheben, um Raphaels These zu bestätigen, als ich etwas Warmes, Weiches auf meiner Schulter spürte. Ich sah auf und traute meinen Augen nicht.

Unbemerkt durch meine abwesenden Gedanken war Gabriel aufgestanden, zu mir herangetreten und hatte mir in diesem Moment ihre rechte Hand auf die Schulter gelegt.

"Du musst verstehen", meinte sie mit sanfter Stimme, "dass wir, Raphael und ich, Satanel schon länger und besser kennen als du."

Ich nickte leicht und ärgerte mich innerlich über Gabriels Sanftheit, mit der sie mir erklärte, dass es Dinge gab, die ich nicht verstehen konnte, weil ich zu *klein* war.

Es war tatsächlich so, dass Luzifer der erste, Michael der zweite, Gabriel der dritte, Uriel der vierte und Raphael der fünfte Engel war. Dann jedoch verloren sich die Zahlen, denn sie waren nicht wirklich von Bedeutung. Jedenfalls kam es mir immer noch komisch vor, mich oder, was noch markanter war, Raphael als Gabriels kleinen Bruder anzusehen.

"Wie dem auch sei, am besten wäre es natürlich, wenn alles innerhalb des achten Chores bliebe... aber wenn schon die ganze Hölle davon weiß, wie könnte man es dann dem gan zen Himmel verheimlichen?" Raphael warf mir einen missbilligenden Blick zu.

Ich sah zur Seite. Der achte Chor. Die Himmelshierarchie ist im Vergleich zum Sphärensystem einfach: Es gibt neun Chöre, quasi Verwaltungseinheiten des Himmels mit bestimmten Aufgabengebieten. Der achte Chor ist der Chor der so genannten Thron- oder Erzengel, ein kleiner Kreis ausgewählter Engel, die auch anderen Chören angehören, Gottes Wort den Menschen verkünden und über die himmlischen Heere im Kampf gegen die Finsternis anführen. Namentlich waren dies zu jener Zeit die Erzengel Michael, Gabriel, Uriel, Raphael, Metatron, Raziel und Remiel, wobei letztendlich nur fünf dieser sieben im Himmel waren.

Damit dies nicht auffiel, hatte man sich auf folgende Vertretung geeinigt: Raziel, das neue Oberhaupt des dritten Chores, sollte Michaels Reich, den vierten Himmel, betreuen, während Anael, das Oberhaupt des siebten Chores, im Geheimen als Aushilfe in Angelegenheiten Uriels und Michaels fungierte.

Das Amt des Oberhauptes des dritten Chores hatte der junge Raziel übrigens erst vor kurzem von Raphael übernommen. Ich sage jung, weil Raziel um einiges jünger ist als ich.

In diesem Moment fiel mir auf, wie sehr Raphael Raziel seit Michaels Abreise unterstützt hatte. Und das, obwohl Raziel offenkundig äußerst radikal war. Er forderte eine große Reform, und zwar eine äußerst fundamentale: Er wollte das Idealbild des Himmels wiederherstellen, was hieß, dass alle Engel mit Geschlecht verbannt werden sollten. Es war mir ein Rätsel, weshalb Raphael einen solchen Engel förderte, aber es interessierte mich auch nicht so brennend, dass ich in jenem Moment nachgefragt hätte.

"Bitte, Raphael, lass ihn..."

Ich tauchte wieder aus meinen Gedanken auf. Offensichtlich hatten Raphael und Gabriel indes weiter diskutiert. Ich seufzte tief und fragte: "Was sollen wir jetzt tun?"

Raphael hob die Augenbrauen. "Wir?" Er faltete die Hände. "Wir tun gar nichts." Sein Blick war eiskalt. Jetzt war ich doch ein wenig verletzt und wandte mich ab. Ich hielt im Grunde sehr viel von Raphael und hatte eigentlich gehofft, dass er etwas Verständnis für mich haben würde. Aber Raphael war nicht Uriel.

"Am besten warten wir ab, was passiert... informierst du uns bitte, falls sich unten etwas tut?", fragte Gabriel schließlich mit sanfter Stimme. Ich sah mit leicht müdem Blick zu ihr auf. Unten. Ich hasste es. Entgegen meiner Hoffnung, sie würde mich so, wie ich bin, akzeptieren und vielleicht sogar respektieren, wie Uriel es tat, wurde ich nun mit der Wahrheit erschlagen: Sie bemitleidete mich. Nein, sie bemitleidete lediglich den Engelteil in mir, unter dämonischen, satanischen Einfluss geraten zu sein. Ich fühlte mich maßlos verraten. Ein entsetzliches Gefühl. Aber trotzdem nickte ich und zwang mich zu einem kleinen Lächeln. "Ja... ich werde bald wiederkommen." Dann erhob ich mich. Eine seltsame Leere erfüllte meinen Körper. Ich überhörte Gabriels und Raphaels Abschiedsgrüße und sah zu, dass ich schnellstmöglich von diesem Ort verschwand.

Erst, als mich wieder der schwefelige, verwesende Geruch der Weiten Gehennas umschlang, atmete ich auf und ließ mich auf die Knie sinken.

Eines Tages. Eines Tages würden sie sehen, dass ich den einzig richtigen Weg gewählt hatte. Eines Tages würden sie verstehen, dass sie als Engel nicht glücklich sein konnten. Eines Tages würde Gabriel...

Dum spiro spero – *solange ich atme, hoffe ich.*

VI

o tempora o mores

Oh Zeit, Oh Sitten

Der Weg zu Liliths Turm war unbeschreiblich schwer. Alles war schwer. Mein Kopf, meine Beine und vor allem mein Herz. Der Anblick des brennenden Meeres tat meinem inneren Zustand nicht gut. Ich ertappte mich dabei, von einem Fels an einem der Ufer aus wehmütig in die zähflüssige Feuermasse zu starren. Es dauerte lange, bis ich mich zur Anlegestelle zum Turm der vier Satansbräute bequemte, wo einer von Liliths Drachen bereits auf mich wartete. Die schwarzen Augen des Tieres musterten mich skeptisch und kritisch, bevor es mich aufsteigen ließ.

Ich reite nicht gerne auf Drachen, aber es ist der sicherste Weg. Sie sind wie dafür geschaffen, den tückischen, heißen Winden des Mare Loca Inferna – des Höllenmeeres – zu trotzen.

Während des Ritts auf dem Drachen trieb mir der heiße Wind die Schweißperlen auf die Stirn, aber auch die wirren Gedanken aus dem Kopf. Dennoch fühlte ich mich nur mäßig erleichtert.

Doch als wir auf einer Plattform der Burg landeten, war mein Kopf, obwohl physisch heiß, wieder kühl und mein Geist zumindest wieder zielgerichtet. Ich würde Lilith einen sachlichen Bericht abliefern, dann wieder gehen und den Tag ad acta legen.

"Gratias tibi ago, Leviathan...", erklang Liliths Stimme, die ein bisschen tiefer als Gabriels war. Sofort verwarf ich den letzten Gedanken wieder. Ich danke dir, Leviathan?

Leviathan? Ich fuhr auf der Stelle herum und wich ein paar Schritte von dem Drachen zurück. Jetzt erst wurde mir bewusst, worauf ich da geritten war: Der große Chaos-Drache Leviathan, eine der mächtigsten Erzdämoninnen der Hölle, deren gold-silberne Schuppen so hell, wenn nicht sogar heller als die Sonne strahlten, hatte mich persönlich zu Lilith gebracht. Dass ich sie für einen gemeinen Drachendiener Liliths gehalten hatte, war mir ungemein peinlich. Ehrfürchtig verneigte ich mich und als ich aufsah, hatte ich das Gefühl, der Drache lächelte mich an, bevor sie sich wieder mit unbeschreiblicher Anmut in die Lüfte erhob und davonflog.

Eine Weile stand ich nur da und schaute ihr hinterher. Das hätte weitaus unglimpflicher für mich ausgehen können.

"Du siehst müde aus, Sariel..." Lilith war unterdessen an mich herangetreten und sah mich abwartend an. Ich kam mir unter ihren Augen schrecklich ausgeliefert, wenn nicht sogar nackt vor.

"Hättest du dir nicht wenigstens etwas Angemessenes anziehen können?"

Ich zog mit fragendem Blick die Augenbrauen zusammen und sah an mir herab. Weiß. Ich hatte vergessen, beim Eintritt in die Hölle meine Kleider zu wechseln.

"Qualitercumque, wie auch immer." Sie winkte ab und mich hinter ihr her. "Sariel, komm rein." Elegant drehte sie sich auf den Zehenspitzen ihrer in Sandalen gebetteten Füße und schritt auf den Eingang zum Burghof zu. Ihre Aufmachung und ihre Frisur erinnerten mich dabei an ein Abbild der griechischen Göttin Aphrodite, das ich einmal in einem von Uriels Büchern gesehen hatte. Die aufsteigende Hitze des Meeres schien zu reichen, um das leichte Cape mit hohem Kragen schweben zu lassen. Das robenartige, bauchfreie Kleid aus dem gleichen, leichten Material schmiegte sich vortrefflich an den Körper der Satansbraut und warf hier und da einige zierende Falten. Es war nur ungewöhnlich, dass sie Sandalen trug... gab es dazu besonderen Anlass?

Eh ich mich versah, folgte ich ihr bereits in den Hof der Burg und in einen der vier Türme. Es war eigentlich ein unbeschreiblich langer Weg durch völlig schwarze Gänge, die nur vereinzelt durch den schwachen Schein kleiner Fackeln erhellt wurden. Ein sehr schauriger Ort, an dem ich mich nicht unbedingt wohl fühlte. Die Atmosphäre war beklemmend. Einengend. Doch vor dieser Kulisse wirkte Lilith zweifellos wie ein vollkommener, Licht bringender Engel.

Als sich das Halbdunkel schließlich in einer kleinen Kammer lichtete, wuchs meine Skepsis über den Verlauf des Abends. Wir befanden uns in luftigen Höhen, das verriet mir ein Blick aus einem der großen Fenster. Der Boden des Zimmers war weich und gab unter meinen Füßen nach. Mein Blick fiel unausweichlich auf ein großes, rundes Bett. Unzählige Kissen lagen am Boden. Ich konnte keine Ecken oder Kanten im gesamten Raum entdecken, ich stand auf einer riesigen Spielwiese und wusste nicht, was ich davon halten sollte. Daran änderte sich auch nichts, als Lilith mich mit einem zweifellos einladenden Lächeln bat, doch bitte Platz zu nehmen. Auf ihrem Bett.

Ich hatte ja bereits einige Worte über Liliths Höflichkeitsanflüge verloren; ein Nein kam nicht in Frage. Ich nahm also Platz, nur um eine Sekunde später eine wie beschrieben spärlich – oder: zweckmäßig – bekleidete Satansbraut auf meinem Schoß vorzufinden. Diese machte sich auch sofort, ohne weitere, nutzlose Worte zu verlieren, daran, meinen entsetzlich störenden Umhang von meiner Schulter zu entfernen. Sie schien meine Abneigung gegen weiße Sachen zu teilen, denn ohne auch nur eine Sekunde zu zögern, riss sie kurz darauf meine Tunika einfach auf. Nun war ich natürlich nicht so naiv, dass ich nicht genau gewusst hätte, was sie tat und warum sie es tat. Ich war kein Engel mehr.

Das machte die Sache für mich aber nicht einfacher. Lilith war die Frau des Satans. Ihr Wunsch war ebenso Befehl, wie das Wort Luzifers. Demnach hatte ich mich wohl oder übel in mein Schicksal zu fügen, hatte still zu sitzen und sie tun zu lassen, was auch immer sie wollte.

Der einzige Seitenhieb, den ich ihr versetzen konnte, um meinen Protest zum Ausdruck zu bringen, war eben ganz unbeteiligt und abwesend dazusitzen und soweit dies möglich war, nicht auf ihre Bemühungen einzugehen. Nicht, dass das irgendein Dämon auch bis zum Ende durchgehalten hätte, aber in magnis et voluisse sat est: *Bei großen Dingen genügt es auch, sie gewollt zu haben.*

Nun könnte man sagen, dass sie an mir ein Verbrechen beging. Aber ich hätte sie niemals angeklagt, selbst wenn ich es gekonnt hätte. Sie konnte nichts dafür, das wusste ich. Sie war einfach nur verloren. Wie ich. Wie wir alle, wie jeder einzelne von uns, ob wir nun Dämonen oder Gefallene waren. Ich wage sogar zu behaupten, dass es auch dem Satan Luzifer nicht anders erging.

Ich konnte sie nicht dafür hassen, dass sie mich verführte und mir keine Wahl ließ, obwohl sie die Frau meines Herrn war und mich somit in einen ungeheuren Gewissenskonflikt stürzte. Das mag damit zusammenhängen, dass ich das, was sie tat, natürlich auch genoss - wobei das wohl nur möglich war, weil mein Bewusstsein für Herzensangelegenheiten seit meiner Ankunft in der Hölle ungemein verkümmert war. Ich war die Sitten der Hölle gewohnt, hatte mich so gut es eben ging eingelebt. Zumindest versuchte ich, mir das einzureden.

So hatte ich also alle Vorsätze über Bord geworfen und mich in den Reizen der Satansbraut verloren, als…

"Ähem."

Es war kein lautes Räuspern. Es musste auch nicht laut sein, um die gewünschte Wirkung zu entfalten. Die Stimme an sich reichte schon vollkommen aus, dass mir der Atem stockte und mein Herz für einen Moment stillstand.

Ich lag, fast all meiner Kleider entledigt, auf dem Bett, Lilith rittlings über mir, ihre Lippen an meinem Hals, ihre Zähne an und in meiner Haut, ihre eine Hand auf meiner Brust, die andere an den letzten Stücken störenden Stoffes auf meinem Schoß und in der Tür lehnte - seit wann, das wusste ich nicht – Luzifer persönlich.

Das treffende Wort, um diese Situation gefühlstechnisch und kurz und bündig für mich am besten zum Ausdruck zu bringen, war:

FUCK!

VII

ab virum ad virum

Von Mann zu Mann

Luzifers Blick ruhte auf Lilith und mir. Ein klarer, analysierender, sachlicher Blick.

Er blieb ruhig. Ganz ruhig. Sein Gesichtsausdruck war stechend neutral. Blank. Aber nicht leer.

Ich wäre am liebsten aus dem Fenster gesprungen.

Der Satan kam auf uns zu. Jeder seiner Schritte hallte auf dem Boden wieder, bis seine Schritte letztendlich vom weichen Untergrund verschluckt wurden - was meine Fluchtgedanken nur mehrte.

In aller Seelenruhe trat er an das Bett, hob Lilith von meinem Schoß und setzte sie neben mich. Dann trat er wieder einen Schritt zurück, verschränkte die Arme vor der Brust und sah demonstrativ, als würde er ein biologisches Experiment überwachen, auf uns herab.

Im Gegensatz zu mir schien Lilith wenig eingeschüchtert. Ohne zu zögern stand sie auf, schlich katzengleich zu ihrem Gemahl und schmiegte sich an ihn als wäre rein gar nichts passiert. Kurz darauf landete sie wieder hinter mir auf dem Bett. Luzifers Miene wurde ernster. Dann richtete sich der Blick des Herrn der Hölle auf mich allein.

Eine Weile war es wieder still. Nichts rührte sich. Auch Lilith schien bemerkt zu haben, dass es nicht an der Zeit für Spielereien war, denn sie blieb brav dort sitzen, wo Luzifer sie nicht wirklich sanft hinbefördert hatte.

Mit einem Ruck zog der Fürst der Finsternis den Umhang von seinen Schultern und warf ihn mir zu.

Ein kurzer, kommandierender Blick streifte mich, dann drehte Luzifer sich um und verließ den Raum.

Ich schluckte. Um wenigstens ein kleines Eckchen meiner Haut zu retten, warf ich den Umhang über meine Schultern und folgte meinem Herrn. Über unterirdische Privatgänge gelangten wir in die Residenz des Teufels und in dessen Schlafgemach. Der Weg erschien mir endlos lang und ich fühlte mich mit jedem Schritt elender. Ich kroch zu Kreuze.

Als die Türen des Raumes sich wie von selbst hinter mir schlossen, das heißt, mit einem Donnern ins Schloss fielen, war ich in gewisser Weise dankbar für den Umhang, denn der Stoff war robust genug, um sich an ihm festzuhalten. Er war auch das Einzige, an das ich mich in dieser Situation klammern konnte. Luzifer ging erhobenen Hauptes direkt zu seinem Schreibtisch, drehte sich dort zu mir um und lehnte sich an die Tischplatte. Sein Blick durchbohrte mich mit erschlagender, unvoreingenommener Aufmerksamkeit.

Mir wurde kalt.

Der Teufel faltete seine Hände und kurze Zeit darauf erklang ein dumpfes, Mark und Bein erschütterndes Knacken bei dem sich mir innerlich alles zusammenkrampfte.

Ein leichtes Übelkeitsgefühl befiel mich, umschlang mich, schnürte mir die Kehle zu.

"Hast du Angst, Sariel?"

Ich zuckte zusammen. Luzifers Stimme war weder aggressiv, noch laut. Im Gegenteil: Sie klang in meinen Ohren beinahe einfühlsam. Das machte mir Angst.

Der Satan lächelte. Ein triumphierendes, boshaftes Lächeln. Und seine Stimme war getränkt von Hohn, als er das Oberteil seines Gewandes mit einem einzigen Handgriff öffnete und kommentierte: „Fürchte dich nicht."

Dann kam er langsam auf mich zu. "Auch wir leben in einer Gesellschaft, in der es Regeln und Gesetze gibt." Seine eisblauen Augen funkelten. Ein gefährliches, lauerndes Funkeln, wie das eines Wolfes auf der Jagd, der sichere Beute im Visier hatte.

Eine sichere Beute? In der Tat, ich war wohl nichts anderes.

"Und wie heißt es doch so schön?" Er gestikulierte ausladend. "In dubio pro reo?" Er sah zu mir und hob fragend die Augenbrauen. Ich stand da und schwieg. Ich wäre beim besten Willen nicht fähig gewesen, zu sprechen, egal ob es *im Zweifel für den Angeklagten* hieß.

Luzifer trat an mir vorbei, hinter mich und beugte sich zu mir.

"Qui tacet, consentire videtur, Sariel", flüsterte er mit betont tiefer Stimme. Er rollte das R in den Tiefen seiner Kehle. Ich hatte Mühe, meine Knie davor zu bewahren, nicht nachzugeben. Ich zitterte. *Wer schweigt, scheint zuzustimmen...* nun, vielleicht stimmte ich tatsächlich zu.

Ich wünschte, es hätte wirklich im Zweifel für den Angeklagten geheißen; nichts wünschte ich mir in diesen Augenblicken mehr, als ungeschoren davonzukommen.

Der Umhang entglitt meinen Händen, dabei hatte ich geglaubt, ihn eisern festgehalten zu haben. Doch die Leichtigkeit, mit der Luzifer ihn einfach von meinen Schultern zog, belehrte mich eines Besseren.

Vielleicht hatte ich ihn aber ja auch eben in jenem Moment, als Luzifer zog, automatisch losgelassen - aus Angst. Aus Angst, es alles noch schlimmer zu machen. Luzifers Atem wurde deutlicher.

"Quod licet domini non licet servi, Sariel." Luzifers Stimme war nun knurrend, bedrohlich, und auf eine gewisse, beinah mildernde Art, belehrend. *Was dem Herrn erlaubt ist, ist dem Sklaven noch lange nicht erlaubt.* Die Worte waren das Grausamste und Verächtlichste, was ich in den letzten Jahren von Luzifer zu hören bekommen hatte. Ich schluckte, während Luzifer seinen Kopf noch etwas weiter über meine Schulter beugte, dann aber zog er sich von mir zurück und schritt wieder zu seinem Schreibtisch. Dort hob er eine Amphore aus einer Schale, griff nach einem gläsernen Becher und füllte ihn mit einer dunkelroten Flüssigkeit. Ich stutzte. Was sollte das jetzt? Musste er mich jetzt solange hinhalten? Ich hatte noch Pläne, also zog ich es vor, schnell zu sterben.

Luzifer trank. Seelenruhig. Mit der Zeit wurde mein Blick fragend. Und als hätte er nur auf diese Reaktion von mir gewartet, sah der Satan kurz darauf auf und begegnete meinem Blick.

"In vino veritas.", meinte er beiläufig mit einem hintergründigen Lächeln. *Im Wein liegt Wahrheit?*

Ich zog leicht die Augenbrauen zusammen, mein Blick wurde noch fragender. Normalerweise ein fataler Fehler. In diesem Fall schien sich Luzifer darüber jedoch königlich zu amüsieren. Sollte mich das beruhigen? Noch zweifelte ich.

"Es dauert nicht lange. Setz dich doch..." Der letzte Satz hallte noch lange in meinen Ohren wieder. Mein Herz schlug schneller. Aber nicht vor Angst. Ich war sprachlos. Und seltsam aufgeregt. Ich sollte mich setzen? Wo war der Haken? Ich sah mich suchend um und erkannte schnell, dass es in dem Raum nur einen Platz gab, auf den man sich setzen konnte: Das Bett.

Luzifer ließ mir Zeit, dies festzustellen, wartete ab. Doch als ich wieder fragend zu ihm sah, gefror das Lächeln auf seinen Lippen zu frostigem Ernst. Er musste nichts weiter sagen. Jedes Nachfragen hätte die empfindliche Atmosphäre zerstört – an der mein Leben hing. Ich gehorchte also, mein Kopf voller Fragen. Dies sollte meine Strafe sein?

"Nun..." Luzifer erhob sich, den Becher immer noch in seiner Hand. "Sariel..." Seine Stimme erreichte mir unbekannte Tiefen. Er ging langsam auf das Bett zu, gemächlich, gelassen. Schritt für Schritt.

Ich musste zu ihm sehen. Zumindest in seine Richtung. Tatsächlich hatte ich schell einen Punkt an der Wand gefunden, auf den ich mich konzentrieren konnte. Es war nicht die Angst, die mich daran hinderte, seinem Blick zu begegnen – die war verflogen. Jetzt, da ich ihre Art kannte, fürchtete ich die Rache meines Herrn nicht mehr. Es fiel mir sogar schwer, sie als Rache oder Strafe anzusehen. Wieso ich ihn also nicht ansehen konnte? Vor Scham. Hatte ich eben noch gefroren, schien das Blut in meinen Adern jetzt zu kochen - besonders in meinen Wangen.

Luzifer kam näher. „Ich denke", begann er mit einem zweifellos lasziven Lächeln. Ich hatte Mühe, stillzusitzen. Mein Atem beschleunigte sich mit jedem Schritt des Teufels. Schließlich stand er vor dem Bett, direkt vor mir und sah auf mich herab. "Wir zwei..."

Mein Atem stockte. Er beugte sich weiter zu mir, setzte eines seiner Knie zwischen meine auf die Bettkante.

"... sollten uns mal unterhalten." Sein Blick bohrte sich in meine Augen. Seine Hände waren an seinem Gürtel, öffneten die Schnalle, trennten den Gürtel von der Hose. Mir entkam ein Seufzen, meine Lippen waren trocken. Wie gebannt starrte ich auf seine Hände. Sein Kopf war wieder nah an meinem Ohr, seine Stimme nur noch ein Hauchen, als er seine wieder freie linke Hand auf meine rechte Schulter setzte und mich zurückdrückte.

"Von Mann zu Mann."

VIII

redde diabolo quae sunt diaboli

Gib dem Teufel, was dem Teufel gehört

Die ersten Sonnenstrahlen trafen auf die Fensterscheibe. Das Glas bündelte und brach das noch müde Licht, formte es zu einer kleinen Kugel, die durch die weißen Vorhänge in den Raum leuchtete und ihn sanft erhellte.

Die Vögel waren schon wach und hießen zwitschernd den neuen Tag willkommen.

Der Dämon des Schlafes floh aus meinem Geist, ließ mich langsam erwachen.

Träge linste ich umher. Weiße Kissen, weiche, weiße Kissen. Eine angewärmte Decke, auch weiß. Ein Baldachin, wie ein Himmelszelt über meinem Kopf. Das Fenster war wohl offen, denn ein kleiner Windzug warf Wellen auf der blauen Seide des Baldachins. Ein Anblick, so beruhigend, dass man sich in ihm verlieren konnte. Mein Körper löste sich langsam aus den Fesseln des Schlafes, war wohl noch etwas träge, aber ich fühlte mich ausgesprochen gut. Etwas sagte mir, dies würde ein guter Tag werden.

Ich hätte mir gewünscht, an dem Tag nach jenem Abend, da Luzifer seine Gemahlin Lilith in flagranti mit einem seiner Untergebenen erwischte, ebenso aufzuwachen, wie ich es gerade beschrieben habe. Aber Luzifer war ein Teufel. Nein, Luzifer war der Teufel. Und entsprechend verfuhr er mit denen, die ihn hintergingen. Auch wenn mir eine vergleichsweise milde Strafe zuteil geworden war.

Ja, es stimmt, ich erwachte in weißen Kissen und weich waren sie auch. Aber das war schon alles. Ich fühlte mich ganz und gar nicht ausgeruht. Meine Glieder schmerzten. Ich verspürte absolut keinen Elan, mich auch nur einen Millimeter zu bewegen. Die Wände um mich herum waren schwarz. Passend zu meiner Stimmung. Ich wusste, wo ich war. Und ich wusste auch, dass mich unzählige darum beneideten, dass ich hier war – kam doch sonst kaum jemand auch nur in die Nähe dieses Raumes. Aber wie immer, wenn ich wusste, dass ich hier war, konnte ich mich nicht recht darüber freuen. Mir graute es vor diesem Ort, denn der Weg hierher, in dieses Bett, war eine Tortur, von der ich jedes Mal nicht wusste, ob ich sie überleben würde.

Ich lag auf dem Bauch. Ich hatte auf dem Bauch gelegen, als ich eingeschlafen war, und hatte mich die ganze Nacht über nicht bewegt. Ich konnte kaum den Kopf heben, ohne dass sich alles drehte. Mein Körper wehrte sich gegen jede Bewegung. Schmerzhafte Erschöpfung hielt mich in ihrem eisernen Griff.

Ein Geruch von Harzen, Gewürzen und Honig lag in der Luft - ein verfremdendes Element. Es passte gar nicht zu dem Raum, zu den schroffen, unebenen Wänden, die an eine Felsenhöhle erinnerten. Das duftende Gemisch kam aus einigen metallenen Kugeln, die an den Wänden hingen, und in denen kleine Flammen irgendetwas verzehrten. Aber der Geruch sorgte auf seltsame Weise dafür, dass mir wärmer wurde.

"Steh auf, stante pede."

Ich zuckte zusammen, war nun endgültig wach, aber dennoch nicht in der Lage sofort aufzustehen. Ich stützte mich auf die Ellenbogen, hob den Kopf noch weiter an und sah über meine Schulter in eine andere Ecke des Raumes. Luzifer saß hinter einem großen, steinernen Schreibtisch und hatte die Beine übereinander geschlagen. Er hielt ein Buch in seiner rechten Hand, während die linke in diesem Augenblick umblätterte und dabei elegant über die Seitenränder strich. Er sah nicht in meine Richtung und machte mir durch dieses Verhalten deutlich, dass ich nicht Mittelpunkt seiner Aufmerksamkeit war.

Ich hatte nichts anderes erwartet. So waren sie eben, die Sitten und Gebräuche der Hölle. Wut und Zorn entluden sich in sexueller Begierde und kaum war diese befriedigt, kehrte man zur alltäglichen Gleichgültigkeit zurück. Gefühle

waren etwas Flüchtiges. Kaum etwas hatte Bestand. Entweder lernte man, dies zu akzeptieren, so wie ich es getan hatte, oder man ging daran zugrunde.

Es wäre mir also nie in den Sinn gekommen, mich zu beklagen oder irgendetwas einzufordern. Sah man von der Situation ab, dass Luzifer mich mit einer seiner Frauen erwischt und sich in der letzten Nacht dafür an mir gerächt hatte, hätte ich mich eigentlich glücklich schätzen können, eine Nacht mit dem Teufel verbracht zu haben.

Darüber hinaus zweifelte ich nicht daran, trotz der Strapazen der vergangen Nacht glimpflich davongekommen zu sein. Luzifer hätte mich töten können. Dass er es nicht getan hatte, sprach zweifellos für mich. Ich schien nicht ohne weiteres ersetzbar zu sein. Was nicht hieß, dass er mir durch diese Geste der Gnade einen Freibrief ausgehändigt hätte.

Nun gab er mir also Befehle, befahl mich aus seinem Bett. Ich folgte gehorsam, aber langsam. Mein Körper verübelte mir jede Bewegung.

Über einem Stuhl in der Nähe des Bettes hing eine schwarze Uniform. Meine Uniform. Um die Geduld des Höllenregenten nicht länger heraus zu fordern, nahm ich sie und verschwand in einem Nebenraum. Hier konnte ich mich waschen.

Als ich danach in das Zimmer zurückkehrte, hatte Luzifer sich erhoben und lehnte in typischer Manier an seinem Schreibtisch. Das Buch lag neben ihm auf der Tischplatte. Eine Weile war es still.

Ich stand immer noch auf Höhe des Bettes, die geschlossene Nebenraumtür in meinem Rücken und er lehnte an seinem Schreibtisch. Eine angespannte Atmosphäre. Aber, dass er schwieg, gab mir Zeit, mich zu sammeln und dazu durchzuringen, seinem Blick zu begegnen. Erst dadurch fiel mir auf, dass er ein noch herrschaftlicheres Gewand trug als zu den regulären Empfängen im großen Saal. Der schwarze Stoff des Obergewandes war aufwendig bestickt, rote Rubine zierten zahllose Schnallen. Der darunter liegende Brustpanzer schimmerte im schwachen Licht. Schulterpanzerungen und ein langer Umhang aus zweifelsohne sehr schwerem Stoff, rot eingesäumt und ebenfalls mit kunstvollen Stickereien versehen, ließen die Erscheinung des Teufels noch imposanter wirken. Er sah aus wie ein Feldherr. So, daran bestand für mich kein Zweifel, musste er wohl ausgesehen haben, als er einst die Söhne der Finsternis gegen die Söhne des Lichtes in die Schlacht geführt hatte.

Als ich glaubte, meine Sprache wiedergefunden zu haben, trat ich vor und verneigte mich kurz. "Quo vadis, Domine?" Ich stellte fest, dass meine Stimme schwächer war, als ich erwartet hatte.

Luzifer hob die Augenbrauen. "Wohin ich gehe?" Er lächelte süffisant. Das war ein gutes Zeichen, denn es bedeutete, dass wir zum Alltag zurückkehrten. Noch ein paar Sätze zwischen uns und die vergangenen Stunden würden – zumindest offiziell – niemals stattgefunden haben.

Er stieß sich vom Tisch ab. Er wirkte in dieser Bewegung unheimlich leichtfüßig, obwohl die metallene Panzerung sicherlich einiges wog. Er trat auf mich zu, dann aber doch an mir vorbei und blieb dann stehen. "Wir gehen zum Rat. Und nenn mich nicht Herr. Du bist nicht mein Sklave, sondern mein Untergebener."

Der erste Teil des Satzes ließ meine Augen leuchten und beanspruchte soviel meiner Aufmerksamkeit, dass mir die darauf folgenden Worte fast entgingen.

Wir? Zum Consilium Diabolorum? Ich? Anwesend bei einer Konferenz der großen Sieben?

Mein Blick zeigte kurz darauf leichte Skepsis, was Luzifer nicht entging. Er umkreiste mich, bleib neben mir stehen und sah mit einem Nicken zu mir. "Ich habe nachgedacht, Sariel."

Da war er. Der Augenblick, in dem alles wieder war wie vor dem Zwischenfall mit Lilith. Wahrscheinlich hatten meine Neugierde und die Tatsache, dass Luzifer diese zu stillen wusste, einen erheblichen Teil dazu beigetragen. Wir hatten nun ein Thema, eine neue Basis der Konversation.

Und das war gegenwärtig wichtiger als das, was vorher geschehen war. Wir hatten also beide eine Ausrede für unser Gewissen.

Menschen vergessen schnell und verzeihen leicht. Höllenbewohner vergessen noch schneller und kennen so etwas wie Verzeihen nicht, da alles gleich abgegolten wird. Nach ihren Vorstellungen ist es also gar nicht nötig, etwas zu behalten. Punkt. Und wie das mit den Engeln ist, dazu komme ich später.

"Ich habe nachgedacht und bin zu einem Entschluss gekommen. Allerdings brauche ich für dessen Ausführung die Genehmigung des Rates", fuhr Luzifer währenddessen fort.

Ich nickte. Ich konnte es nicht fassen. Er wollte mich tatsächlich mit zu einer Ratssitzung nehmen. Es war einer der Momente, die ich besonders genoss. Ich war wichtig. Ich war nicht nur ein Wurm, den man mit Füßen treten konnte. Höllenfürst hin oder her – Titel hatten nicht immer viel Gewicht. Es waren Gelegenheiten wie diese, die einem vor Augen führten, wo man tatsächlich stand.

"Praege." Luzifer schritt voraus, und verließ den Raum durch die - wie ich erst jetzt bemerkte - bereits geöffnete Zimmertür. Er hätte sein *Vorwärts* nicht sagen müssen. Ich war von Neugier und Stolz gefesselt, voll und ganz auf ihn fixiert wie nie zuvor. Sobald er auch nur andeutete, sich zu bewegen, tat ich es ihm schon gleich und ging neben ihm her.

Wir verließen sein Zimmer, passierten die hohen Korridore seiner Palastresidenz und näherten uns einer Höhle am anderen Ende des Rings. Jeder, der uns entgegen kam, wich ehrfürchtig an den Rand des Weges zurück.

So furchtbar der letzte Tag auch geendet und der neue begonnen hatte, jetzt fühlte ich mich, auch wenn mein Körper mich bei so manchem Schritt an die Strapazen der letzten Nacht erinnerte, großartig.

IX

mea maxima culpa

Durch meine größte Schuld

Natürlich kam ich nicht bis in den geheiligten Konferenzraum der Hölle, sondern hatte in der Vorhalle zu warten. Große Gemälde in pompösen Goldrahmen schmückten die steinernen Wände des Raumes. Sie zeigten Szenen aus der Schlacht der Söhne des Himmels gegen die Söhne der Finsternis. Natürlich gab es nur glorifizierende Abbildungen von Luzifer und seinen Anhängern. Man hätte hier vergeblich nach jenem Bild gesucht, das den Ausgang des Duells zwischen Luzifer und Michael zeigte. Das hing natürlich im Palast Gottes in Araboth.

Ich lehnte mit dem Rücken an der riesigen, doppelflügeligen Eingangstür der Halle. Zwar befand sich in nächster Nähe eine mit rotem Leder bezogene Bank, die eigentlich recht einladend war, doch nichts im Universum hätte mich in diesem Moment dazu bewegen können, mich darauf zu setzen.

Am anderen Ende der Halle war eine weitere Tür, nein, ein Tor, aus pechschwarzem Ebenholz. Es zeigte charakteristische Höllenszenarien: Menschen, die sich in den Staub warfen oder sich unter Schmerzen in demselben wanden. Da erlitten Greise, Männer, Frauen und Kinder Höllenqualen, rauften sich die Haare, hielten sich einzelne Glieder mit verzerrten Gesichtern und weit aufgerissenen Augen. Lodernde Flammen verschlangen allerlei Nutztier samt Besitzer. Dämonen, manche von ihnen mit Tiergliedmaßen, posierten mit Peitschen unter den Leidenden, vergriffen sich an Frauen wie Männern, Greisen wie Kindern, während andere die Todsünden säten.

Ja, tatsächlich, säten: Ein Dämon auf Ziegenbeinen trieb einen Pflug durch einen brennenden Acker; ein weiblicher, gänzlich nackter Dämon streute Samen aus, während ein Kopfloser mit Drachenflügeln mit seinem eigenen Blut die Saat goss. Und aus der Saat wuchsen Menschen mit Hörnen, Waffen, Kronen, Kostbarkeiten...

Und über dieser Ansammlung von Motiven thronten sieben blutrote Rubine, gehalten von sieben krallenbesetzten Händen aus Gold, die im Kreis um einen weiteren von einem Händepaar gehaltenen Rubin angeordnet waren.

Hinter diesem Tor begann der Konferenzraum, der Ratssaal der großen Sieben der Hölle. Es war eines der noch von Himmel und Erde unentdeckten Geheimnisse, denn jeder setzte Luzifer mit Satanel, dem *Widersacher*, gleich.

Luzifer war und blieb jedoch nichts anderes als Luzifer, er war lediglich das Oberhaupt der großen Sieben und verfügte über die vereinte Kraft des ganzen Rats, also eben jener sieben mächtigen Satane, zu denen der ehemals höchste Engel Gottes selbstverständlich gehörte.

Satanel war demnach nichts Geringeres als die gebündelte Macht der sieben mächtigsten Verräter Gottes. Wer genau dies war, das wussten nur die Mitglieder selbst. Nur Luzifer war als Regent der Hölle die bislang einzige bekannte Persönlichkeit dieses Kreises.

Allein für diese Bürde vergötterte ich ihn. Er war Symbol einer Revolte. Einer Revolte, die meiner Meinung nach berechtigt war. Und, obwohl es viele gab, die ebenso gefrevelt hatten, nahm Luzifer allein alle Verantwortung auf sich. Ihm allein gab man die Schuld. Er allein war Satanel, ganz gleich, wie berüchtigt die anderen Mitglieder auch sein mochten. Er war der Drache der Dämmerung, er war unser Hoffnungslicht, denn ihm, und keinem anderen, waren wir aus dem Himmel gefolgt.

Er hatte wirklich eine große Bürde zu tragen, das wurde mir in solchen Momenten immer wieder bewusst. Und das war schon Grund genug, ihm alles andere zu vergeben.

Ich spazierte mittlerweile ziellos durch die Halle. Mein Blick streifte mehr desinteressiert die vielen Gemälde.

Aber mit einem Mal wurde ich stutzig und blieb stehen. Michael. Hier hing tatsächlich ein Bild von Michael. Mit fragendem Blick trat ich näher an das Bild heran.

Der Erzengel schien gerade herumzufahren, sein langes, braunes Haar war in einem Moment der Bewegung vom Maler festgehalten worden. Die blauen Augen leuchteten, waren aber vollkommen leer und ausdruckslos. Ein Kontrast, der mir fast zu fremdartig erschien. Auch die Mimik des Seraphs ließ keine Schlüsse über sein Gefühlsbild zu - es war engelstypisch neutral, aber auf eine sanfte, niederschmetternde Art und Weise.

Ich war gefesselt von der Gestalt in weißen Engelsgewändern, dem goldenen Panzer und dem gewaltigen Schwert in der rechten Hand. Die Klinge reflektierte goldenes Licht – kein Sonnenlicht, sondern die astrale Kraft, die Aura, den Heiligenschein des Engels. Aber, nein! Nicht die Klinge selbst reflektierte das heilige Licht, sondern das dunkle Blut, das an ihr herab rann.

Unweigerlich verglich ich dieses Abbild des Erzengels mit dem des jungen Menschen.

Gut, das braune Haar war jetzt nur weitaus kürzer. Daran lag es nicht.

Der Engel auf dem Bild, dessen sechs mächtige, mit sehenden Pfauenfedern besetzte Flügel sich imposant um und über seinem Körper erhoben hatten, wahrte die Mimik eines guten Richters. Das heißt, sein Gesicht war wie beschrieben ausdruckslos. Trotz der noch relativ jungen Gesichtszüge.

Ich erinnerte mich gut daran, dass die Augen des Menschen Michael weitaus fröhlicher und lebendiger gewesen waren; auch hatte sein Gesicht eine gesunde Farbe gehabt und sein Mienenspiel allein hatte ihm einen einzigartigen Charakter verliehen.

Dieser Engel, dieser Michael dort auf dem Bild, war blind. Nicht physisch, sondern psychisch. Ein von seiner Überzeugung verblendeter Geist.

Aber warum hing dieses Bild überhaupt hier? Was hatte es hier zu suchen? Was bezweckte Luzifer damit, das Bild

des Erzfeindes der Hölle in der Eingangshalle des Ratssaales aufzuhängen?

"Du träumst ja, Sariel..."

Ich zuckte heftig zusammen und wäre beinahe über meine eigenen Füße gefallen. Luzifer stand - wie lange schon, das wusste ich nicht - direkt hinter mir, sein Kopf leicht vorgebeugt, über meiner Schulter, sein Kopf so nah bei mir, seine geflüsterten Worte direkt an meinem Ohr.

Ich stand wie erstarrt da.

Der höchste der Satane lächelte hämisch und trat neben mich. "Was siehst du dir da an…?" Die Frage war natürlich rein rhetorisch. Luzifer wusste genau, wessen Abbild ich betrachtet hatte.

"I-..."

"Du willst wissen, warum dieses Bild hier hängt, nicht wahr?", unterbrach der Höllenfürst sofort. Ich nickte.

Er lachte leise und kalt. Aber... klang es auch melancholisch.

Luzifers Blick war nun auf das Bild gerichtet. Eine Weile sagte er gar nichts, dann seufzte er und schüttelte den Kopf. "Ein anderes Mal... vielleicht..." Er ging wieder auf die Tür des Ratssaales zu. "Komm", forderte er mich mit einer beinahe einladenden Geste auf.

Ich hatte das Gefühl, er wollte mir etwas verheimlichen. Aber nicht, weil er der Teufel war und mir sowieso grundsätzlich nichts erklären musste, sondern weil er einen wirklichen, emotionalen Grund zu haben schien, nicht darüber reden zu wollen. Dieser Anflug von Menschlichkeit im Wesen des höchsten Satans gab mir den Mut, stehen zu bleiben. "Warum?", hinterfragte ich, ohne zu zögern. Natürlich biss ich im nächsten Moment die Zähne zusammen, ärgerte mich über mich selbst. Was hatte mich nur zu dieser unüberlegten Tat verleitet?

Luzifer war vor dem Tor stehen geblieben, hatte sich aber nicht zu mir umgedreht. Ich hielt den Atem an und war unbeschreiblich erleichtert, als er kurz nach dem Türknauf griff und seufzte.

"Um mein größtes Verbrechen niemals zu vergessen", klang es dann in einem mir völlig fremden Ton aus dem Mund des hohen, gefallenen Seraphs. Seine Stimme hatte etwas schwerfälliges, fast etwas wehmütiges.

Ich hatte das Gefühl, dass es in diesem Moment nicht mein Herr Luzifer, der König der Hölle war, der zu mir sprach. Sondern jemand, den man längst vergessen hatte, jemand, der sich nun wohl an einem noch unzugänglicheren Ort aufhielt als der Erzengel Michael.

Die Türen des Ratssaales öffneten sich wie von Geisterhand.

"Ich werde dir nicht noch einmal die Aufforderung erteilen, mir zu folgen", hallte Luzifers Stimme in meinen Ohren, während er den Raum bereits betreten hatte. Zögerlich machte ich ein paar Schritte darauf zu.

Im Inneren herrschte Finsternis. Ein Windstoß heißer Luft schlug mir entgegen, dann wurde der Raum plötzlich für einen Moment durch ein rotes Blitzlicht erhellt und ich erahnte eine riesige Höhle. Ein schmaler Steg führte zu einer runden, mit Säulen gesäumten Plattform. Links und Rechts ging es in die Tiefe. Ich konnte weder den Grund, noch die Wände des Raumes sehen. Auch wenn ich den Blick hob, sah ich nur Finsternis. Es schien, als schwebte die Plattform mit ihren Säulen im schwarzen Nichts. Das rote Glühen, das in diesem Augenblick wieder aufflackerte, kam von einigen Fackeln, die den Weg zur Plattform und deren Säulen zierten. Die gespenstische Stille trug jedenfalls nicht zu meinem Wohlbefinden bei, als ich mir ein Herz fasste und mich über den Steg, der mir sehr wackelig erschien, weiter in den Raum vorwagte. Schließlich stand ich zwischen sieben schneeweißen, mächtigen Säulen; der Boden unter meinen Füßen war felsig und schwarz.

Jemand räusperte sich. Ich sah mich um, konnte aber niemanden erkennen. Ein weiters Räuspern. Es kam von oben.

Langsam hob ich den Blick. Meine Augen wurden größer. Hoch über meinem Kopf ragten Podeste aus den einzelnen Säulen, auf denen steinerne Throne standen – es erinnerte mich an die Säulen in Kirchen, wobei dort eher Engel oder Heilige standen und keine Throne auf denen die sieben höchsten Teufel saßen.

Luzifer saß natürlich am Kopf der Runde, sodass er zwischen zwei Säulen hindurch direkt auf die Eingangstür sehen konnte, ohne dass sein Blick behindert wurde.

Ich drehte mich langsam und sah mich in der Runde um.

Zur rechten Seite Luzifers saß ein älterer, bärtiger Mann, den ich sofort erkannte: Es war Beelzebub, der Herr des Hauses, auch bekannt unter dem Titel *Herr der Fliegen*.

Zu seinen Engelszeiten war er einer derjenigen gewesen, die die Seelen ins Totenreich führten. Sein langes, weißes Haar fiel auf einer Seite des Throns hinab und erreichte beinahe den Boden. Seine fast schwarzen Augen musterten mich kritisch. Sehr kritisch. Beinahe missbilligend.

Ich erschauderte und fühlte mich keineswegs wohl.

Beelzebub räusperte sich erneut. "Können wir weitermachen?" Er lehnte sich in seinem Thron zurück.

"Ich glaube, du hast ihn verschreckt", meinte eine andere Stimme und bezog sich damit zweifellos auf mich.

Wiederum rechts von Beelzebub saß jemand, der Luzifer zum Verwechseln ähnlich sah. Abgesehen davon, dass Luzifer eindeutig der Größere von beiden war und die Augen des Anderen dunkelrot funkelten. Auch schien er mir nicht so furchteinflößend wie Luzifer, obgleich ich nicht daran zweifelte, dass es handfeste Gründe geben musste, warum er unter den sieben Satanen saß. Ich rätselte und entschied mich schließlich dafür, dass es Beliel sein musste, der ganz und gar nicht wertlos war, wie sein Name sagte. Er war der regierende Fürst des Höllenreichs Scheol.

"Ach was, wenn er wirklich mal ein Thronengel war, dann muss er das überwinden können", warf eine weitere Stimme ein.

Ich wandte mich weiter nach rechts, zur nächsten Säule und war nicht schlecht überrascht, dort Azazel zu sehen, das ehemalige Oberhaupt der Grigori – einer Gruppe Wächterengel. Unter seiner Führung waren jedoch die meisten dieser Engel den Töchtern Kains und somit der Sünde der Wollust verfallen... Als er dann auch noch verbotenes Wissen an die Menschen weitergab, soll sich Raphael persönlich um seine Entfernung aus den himmlischen Gefilden gekümmert haben. Dabei wirkte Azazel auf den Blick nicht besonders bedrohlich: Der Satan hatte eine jugendliche Gestalt, trug keine prächtige Rüstung, sondern nur eine dunkelrote Tunika, Hose und Stiefel – passend zur Farbe seines kurzen Haupthaars. Aber er setzte sich auch durch seine gebräunte Hautfarbe deutlich von den übrigen Satanen ab. Eine stille Warnung vermittelten die fingerbreiten Schuppenzüge auf seinen Wangenknochen... Azazel hatte - wie viele der mächtigeren gefallenen Engel, die sich mit einem Dämon vereint hatten - eine weitere Gestalt. Und die dämonische Gestalt des Satans über mir war eine Schlangenkreatur mit sieben Köpfen. Die vereinzelten Schuppen auf seinen Wangen waren der einzige sichtbare Hinweis darauf.

Luzifer, Beelzebub, Beliel, Azazel...

"Trotzdem halte ich das Ganze für zu riskant, ich weiß nicht, ob wir uns auf ihn verlassen können", mischte sich eine weitere unverkennbare Stimme ein. Mastema.

Feindschaft. Ein Versucher und Henker. Ein typischer Teufel – ein Paradebeispiel und Vorbild für die höllische Schar. Eine seiner nennenswerten Taten war das erfolglose, aber aufsehenerregende Vorgehen gegen Moses. Er hatte sich als einer der Ersten den Söhnen der Finsternis angeschlossen.

"Luzifer wird schon wissen was er tut, Mastema, und deine pessimistische Meinung interessiert uns nur geringfügig."

Sammael, *Gift Gottes* und - wie auch ich - ein ehemaliger Todesengel und Erzengel. Ja, ich kann auf eine sehr abwechslungsreiche Karriere zurückblicken.

Bleiben wir bei Sammael: Sein Äußeres erinnerte mich an das eines Wikingers: Nicht zu bändigendes kupferfarbenes Haar, leuchtend grüne Augen, ein kantiges Gesicht mit Kinnbart und den wohl muskulösesten Körper des ganzen Rates. Er war in den Gefilden des Loca Inferna für die Schar der Dämonen zuständig und gewissermaßen ihr Herrscher. Außerdem erzählte man sich, er habe Luzifer die vier Engel der

Prostitution zum Geschenk gemacht... Es geht doch nichts über echte Männerfreundschaften...

Wie Azazel war auch Sammael vor langer Zeit den Bund mit einem Dämon eingegangen. Sogar noch vor Luzifers Fall. Seine Zweitgestalt war ebenfalls schlangenhaft, besaß aber zwölf mächtige Flügel. Zu seinen Schandtaten – also seinen ruhmreichen Errungenschaften aus Sicht der Höllenbewohner – gehörte die Versuchung Evas. Was ihn des Weiteren endgültig zu einem der fähigsten Intriganten des Schattenreiches machte, war die erfolgreiche Aufhetzung Kains gegen Abel. Das Ergebnis dürfte allgemein bekannt sein. Dieser Satan war mir aufgrund dieser Taten immer schon sympathisch gewesen. Dass er im Rat saß und Luzifer offenkundig unterstützte, gefiel mir daher umso mehr.

"Müssen wir das jetzt wieder aufrollen? Geben wir ihm seinen Auftrag und machen Schluss für heute, ich habe noch anderes zu tun!"

Ich sah zur nächsten Säule, die zur Linken Luzifers stand.

Mit Abaddon – *Abgrund* – saß dort eine weitere Schlange. Pardon, aber Abaddon war tatsächlich der Schlangenengel. Die Pupillen der fast weißen Augen waren nicht rund, sondern spitze Ovale, was dem Blick des Satans stets etwas Bedrohliches verlieh. Das hellbraune Haar des Königs der dämonischen Heuschrecken war kurz und leicht gelockt. Ich brauche wohl nicht zu erwähnen, was er der Erde regelmäßig antat, um einen Platz im Rat zu verdienen.

Das waren sie also. Diese Sieben. Das war der Rat.

Vielleicht wird der eine oder andere an meinen Ausführungen zweifeln, sagen, dass er aber dieses und jenes auf einen anderen Höllenangehörigen bezieht. Das beweist doch, wie wenig im Grunde über *Satanel* und die Hölle allgemein bekannt ist; auch ich kann nur wiedergeben, was ich aus Erzählungen kenne. Und über den Wahrheitsgehalt von Erzählungen lässt sich bekanntlich streiten. Nichts anderes gilt im Übrigen für den Himmel. Obwohl ich eine Ewigkeit dort verbracht habe, maße ich mir nicht an, viel über den Himmel zu wissen. Manchmal glaube ich sogar, dass selbst die Menschen mehr wissen als ich.

Und so war mir in jenem Augenblick, als ich vor dem Rat stand, nicht sicher, ob ich überhaupt etwas wusste. Aber als ich aus den Augenwinkeln sah, dass Luzifer nickte, war das für mich ein Zeichen, mich wieder ganz der Gegenwart zu widmen.

Beelzebub räusperte sich erneut und sah mich direkt an. "Setz dich."

Ich hob die Augenbrauen. Hinter mir wuchs ein seltsames Gebilde aus knochigen Ästen aus dem Boden, das wohl so etwas wie einen Stuhl darstellen sollte.

Ich schüttelte entschieden den Kopf.

Was auch immer passieren mochte, ich hatte den Entschluss gefasst, mich nicht mehr zu setzen. Dafür ging ich sogar das Risiko ein, einen Satan zu verhöhnen, indem ich seine Anweisungen missachtete.

Beelzebub musterte mich durchdringend und schüttelte schließlich den Kopf. "Setz dich, *bitte...*", wiederholte er.

Ich biss mir auf die Unterlippe. Ich warf kurze, beinahe Hilfe suchende Blicke zu meinem Herrn.

Der begnügte sich aber damit, die Beine übereinander zu schlagen, den Kopf auf seine linke Hand zu stützen und amüsiert in die Runde zu blicken.

Ich war fassungslos.

Dennoch blieb ich fest und schüttelte ein weiteres Mal, diesmal deutlicher, den Kopf. Beelzebub lehnte sich in seinem Thron vor und sah demonstrativ auf mich herab.

Sein Blick war finster und eiskalt. Mir wurde schlecht. "Es ist gut...", wandte Luzifer nun endlich ein und winkte ab. Das Astgebilde hinter mir ging in Flammen auf und die Asche wurde von einem plötzlichen Windstoß weggeweht.

Ein kurzer, orientierender Blick verriet mir, dass wohl mittlerweile alle im Raum den Grund für meinen Widerstand verstanden hatten, denn aus jedem Gesicht sprach ein wissendes Lächeln, besonders aus Beelzebubs. Mir war das in diesem Moment egal, ich war davongekommen und - was noch wichtiger war - Luzifer hatte mir geholfen.

"Nun, Sariel..."

Ich richtete meinen Blick zu Mastema, der als erster wieder eine ernste Miene machte.

"Nach langer Debatte haben wir entschieden, wie nach den jüngsten Ereignissen künftig mit der Sache verfahren werden soll", eröffnete er gewichtig.

"Zunächst wirst du zur Erde zurückkehren", übernahm Beliel das Wort und hatte kaum ausgesprochen, als Azazel fortfuhr: "Und dort bis auf Weiteres bleiben."

Ich wandte nur immer wieder den Kopf, was auf Dauer recht mühselig wurde.

Abaddon nickte. "Also begib dich sofort dorthin", ordnete er an.

"Die Sitzung ist beendet", schloss Beelzebub und war auch schon im nächsten Augenblick verschwunden.

Verwirrt starrte ich auf seinen leeren Ratsthron und fühlte mich in gewisser Weise unbefriedigt und leer. Die Sitzung war beendet? Das war alles gewesen? Skeptisch sah ich mich um. Und musste enttäuscht und verwundert feststellen, dass auch die anderen Ratsmitglieder verschwunden waren.

"Versuch nicht, es zu verstehen."

Erneut fuhr ich zusammen, als Luzifer direkt hinter mir stand, und prallte gegen den metallenen Brustpanzer meines Herrn.

Luzifer hob kurz die Augenbrauen, dann trat er zurück und wandte sich zur Tür.

"Geh zur Erde und beobachte Michael", meinte er noch, während er vor mir aus dem Saal schritt. "Ich werde bald nachkommen."

X

in nomine diaboli

Im Auftrag des Teufels

Ich reiste also wieder zur Erde.

Dieses Mal würde ich jedoch nicht zu Uriels Haus gehen, zumindest nicht sofort.

In meiner infernalischen Uniform wirkte ich anscheinend menschlich genug, um nicht aufzufallen, denn die Menschen gingen an mir vorbei, ohne von mir Notiz zu nehmen.

Gut, vielleicht lag es auch daran, dass die Menschen im Laufe der Jahrhunderte das Gespür für das Überirdische verloren hatten. Es musste so sein, denn sonst hätte doch bestimmt irgendjemand jenen Menschen als den Erzengel Michael erkennen müssen.

Ich ging über leere, kleine Straßen und Gassen und genoss das Leben um mich herum. Wieder einmal begann ich, die Menschen dafür zu bemitleiden, dass sie gar keine Augen mehr für die Schönheit hatten, die sie umgab.

Mein Ziel war ein kleiner Universitätskomplex im Norden der Stadt. Klein hieß, dass ich schon weit größere auf Erden gesehen hatte.

Uriel hatte mir zu Beginn der Operation erklärt, wo ich Michael wann beobachten konnte und frischte die Informationslage regelmäßig auf. Zurzeit besuchte er eben jene Universität und hielt sich dort auch die meiste Zeit des Tages auf.

Als ich die ersten rechteckigen, grauen Universitätsgebäude über den Einfamilienhäusern des wohlhabenden und - gemessen an den vielen Kreuzen, die an den Eingangstüren hingen - von vielen Gläubigen bewohnten Viertels erspähte, packte mich eine Neugier, deren Ursprung ich mir nicht erklären konnte. Ich ging schneller. Bald trennte mich nur noch eine hohe Rosenhecke vom Vorhof der Universität.

Noch immer hatte ich keinen irritierten oder abschätzigen Blick von einem der Passanten erhalten. Vielleicht passte meine extravagante Uniform äußerlich so etwa in das Bild eines Studenten. Oder die Studenten der Universität waren grundsätzlich so extravagant, dass ich nicht mehr auffiel. Ich erreichte ein hohes, aufwendig gearbeitetes Tor, das offen stand und schritt hindurch.

Niemand sah auf, niemand nahm den Fremden war, der sich als einer von ihnen ausgab. Ich fühlte mich in meiner Tarnung mehr und mehr sicher und sah mich um. Der Anblick einer gut gepflegten Kapelle auf dem Haupthof ließ mich stutzen. Eigentlich, so dachte ich, war dies doch die ideale Umgebung für einen vermenschlichten Engel. Aber andererseits... je länger ich mich umsah, desto sicherer ich war mir, dass man an diesem Ort auch allen Glauben verlieren konnte. Ich war Umgeben von strenger Ordnung, aber ich fühlte mich nicht heimisch, nicht geborgen - eher belastet mit der Verantwortung, die Ordnung aufrecht zu erhalten. Es erinnerte mich entsetzlich an alte Zeiten. Ob dieser Ort maßgeblichen Einfluss auf Michaels Willensbildung gehabt hatte?

"AAAAH!" Ein entrüstetes Kreischen ließ die Vögel aufflattern und alle Umherstehenden aufschrecken.

Zwei Meter vor mir stand eine junge Frau, kreidebleich, mit blondem, langem, lockigem Haar und blauen Augen, in einem weißen Kostüm – sie war hübsch wie ein Engel. Aber sie schrie wie am Spieß und deutete mit ausgestrecktem Zeigefinger auf mich.

"D... D-d..." Ihre Lippen zitterten und die Furcht in ihrem Gesicht ließ mich das Schlimmste befürchten: Hatte man mich doch entdeckt?!

Ich biss die Zähne zusammen und bemühte mich darum, sie leicht verwundert und fragenden mit einem freundlichen Lächeln anzusehen, während mir vor Aufregung heiß und kalt wurde.

"Adina!" Ein junger Mann schob sich an ein paar neugierigen Schaulustigen vorbei und ich war unglaublich erleichtert, als ich Michael erkannte. Die junge Frau bebte am ganzen Leib und war vollkommen hysterisch. Als sie Michael bemerkte, stürzte sie auf ihn zu und suchte Schutz an seiner Brust.

Fragend sah er zu mir, erkannte mich und legte dann stirnrunzelnd einen Arm um die immer noch vollkommen aufgelöste Adina. "Was ist denn los?", fragte er ruhig und strich ihr beinahe liebevoll durchs Haar. Ich sage beinahe, weil der müde, fast lustlose Ausdruck in seinen Augen eigentlich alles andere als liebevoll war und nicht zu seinem Handeln passte.

"D-da!" Sie deutete wieder auf mich, sah aber nicht in meine Richtung. "Der Teufel!"

Meine Augen wurden groß – ich traute meinen Ohren nicht.

Michael schüttelte den Kopf. "Ach was!" Er legte seine rechte Hand unter ihr Kinn und hob es an. "Du hast schon wieder zu viel gelesen", begann er leise, doch sie fiel ihm mit einem Schluchzen ins Wort: "Nein! Ich bin mir ganz sicher! Wirklich!" Sie erreichte eine Stimmhöhe, vor der sich selbst Cassiel hätte verneigen müssen. Einige der umherstehenden Beobachter tuschelten.

Michael warf ihnen finstere Blicke zu – und tatsächlich gingen die neugierigen Zuschauer daraufhin wieder ihrer Wege. Dann wandte er sich wieder an Adina und schüttelte den Kopf. "Adina, er kann nicht der Teufel sein. Er ist ein Austauschstudent und er wohnt bei mir. Glaub mir, wenn er der Teufel wäre, wüsste ich das."

Das Argument schien sie zu überzeugen, denn sie gab keine Widerworte. Nicht sofort.

"Ich..."

"Ist schon gut", unterbrach Michael sie mit einem sanften Lächeln – aber wieder glaubte ich, dass ihm etwas Gezwungenes anhaftete. "Geh besser, sonst verpasst du noch die Messe."

Das Mädchen war augenblicklich wie ausgewechselt. Ohne weiteres Gezeter, dafür aber mit einem tapferen Lächeln wischte sie sich die Tränen aus dem Gesicht, löste sich aus

Michaels Umarmung und rannte auf die Kapelle zu.

"Deus Diabolusque..." Michael griff sich an den Kopf. Dann sah er mich abschätzend an. "Was willst du denn hier? Lässt Uriel mir jetzt auch nachspionieren?"

Ich schüttelte den Kopf. Zumindest fluchte der Mensch sowohl auf Gott als auch auf Luzifer; das war ein Anfang, eine Basis, damit konnte man arbeiten.

"Ey, Mike!", rief eine weibliche, aber weitaus tiefere Stimme und eine junge Frau mit kurzen, grün gefärbten Haaren, die einen etwas zu großen schwarzen Blazer und schwarzer Hosen trug, kam auf uns zugelaufen.

"Was hatte deine Kleine denn jetzt schon wieder?", fragte sie, als sie uns erreichte. "Die hört man ja bis in die Bibliothek rauf!" Dann entdeckte sie mich und musterte mich mit einem offenen Lächeln. "Schräge Klamotten." Sie sah zu Mike und deutete auf mich. "Noch jemand aus dieser Sekte?"

Ich sah Michael verwirrt an. Sekte?

Michael nickte. "Ja, aber ein... anderer Zweig."

Die junge Frau rümpfte die Nase und schielte wieder zu mir. "Echt? Satanist vielleicht? Das volle Programm? Auch Blutopfer und so was? Oder doch eher nur Teufelsanbetung?" Ich begegnete ihrem Blick und wusste nicht, was ich sagen sollte. "Ah...", begann ich, aber Michael winkte ab.

"Cat, das ist Sa-...muel..."

Samuel? *Samuel?* Ich warf Michael einen entrüsteten Blick zu. Ich war ein Gefallener und brauchte es mir nicht gefallen zu lassen, einen gottgefälligen Namen zu bekommen.

"Cathrin." Die junge Frau griff nach meiner Hand und schüttelte sie. "Und das mit dem Satanisten war'n Scherz, tut mir Leid. Weißt du, Mike wohnt bei 'nem wirklich seltsamen Typen, da würde mich gar nichts mehr wundern..." Sie grinste.

Ich erwiderte den Händedruck und lächelte unsicher. Dieser Frauentyp war mir nicht geheuer…

"Was hast du in der Bibliothek gesucht?" Michael hob fragend die Augenbrauen und bedeutete mir und Cathrin, ihm zu folgen. Er führte uns zu einer abgelegenen Stelle des Geländes – zu einer kleinen Wiese hinter einem hohen Gebäude.

"Ich hab gleich meine nächste Psycho-Stunde bei der alten Nonne und ich hab mich grad mal über Sodom und Gomorra informiert", erzählte Cathrin, während wir eine Bank ansteuerten, und grinste dabei noch breiter.

Ich hob die Augenbrauen. Sodom und Gomorra? Die junge Frau war mir mit einem Mal sehr sympathisch.

"Du Arme", kommentierte Michael. "Und, was gefunden?"

Sie schüttelte den Kopf und ließ sich auf die Bank fallen. "Die Tusse ist so engstirnig, ich glaub, mit der kann ich eh nicht diskutieren." Sie seufzte. Ich konnte mir ein Schmunzeln nicht verkneifen und prompt sah Cathrin zu mir auf und musterte mich misstrauisch. "Was gibt's da zu grinsen?" Auch Michael runzelte skeptisch die Stirn. Ich schüttelte den Kopf und zog es vor, innerlich über den blinden Dogmen-Fanatismus der Kirche herzuziehen.

"Was hatte das arme, arme Adina-Schätzchen denn jetzt schon wieder? Einen Flecken auf ihrem Kleidchen?"

Ich persönlich fand den Sarkasmus in der Stimme Cathrins höchst amüsant. Michael verzog gequält das Gesicht, fuhr sich durchs Haar und nickte schließlich in meine Richtung. "Sie hat ihn für den Teufel gehalten."

Cathrin sah mich an, ihre Augen wurden groß, dann prustete sie und begann zu lachen. "Oh Gott!"

Ich zuckte mit den Schultern. Michael seufzte entnervt. Schließlich hielt Cathrin inne und blickte zu ihm hoch.

"Entschuldige, aber das mit dir und dem Bibel-Engelchen ist doch wirklich 'n Witz, oder? Die scheinheilige Bestie ist ja schlimmer zu knacken als 'ne Nonne!"

Michael hob die Augenbrauen. "Vielleicht bist du auch einfach nicht ihr Typ, Cat."

Die junge Frau verschränkte die Arme vor der Brust. "Na, vielleicht erkennt sie ihr wahres Glück nur nicht, weil du einfach zu nett, geduldig und gutmütig bist. Außerdem... wer hält es denn schon sonst freiwillig mit ihr aus? Nicht mal geschenkt wollt' ich sie haben!"

Michael wollte irgendetwas entgegen, da läutete die Kirchenglocke.

Cathrin seufzte. "Oh, Hölle, ich komme!" Sie schüttelte den Kopf. "Ich seh dich später, Mike. Bye, Sammy!" Sie drehte sich um und verschwand in einem Gebäude. Sammy?!

Michael wartete eine Weile, dann hatte ich seinen Ellenbogen auf meiner Schulter. Wie viele Engel – und daran änderte auch seine menschliche Gestalt nichts – war auch Michael größer als ich, aber kleiner als Luzifer.

"Also, warum bist du hier?"

XI

hostes qui vocavit

Die Feinde, die er rief

Ich hatte mich die ganze Zeit zurückgehalten, hatte lediglich beobachtet um mir ein Bild machen zu können.

Michael schien in seinem gesellschaftlichen Umfeld eine nicht unwichtige Position zu haben, auch wenn ich seinen Geschmack bezüglich seiner Partnerin nicht ganz nachvollziehen konnte. Er war wohl ein ganz normaler Student und ich war für ihn nicht mehr als ein ganz normales Mitglied einer Sekte. Man kann so vieles glauben. Ich lächelte freundlich.

"Nun", begann ich, "ich bin ein Engel Satans und auserkoren, die Kommunikation zwischen Araboth, Gehenna und Uriel aufrecht zu erhalten."

Michael sah mich an, als wäre hinter mir gerade eine rotgestreifte Kuh über die Kapelle geflogen. Eine Weile sagte er gar nichts, betrachtete mich nur abschätzig. Dann prustete er und begann zu lachen. "Ja, klar! Und dein Vorgesetzter ist Luzifer persönlich!"

Ich zuckte mit den Schultern. "Wer sonst?", entgegnete ich lapidar. Was war das auch für eine Frage?

Michael hielt inne und sah mich mehr als nur skeptisch an. "Dir ist aber klar, dass Luzifer im Grunde nur eine notwendige Schreckensgestalt ist, die erschaffen wurde, um die leichtgläubigen Menschen fester an Gott und die Bibel zu binden und sie der Kirche gefügig zu machen?"

"Eine interessante Theorie und sie besitzt sogar einen gewissen Wahrheitsgehalt", mischte sich die unverkennbare Stimme des höchsten Satans ein.

Ich musste unweigerlich grinsen und sah aus den Augenwinkeln zu ihm hinüber. Michael hob die Augenbrauen. "Wer sagt das?"

Luzifer lächelte seinerseits, wenn auch eher hinterlistig, und kam näher, seine Hände in den Hosentaschen seiner schwarzen Uniform vergraben, die meiner sehr ähnlich sah. Ich persönlich hätte es amüsanter gefunden, wenn er in seinem Festgewand, in voller Rüstung hier erschienen wäre. Aber jene Variante war wohl die praktikablere.

Der Mensch verschränkte die Arme vor der Brust und ging langsam um Luzifer herum. Seine Augen musterten meinen Herrn abschätzig und misstrauisch. "Hm... Warte..." Er legte nachdenklich zwei Finger an seine Lippen, sein Daumen unter seinem Kinn. "Lass mich raten... Also Sariel", er sah zu mir, "steht hier." Er machte wiederum ein paar Schritte um Luzifer herum. "Uriel sitzt in seinem Haus und liebäugelt mit den Tomaten...", fuhr er monologisch fort. "Gabriel stelle ich mir irgendwie milder vor..."

Offenbar war sich die Menschheit immer noch nicht darüber einig, ob Gabriel Mann oder Frau war, denn sonst hätte Michael sie wohl nicht aufgezählt.

"Für Metatron bist du zu klein, glaub ich." Er musterte Luzifer von den schwarzen Stiefeln bis zum Haaransatz und umgekehrt und ging wiederum ein paar Schritte. "Und im Allgemeinen scheinst du mir für einen Engel doch zu farblos..."

Furchterregend wäre wohl der bessere Ausdruck gewesen, denn ich war mir sicher, dass Michael fähig war, die Aura des hohen Satans wahrzunehmen, die dieser nicht einmal ansatzweise verbergen wollte.

Michael seufzte tief, legte den Kopf schief und sah meinen Regenten beinahe gelangweilt an. "Bist du der Teufel?"

"Exakt", erklang es mit Betonung auf die Konsonanten aus den Tiefen der Kehle des höchsten Satans.

Michael lächelte lethargisch. "Oh, Luzifer persönlich, wie?" Er gähnte affektiert. "Hat der nicht Hörner und Ziegenbeine?"

Ich trat ein paar Schritte zurück. Mir kam die Atmosphäre mit einem Mal unheimlich gespannt vor. Es missfiel mir sehr, dass Michael so respektlos mit meinem Herrn umging. Außerdem war das gefährlich.

Aber zu meiner vorläufigen Erleichterung blieb Luzifer zunächst gelassen und erwiderte Michaels Lächeln auf seine ganz eigene, wissende, selbstgefällige Art. "Menschen haben eine unvorstellbare Fantasie, nicht wahr?"

"AAAAH!"

Ich riss meine Hände an meine Ohren, als Adinas Stimme erneut in den höchsten Oktaven über den Hof hallte. Cassiel war nichts dagegen, da war ich mir mittlerweile sicher. Auch Luzifer hob demonstrativ langsam den kleinen Finger seiner linken Hand zu seinem Ohr und weitete prüfend seinen Gehörgang.

Das wiederum völlig aufgelöste Mädchen stürzte auf Michael zu und riss ihn etwa zwei Meter von Luzifer weg - und zu Boden. Der junge Mann stutzte, stolperte, fiel und saß auf der Erde. Mit einem tiefen Seufzen und einem versteckten Augenrollen rang er sichtlich um Geduld und sah Adina schließlich mit einem verbissenen Lächeln an. "Was ist denn jetzt schon wieder?"

Das Mädchen fingerte mit der rechten Hand an einem Kreuz, dass an einer Kette an ihrem Hals hing und deutete mit der anderen Hand auf Luzifer. "S-satan!"

Luzifer schmunzelte und verneigte sich. "Luzifer, rex locae infernae sum", stellte er sich vor. *Ich bin Luzifer, der König der Hölle.* Hätte er sich edler vorstellen können?

Adina zeigte sich unhöflich unberührt von der Höflichkeit meines Herrn, sprang auf und rannte schreiend zurück zur Kapelle.

Michael rappelte sich auf. "Musste das sein?", bemerkte er bissig in Luzifers Richtung, während er sich auf Wadenhöhe den nicht vorhandenen Dreck von seiner Hose wischte. Der Satan enthielt sich eines Kommentars. Dieses Mal war er es, der um Michael herumging und letztendlich neben ihm stehenblieb und seinen linken Ellenbogen auf die rechte Schulter des verhältnismäßig kleineren Menschen schob. "Ist sie die Tochter deines Professors?"

Der junge Mann nickte und zuckte mit den Schultern. Luzifer nickte ebenfalls. "Gut, das erklärt alles." In der Tat.

Michael hob die Augenbrauen. "Ach ja? Was soll das erklären?", fragte er scheinheilig, doch da war ein Leuchten in seinen Augen und dieses kleine, kaum zu erkennende Grinsen. Offensichtlich erwartete er keine Antwort.

Stattdessen entzog er Luzifer seine Schulter, verschränkte die Arme vor der Brust und legte den Kopf in den Nacken, woraufhin mein Fürst grinsend den Kopf schüttelte. Es war ein seltsames Bild. Und es beunruhigte mich. Diese Art des gegenseitigen Abtastens kam mir entsetzlich bekannt vor. Schon jetzt war da wieder diese nonverbale Kommunikation zwischen ihnen, der ich nur schwerlich folgen konnte.

"Wenn du wirklich der Teufel bist... dann kannst du mir doch bestimmt ein paar Fragen beantworten...", begann Michael und in seinen Augen glimmte etwas. Etwas Bizarres, Herausforderndes, das mich erschaudern ließ.

Luzifer nickte leicht. "Sofern es nicht wieder um ein Hirngespinst der Kirche geht."

Michael nickte seinerseits und dachte einen Moment nach, bevor er fragte: "Ich bin also Michael?"

Wieder ein Nicken meines Herrn. Er schien sehr ausgeglichen. Das beruhigte mich.

"Wie kommt es, dass ich dich, obwohl du älter bist, obwohl du offensichtlich in physisch besserer Verfassung bist und sich die beiden Mächte angeblich ausgleichen, besiegen konnte?"

Ich hielt die Luft an und starrte den jungen Mann entrüstet an. Luzifers Blick wurde schlagartig finster. War er doch eben noch bereit gewesen, Michaels Fragen zu beantworten, schien er jetzt deutlich auf Distanz zu gehen. Der Teufel legte den Kopf leicht in den Nacken und sah auf den vermenschlichten Erzengel herab. Demonstrativ. "Das wird dir schon wieder einfallen", entgegnete er. Eigentlich überraschend ruhig. Für den geübten zuhörer war jedoch eines offensichtlich: Der gegenwärtige Gesprächspunkt bedurfte keiner weiteren Ausführung. Nun wäre es klüger gewesen, wenn Michael hier Ruhe gegeben hätte. Aber Menschen sind nun einmal naiv und leichtsinnig, wenn nicht sogar lebensmüde.

"Ist dir dein kleiner Bruder über den Kopf gewachsen oder hast du es einfach nicht mehr gebracht?", provozierte Michael, ohne mit der Wimper zu zucken. Seine Stimme war ein wenig leiser als vorher, zischelnder.

Luzifer blieb reserviert und distanziert, schien sich nicht auf die Provokation des Jüngeren einzulassen. "Wer weiß."

Michael ließ nicht locker. "Komm schon! Sag es! Sag's mir!"

Das lauernde in seinem Blick, seine offensive Körperhaltung - es gab mir Rätsel auf. Er schien wie ausgewechselt. Das irritierte mich. Dieser Anblick passte so gar nicht in mein Bild. Fast Hilfe suchend wandte ich mich wieder meinem Herrn zu.

Dieser schwieg. Er stand da wie ein Fels und schaute auf Michael herab, starrte durch ihn hindurch.

"Was hast du getan, dass er soviel Mitleid mit dir hatte, dass er... dass ich dich leben ließ?"

Das war zuviel. Ehe ich mich versah, ehe ich etwas unternehmen konnte, schoss Luzifers Hand vor, packte den jungen Mann am Kragen und warf ihn an die nächstgelegene Gebäudewand. Die Augen des Satans standen förmlich in Flammen.

Ein dumpfes Geräusch mischte das idyllische Vogelgezwitscher auf, als Michael mit dem Rücken gegen die Wand prallte und zu Boden sank.

"VADE, SATANA!"

Ein Lichtblitz blendete mich.

Meine Augen brannten. Mein Körper brannte. Mein schwarzes Herz brannte. Etwas fraß sich in die tiefsten Abgründe meines dunklen Wesens. Ich bekam keine Luft mehr, fühlte mich, als würde ich ausgesaugt werden. Ich fasste mir an die Brust, meine Finger gruben sich in den Stoff der Uniform, ich wollte mir eigenhändig das Herz aus dem Leibe reißen, weil es mir wie ein heißes Eisen erschien. Verzweifelt krallte ich mich an das Abbild meines Herrn, an seine Worte, seine Taten, jeden einzelnen Blick. Kurz darauf umfing mich ein erlösender Schatten, schirmte mich ab. Ich keuchte, aber mir ging es augenblicklich besser. Als hätte mich das seltsame Licht niemals gestreift. Als meine Augen wieder zu sehen vermochten, standen Gabriel und Raphael zwischen Luzifer und Michael.

Mit ihrem *Weiche, Satan!* hatten Gabriel und Raphael ihre Aura aufleuchten lassen und uns geblendet. Gnadenlos. Und sie waren dabei sogar das Risiko eingegangen, mir, aber vor allem auch Michael, dem Menschen, zu schaden. Ein sehr gewagtes Manöver.

Meine immer noch etwas schmerzenden Augen suchten nach Luzifer. Er stand da. Wie ein Fels. Unbeschadet. Seine Augen geschlossen. Seine Gesichtszüge entspannt. Majestätisch.

Raphael trat einen Schritt vor.

Luzifers Augen blitzten auf. Sein Kopf war leicht gesenkt. Raphael trat weiter vor, stand schließlich direkt vor meinem Herrn. Der Ausdruck in den Augen des Engels war außergewöhnlich streng, sogar für Raphael. Es gab keinen Zweifel: Luzifer sollte augenblicklich verschwinden. "Vade!", erklang es halblaut und nachdrücklich.

Doch Luzifer... lächelte.

XII

audite audite

Hört, hört

Es war zu einer Situation gekommen, die ich niemals hatte erleben wollen. Ich hatte zu keiner Zeit beabsichtigt, einmal zwischen den feindlichen Linien zu stehen, während Himmel und Hölle aufeinander prallten. Ich hasste derartige Auseinandersetzungen. Gott allein wusste, was alles passieren konnte. Hier prallten Mächte aufeinander, zwei Erzengel und ein Teufel.

Ich machte mir ernste Sorgen. Gut, Luzifer war der Teufel, aber das hieß nicht, dass er allmächtig war. Im Gegenteil. Zurzeit befand er sich auf Erden. Und das machte ihn - so absurd es auch klingen mag - schwächer.

Luzifer konnte nicht einfach zur Erde und mit seinen Kräften alles zerstören, denn wäre dies der Fall gewesen, gäbe es die Erde wohl nicht mehr.

Das Gleichgewicht zwischen den Welten war empfindlich. Würde Satanels gesamte Macht Gehenna verlassen, wäre dies dessen Untergang, demnach musste Luzifer einen Großteil seiner eigentlichen Kraft, die Macht des Consilium Diabolorum in der Hölle zurücklassen. Und auch wenn Luzifer der Erstgeborene der Engel war, Gabriel und Raphael waren zu zweit. Und ich war, obwohl auch ich einst ein Erzengel, unbrauchbar für kämpferische Auseinandersetzungen. Ein Krieger war ich noch nie gewesen. Weder für Gott, noch für den Teufel.

Aber dennoch lächelte Luzifer. Und allmählich konnte ich Kraft aus diesem Lächeln schöpfen. Eine leise Hoffnung, dass diese Begegnung doch nicht eskalieren würde.

"Du solltest nicht hier sein, Satanel", lenkte Gabriel ein, nachdem einige Minuten der Stille vergangen waren. Ihre Stimme war hart. Ein hässlicher Ton.

Luzifer verschränkte die Arme vor der Brust und verzog das Gesicht. Für einen Augenblick wirkte er beinahe wie ein trotziger Schuljunge. Mit Absicht - zweifelsohne verspottete er die Engel und es machte ihm sichtlich Spaß. "Und wenn ich nicht gehen will?", maulte er theatralisch trotzig und rümpfte die Nase.

Raphael und Gabriel wechselten einen Blick, dann wollte Raphael wohl etwas erwidern, doch ehe er dazu kam, hatte sich Michael wieder aufgerappelt, hatte Gabriel auf dem Weg zu Luzifer im Vorbeigehen zur Seite gestoßen und drängte sich mit voller Absicht zwischen meinen Herrn und Raphael.

"Sagt mal, habt ihr sie noch alle?!", donnerte er los und sah den Erzengel vorwurfsvoll an.

"Blendgranaten auf öffentlichen Plätzen?! Seid ihr noch zu retten?! Was geht hier eigentlich vor? Kann mich mal jemand einweihen? Es geht doch hier um mich, oder?" Er holte Luft. "Und was dich betrifft..." Er fuhr zu Luzifer herum und packte ihn am Kragen. "Mach das noch einmal und du bist tot!!"

Muss ich erwähnen, dass mein Herr davon nicht sonderlich beeindruckt oder begeistert war? Jedenfalls machte Michael daraufhin erneut Bekanntschaft mit der Wand.

"LUZIFER!", schrie Gabriel entrüstet. Ich hatte ihre Stimme noch nie so laut gehört und fuhr augenblicklich zusammen.

Luzifer sah Gabriel beinahe verdutzt an. Dann blinzelte er und legte eine Hand an sein Ohr. "Wie war das?", hakte er nach. Sein selbstgefälliges Lächeln sprach für sich.

Ich war verdutzt. Ich hatte nicht erwartet, Gabriel noch einmal den Namen meines Fürsten aussprechen zu hören - auch wenn es mehr einem empörten Aufschrei glich.

Gabriel schwieg pikiert.

"Du wirst ihn noch umbringen!", wies Raphael Luzifer zurecht und schritt zu Michael, um ihm aufzuhelfen.

"Raphael, Ihr enttäuscht mich...", kommentierte der Satan und lächelte höhnisch, ohne sich dem Erzengel zuzuwenden. Ein Stock traf ihn am Kopf.

"..."

Ein Stein flog wenige Zentimeter an seinem Kopf vorbei. "Du konntest auch mal besser werfen, Michael."

Raphael versuchte indes vergebens, den jungen Mann zu beruhigen, der seinem Ärger nun dadurch Luft machte, dass er Gegenständen zum Fliegen verhalf, wobei sich die Flugbahn immer in Luzifers Richtung neigte.

Luzifer betrachtete das gefallene Wurfmaterial am Boden. Der Stock schien ihn zu faszinieren, denn er musterte ihn lange und lächelte nach einer Weile affektiert und doch gleichzeitig hintergründig. Er zählte zu den wenigen, die so etwas konnten.

Ich zog die Augenbrauen zusammen und nahm den Stock ebenfalls ins Visier. Ich konnte nicht nachvollziehen, was mein Herr an diesem Stock fand. Es war ein Stock. Ein ganz normaler Stock. Aus Holz. Er war etwa drei Finger breit, länglich und nur minimal gekrümmt und... Ich sah auf und meinen Herrn aus großen Augen an.

"Entschuldigt..."

Alle sahen auf.

Uriel stand unter einem Baum, lehnte an dem Stamm und hatte die Arme vor der Brust verschränkt. "Es missfällt mir, die beinahe familiäre Atmosphäre zu stören, aber wollen wir nicht lieber zu mir gehen und das Ganze bei einer Tasse Tee besprechen, bevor die Presse hier auftaucht?"

Michael befreite sich aus Raphaels Griff und klopfte seinen ledernen Mantel ab. "Danke", meinte er bissig. Mit einem giftigen Blick in Luzifers Richtung schloss er zu Uriel auf, der sich bereits umgedreht hatte und das Tor ansteuerte.

Gabriel und ich folgten ihm, das heißt, Gabriel ging mehrere Meter vor mir und schien mich gar nicht wahrzunehmen. Wahrscheinlich wollte sie mich nicht wahrnehmen. Frustration und Resignation erfüllten mich gleichermaßen und hoben sich gegenseitig auf.

"Solltest du nicht zurück ins Abyssum?" Raphael, der meinen Fürsten, der ein kleines Stück hinter mir ging, oder vielmehr schlenderte, nicht aus den Augen ließ, legte leicht den Kopf in den Nacken.

Abyssum, der *Abgrund,* war ein weiteres Synonym für die Hölle; Raphael demonstrierte sein Wissen.

Luzifer lächelte leicht - ohne Raphael dabei anzusehen - und zuckte mit den Schultern. "Er hat wir gesagt. Und nein, ich habe Zeit." Sein Lächeln wuchs.

So machten wir - der Teufel, drei mehr oder weniger gottesfürchtige Erzengel, ein Mensch und ein Doppelagent - uns auf den Weg zu Uriels Behausung, um eine Tasse Tee zu trinken.

XIII

ama et fac quod vis

Liebe und tu, was du willst

Die Sonne hatte den Zenit schon lange verlassen und stieg auf ihrem täglichen Weg zum Horizont hinab.

Seit unserer Ankunft saß Raphael angespannt auf seinem Stuhl und hatte es immer noch nicht aufgegeben, meinen Fürsten misstrauisch und berechnend zu mustern. Ich muss sagen, dass er eigentlich das Richtige tat, denn Luzifer war nun einmal durch und durch unberechenbar.

Ich hätte ihm zugetraut, plötzlich aufzuspringen und die Chance zu nutzen, gleich zwei gottestreue Erzengel loszuwerden. Ich wage zu sagen, ich rechnete sogar damit.

Doch meine Erwartungen wurden nicht erfüllt: Luzifer zeigte sich von Raphaels prüfenden Blicken wenig gestört, saß seelenruhig am anderen Ende des Tisches und trank seinen Tee, er sprach kein Wort und sah nicht einmal auf. Es war seltsam, verlieh ihm aber eine unantastbare Würde.

Mein Fürst hüllte sich in den Mantel der Unvorhersehbarkeit.

Gabriel war vor wenigen Augenblicken mit Uriel in der Küche verschwunden. Sie hatte mich immer noch keines Blickes gewürdigt, aber das war mir mehr und mehr egal. Vielleicht war es ihr ja nur peinlich, vielleicht verunsicherte sie die Präsenz meines Herrn, vielleicht gab es gar keinen Grund. Auf alle Fälle mied sie mich weiterhin. Also mied ich sie ebenfalls. Auch ein Engel versteht seine weiblichen Artgenossen nicht; ein Leid, das wir mit den Menschen teilen.

Ich selbst ließ kaum eine Minute vergehen, ohne mindestens einmal zu Michael zu sehen. Das Gefühl der Neugierde, das mich umfing, ähnelte dem Reiz, den etwas Fremdes grundsätzlich bei mir auslöste.

Eigentlich kannte ich den Erzengel Michael. Aber ich kannte ihn als Kopf der Thronengel, als Führer der himmlischen Heerscharen, obersten Richter und Regenten des vierten Himmels. Ich erinnerte mich nur zu gut an seine Lektionen, sein lehrerhaftes Auftreten, seine paradox milde Strenge und seine außergewöhnlichen Schwertkünste.

Der Erzengel war für mich immer eine sehr imposante Gestalt gewesen, und doch nicht mit Luzifer zu vergleichen. Nicht, weil er im direkten Vergleich mit Luzifer unterlag, sondern, weil man Michael und Luzifer ebenso wenig vergleichen konnte wie Sonne und Mond.

Obgleich Michael ein wenig kleiner war als der höchste Höllenfürst, und somit immer noch gut einen Kopf größer als ich, war man ihm stets ebenso ausgewichen wie Luzifer. Doch dem Jüngeren war man nicht aus Furcht oder Ehrfurcht ausgewichen, sondern aus offenem Respekt und dem Wunsch, diesen Respekt zu bezeugen. Das war seit eh und je so gewesen - vorausgesetzt, man dachte aus Sicht der vollblütigen Engel.

Michael wurde so verehrt, wie Luzifer gefürchtet wurde, obwohl auch Luzifer verehrt wurde - allerdings wiederum auf eine ganz eigene, andere Art und Weise.

Ein direkter Vergleich war also nicht möglich, was mich nicht davon abhielt, es immer wieder zu versuchen.

Grundsätzlich hatte ich eine ganz eigene Meinung von Michael. Und sie war, wie bereits erwähnt, nicht die beste. Der Erzengel Michael war mir einfach zu unnahbar gewesen, viel zu festgefahren in seinen Ansichten. Was seine Taten natürlich nicht abzuwerten vermochte.

Doch der Michael, den ich jetzt vor mir hatte, war einfach nicht mehr der Erzengel, den ich kannte. Er war einfach... zu sehr Mensch. Und doch sollten dieser Mensch, der doch eigentlich kein Mensch war, sondern sich nur als einer fühlte, und das Wesen aus meinen Erinnerungen ein und dieselbe Person sein. Dies in seinem ganzen Ausmaß zu begreifen und zu erfassen, war mir zu diesem Zeitpunkt immer noch nicht möglich.

So verglich ich demnach nicht Luzifer und Michael, sondern den Menschen mit dem Erzengel.

Der junge Mann hatte in einer Ecke der Terrasse eine Hängematte angebracht, in der er - demonstrativ von uns entfernt - einmal saß, einmal lag und sich wie selbstverständlich an Uriels Strauchtomaten bediente.

Das kleine Tor wurde geöffnet und wieder zugeworfen.

Alle Blicke richteten sich zum Aufgang der Terrasse. Auf der obersten Stufe der Treppe stand ein junger, braungebrannter Mann mit kurzem, dunkelbraunem, mit blonden Strähnen durchsetztem Haar und rehbraunen, wachen Augen.

"Salve!", erklang es euphorisch aus seinem Mund.

Raphael zog die Augenbrauen zusammen und musterte den Neuankömmling kritisch.

Michael hatte derweil die Hand zu einem kurzen, grüßenden Winken erhoben und sich eine neue Tomate geangelt. Ich lehnte mich leicht vor und betrachtete den Fremden näher. Irgendetwas sagte mir, dass ich ihn kannte.

Seine Kleidung war erdengemäß. Ein schwarzer, taillierter Mantel. Braune, einfache Schuhe, die unter dunkelblauen, sehr engen Jeans verschwanden. Und ein schwarzes Hemd. Trotzdem ließ sein Gruß heftige Zweifel in mir aufkommen, dass es sich bei ihm um einen Menschen handelte.

"Ist Uriel nicht da?", erkundigte sich der Fremde, nachdem er sich prüfend umgesehen hatte. Für einen Moment schien es mir, als würde er etwas missbilligend über unsere Anwesenheit die Nase rümpfen. Aber diese Entgleisung seiner ungetrübten Mimik war von so kurzer Dauer, dass ich sie nur erahnen konnte.

Michael schüttelte den Kopf.

"Küche", erklärte er kurz angebunden.

"Wer will das wissen?", hinterfragte Raphael und faltete die Hände.

Das spöttische, verhöhnende Lächeln Luzifers verriet mir, dass er es bereits wusste.

Der Fremde hob die Augenbrauen und schien überrascht. "Bitte?"

Dann schien er zu verstehen und seufzte. "Ich dachte, Engel vergessen nie, Raphael."

"Raguel...", ertönte Gabriels Stimme wie ein heller Glockenton. Ich konnte nicht anders, als sofort einen Blick auf sie zu werfen. Uriel hatte ihr eine grüne Arbeitsschürze verpasst, die ihre Figur in das Licht rückte, das ich als passend empfand - sie betonte. Sie hatte ein Tablett in ihren Händen, auf dem Teller, Besteck und ein abgedeckter Topf standen.

Ich weiß nicht, was für ein Lächeln meine Lippen in diesem Moment umspielte, doch es schien offensichtlich genug, dass es Gabriel verunsicherte; war da vielleicht sogar ein roter Schimmer, der ihre Gesichtszüge natürlicher wirken ließ, oder nur der günstige Einfall des Sonnenlichtes?

Mein Lächeln wurde daraufhin nur noch offener und ich lehnte mich zufrieden in meinem Stuhl zurück.

Erst nachdem ich sie noch einmal eingehend gemustert hatte und meine Anerkennung per heimlichem Nicken bekundet hatte, wandte ich mich gedanklich ihren Worten zu und sah wieder zu dem Fremden.

Das war also Raguel, Freund Gottes. Ein weiterer Name auf der Liste der ehemaligen Thronengel und zweifellos ein Erdeneremit. Ich hatte Raguel vorher noch nie gesehen und er schien sich so verändert zu haben, dass nicht einmal Raphael ihn erkannt hatte.

Der Engel deutete eine kleine Verbeugung an. "Es freut mich, Gabriel, dass man mich doch nicht ganz vergessen hat." Dann sah er zu Luzifer und hob die Augenbrauen. "Oh, es scheint mir, als hätte ich irgendetwas Wichtiges verpasst. Oder was gibt uns die Ehre?"

Luzifer lächelte oberflächlich und nickte. "Ich wünsche auch dir einen schönen Tag, Raguel."

"Ich dachte, du würdest erst nächste Woche von Zypern zurückkommen." Uriel betrat die Terrasse. Es war möglich, dass ich mich täuschte, doch ich glaubte, in Raguels Augen in diesem Moment ein freudestrahlendes Aufleuchten zu sehen.

Mehr zufällig begegnete ich dem Blick meines Fürsten, der mir süffisant lächelnd zunickte und mir somit Gewissheit bezüglich meiner Vermutung gab.

Raguel ging langsam auf Uriel zu. Er war gut zwei Köpfe kleiner als Michaels Lehrer.

"Eine Gruppe Teufelsanbeter hat die Kirche niedergebrannt, die ich besichtigen wollte." Seine Augen funkelten missbilligend in Luzifers Richtung.

Der Satan lächelte hämisch und faltete die Hände in seinem Schoß. Raguel hatte Uriel derweil erreicht und begrüßte den Größeren mit einer meiner Ansicht nach sehr innigen Umarmung. Uriel ließ sich umarmen, erwiderte die Geste jedoch nicht, was Raguel sichtbar verunsicherte.

Die beiden hielten einen Blickdialog, der letztendlich damit endete, dass Uriel mit einer unscheinbaren Kopfbewegung, die wohl nur Luzifer und mir auffiel, in Richtung der anderen beiden Erzengel deutete. Eine Geste, die bei Raguel zwar einen säuerlichen Gesichtsausdruck hervorrief, ihn aber einsichtig werden ließ.

Raphael und Gabriel schienen die Szenerie bewusst nicht mitzubekommen. Gabriel nahm wieder neben Raphael Platz, stellte das Tablett ab und verteilte die sich darauf befindenden Teller. Raphael ging ihr dabei zur Hand.

Ich muss eigentlich nicht erwähnen, dass Luzifer dies alles hoch amüsiert belächelte. Michael saß währenddessen immer noch in seiner Hängematte und aß Uriels Tomaten.

Ich schloss daraus, dass ihm jene Szene bereits bekannt war und er es daher vorzog, seine Aufmerksamkeit in diesem Fall weiter gänzlich dem Gemüse zu widmen.

"Folge mir, ich werde dir alles erklären", eröffnete Uriel und wandte sich wieder zur Tür. Raguel folgte ihm ins Haus.

Mein Herr stützte den Kopf in die linke Hand und schmunzelte, während Raphael und Gabriel seinem und meinem Blick konsequent auswichen. Jeder Anwesende wusste in diesem Augenblick, dass es bei Uriel und Raguel bei Weitem nicht nur um gegenwärtig notwendige Erläuterungen ging.

"Wann gedenken die Herren und die Dame denn, wieder dahin zu gehen, wo sie hergekommen sind?" Michael saß aufrecht in der Hängematte, seine Beine standen nebeneinander auf dem Boden, in seiner Hand hielt er eine neue Tomate.

Raphael faltete die Hände. "Nun..."

"Wenn du wieder mit den beiden Gottestäubchen in den Himmel zurückflatterst, wo du hingehörst", fiel Luzifer dem Erzengel mit zuckersüßem Ton ins Wort, kreuzte die Beine über der Tischplatte, legte den Kopf in den Nacken und lächelte den jungen Mann hämisch an.

Michael hob die Augenbrauen. "Bitte?"

Gabriel erhob sich. "Wir..."

Katzengleich wandte sich Luzifer herum, nahm die Beine wieder vom Tisch und stand ebenfalls auf, was Gabriel unterbrach.

"Ganz recht." Er nickte.

Dann wurde seine Miene plötzlich ernst. "Du hast genug Auslauf gehabt, Michael."

Raphaels und Gabriels Augen wurden groß.

Auch ich war vollkommen verdutzt und sah meinen Herrn fragend an.

Was hatte er vor?

Luzifer atmete durch und ging auf Michael zu. In minimalem Abstand zu dem Menschen blieb er stehen und richtete sich zu voller Größe auf.

Der Höchste der Satane sah auf den vermenschlichten Erzengel herab, und sein Blick war resolut, tadelnd, strikt und eisern - aber nicht kalt oder gar aggressiv.

"Michael, du wirst deinen Weg zu Gott zurückfinden", sagte er mit einer ruhigen, aber klaren und strengen Stimme, die keine Einwände oder Unterbrechungen duldete. "Und wenn ich dich persönlich bis nach Araboth bringen muss, ich *prophezeie* dir, du kehrst in den Himmel zurück..."

XIV

tua res agitur

Es geht um deine Sache

Hätten die Vögel nicht weiterhin gezwitschert und die Grillen nicht weiterhin gezirpt, es wäre totenstill gewesen.

Raphael und Gabriel starrten meinen Fürsten fassungslos an. Niemals hätten sie solch ein Machtwort von ihm erwartet.

Niemals hätten sie damit gerechnet, dass Luzifer, nein, Satanel noch einmal für den Himmel sprechen würde.

Ich fühlte mich zutiefst bewegt. Mein Herr, mein König sprach und der Himmel, stellvertretend zwei der Thronengel, hörten ihm zu und waren gefesselt, von Sinnen und erschrocken, weil sie ihm beinahe zustimmten.

Michael jedoch konnte sich mit Luzifers Versprechen ganz und gar nicht arrangieren. Die Augen des jungen Mannes sprühten missbilligende Funken und waren gleichzeitig wie Spiegel: Sie ließen keinen Einblick zu, reflektierten lediglich den ruhigen Ausdruck in Luzifers Augen. Wenn auch auf eine kalte, abblockende Art.

Langsam setzte Michael einen Fuß vor, ging an Luzifer vorbei, wandte sich dann wieder halb um, ging rückwärts, hielt dem Blick des Satans stand und steuerte gleichzeitig die Tür an. Je näher er der Tür kam, desto deutlicher wurde das hämische Lächeln auf seinen Lippen. "Ihr seid doch alle verrückt!", meinte er halblaut. "Wahnsinnig! Da spiel ich nicht mit!"

Luzifer sah indirekt auffordernd mit erhobenen Augenbrauen zu Gabriel und Raphael.

Dieser erhob sich. "Michael, das ist kein Spiel."

"Er hat Recht, Michael", erhob sich Uriels Stimme unterstützend - der Magister erschien in der Tür und verstellte somit unabsichtlich den Fluchtweg, den Michael sich eingeplant hatte.

Michael blieb stehen und sah über seine Schulter zu seinem Magister. "Also, jetzt mal langsam! Ich hab mir den theologischen Irrsinn jetzt lange genug angetan! Und? Hat mich das gläubig gemacht? Nein!" Er holte Luft. "Was soll ich denn bitte als Nächstes tun? Mich in einen Fluss setzen und mich mit Wasser begießen lassen?"

"Du stehst vor Luzifer, dem Teufel, nicht vor Johannes, dem Täufer", meldete ich mich nun seit langem wieder zu Wort und sah Michael durchdringend an.

Im Nu hatte ich die Blicke aller Umherstehenden auf mir ruhen – sogar Gabriels.

Michaels Augen verengten sich. "Und? Was soll mir das sagen?", fragte er giftig.

"Aber der Teufel kann auch zum Täufer werden, wenn ihn die Umstände dazu zwingen."

Meine Augen wurden groß. Völlig verblüfft wandte ich mich zu meinem Herrn. Was hatte er gerade gesagt? Aus den Augenwinkeln sah ich, wie Gabriel erschauderte.

Luzifer stand immer noch seelenruhig neben der Hängematte. Er hatte sich nicht einmal umgedreht.

Michael schien für einen Moment zu zögern, schüttelte dann aber beharrlich den Kopf. "Was auch immer!" Er verschränkte die Arme vor der Brust. "Was sollte mir das Ganze bringen?"

"Sieh es als Herausforderung an", antwortete ich sofort. "Wenn wir wirklich nur manische Sektenmitglieder sind, dann wird es uns niemals möglich sein, dich nach Araboth zu bringen. Wenn es uns aber gelingt, so hätten wir Recht mit unserer These, dass du Michael bist." Meine Argumentation schien dem Menschen plausibel. Er nickte nachdenklich. "Aber was habe ich davon?", hinterfragte er schließlich.

"Gewissheit", antwortete Uriel, bevor ich es konnte.

Michael hob die Augenbrauen und sah erneut über seine Schulter zu dem Erzengel. "Und wenn ich die jetzt schon hab?"

Luzifer drehte sich um. "Dann würde es mir eine Ehre sein, deine Gewissheit auf die Probe zu stellen", offenbarte er mit einem leichten Aufblitzen in seinen eisblauen Augen. Ein alarmierendes Zeichen für Gabriel und Raphael.

Doch auch Michael schien diese Warnung zu verstehen und in gewisser Weise ernst zu nehmen. "Was würden wir denn dann jetzt tun? Nach Araboth fliegen?" Er wechselte das Thema. Zu seinem Glück.

Gabriel und Raphael tauschten einen Blick und Raphael räusperte sich. "Nein, das ist nicht möglich." Er sah Michael offen an. "Du glaubst nicht an deine eigene Existenz, bist somit in diesem Augenblick ein Mensch. Der einzige Mensch, der Araboth je betreten hat, war der Patriarch Henoch, der jetzige Engelshochfürst Metatron, und der war ein vorbildlicher Diener des Herrn."

Luzifer verdrehte gelangweilt die Augen. "Was der Herr Professor dir zu unterbreiten versucht, ist, dass du nicht mehr rein genug bist, um einfach so durch offene Himmelstore zu spazieren", fuhr er an Raphaels Stelle fort.

Michael hob die Augenbrauen. Raphael nickte, wenn auch widerwillig.

"Und was soll ich dagegen tun? Beten?" Michael ging zum Tisch und lehnte sich an die Tischplatte. Nun nickte Gabriel. Michael lachte. "Klar!" Er schüttelte den Kopf. "Ihr spinnt doch!"

"Ich sehe", bemerkte Luzifer mit hämischem Lächeln, „Michael hat Angst." Es hatte den wohl gewünschten Effekt: Der junge Mann sah meinen Fürsten missbilligend an. "Ach ja? Wenn du soviel weißt, dann sag mir wovor!"

Luzifer zuckte lässig mit den Schultern. "Was weiß ich", meinte er schmunzelnd. "Vor dem, was du verdrängt hast?" Wieder blitzten seine Augen auf. Die Frage schien Michael zu irritieren, denn er wusste sichtlich nichts darauf zu erwidern, dennoch blieb sein Gesichtsausdruck unbeeindruckt trotzig.

"Ich glaube, die Situation ist weitaus komplizierter", ergriff nun auch Raguel das Wort. Uriel trat zur Seite und ließ den anderen vorbei. Ich wurde neugierig.

Michael seufzte und fasste sich an den Kopf. "Was willst du mir jetzt noch erzählen? Muss ich mich setzen?"

Raguel überging den Menschen und wandte sich an alle: "Es geht hier um das Gleichgewicht und um den nicht unterzeichneten Frieden der drei Reiche." Er verschränkte die Arme vor der Brust. "Das Abyssum mag zwar vergleichsweise hinter ihrem König stehen wie der Michaelskult im Himmel hinter ihrem Idol, doch wenn sich die Kunde über Michaels Verrat verbreiten sollte, werden beide Seiten aufbegehren. Die infernalischen Kreaturen und Bewohner werden sich die Chance, den Himmel zu vernichten, nicht nehmen lassen.“ Er sah zu meinem Herrn. "Und der Himmel wird dieser Gefahr im Voraus antworten, wenn ein radikaler Engel an Michaels Stelle die Himmlischen Heere anführt."

Luzifer nickte. Mein Blick wurde fragend. Dass im Himmel nach Michaels Verrat ein gewisses Chaos herrschen würde, war mir klar, doch dass die Höllenordnung dadurch ins Wanken geraten würde, wollte ich nicht glauben.

Aber der finstere Blick meines Fürsten machte mich nervös, unsicher, ängstigte mich beinahe.

"Aber wir gehen dann doch schon wieder davon aus, dass Gott existiert, oder?" Michael griff gelangweilt nach einem noch unbenutzten Glas.

Luzifer machte eine kurze, winkende Handbewegung und das Glas rutschte aus Michaels Reichweite.

Der Mensch sah verdutzt auf. Der Satan trat auf den Tisch zu, ging seitlich an ihm vorbei, auf Michael zu und stellte sich ihm wieder genau gegenüber. "Nun..." Er sah den Menschen mit düsterer Miene an, fixierte seine Augen, dann lächelte er kalt und berührte Michaels Stirn mit der Spitze seines Zeigefingers. Die Augen des Teufels leuchteten eisig.

"Nehmen wir doch einfach mal an, da-..."

"Luzifer!", Uriel stürmte auf meinen Fürsten zu und riss die Hand von Michael weg. "Das war so nicht abgesprochen!", meinte er streng.

"Abgesprochen?!" Zu aller Erstaunen war Raphael aufgesprungen und knallte seine geballten Fäuste auf die Tischplatte. "Bitte?"

Luzifer sah Uriel an. Der Ausdruck in seinen Augen wurde bestialischer. Man packte den Teufel persönlich nicht einfach so am Handgelenk. Doch Uriel hielt dem Blick stand, ließ langsam das Handgelenk des Satans los, stand aber weiterhin wie eine Mauer vor Luzifer. Schließlich schüttelte er, in erster Linie auch in Raphaels Richtung, den Kopf.

Michael lehnte währenddessen wie paralysiert an der Tischkante, sein Kopf neigte sich leicht nach vorn, sein Blick war starr. Ja, mit so etwas war nicht zu spaßen, in der Tat. Auch ich hatte bereits unangenehme Erfahrungen mit derartigen Kräften gemacht.

Raphael trat nun zu Michael hinüber, und tippte ihm in einer bewussten, routinierten Bewegung mit dem linken Zeigefinger auf die Stirnmitte. Michael schloss ruckartig die Augen und ächzte, rang nach Luft.

Luzifer belächelte dies höhnisch und schien Raphaels Vorstellung dem noch andauernden Konflikt mit Uriel vorzuziehen - es war auch weitaus interessanter. "Willst du nicht wenigstens akzeptieren, dass es da etwas gibt?"

Michael fasste sich an den Hals, als hätte ihn bis vor wenigen Augenblicken jemand im Würgegriff gehalten. Der Blickwechsel zwischen ihm und Luzifer erreichte ein neues Höchstmaß, an Aggression von Seiten Michaels und scheinbarer Absenz von Seiten des Höllenregenten.

Schließlich zuckte der Mensch mit den Schultern und wich dem Blick Luzifers aus. "Gut...", murmelte er halblaut. Uriel nickte. "Einverstanden, dann brechen wir bei Tagesanbruch auf."

Michael sah überrascht auf. "Aber -..."

Uriel schüttelte den Kopf. "Ich habe mich um alles gekümmert."

Gabriel erhob sich nun ebenfalls. "In Ordnung, aber es ist besser, wenn Raphael und ich das alleine erledigen." Ich hob die Augenbrauen. Es war mir klar gewesen, dass einer der beiden Thronengel früher oder später wieder versuchen

würde, Luzifer und mich von der Reise auszuschließen, aber nun waren Raguel und Uriel wohl ebenso wenig erwünscht.

Uriel jedoch nickte nur. "Wenn du es sagst."

Michael war sichtlich irritiert. Uriel war bis dato seine Bezugsperson auf Erden gewesen und nun würde ausgerechnet er zurückbleiben.

"Aber seid vorsichtig", mahnte Raguel und sah sowohl Gabriel als auch Raphael mit strenger Miene entgegen.

Dann wandte er sich überraschend an Luzifer und mich. "Ich bitte euch", meinte er in beinahe geneigtem Ton, "auf ihn aufzupassen."

Ich konnte ein kleines Lächeln nicht zurückhalten. Raguel hatte nicht etwa den Thronengeln, sondern den infernalischen, gefallenen Engeln die Aufgabe überlassen, den Menschen zu bewachen.

Leider entgingen mir die Blicke Raphaels und Gabriels, aber ich rechnete damit, auf der Reise, die uns bevorstand, noch ähnliche Blicke sehen zu können.

Luzifer nickte und schritt zum Tor. "Gut, dann bis Morgen."

Er drückte die Klinke hinunter. "Komm, Sariel."

Ich nickte verabschiedend in die Runde und folgte ihm.

Wir würden uns zurück in die Hölle begeben, ich würde ausruhen, Luzifer höchstwahrscheinlich noch organisatorische Dinge regeln. Und sobald auf Erden der neue Tag graute, würden wir uns wieder auf den Weg zu Uriel machen.

Den gesamten Rückweg über schwiegen wir.

Mein Fürst schien mir sehr in Gedanken zu sein; ich muss eigentlich nicht erwähnen, dass er dabei nur noch imposanter wirkte.

Auch mich beschäftigte vieles. Meine Seele war voller Vorfreude, mein Herz voller Sehnsucht und mein Kopf voller Fragen.

Was plante mein Fürst? Was würde geschehen? Was würde sich ändern? Und was war nun eigentlich damals geschehen?

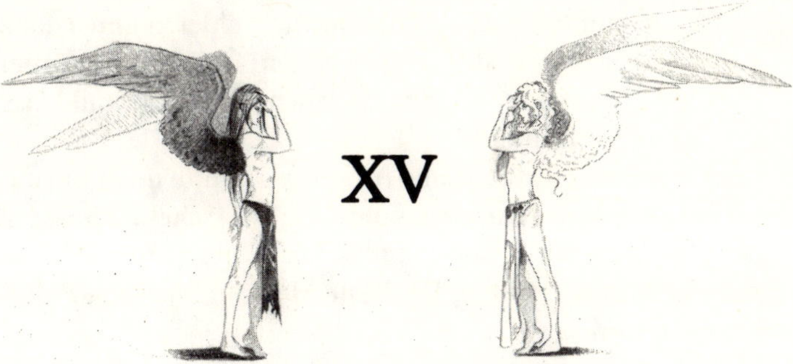

XV

dies nova iter novum

Ein neuer Tag, ein neuer Weg

Ich schlief ungewöhnlich gut in jener Nacht und fühlte mich, nachdem die Schleier und Fäden des Schlafes von meinem Geist und Körper gewichen waren, so lebendig wie schon lange nicht mehr.

Ich war voller Tatendrang. Aufgeregt. Fühlte mich wie unter Einfluss eines Aphrodisiakums. Ja, wahrscheinlich waren jene Ereignisse ein berauschendes Mittel gegen meine chronische Lethargie gewesen. Die beste Medizin für einen Phlegmatiker wie mich.

Bereits zwei Stunden vor der vereinbarten Zeit saß ich auf einem Stück Balustrade vor dem Eingang zu Luzifers Residenz und wartete.

Von tausenden, Aufmerksamkeit heischenden Gedanken mental überflutet, ließ ich meinen Blick über das Mare Loca Inferna streifen und verfolgte einige Zeit lang in der Ferne vorbei fliegende Dämonen - oder waren es gefallene Engel? Es war mir gleich.

Ich schrak erst auf, als sich die Tore hinter mir öffneten und Luzifer eiligen Schrittes auf mich zu trat. Weshalb eilig, das wurde mir zwei Sekunden später klar, als Naamah aus seinem Schatten trat.

Die Gesichtszüge der Teufelsbraut waren trotzig, ihre Hände zu Fäusten geballt, ihre Augen glühten vor Zorn.

"Nein! Luzifer! Nein! Stopp! Ich bin damit nicht einverstanden!" Ihre Hände gruben sich in den Saum von Luzifers Umhang.

Mein Fürst blieb stehen, seufzte tief, drehte sich halb zu Naamah herum und sah auf sie herab. "Du wirst ihn noch kaputt machen."

Eine seiner Hände griff beide Handgelenke der Engelsfrau und pflückte sie wieder von seinem Umhang.

Naamah tobte innerlich - offensichtlich. "Luzifer! Das kannst du nicht mit mir machen!"

Der Satan starrte auf einen nicht existenten Fleck an der Gangdecke, ohne die Hände der Satansfrau loszulassen. "Was kann ich nicht mit dir machen, Liebste?", fragte er teilnahmslos und demonstrativ unwissend.

"Ich bleibe nicht hier, bis du wieder da bist!", polterte sie ungebremst weiter und versuchte vergebens, ihre Hände wieder frei zu bekommen. "Du kannst mich hier nicht einsperren!"

"Was kann ich nicht?" Luzifer senkte die Stimme und hob die Augenbrauen.

Ich lächelte oberflächlich und höflich, wie es sich eben gehörte.

Naamah war in Rage, doch schien sie zu wissen, wann es am besten war, diese zu verbergen. "Lass mich los!"

Luzifer ließ sie los und lächelte kalt. "Wenn ich dich auf der Erde sehe -..."

"Ja! Ja! Ich weiß!", fuhr sie ihm ins Wort. Sie schien ihre Grenzen doch noch nicht zu kennen. Aber Luzifer blieb gelassen und ordnete lediglich seinen Umhang.

Naamah drehte sich daraufhin auf den Zehenspitzen um. "Ich würde deinen blöden Menschen auch gar nicht haben wollen!", keifte sie und verschwand dann erstaunlich schnell wieder hinter den sich schließenden Toren. Wahrscheinlich war sie vor Luzifers warnendem Blick geflohen.

Als die Tore ins Schloss fielen, wandte sich Luzifer erstmals mir zu. "Gehen wir."

Ich nickte, stand auf und trat zu ihm. Ich konnte meinen fragenden Blick nicht verbergen.

Der Teufel blieb ausgeglichen und ging sogar darauf ein. "Ich will nicht, dass sie mir in die Quere kommt", erklärte er vernichtend neutral.

Ich nickte abermals. Für mich war das ganze immer noch ein großes Rätsel und immer noch wartete ich auf die Pointe bezüglich Luzifers Versprechen, Michael nach Araboth zurückzubringen. Das war doch nicht möglich. Luzifer konnte nicht so einfach in den Himmel spazieren. Er konnte eigentlich gar nicht mehr dorthin - ausgenommen gewaltsam vielleicht, aber das hatte er meines Wissens nach jenem ersten, misslungen Versuch nie wieder beabsichtigt.

Entweder war das Ganze nur ein Scherz, was ich mir nicht vorstellen konnte, oder es steckten tiefgründige, infernalische Pläne dahinter. Pläne, nach deren Inhalt ich gierte wie nach der Gabriel meiner Träume.

Während wir also den Spiralweg entlang schritten, wurde mein Kopf immer schwerer von aufquellenden Fragen.

"Luzifer, i-..."

"Später", unterbrach mein Fürst mich sofort. Ich verzog das Gesicht und trottete weiter.

Eine Weile war es still.

"Eine Frage", machte Luzifer deutlich, "Nur eine."

Ich nickte und geriet ins Grübeln. Tausend Fragen und nur eine, die beantwortet werden würde. Ich musste weise wählen.

"Was meinte Uriel mit *abgesprochen*?", fragte ich schließlich.

Luzifer lächelte selbstgefällig. "Du bist nicht meine einzige Informationsquelle, Sariel", eröffnete er mir.

Meine Augen wurden groß. Zwar hatte ich immer geahnt, dass es mehrere Doppelagenten gab. Auf beiden Seiten.

Trotzdem war ich in diesem Moment ein wenig enttäuscht, zu erfahren, dass ich doch nicht ganz so besonders war. Vielleicht war ich auch ein wenig eifersüchtig, weil mir bewusst wurde, dass mein Fürst auch andere Vertraute wie mich hatte. Ob Raguel Ähnliches durchlebt hatte wie ich?

"Nachdem man Raguel mit dem Vorwurf, ein Dämon im Engelsgewand zu sein, aus dem Himmel geworfen hatte, kam er zunächst zu mir", fuhr Luzifer fort und riss mich aus meinen Gedanken. "Als über Uriel wenig später ebenfalls die Strafe der Verbannung verhängt wurde, schickte ich Raguel zu ihm, denn Uriel entging der Urteilsvollstreckung, indem er das Exil, die Welt der Menschen, wählte."

Ich nickte.

"Raguel hatte die Aufgabe, Uriel zu observieren." Luzifer lächelte hintergründig. "Allerdings hatte ich mir den Ablauf dieser Observation ursprünglich etwas anders vorgestellt", betonte er und deutete ein Schulterzucken an.

Ich spiegelte sein Lächeln wider und hatte jene Umarmung Raguels und Uriels dabei deutlich vor meinem geistigen Auge.

"Wie auch immer, nach Michaels Verschwinden dachte ich mir, dass er wohl früher oder später bei Uriel auftauchen würde. Ich kenne Michael." Einen Augenblick lang schien der Höllenfürst in Gedanken, dann sah er wieder zu mir. "Es ist seltsam, aber es ist typisch für Michael, von einem Extrem ins andere zu fallen." Er schmunzelte. "Wie dem auch sei, Uriel und ich einigten uns darauf, dass ich dem Himmel nicht dabei im Weg stehen würde, Michael zurückzuführen."

Warum? Ich wusste, dass die Frage in meinen Augen brannte, aber Luzifer übersah sie wohl vorsätzlich. Also nickte ich und schloss damit das Gespräch. Meine Frage war beantwortet und ich sah es als meine Pflicht an, dies zu demonstrieren.

Den Rest des Weges und während der Sphärenreise schwiegen wir. Wann immer ich zu meinem Fürsten hinüber schaute, weil die Fragen in mir wieder Überhand nahmen, sah ich seinen seltsam konzentrierten, aber doch nachdenklichen, abwesenden Blick; eine ungewöhnliche Art von passiver Präsenz, oder präsenter Passivität.

Wir trafen überpünktlich am kleinen Rondell ein. Die Sonne schien, die Grillen zirpten, die Vögel zwitscherten und irgendwo in der Nähe bellte ein Hund.

Während Raphael und Uriel im Schatten eines Baumes standen und über irgendetwas diskutierten, saß Michael auf der untersten Treppenstufe des Aufgangs, den Kopf in die rechte Hand gestützt und sah mehr oder weniger desinteressiert aus den Augenwinkeln zu Gabriel, die ihm gestikulierend etwas zu vermitteln versuchte. Und dabei unheimlich lebendig wirkte, wie ich überrascht feststellte.

Luzifer blieb wenige Meter vor ihnen stehen. Er räusperte sich nicht und gab auch sonst keinen Laut von sich.

Er wartete einfach. Er war der Teufel. Natürlich äußerte er sich nicht. Er hatte es nicht nötig, auf sich aufmerksam zu machen.

Ich stand, wie üblich, leicht seitlich hinter ihm und lächelte höhnisch. Es war sehr interessant, dass weder Gabriel noch Raphael oder Uriel meinen Fürsten bemerkten.

Letztendlich war es Michael, der gelangweilt aufsah und mehr zufällig in unsere Richtung sah.

Gabriel war seinem Blick unverzüglich gefolgt und alarmierte Raphael und Uriel.

Raguel war scheinbar nicht zugegen. Und ehrlich gesagt, seine Anwesenheit erschien mir auch nicht essenziell. Ja, ich mochte ihn nicht mehr.

Raphael räusperte sich. "Möchte uns Satanel nicht mitteilen, wohin er mit uns zu reisen gedenkt?", ergriff er das Wort.

Luzifer lächelte formgewandt. "Satanel ist nicht anwesend, aber wenn es Euch nichts ausmacht, Raphael, würde ich, Luzifer, gerne an seiner Stellte diese simple Frage beantworten."

Raphael zog die Augenbrauen zusammen. Die Atmosphäre war nun wieder so gespannt wie bei dem gestrigen Zusammentreffen.

Uriel seufzte. "Ich habe zu tun." Er trat zur Treppe und blieb vor Michael stehen. Eine Weile musterte er den Menschen, dann hob er den Blick und fixierte meinen Herrn, dann sah er wieder zu Michael. Sein Blick wurde trüb. Er hob die Hand, ließ sie aber wieder sinken, klopfte Michael letztendlich auf die Schulter und schritt die Treppe empor. Als ich sein Gesicht zum letzten Mal sah, war es finster, als hätte der Erzengel eine Hiobsbotschaft empfangen. Doch ich hatte keine Zeit, weiter darüber nachzudenken, denn Raphael hatte Luzifers letzten Satz offenbar verarbeitet und räusperte sich erneut. "Wohin wirst du uns führen?"

Führen. Auch, wenn er den Namen meines Fürsten immer noch nicht genannt hatte, dass er ihn, den Teufel, indirekt darum bat, sie zu führen, ließ Luzifer verständlicher Weise ein kleines triumphierendes Lächeln zeigen. Und sein innerer Triumph war wohl noch größer als das, was er offenbarte.

"In die Berge", antwortete Luzifer und hob richtungweisend den Blick. Ich folgte ihm mit meinen eigenen Augen und erspähte ein Bergmassiv südlich der Stadt.

Gabriel hob die Augenbrauen. "Warum?", fragte sie halblaut.

Mein Herr sah demonstrativ zu Michael. "Weil er so, wie er jetzt ist, weder im Himmel noch auf den anderen Erden überleben wird."

Michael fühlte sich trotz Luzifers direktem Blick scheinbar nicht angesprochen, denn er reagierte schlichtweg nicht auf die Worte des Satans. Der junge Mann schien resigniert zu haben und versuchte nicht mehr, sich aufzulehnen. Michael zeigte sich also auf eine demonstrativ passive Art kooperativ. Es wirkte in gewisser Weise erleichternd auf mich.

Raphael nickte indes; ein Fünkchen Einsicht kreiste ziellos in seinen Augen umher.

"Wir gehen in eine Klosterruine am Rande eines Plateaus. Die Lokalität ist passend und gerade brauchbar für unsere Zwecke", fuhr Luzifer fort und drehte sich um, in Richtung der Straße, die aus dem Rondell führte. "Wir sollten etwas Abstand zur Zivilisation halten, denn was auch immer wir erreichen, es werden mit Sicherheit irgendwelche ungebetenen Gäste auftauchen."

Gabriel und Raphael nickten zustimmend.

Ich verzog das Gesicht. Das Ganze gefiel mir immer weniger. In der Tat erschien es mir plausibel, dass andere hoch- oder niederrangige Engel, vor allem die diversen Schutzengel, die auf der Erde ein- und ausgingen, Raphael, Gabriel und vor allem Luzifer nach kurzer Zeit ausfindig machen würden.

Ich wagte erst gar nicht, daran zu denken, was alles geschehen könnte...

Irgendetwas, da war ich mir ebenso sicher wie mein Fürst, würde garantiert passieren.

Michael erhob sich und seufzte tief. "Also gehen wir jetzt wandern, ja?"

Er vergrub seine Hände in den weiten Taschen seines langen Mantels.

Luzifer sah über seine Schulter zu ihm und lächelte charakteristisch süffisant.

"Nein. Ich denke, es ist an der Zeit für eine erste, kurze Sphärenreise..."

XVI

via viarum

Der Weg der Wege

Michael folgte uns mit sehr skeptischem Blick. Es war auch nicht zu erwarten gewesen, dass er irgendetwas über die Sphärenreisen behalten hätte.

Ich persönlich fand es sehr gewagt, einen Menschen durch die Sphären zu transportieren, wo dieser Mensch doch weder vorbereitet noch gläubig war. Des Weiteren ging es ja auch nicht darum, ihn in eine andere Sphäre zu bringen, sondern nur ein paar hundert Kilometer zu sparen. Es war fast schon halsbrecherisch, Michaels Leben für eine innersphärische Reise aufs Spiel zu setzen… es erschien mir mehr als leichtsinnig. Wie ich bereits erwähnte, konnte man sich zu einfach in den Sphären verlieren, verirren und an einem ganz anderen Ort wiederkehren. Und ich wage zu behaupten, dass der Mensch nicht zu einer zielgerichteten Konzentration fähig ist. Das liegt nicht unbedingt nur an seinem Charakter, sondern in erster Linie daran, dass er ein Mensch ist: Ein Wesen, das Gott nicht dazu auserkoren hatte, zwischen den Sphären zu wechseln.

Aber Luzifer hatte es nun einmal so entschieden und folglich würde es so ausgeführt werden, egal, was die Engel dazu zu sagen hatten.

Zu meinem großen Erstaunen protestierten jedoch weder Raphael noch Gabriel. Sie ließen meinen Herrn gewähren. So standen wir wenig später alle in jener Gasse und Luzifer drehte sich zu uns herum. Sofort sah er zu Michael. "Hand her, Augen zu, zulassen, nicht sprechen, nicht denken, bis ich es dir erlaube - ich führe dich", kommandierte er in einem Atemzug, ohne irgendeinen Teil sonderlich zu betonen.

Michael wich mit aufgerissenen Augen etwas zurück und starrte meinen Fürsten an. "Bitte?!"

Ich musste unweigerlich grinsen. Luzifer war, wenn er die Dinge so elegant auf den Punkt brachte, ungemein charismatisch. Vor allem, weil er dabei ein todernstes Gesicht machte. Es war eine Darlegung dessen, was gefälligst getan werden sollte - ohne wenn und aber.

Luzifer hob die Augenbrauen. "Muss ich mich wirklich wiederholen?" Die eisblauen Augen blitzen.

Michael ging noch einen halben Schritt zurück. "W-warum soll ich das machen?", fragte er mit halblauter Stimme.

Ich war beeindruckt, wie schnell dieser Mensch fähig war, zu lernen. Es hatte zumindest den Anschein als würde Michael allmählich lernen, dass er den Teufel nicht unnötig provozieren sollte. Schnell, weil Luzifer ihm nicht einmal besonders demonstrieren musste, wie sehr er ihm unterlegen war. Der Satan verschränkte die Arme vor der Brust.

„Weil du es nicht anders kannst. Du bist ein Mensch", antwortete er nüchtern. Und es war offensichtlich, dass Luzifer mit seinem Blick und seiner Art, demonstrativ auf den Menschen herabzusehen, in Gedanken ein nur vor das ein Mensch setzte.

Michael verzog trotzig das Gesicht, was sofort meine Neugier weckte. Es würde sich nun zeigen, ob der Mensch gelernt hatte oder ob es nur so schien.

"Wenn ich demnach also nur ein Mensch bin", begann Michael und bewies, dass er über genug Menschenkenntnis verfügte, um selbst den Teufel einschätzen zu können. "Dann kann ich ja auch wie ein Mensch zu diesem Kloster gehen."

Hatte er nun gelernt oder nicht? Ich war unentschlossen. Gabriel und Raphael wechselten einen Blick, dann trat Gabriel auf Michael zu, während dieser vergeblich versuchte, Luzifer zu einem Blickduell herauszufordern.

"Michael, es geht hier um deine eigene Sicherheit...", meinte sie ruhig.

"Keine Sorge, Satanel wird es nicht wagen, dir etwas zu tun", versprach Raphael seinerseits.

Michael sah die beiden Engel verdutzt an und sah dann empört in die Luft. "Wieso sollte ich vor dem Typen in seiner komischen Uniform Angst haben?", erwiderte er patzig.

"Es heißt Luzifer. Luzifer, Raphael, nicht Satanel", korrigierte mein Fürst an dieser Stelle höflich.

Michael ließ die Schultern sinken und sah gelangweilt zu ihm. "Das hatten wir schon. Können wir das mit euren Pseudonymen nicht später noch mal aufrollen?"

Luzifer wandte sich dem Menschen langsam, sehr langsam zu. "Wir warten nur darauf, dass der gnädige Herr das tut, was man ihm befohlen hat", entgegnete er immer noch ruhig.

Der Mensch legte den Kopf in den Nacken. "Und wenn der gnädige Herr keinen Bock hat, mit den vier Gelegenheitsschauspielern durch irgendwelche Sphären zu reisen?"

Gut, er hatte kein bisschen dazugelernt. Raphael und Gabriel hielten den Atem an, beruhigten sich aber schnell wieder, nachdem Luzifer sich offensichtlich in keiner Weise berührt von Michaels Worten zeigte. Allmählich machte mich diese andauernde Ruhe Luzifers nervös.

"Dann..." Der Satan trat auf Michael zu. Ganz langsam. Dann schoss die rechte Hand des Satans vor, doch ebenso plötzlich war sie wieder bedächtig in ihrer Bewegung, legte sich beinahe behutsam unter Michaels Kinn und hob es leicht an. "...wird man dich wohl ohne dein Einverständnis mitnehmen müssen." Seine linke Hand suchte zielsicher nach Michaels linker und packte sie.

Der Mensch verzog das Gesicht und gab ein unterdrücktes Ächzen von sich. Wenn Luzifer zupackte, dann richtig, und Michael konnte von Glück sagen, dass es in diesem Falle nur seine Hand gewesen war.

"Luzifer!", wandte Gabriel eindringlich ein.

"Keine Sorge, Engelchen", meinte Luzifer mit einem kurzen Blick in ihre Richtung. "Ich werde deinem Fürsten schon nichts tun." Er lächelte höhnisch. "Aber ich glaube, er weiß einfach nicht, was gut für ihn ist."

Gabriel rümpfte empört die Nase.

Deinem Fürsten.

Ich wandte mich halb ab. Natürlich war Michael der Fürst der Engel - Metatron hatte ihn an Ruhm immer noch nicht übertreffen können. Wahrscheinlich war das deinem auch gar nicht so gemeint, wie ich es interpretierte. Wahrscheinlich waren es meine, mittlerweile verteufelten Gefühle zu dem Thronengel, die mich zu einer Fehlinterpretation leiteten.

Aber Luzifer kannte die beiden viel besser als ich, schließlich war er der Älteste.

Hatte es ein Michael und Gabriel gegeben? Gab es dieses und etwa immer noch? War Gabriel deswegen so höflich zu mir gewesen?

Höflich. Ich erschauderte.

"Lass mich los!" Michael riss mich wieder aus meinen Gedanken. Es wäre mir in diesem Augenblick nur allzu recht gewesen, wenn mein Herr diesen Menschen zerquetscht hätte.

Ja, ich war eifersüchtig.

Luzifer hob die Augenbrauen und ließ die Hand des Menschen zu meiner Unzufriedenheit etwas lockerer, aber nicht los.

Der Mensch verzog das Gesicht und nickte. "Gut, gut, ich komme ja mit!", sagte er resignierend, aber immer noch patzig und seufzte.

"Guter Engel", kommentierte Luzifer mit einem zufriedenen, aber herablassendem Lächeln und wandte sich dann zu jener Stelle, an der das Portal verborgen war - Michaels finsteren Blick in seinem Rücken.

Der Satan streckte seine freie Hand in die Luft vor ihm und linste über seine Schulter noch einmal nach hinten. "Anweisung angekommen?"

"Augen zu, zulassen, nicht sprechen, nicht denken bis du es mir erlaubst", ratterte der Mensch es gelangweilt im gleichen Ton herunter und verdrehte die Augen. "Ja, ja." Er schloss die Augen.

"Und schweige", fügte Raphael warnend hinzu.

Michael zuckte mit den Schultern. "Von mir aus auch das..."

Luzifer wartete noch eine Weile, wechselte noch einen prüfenden Blick mit uns und verschwand.

Es war schon eindruckvoll, wie er Stück für Stück im Nichts verschwand. Das Portal war von der Erde aus nicht sichtbar; da waren nur die Luft und die Gasse. Es sah aus, als würden er und Michael hinter einer Kulisse verschwinden.

Raphael und Gabriel folgten den beiden unverzüglich und ich folgte ihnen. Wir behielten unsere Augen natürlich offen. Das Schließen der Augen war nur eine Vorsichtsmaßnahme, denn Bilder vermochten Gedanken zu kreieren. Und denken sollte Michael ja gerade nicht. Doch selbst wenn der Mensch sich nicht kontrollieren konnte, Luzifer würde nun auf ihn aufpassen und dem Satan war es aufgrund seiner Kräfte möglich, seinen eigenen und Michaels Geist voll und ganz abzuschirmen, sodass es in der Intersphäre zu keinen Problemen kommen würde.

Ich ging zunächst einige Schritte durch ein grelles, unwirkliches Licht. Die erste Prüfung: Wer hier nicht strikt geradeaus ging, verlor sich und fand wohl nie wieder heraus. Ein seltsames Geräusch erfüllte meine Ohren, eine tiefe Schwingung, als hätte jemand einen Gong geschlagen, dessen Ton immer gleich blieb und niemals verklang.

Dann waren mit einem Schritt der Ton und das Licht plötzlich verschwunden und ich stand in einem riesigen Rund. Ich sah kurz über meine Schulter zur Wand, wo gerade ein leuchtendes, vielfältiges Mandala verblasste und schließlich gänzlich verschwand.

Wand konnte man das, was hinter mir war, eigentlich nicht nennen, denn es stützte kein Dach und man konnte sich auch nicht anlehnen - im Gegenteil, das Anlehnen an diese Wand wäre fatal gewesen.

Ich befand mich am Rand einer großen, goldenen Plattform. Der Boden war mit unzähligen Ornamenten versehen, mit Gravuren und Bildern.

Sie schwebte in der Intersphäre, im Nichts.

Über mir, vor mir und unterhalb der Plattform war Nichts.

Leere. Dunkelheit. Die Luft war frei von allen Gerüchen, bewegungslos. Es hätte auch nicht anders sein können, denn hier, in der Intersphäre, zwischen den Welten, gab es keine Zeit. Die Zeit stand still.

"Sariel", hörte ich Luzifers Stimme im Raum hallen. Ich sah auf. Luzifers Stimme gehörte zu den einzigen Stimmen, die man in der Intersphäre hören konnte - nur wenige waren dazu fähig, ihren Geist vergleichbar zu kontrollieren, dass Worte nicht den Weg beeinflussten.

Vielleicht hätte ich jetzt auch sprechen können, ohne mich zu verlieren, aber ich wagte nicht, das nun auszuprobieren. Es fiel mir so schwer wie nie, meine Gedanken gezielt und meinen Geist frei zu halten.

Ich hatte Luzifer in der Intersphäre gehört, eine Machtdemonstration erfahren. Und noch etwas fiel mir auf - wir waren alle zusammen hier. Mein Fürst, der Mensch, Raphael, Gabriel und ich, wir waren zur selben Zeit in der Intersphäre. Das war normalerweise ein Ding der Unmöglichkeit. Nun gut, da mein Herr den Menschen an der Hand führte, war es dann doch nicht so ungewöhnlich, dass sie beide zusammen in derselben Intersphäre waren. Doch es war eindeutig Luzifers Kräften zu verdanken, dass wir alle fünf gleichzeitig hier waren. Tatsächlich gab es unzählige Intersphären. Man könnte sagen, dass jedes Wesen seine eigene Intersphäre, seine eigene Plattform besitzt. Treffen innerhalb einer Intersphäre gab es nicht. Es mochten in diesem Augenblick dutzende Engel und Dämonen durch die Sphären reisen, aber jeder in seiner eigenen kleinen Intersphäre.

So waren Luzifer und ich auf dem gestrigen Rück- und dem heutigen Hinweg auch einzeln durch die Sphären gereist und erst ab Gehenna wieder gemeinsam zu den Niederhöllen aufgebrochen.

Dass wir aber nun doch alle versammelt waren, war nur ein weiterer Beweis, dass Luzifer, der schon länger existierte als die Intersphäre, beinahe allmächtig war.

Langsam schritt ich zu meinem Herrn, Michael, Raphael und Gabriel. Auch die Engel wunderten sich sichtlich darüber, dass Luzifer in der Intersphäre ohne Konsequenzen sprechen konnte.

Meine Schritte gaben keinen Laut von sich.

Der Teufel ließ langsam seinen Blick schweifen, er suchte wohl nach dem Portal, nach der richtigen Stelle, um an sein gewünschtes Ziel zu kommen.

Das ist einfacher gesagt, als getan, denn die Mandalas erscheinen nur, wenn jemand die Intersphäre betritt, nicht aber, wenn man sie verlassen will.

Es war die nächste Prüfung.

Man musste seine Gedanken Ziel gerichtet halten und einfach über den Rand der Plattform schreiten, ins Nichts gehen, sich fallen lassen. Natürlich fällt man nicht, sondern gelangt wieder in die lichte Sphärenbahn, doch um den entscheidenden Schritt zu tun, muss man schon einen gewissen Mut aufbringen.

Wer hier die Nerven verliert, landet eben, wie beschrieben, irgendwo - unter Umständen auch im Nichts.

Aber wonach suchte Luzifer?

Es war mir ein Rätsel, denn es spielte im Grunde keine Rolle, wo man über den Rand der Plattform schritt.

Ich verdammte mich innerlich dafür, dass ich meinen Fokus verlor, und wunderte mich gleichzeitig, dass mir noch nichts passiert war.

Luzifer jedenfalls schien sein Ziel bald darauf gefunden zu haben und trat wieder zum Rand der Plattform.

Sein Blick war unvergleichlich konzentriert, aber seine Gesichtszüge waren völlig entspannt. Langsam hob der die Hand und berührte mit der Spitze seines Zeigefingers jene Region, an der eine Wand hätte sein müssen.

Wiederum geschah etwas eigentlich Unmögliches: An der Stelle, an der sein Finger lag, erschien ein rot glühender Punkt, der sofort, völlig selbstständig begann, nach und nach ein Mandala an die Wand zu zeichnen.

Meine Augen wurden groß und auch Gabriel und Raphael packte das Staunen.

Ohne uns noch einen Blick zuzuwerfen, verschwand Luzifer mit Michael durch das Mandala.

Und es verblieb an der Wand.

Raphael, Gabriel und ich tauschten einen Blick, dann traten auch wir an der Stelle des roten Mandalas über den Rand und wieder ins Licht der Sphärenbahn.

Keiner von uns, davon war ich überzeugt, würde diese Reise jemals wieder vergessen.

XVII

naturalia non sunt turpia

Das Natürliche ist keine Schande

Das Erste, was mir ins Auge fiel, als ich aus der Sphärenbahn trat, war... Luzifers Bett.

Ich riss die Augen auf, hob die Augenbrauen und sah fragend hinüber zu meinem Herrn.

Was hatten wir denn jetzt hier zu suchen?

Gabriel und Raphael sahen sich um, erschrocken wie fasziniert.

Luzifer stand da und blinzelte ebenfalls umher, dann fixierte er einen Punkt an der Decke und drehte sich wieder um.

Hatte ich da einen Rotschimmer auf seinen Wangen gesehen?

Der Höllenregent räusperte sich und schnipste, woraufhin sich ein neues Mandala an die Wand des Schlafzimmers zeichnete.

War ihm, dem Teufel persönlich, demnach tatsächlich für einen Augenblick lang die Konzentration samt Fokus entglitten?

Raphael warf mir fragende Blicke zu.

Glücklicherweise löste sich Luzifer sehr schnell wieder aus den Fesseln seiner geistigen Abwesenheit und schritt eiligst zu seinem Schreibtisch - Michael natürlich immer noch an der Hand - und zog meiner Meinung nach wahllos etwas aus der obersten Schublade.

Er präsentierte Gabriel und Raphael einen kleinen Beutel aus dunkelblauem Samt mit einem mir unbekannten Inhalt und steckte ihn an seinen Gürtel.

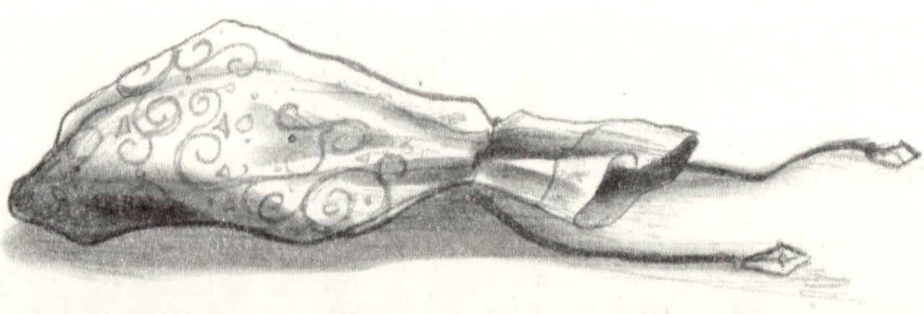

Somit war sein Alibi perfekt.

Ich war an dieser Stelle froh, dass Engel so unschuldig sind, dass sie zu Weilen so naiv sind, dass sie erst gar nicht versuchten, darüber nachzudenken, ob und welche Gedanken Luzifers uns - meiner Ansicht nach auf unbeabsichtigte Weise – hierher gebracht hatten...

Luzifer führte Michael zurück zur Wand und zum ersten Mal glaubte ich, aus Luzifers Augen lesen zu können. Der Höllenfürst hatte gegenwärtig ganz anderes im Sinn als den Menschen zu jener Klosterruine zu bringen.

Aber wer konnte es ihm verübeln? Luzifer war auch nur ein Wesen mit Bedürfnissen. Und die Bedürfnisse des Teufels waren nun mal höchst speziell.

Ich erlaubte mir ein hämisches Grinsen und schüttelte auf die fragenden Blicke der beiden Erzengel hin nur den Kopf.

Immer noch grinsend winkte ich sie hinter mir her und wartete, bis sie das Zimmer wieder durch das Portal verlassen hatten, bevor ich zu meinem Fürsten sah, der immer noch nachdenklich verstohlene Blicke zwischen dem Menschen, seinem Bett und dem Mandala an der Wand wechselte. Wahrscheinlich fühlte er sich - zu meinem Glück - nicht von mir beobachtet.

Seine Augen erschienen mir in diesem Moment, trotz der beißenden, kalten Farbe, unvergleichbar sanft.

Ich hatte Luzifer noch nie zuvor so gesehen. Und da war wieder diese Melancholie in seiner Mimik - jene Melancholie, die mir zum ersten Mal aufgefallen war, als wir vor Michaels Bild in der Empfangshalle des Consilum Diabolorum gestanden hatten.

Fragen kamen in mir auf, Fragen, die ich ihm schon seit jenem Moment hatte stellen wollen, doch ich hielt es für unangebracht, jetzt zu sprechen.

Ich räusperte mich höflich und legte leicht den Kopf schief.

Der Satan blinzelte etwas irritiert und fasste mich ins Visier. Sein Blick klärte sich auf und wurde wieder fokussiert. Für einen Moment war mir sehr unwohl und mein Grinsen verblich noch im gleichen Augenblick. Luzifer war grundsätzlich unberechenbar und zu allem fähig, eine Tatsache, die mir mal wieder entglitten war.

Es durchfuhr mich wie ein Blitz - was bildete ich mir ein, tun zu dürfen?

Ich hatte nicht das Recht, über meinen Fürsten zu urteilen oder ihm nicht eindeutig bewiesene Vermutungen anzuhängen - obwohl mir die Lage doch ziemlich eindeutig erschien. Durfte ich mir also anmaßen, meinem Herrn ganz andere Beweggründe zu unterstellen?

Eine Zeit lang sahen wir uns einfach nur an, eine gewisse Spannung lag in der Luft.

Ich begann allmählich, mich zu fragen, was Michael dachte, und, ob er irgendwann, entgegen Luzifers Anweisung, die Augen öffnen würde.

Mit einem leichten Anflug von Arroganz in seinen Augen und einem süffisanten Lächeln auf den Lippen zuckte der Höllenfürst schließlich mit den Schultern und führte den Menschen wieder durch das Portal - wodurch die Antwort auf die neu entstandene Frage hinfällig wurde.

Mit einem ansatzweise triumphierenden Lächeln sah ich mich noch einmal im Zimmer um, bevor ich Luzifer und den anderen durch das Portal folgte - bemüht, bei der Flut von Fragen in meinem Kopf meinen Fokus zu wahren.

Es ging auch diesmal gut, ich durchquerte die Sphärenbahn und die Intersphäre unbeschadet.

Das erste, was mir ins Auge fiel, als ich wieder aus der Sphärenbahn trat, war eine mit Moos bewachsene Ruine.

Jegliche Gedanken an die vorhergegangene Begebenheit verschwanden augenblicklich in den Hintergrund meines Geistes - das Bild war einfach fesselnder, so interessant jene Gedankengänge auch gewesen waren. Ich erblickte einen halb zerfallener Turm, ein vergleichsweise gut erhaltenes, aber ebenso baufälliges Haupthaus, die Grundmauern diverser angebauter Räume, eine halb eingestürzte Kapelle und einen völlig verwilderter Garten. Laut einer Tafel hatte die ruhmreiche Zeit des Klosters im frühen neunzehnten Jahrhunderts geendet - von da war es unter anderem für militärische Zwecke genutzt worden, bis es dann letztendlich als Ruine in Frieden hatte ruhen dürfen. Und nun waren wir hier und würden ihren Frieden stören.

Noch lange beäugte ich die Überbleibsel des Klosters - mit gewisser Skepsis, muss ich sagen.

Natürlich war das Gebäude, oder was eben davon übrig war, voll und ganz für unsere Absichten geeignet, aber ich konnte mir beim besten Willen nicht vorstellen, hier mehr als einen Tag zu verbringen.

Ich brauche nicht viel, doch einen gewissen Standard verlange ich schon - die Hölle mag etwas rustikal erscheinen, aber das Gegenteil war der Fall. Ich lebte in einem durch und durch sauberen, geräumigen Haus und hielt dieses penibel sauber, zierte die Wände mit Naturgemälden, Statuen und Figuren.

Ich hasste den Aschestaub und bestand gewöhnlicher Weise auf ein tägliches, ausgiebiges Bad.

Es erschien mir daher alptraumhaft, in diesen verlotterten Mauern die nächsten Tage zu verbringen - ohne fließendes Wasser oder einen halbwegs sauberen Raum.

"Du kannst die Augen wieder aufmachen, Michael."

Luzifers Stimme riss mich - wie so häufig - aus meinen Gedanken.

Michael öffnete wie befohlen die Augen und sah sich um. Dann verzog er das Gesicht.

"Toll", meinte er mit unbeschönigendem Zynismus. "Und jetzt?" Er hob fragend die Augenbrauen und befreite seine Hand aus dem Griff Luzifers.

Der Teufel ließ ihn ohne Umschweife los und der letzte Funken Sanftheit verschwand wieder aus seinen Augen.

"Sehen wir uns um und prüfen, wo wir übernachten können."

Ich hatte Mühe, ein resignierendes Seufzen zu unterdrücken.

Gabriel und Raphael nickten und gingen auf die Ruine zu - Gabriel ergriff Michaels Hand, der darüber wenig Begeisterung zeigte, und zog ihn mit einem freundlichen Lächeln mit.

Luzifer und ich sahen den beiden hinterher und hatten wohl ähnliche Gedanken, auch wenn sie den jeweils anderen betrafen. Wie Recht ich mit dieser Vermutung hatte, war mir in jenem Augenblick allerdings noch nicht bewusst.

"Geh in die Niederhöllen zurück, Sariel."

Ich sah irritiert auf. "Fürst?"

Luzifers Blick streifte den Horizont und die umliegenden Berggipfel. "Kehre zurück, höre dich um, besorge Michael Kleider und bring mir mein Schwert."

Ich nickte. "Ich verstehe." Natürlich verstand ich nichts, aber ich würde der Anordnung selbstverständlich folgen.

So machte ich mich also auf, zurück in die Niederhöllen.

Luzifer hatte mir keine Zeit genannt, daher legte ich mir die Zeit meiner Rückkehr auf den nächsten Tag.

Ich stellte erstaunt fest, wie selbstbewusst ich mich mittlerweile in Luzifers Gegenwart benahm.

Eines Tages würde mich das wohl Kopf und Kragen kosten, dachte ich, doch noch war dieser Tag nicht in Sicht, noch war ich zu nützlich. Glaubte ich. Aber dieser Glauben gab mir keine Sicherheit. Ich würde wieder vorsichtiger werden müssen. Später.

Zunächst aber rief mich die steinerne, große Badewanne in meinem Haus - ich liebte das Baden, die einzige Möglichkeit, sich von dem höllischen Staub zu befreien. Und eigentlich war meine Badewanne der einzige Grund, warum ich überhaupt heimkehrte. Auch wenn ich ein Höllenfürst war und mein Haus nicht klein, obwohl ich Diener hatte, die mir alle lästigen Arbeiten abnahmen... es bedeutete mir nichts. Nur das Baden war mir wichtig. Mit meinen Untergebenen wechselte ich kein Wort, sie gingen mir wie befohlen aus dem Weg. Nur, wenn mein Badezimmer nicht sauber war, fühlte ich mich genötigt, zu demonstrieren, wer der Herr des Hauses war...

Glücklicherweise war das Wasser dieses Mal kristallklar und bot mir einen uneingeschränkten Blick auf den weißen Marmor unter mir und um mich herum - und selbstverständlich auch auf meinen eigenen Körper.

Ich wage zu behaupten, dass ich ganz und gar nicht hässlich war – und immer noch bin.

Gut, die blauen Flecke, die meine Arme, Schultern und Beine seit jener Nacht immer noch zierten, entstellten mich etwas, aber wirklich nur unbedeutend - sie gaben mir sogar einen gewissen Anstrich. Nicht, dass ich mich deshalb gern verprügeln lassen wollte, aber trotzdem hatte es einfach etwas. Etwas Faszinierendes.

Außerdem waren es Spuren, auf die ich in bestimmtem Maße auch stolz war. Denn so erniedrigend die Umstände ihrer Entstehung auch gewesen sein mochten, ich hatte eine ganze Nacht das Bett des Satans geteilt. Ich. Ich allein.

Ja, in meinen Adern fließt Engelsblut. Ja, ich neige zu Narzissmus.

Aber im Gegensatz zu den meisten Engeln, hatte ich - meiner Meinung nach - vollstes Recht darauf.

Die Badewanne stand im hinteren Teil meines Badezimmers - hinter schweren, schwarzen Samtvorhängen, die den Raum teilten.

Es herrschte dämmeriges Licht.

Ich bevorzuge grundsätzlich Kerzenlicht - es ist nicht so beißend wie das Licht des Höllenfeuers, aber auch nicht so verräterisch hell und wärmend wie das Sonnenlicht, sodass mich ein spontaner Besucher unter keinen Umständen als

Erdensympathisanten hätte abstempeln können. Die Kerzenflammen waren ein guter Mittelweg zwischen dem verzehrenden Feuer und dem Leben spendenden Sonnenschein.

Kerzenflammen waren todgeweihte Flammen. Ihre Lebensdauer war kurz. Sie spiegelten Vergänglichkeit wider und waren doch Hoffnungsschimmer.

Ganz und gar gefesselt beobachtete ich eine kleine, runde, dunkelgrüne Kerze, die vor mir auf dem Wasser trieb.

Die Flamme knisterte leise.

Ich gab der schwimmenden Kerze einen leichten Stoß, sah ihr zu, beobachtete sie.

Meine Hand tauchte unter, unter die Wasseroberfläche, mein Blick lag immer noch auf der kleinen Kerze. Langsam führte ich meine Hand unter Wasser zur Kerze und hob sie von der Wasseroberfläche. Die Finger meiner anderen Hand strebten nach der kleinen Flamme, die die Berührung nur einen Augenblick lang überlebte, bevor sie erlosch.

Wie schnell das doch ging... Von einem Moment auf den anderen war das kleine Licht verschwunden.

Ich seufzte, legte die Kerze auf dem Badewannenrand ab und ließ mich tiefer in das warme Wasser sinken.

Das nasse Element umschloss mich wie ein sanfter, unvergleichbar zärtlicher Schleier - streichelnd, tröstend.

Ich musste wiederum aufseufzen und schloss die Augen.

Nichts - weder Engel, noch Mensch, noch Dämon - vermochte mir mehr Zuneigung entgegenzubringen als optimal temperiertes Wasser.

So jedenfalls sah ich das zu diesem Zeitpunkt.

Ich flüchtete mich gerne in die feuchtwarmen Arme Aquae - des *Wassers*. Der umhüllende Mantel, der mir zusätzlich auch noch eine gewisse Leichtigkeit verlieh, gab mir ein Gefühl sonst nie gekannter Sicherheit und Freiheit.

Und das Gefühl dieser Sicherheit und Freiheit war so erstrebenswert für mich geworden, dass ich geradezu süchtig nach Bädern war. Und diese Sucht war Sehnsucht. Sehnsucht nach Freiheit und Sicherheit - Geborgenheit. Vielleicht Liebe?

Nein, nein, eindeutig nicht, nein. Ich suchte die Liebe nicht. Sie bedeutete mir nichts.

Gut, ich sagte mir häufig, dass ich Gabriel lieben würde. Doch in Wahrheit...

Liebe war ein Wort, das Menschen missbrauchten und Engel anpriesen, obwohl sie es nicht kannten. Was war das nur für ein Ding, diese Liebe?

Nein, ich fand wirklich nichts an diesem Gefühl, das sich Liebe nannte. Ich suchte Geborgenheit, von der ich mir erhofft hatte, sie bei dem Erzengel finden zu können. Doch Liebe...

Vielleicht war ich fähig, zu lieben. Aber sie vermochte mich nicht zu locken wie die Sehnsucht nach Freiheit und Sicherheit. Daher konnte die Liebe gar nicht so ein essenzielles, anzustrebendes Optimum der Gefühle sein, und so erschien sie mir auch nicht erstrebenswert. Natürlich hätte ich es bevorzugt, diese Sehnsucht auf andere Art zu stillen als mit jener einsamen Methode, die ich anwenden musste.

Schluss mit dem herzzerreißenden Philosophieren über Liebe, Geborgenheit, Sicherheit und Sehnsucht.

Die einzige Sucht, deren Stillung ich wirklich ersehnte, war die Sucht nach Befriedigung meiner höchsteigenen Urtriebe. Ich bin ein gefallener Engel. Und dazu noch ein männlicher. Muss ich das noch deutlicher auslegen?

So vergaß ich die Kerze recht schnell, während meine Hände wiederum ins Wasser abtauchten, diesmal nicht zu einer Kerze auf der Oberfläche strebend, sondern in die Tiefen des Marmorbeckens, zum Zentrum meiner derzeit dominierenden Sehnsucht.

"Salve, Sariel."

Ich zuckte zusammen und stieß einen tonlosen Fluch aus. Ungebetene Gäste erscheinen grundsätzlich nur dann, wenn sie im größten Ausmaß unerwünscht sind.

Nun, die einzigen, die es ungeschoren wagen konnten, einen gefallenen Engel wie mich im Rausch seiner aufflammenden Geilheit zu stören, waren - selbstverständlich - höherrangige gefallene Engel.

Und in diesem Fall war es ein Satan, der es wagte, mich zu stören.

"Salve, Beliel...", murmelte ich und schielte über meine rechte Schulter zu dem Spalt im schwarzen Trennvorhang, den der schwarzhaarige Satan mit einer Hand offen hielt.

Ich schob meine Ellenbogen jeweils über den Rand der Wanne und lehnte den Kopf leicht zurück, um den Satan im Blickfeld zu behalten.

Der Teufel trat nun vor, ließ den Vorhang hinter sich wieder fallen und ging auf mich zu.

"Ich habe eine Warnung für Luzifer."

Die roten Augen des Satans streiften Partien meines Körpers, die ich ihm ganz und gar nicht zeigen wollte.

Das Einzige, was ich tun konnte, um die Aufmerksamkeit des Ratsmitgliedes, war mich aufzusetzen und ihn direkt anzusehen – in der Hoffnung, dass er sich genötigt fühlen würde, meinem Blick standzuhalten.

Doch wie ich feststellen musste, störte sich Beliel offenbar nicht daran: Sein Blick wanderte weiter über meinen im

Wasser versunkenen Körper, während er sich zu meinen Füßen auf den Badewannenrand setzte.

"Eine Warnung?", fragte ich nach einiger Zeit und streckte eine Hand nach einer kleinen Kommode neben der Badewanne aus - genauer gesagt: zu einer Schublade - in der ich verschiedene Substanzen aufbewahrte, die das Wasser zu trüben vermochten - und somit ein Stück meiner Privatsphäre wiederherstellen konnten.

Beliel nickte gewichtig.

"Er soll vorsichtig sein..." Die Stimme des Satans war ruhig und freundlich. "Es wäre fatal, wenn er die Satane unterschätzen würde."

Ich hob fragend die Augenbrauen und streute ein rotes Pulver ins Wasser, das dieses sofort dunkelrot färbte und etwas trübte - und mir somit half, mich nicht ganz entblößt zu fühlen.

Beliels Blick war eindringlich und facettenreich. Der Satan verfügte über ein Augenpaar, das ungemein anziehend wirkte und dazu einlud, darin zu versinken: Ein warmes Rot, fürwahr. Vielleicht sogar so warm wie das Wasser um mich herum, das nun ebenfalls rot war.

"Ich soll ihm sein Schwert bringen...", begann ich zögerlich.

Beliel nickte. "Es wird morgen auf deinem Schreibtisch liegen."

"Und Luzifer wollte Kleidung für Michael."

Beliel nickte abermals. "Auch das, Sariel, auch das."

Der Teufel führte seine rechte Hand durch sein schwarzes Haar und ließ seinen Blick jenseits meines Körpers schweifen.

Ein Moment der Entspannung für mich.

"Wovor soll ich ihn warnen?", hakte ich nach einer Weile nach.

Es dauerte etwas, bis Beliels Lippen ein dünnes Lächeln formten. "Vor allen. Vor der Hölle. Vor seiner eigenen Schöpfung..." Er begegnete meinem immer noch fragenden Blick. "Er hat die Hölle als Luzifer verlassen. Die Hölle ist führerlos. Satanel hat sich schlafen gelegt."

Meine Augen wurden groß.

"Satanels Kräfte hätten Gehenna niemals verlassen können, daher ruht der Höllenregent derzeitig." Die Augen des Teufels funkelten. "Luzifer täte gut daran, schnell wieder zurückzukommen." Trotz der harten Worte sprach er weiterhin ruhig.

Ich erinnerte mich an jenen Ausschnitt einer Ratsversammlung, die ich hatte miterleben dürfen.

"Man wartet nur darauf, dass Luzifer der Hölle lang genug fernbleibt. Man wird einen neuen Träger für Satanel wählen. Und dieser wird eine neue Ära der Kriege einläuten."

Der Satan seufzte tief. "Ich weiß, wie wichtig Luzifer diese Umstände sind, aber er sollte seine Aufgaben nicht vernachlässigen. Die Hölle ist ein Chaos, wenn er nicht auf dem Thron sitzt." Sein Blick wurde mit einem Mal ernster und konzentrierter. "Und ich will niemand anderen als ihn auf dem Thron sitzen sehen." Er sah mich an, seine roten Augen funkelten. "Du, Sariel. Ich mache dich verantwortlich für Luzifers baldmöglichste Rückkehr. Und sollte er zu spät zurückkehren, so rate ich dir, auch niemals mehr zurückzukehren..."

Das war eine Drohung. Eine schlichte, offene, klare Drohung.

Ich nickte. Mir blieb nichts anderes übrig, als zu nicken.

Beliel atmete tief durch. "Gut."

Eine Weile sahen wir schweigend aneinander vorbei.

Mein Blick streifte die Wasseroberfläche, während in meinem Kopf wieder Fragen empor sprudelten.

Wieso setzte Luzifer nur soviel aufs Spiel?

Gut, Luzifer war der Satan, und würde es auch immer bleiben - aber nur im Volksmund.

Der Gedanke an einen entmachteten Luzifer, der nur noch als Schutzschild eines anderen Satans - etwa Mastema oder Beelzebub - missbraucht wurde, zerriss mir das Herz.

Der fortwährend fordernde Druck meiner Lenden rückte mehr und mehr in den Hintergrund. Ich hatte wirklich Wichtigeres im Kopf.

"Beliel..." Ich sah langsam auf und suchte den Blick des Satans. "Weshalb tut Luzifer so etwas?" Ich hatte eine Vermutung, doch ich wollte die Bestätigung aus dem Munde eines Teufels hören.

Beliel lächelte müde. "Du kennst doch das Bild in der Empfangshalle, du sahst bestimmt schon Luzifers Blick..."

Ich nickte langsam. Demnach war es also wirklich Michael. Der Teufel riskierte seine Macht, sein Leben für seinen Erzrivalen.

"Aber warum?", hakte ich nach, hoffend, der Satan würde mir antworten.

Ein wissendes Lächeln umspielte die blassen Lippen Beliels. "Nun, Licht und Schatten sind in ständiger Symbiose. Michael und Luzifer sind wie *Yin und Yang*."

Sein Blick wanderte zur Decke. "Michael ist gegenwärtig nicht mehr da, zumindest nicht so, wie er es sein sollte - Luzifers ganze Existenz ist somit im Grunde nutzlos. Er kann nicht ohne Michael sein - er hat keinen Grund mehr, zu existieren, wenn Michael nicht Michael ist."

Ich hob fragend die Augenbrauen.

Die Miene des Teufels wurde nachdenklich. "Es ist eine ganz eigene Art der Hassliebe. Es ist nur allzu natürlich, dass Luzifer danach strebt, den ausgeglichenen Zustand wiederherzustellen, denn nur in diesem Zustand kann er seinen Hass ausleben, kann er existieren." Er machte eine kurze Pause. "Es ist eine Lüge, zu sagen, Luzifer würde weich werden, weil er dem Himmel hilft, Michael zurückzuführen. Was er tut, tut er aus Überlebensnotwendigkeit - es ist seine Pflicht. Er ist im vollen Besitzt seiner geistigen Kräfte."

Daran hatte ich keine Zweifel - auch wenn mir Luzifers Verhalten merkwürdig erschien, hätte ich niemals zu bezweifeln gewagt, dass er sich seiner Taten bewusst war.

"Erzählt mir mehr", verlangte ich ohne zu zögern.

Man merkt, ich hörte Beliel gerne zu. Er hatte jenes Edle an sich, dass ich bei den hohen Engeln so vermisste: Etwas Wahres, Echtes – weil er hörbar über seine Worte nachdachte, sie wohlüberlegt wählte und sich gekonnt als neutraler Beobachter gab.

Natürlich war mein Fordern unhöflich, doch bei Beliel war es mir gestattet - und zwar aus einem ganz simplen Grund:

Beliels Sehnsucht war die, verlangt zu werden. Nicht physisch, sondern geistig. Er, der er namentlich als *wertlos* gebrandmarkt war, suchte stets nach Gelegenheiten, seinen Wert zu beweisen - bevorzugt mit seinem beachtlichen, angesammelten Wissen.

"Was bekomme ich dafür?", fragte er ruhig.

Ich sah zur Seite und schluckte. "Ich glaube nicht, dass ich etwas besitze, was für Euch von Interesse sein könnte."

Das Lächeln auf Beliels Lippen kippte für einen Moment ins Selbstgefällige. "Nun, da wäre ich mir nicht so sicher." Seine Fingerspitzen streiften das rote Wasser. "Aber ich will deinen Wunsch erfüllen, als Gegenleistung für dein Versprechen, auf Luzifer Acht zu geben."

Ich war mehr als nur erleichtert.

"Was genau wünschst du zu erfahren?", erkundigte sich Beliel und strich mit dem Daumen derselben Hand über die nassen Fingerkuppen.

"Erzählt mir mehr von Luzifer und Michael", bat ich und sank wieder tiefer ins Wasser. Ein Großteil meiner anfänglichen Scheu hatte sich in Wohlgefallen aufgelöst.

Beliel nickte - charakteristisch langsam und gewichtig. "Gut..." Er schloss die Augen. "Gott schuf Luzifer als ersten Engel. Luzifer war allein in einer entstehenden Himmelswelt. Man sagt, nur Gottes Palast auf Araboth habe existiert. Luzifer verbrachte Äonen in Einsamkeit, von seinem Vater in einer Lichtwelt ausgesetzt, die sich Tag für Tag entwickelte. Eines Tages trat dann der Zweite Engel aus dem Licht. Michael - *Wer ist wie Gott?* Zunächst mied Luzifer den neuen Engel strikt, ignorierte ihn, verhielt sich abweisend. Doch der kleine Michael war seinem großen Bruder unvergleichbar treu, folgte ihm überall hin und befolgte jeden groben Befehl." Beliels Blick wanderte in Gedanken versunken umher. "So ordnete Luzifer Michael einst, während einer Wanderung durch einen gerade neu entstandenen Himmel an, er solle sich nicht mehr vom Fleck rühren. So setzte sich Michael hin und wartete. Und Luzifer schritt weiter. Monate vergingen, doch Michael wartete wie ihm befohlen. Seltsam berührt von dieser blinden Treue, erlaubte Luzifer dem Engel von da an, ihm zu folgen und akzeptierte ihn als Zweiten Engel. Michael widersprach ihm nie, niemals enttäuschte er Luzifer, fortwährend drückte er dem Älteren seine unendliche Dankbarkeit aus. Es war eine seltsame Art von bewundernder Liebe, die Michael Luzifer entgegenbrachte, ein Gefühl, dass den Ersten Engel zu Weilen verwirrte oder sogar wütend machte, denn der Jüngere verzieh ihm alles."

Während Beliel erzählte, entstanden Bilder vor meinem geistigen Auge. Ich konnte mir alles nur zu gut vorstellen.

"Aber Luzifer konnte seinen Hass gegenüber Michael nie überwinden. Michael selbst hatte ihm dabei nie einen Grund gegeben, ihn zu hassen - es war sein Name und die Tatsache, dass er der Zweite Engel war. In den folgenden Äonen, bis Gabriel als Dritter Engel folgte, waren Luzifer und Michael allein und Luzifer ließ bevorzugt seine Wut über Gott an seinem kleineren Bruder aus, denn der war in gewisser Weise wie Gott. Luzifers Fall hatte begonnen, noch bevor er überhaupt aufgestiegen war."

Beliel erhob sich kurzzeitig, um seinen schweren, schwarzen Umhang abzulegen. Er krempelte den linken Ärmel der schwarzen Tunika bis auf Ellenbogenhöhe hoch und spielte dann weiter mit der Hand durchs Wasser.

"Der Himmel entwickelte sich, die Engel wurden mehr und mehr... und Luzifer zog sich mehr und mehr zurück. Er war der Held des Himmels, der Erste, der Lichtträger und -bringer. Und er hasste seinen Status, weil er trotz der Freiheiten, die er hatte, nicht frei sein konnte. Trost fand er bei Michael."

Ich horchte auf und beobachtete Beliels Hand mit wachsender Aufmerksamkeit.

"Der Engel war ihm weiterhin ergeben und treu und Luzifer hatte keine Skrupel, seinen Frust und seinen Unmut über Gott und den Himmel an ihm auszulassen. Michael wehrte sich nie. Man sah Luzifer bald nie mehr allein, sondern nur noch in Gesellschaft Michaels, wobei der Zweite Engel stets treu und ergeben im Schatten des Älteren wanderte."

Mein Blick wurde nachdenklich. So vieles hatte ich vermutet und wurde mir nun immer klarer. "Aber wieso blieb Michael ein Engel?" Immer noch beobachtete ich die Hand des Satans, die er in kontinuierlichen Kreisen durchs Wasser zog. Beliel lächelte. "Michael war Luzifer immer treu ergeben. Aber seine Treue zu Gott war unvergleichbar, unübertrefflich." Er seufzte. "Und Luzifer wusste das."

Obwohl ich es nicht sehen konnte, spürte ich den Blick des Satans auf mir ruhen - und seltsamer Weise war mir dabei nicht im Entferntesten unwohl.

Man könnte sagen, das Wissen des Satans machte ihn mir sympathisch - attraktiv war er so oder so.

"Vielleicht war dies ein Grund mehr, Gott zu hassen. Eine neue Eifersucht." Beliels Stimme wurde noch leiser, verlor aber dennoch nicht an Klarheit.

"Luzifer war und ist immer auf der Suche nach Gründen, seinen Vater zu hassen. Michaels tiefe Verbundenheit zu Gott, die Tatsache, dass Luzifer es niemals schaffte, Michael ganz von Gott zu lösen, machte ihn rasend und gab ihm ständig neuen Antrieb."

Die Wärme des Wassers und die Ruhe, die in Beliels Worten mitschwang, versetzten mich in eine einzigartig süße Benommenheit, die mich mit noch nie erfahrener Zärtlichkeit umgarnte.

Ich schloss die Augen - bewusst, dass dies einer Einladung geradezu gleichkam. Ich hörte, wie Beliel seine Hand aus dem Wasser zurückzog.

"Jedenfalls sollte Luzifer vorsichtig sein und sich nicht so fatal darauf zu fixieren, Michael wieder in den Himmel zu bringen, nur, um wieder einen Gegenspieler zu haben." Stoff wurde gegen oder von einer Haut gestreift. Etwas fiel auf den Boden.

"Er kann es nicht ertragen, dass Michael Gottes Weg verlassen hat und er nicht der Anstoß dafür war...", sprach ich meine Gedanken murmelnd aus - ich hatte das Gefühl, es vor Beliel tun zu dürfen.

Beliel musste indes aufgestanden sein, denn ich hörte das Geräusch seiner - inzwischen nackten - Füße auf dem steinernen Boden.

Wiederum glitt Stoff auf den Boden - der Satan schien sich ganz zu entkleiden.

Ich hielt meine Augen weiterhin geschlossen.

"Und was hat Gabriel damit zu tun?", fragte ich leise und erinnerte mich an jene Szene vor Uriels Haus zurück.

Beliel lachte leise. "Luzifers Wirken."

Ich blinzelte fragend.

Der Satan saß wieder - aber vollends entkleidet - etwas abgewandt am Fußende der Badewanne.

Seine Höflichkeit war verblüffend.

Ich war es nicht gewohnt, dass ein Teufel sich mehr als einmal - wenn überhaupt - bitten ließ.

Nun, auf der anderen Seite hatte jeder Teufel seine eigenen Methoden, und Beliels erschienen mir sehr exotisch, aber gaben mir ein gewisses Selbstwertgefühl.

Hier und jetzt war ich nicht nur das Objekt Gefallener Engel, an dem man sich nach Lust und Laune bedienen konnte, sondern ein Wesen, dem es - fast natürlicherweise - gestattet war, selbst zu denken und mit zu entscheiden.

Ich war für Beliel nicht wertlos.

Und das ließ mich die Situation mit all ihren weiteren, möglichen Verläufen willkommen heißen.

So sah ich den Satan offen an, als ich meine Füße aufsetzte und die Knie etwas anzog, um ihm Platz zu machen. In unbeschreiblicher Leichtigkeit hob der Satan seine Beine über den Rand und schob sie ins Wasser. Seine Hände umfassten jeweils eine parallele Stelle des Randes und er ließ sich langsam ins Wasser sinken - besonders anschaulich war dabei das Spiel der An- und Entspannung seiner Arm- und Brustmuskeln.

Ich rutschte ein Stück zur Seite, damit er seine Beine ausstrecken konnte, woraufhin er die Geste erwiderte. Ich werde wohl nie erfahren, was für Gedanken er während des ganzen Szenarios hatte.

Zumindest äußerlich war der Satan immer noch vollkommen ruhig, wenn nicht sogar unbeteiligt - das verriet mir ein schlichtweg unvermeidbarer Blick auf seine tiefer gelegenen Körperpartien.

Irgendwie fühlte ich mich in jenem Moment seltsam frustriert.

"Luzifer brachte der Welt mehr als nur den Tod", fuhr Beliel schließlich erläuternd fort und spielte wiederum mit seinen Fingern über die Wasseroberfläche. "Sondern er machte auch dich und mich zu dem, was wir sind."

Ich hob die Augenbrauen. Das verstand ich nun nicht. "Gefallene?", fragte ich zögerlich.

Beliel sah beinahe überrascht auf und fixierte mich. Für einige Sekunden hielt er vollkommen inne, dann lächelte er amüsiert und deutete ein Schulterzucken an. "Ja, das auch... das auch..."

Sein Blick wurde hintergründig.

"Aber ich spreche von etwas anderem..."

Er beugte sich leicht vor, seine Hände tauchten bis auf den Grund und gaben seinem anschaulichen Oberkörper Stütze.

"Sariel... was haben wir beide, was Engel wie Cassiel und Raziel nicht haben...?" Seine Stimme offenbarte mir eine neue, wohlklingende Facette: Ein leises, zischelndes, und doch so tiefes und stimmhaftes Wispern, das mir ein Schauer über den Rücken rann.

Und als sich mir der Sinn seiner Worte erschloss, schlug mein Herz vor Aufregung schneller. Ich brachte zuerst keinen Ton heraus, war ein wenig fassungslos. Schließlich nickte ich, um zu zeigen, dass ich begriffen hatte, was er meinte und konnte endlich die Frage formulieren, die mir auf der Zunge lag: "Aber was hat das mit Gabriel zu tun?"

"Alles", antwortete der Teufel und verweilte in seiner gebeugten Haltung. "Die arme Gabriel wird mitunter auch von Vermenschlichung heimgesucht... oder glaubst du wirklich, Michael und Gabriel hätten Metatrons Hilfe im Kampf gegen die ägyptischen Zauberer gebraucht?" Er lächelte süffisant. "Sie hatten einfach Wichtigeres zu tun..."

Ich fuhr mir durchs Haar. Ja, es erschien mir logisch. Michael und Gabriel, allein, eine eigentlich leicht zu bewältigende Aufgabe... ein Zwischenfall, Metatrons Eingreifen - im Endeffekt war alles so dargestellt worden, als wären die beiden hohen Thronengel machtlos gegen die Zauberer gewesen. Metatron hatte dies großes Ansehen gebracht und Michael und in erster Linie Gabriel – als die Frau, die als solche grundsätzlich für so etwas verantwortlich war – hatten nur unwesentliches Ansehen verloren.

Dennoch erinnerte ich mich nicht an meine Umwandlung - ich hatte bis zu diesem Tage auch noch nie nachgefragt, warum es beiderlei, androgyne und nicht-androgyne Engel gab.

Nur zu gut konnte ich mir einen von der Lethargie befallenen Luzifer vorstellen, der teils aus jugendlichem Trotz, teils um die väterliche Aufmerksamkeit bemüht mit seinen Geschwistern spielte. Es war ein makaberer Gedanke.

Vielleicht war es meine Nachdenklichkeit, die Beliel nach einer Weile veranlasste, sich wieder zurückzulehnen.

In gewisser Weise fühlte ich mich nun mehr gedemütigt. Ich war es nicht gewohnt, einen Teufel um etwas bitten zu müssen - obwohl es mir mehr und mehr plausibel erschien, dass Beliel gerade dies wollte. Er wollte gebeten werden.

Dennoch hatte ich meinen eigenen Stolz; und auch wenn Beliels Augen mir von Moment zu Moment tiefgründiger und die Situation als solche mehr und mehr angenehmer und einladender wurde, ich würde mich nicht anbieten.

Das hatte ich - zumindest normalerweise - nicht nötig.

Natürlich hatte Beliel in gewisser Weise schon gewonnen. Es erschien mir selbst nur zu paradox, dass ich darüber nachdachte, wie ich dem Satan eindeutige Zeichen unterbreiten konnte, obwohl ich mich bei seinem Auftauchen gegen seine Anwesenheit gesträubt hatte.

"Ich werde dir die Sachen bringen", meinte der Satan nach einer Weile und erhob sich.

Ohne auch nur eine Sekunde zu zögern, fing ich seinen Blick ein und sah ihn aus großen Augen an, zeigte ihm meine Fassungslosigkeit, meine Missbilligung darüber, dass er jetzt gehen wollte.

In der Tat, ich wollte nicht, dass er ging - aus diversen Gründen.

Beliel begegnete meinem Blick und fing ihn wohl auf, stieg aber trotzdem aus der Badewanne und griff nach einem Handtuch auf einer Ablage in der Nähe.

Irgendwie beleidigt sank ich wieder tiefer ins Wasser und musterte ihn demonstrativ eingehend - und sah zu, wie das schwarze Handtuch meinen Blick auf besonders interessante Körperpartien verdeckte...

"Ungeduld ist für solche deines Ranges gefährlich, Sariel", ermahnte mich Beliel plötzlich und ließ das Handtuch wieder fallen. Langsam hob er seine Sachen auf und begann, sich anzuziehen.

"Ich sagte doch, ich werde dir die Sachen vorbeibringen. Und um Luzifer nicht unnötig warten zu lassen, werde ich noch heute Abend wiederkommen..."

Meine Augen blitzten auf.

Der Abend würde vielleicht doch noch viel versprechend werden.

Ich schloss die Augen, lehnte den Kopf zurück und ließ meine Ohren sich mit Wasser füllen.

Nur noch ansatzweise bekam ich mit, wie Beliel sich fertig ankleidete und dem Raum verließ.

Ich wollte nicht sehen, wie er ging - er kam schließlich wieder und die Zeit zwischen seinem Aufbruch und seiner Rückkehr galt es totzuschlagen.

Ich war wieder alleine in meinem Badezimmer, umgeben von meinem bevorzugten Element.

Alles war ruhig. Still. Beinahe friedlich.

Und ich würde noch am Abend Besuch bekommen.

Ich riss die Augen auf und setzte mich ruckartig in der Badewanne auf.

Meine Ratio übernahm mit voller Wucht wieder die Kontrolle über meinen - bisher Emotionen und Trieben folgenden - Körper.

Was hatte ich da nur getan? Was hatte ich gesagt?

Ich hatte ein Stelldichein mit einem der hohen Satane, einer Person, vor der sich die ganze Hölle fürchtete - und ich wusste noch nicht einmal genau, warum!

Und ich hatte ihn auch noch dazu eingeladen!

Ich hätte mich selbst ohrfeigen können, aber ich war so fassungslos, dass mir selbst dazu die Kraft fehlte...

Was hatte ich mir da nur wieder eingebrockt?

XVIII

natura duce non aberrabimus

Wenn die Natur führt, werden wir nicht irregehen

Es wurde Abend.

Die Sekunden rannen dahin.

Ich war ruhig.

Ich versuchte, ruhig zu sein.

Ich war nicht ruhig.

Ich wurde von Sekunde zu Sekunde nervöser.

Es fiel mir zunehmend schwerer, auf meinem Schreibtischstuhl zu sitzen, die Füße über der Tischplatte gekreuzt, ein Buch auf meinem Schoß.

Ich las gerne, doch irgendwie fehlte mir an diesem Abend die Konzentration - aus mir sehr gut bekannten Gründen.

Tatsächlich war ich, seit ich vor ungefähr drei Stunden zu lesen begonnen hatte, nicht über die erste Seite hinausgekommen.

Sooft ich die ersten Zeilen auch las, sie hatten keinen Sinn für mich. Sätze waren zusammenhangslos, nichts blieb hängen, minutenlang verweilte ich bei den Bedeutungen so banaler Wörter wie kommen, ergießen, aufbäumen, Hitze, Explosion, Fontäne und ruckartige und fließende Bewegungen.

Ich las im Übrigen etwas über Vulkaneruptionen. Ich hörte, wie die Haupttür ins Schloss fiel, und saß sofort kerzengerade da. Ich schloss grundsätzlich nicht ab, denn wenn ein Satan irgendwo hinein will, halten ihn auch keine Schlösser davon ab.

Beliels Schritte waren nicht hörbar - wie üblich. Ich überlegte. Es erschien mir zu weibisch, hier so abwartend und erwartend zu sitzen, daher hievte ich meine Beine eiligst wieder über die Tischplatte, griff nach einem Federhalter und nahm mir die gerade aufgeschlagene Seite vor.

Wahllos unterstrich ich auftauchende Fremdwörter, machte mir Randnotizen und tat alles in allem sehr geschäftig.

Kurze Zeit später öffneten sich die Türen meines Arbeits- und Schlafzimmers - es war im Allgemeinen in den infernalischen Gefilden üblich, diese beiden wichtigsten Räume zusammenzulegen - und Beliel kam herein.

Ich sah auf.

Er trug eine schwarze Uniform wie auch Luzifer und ich - natürlich mit seinen höchstpersönlichen, den ihm zustehenden Rang kennzeichnenden Symbolen - mit Manschettenknöpfen aus Mondstein und einen dunkelblau eingesäumten, schwarzen Umhang.

Ich selbst hatte mich eher bequem gekleidet - eine ärmellose, knielange weiße Tunika, und darüber eine schwarze Toga, das genügte mir.

"Salve", grüßte mich Beliel in charakteristisch ruhigem Ton und deutete eine kleine Verbeugung an.

Ich war perplex. "S-salve...", wiederholte ich etwas sprachlos und stellte meine Füße wieder auf den Boden, das Buch immer noch auf meinem Schoß.

Er kam auf mich zu - beziehungsweise auf den Schreibtisch - und legte ab, was er mitgebracht hatte: Ein Bündel weißer Kleidung - für Michael - und ein Schwert. Ein Schwert mit einer unüblich langen Klinge, die in einer reich verzierten Scheide steckte.

Ich kam nicht umhin, gewisse Vergleiche bezüglich des Schwertes und Luzifers Person anzustellen. Es war aber auch einfach zu verlockend...

"Wir waren verabredet", eröffnete Beliel und strich ein letztes Mal über das Schwert, bevor er zurücktrat - eine für mich in dieser Situation unübersehbare Geste.

Ich nickte und erhob mich.

Das Szenario war seltsam. Es war alles arrangiert, nichts schien mehr spontan wie jene Begegnung in meinem Badezimmer.

Es kam mir so gekünstelt vor.

Langsam ließ ich die Toga von meinen Schultern gleiten und legte sie über die Stuhllehne.

Beliel hob die Augenbrauen und trat einen halben Schritt zurück.

Wiederum spürte ich den kritisch musternden Blick des Satans über meinen Körper wandern.

Gefiel ich ihm etwa nicht? War es das? Aber dann hätte er nicht herkommen wollen, oder?

Ich ging einen Schritt seitlich in Richtung meines Bettes, ohne meinen Blick von den Augen des Satans abzuwenden. Beliel hob die Hand, als wollte er mich heranwinken, aber dieses Winken blieb aus.

Ich verharrte in all meinen Bewegungen.

Kaum hatte ich drei Sekunden stillgestanden, trat der Teufel um den Tisch herum auf mich zu.

Der eingesäumte Umhang rutschte nach einem einzigen Handgriff Beliels von seinen Schultern und fiel wie ein schwerer Vorhang zu Boden.

Er streckte seine rechte Hand nach mir aus, langsam, aber zielsicher. Sie fuhr unter mein Kinn, packte sanft zu, zog mich näher.

Ich ließ mich ziehen, bedingungslos.

Die Augen des Satans waren immer noch tiefgründig, strahlten nichts als Ruhe aus.

Es gab mir Sicherheit.

Wurde ich rot?

Brachte es mich so aus der Fassung, nach all den Jahren infernalischer Praktiken, dem Mysterium Zärtlichkeit wieder zu begegnen?

Nun stand ich hier, Beliel vor mir. Sein Blick ruhte auf mir, meine Augen spiegelten sich in seinen tiefroten, sein warmer Atem streifte meine Haut.

Zitterten meine Hände?

Was dachte er von mir?

Ich hätte mich schlagen können. Wie verhielt ich mich?

Beliel... lächelte.

Ich war nahe dran, an Ort und Stelle umzukippen - völlig überwältig von dieser Geste.

"Tu mihi places, Sariel..."

Du gefällst mir - ich erstarrte. Mein schwarzes Herz schlug schneller.

Wie er sprach. So unvergleichlich ruhig und doch so klar, ohne jede Schärfe, ohne jedes Zischeln, ohne ein Anzeichen von Aggression.

Irgendwie gaben mir diese Worte wieder genug Sicherheit, um jenes Selbstbewusstsein zu erwecken, dass ich Niederrangigen gegenüber zu haben pflegte - ich hatte das Gefühl, nicht vor ihm auf dem Boden kriechen zu müssen, wenn ich nicht um mein Leben fürchten wollte.

"Licet", entgegnete ich und war überrascht, wie gefasst ich meine Stimme klingen lassen konnte. In der Tat war es *erlaubt* - ich wollte ihm gefallen. Zu unser beider Nutzen. Beliels Lächeln wurde triumphierend. Seine Augen blitzten auf.

Ich hob meine Hände, legte sie - weniger zögerlich - auf Beliels Schultern, um eine der beiden über die Brust des Satans hinabwandern zu lassen und die Knöpfe seiner Uniform zu öffnen.

Der weichende, schwarze Stoff gab mir wiederum jene schimmernd weiße Haut preis - die ich in gewisser Weise bereits zu vermissen begonnen hatte. Der vornehme Hautton zeichnete Beliel eindeutig als ein sehr hochrangiges Mitglied der infernalischen Gesellschaft aus - er verließ seine Residenz so gut wie nie, verblieb in der Finsternis, fern ab von den die Haut verbrennenden Feuern des Mare Loca Inferna oder gar der Sonne.

Es war mir, als würde ich ein Denkmal enthüllen. Und noch ehrender war, dass ich es wirklich enthüllen durfte. Beliel ließ mich gewähren; geduldig wartete er ab, bis ich ihm die Jacke seiner Uniform abgestreift hatte.

Leben pulsierte in meinen Adern – oder zumindest schien es mir fast so. Und dennoch war ich wie betäubt. Betäubt auf eine wie gesagt sehr belebende Art und Weise. Ich weiß, das ist paradox. Aber vieles ist paradox, sobald es sich um Gefühle dreht.

Meine Hände kehrten wie von selbst auf die Schultern des Satans zurück, er reagierte unverzüglich und ich fand mich mit einem Mal emporgehoben auf seinen Armen wieder.

Noch nie hatte ich mich so leicht gefühlt wie in jenem Augenblick, als Beliel mich langsam zu meinem Bett trug. Immer noch sahen wir uns an - es war seltsam. Der direkte Blick in die Augen eines Satans ist nichts Leichtes. Meist sehen sie dich an, um ihre Überlegenheit zu demonstrieren und es ist häufig ein böses Omen, wenn ein Satan den Blick seines Gegenübers aufsucht. Doch Beliels Blick war sanft. Er hatte so gar nichts Satanisches an sich.

Und wie jung seine Gesichtszüge von Nahem wirkten. So makellos. So rein.

Ich verlor mich in dem auf so süße Art und Weise hypnotisierenden Blick und erwachte erst, als ich die blassen Lippen auf der Haut meines Halses spürte.

Ich riss die Augen auf.

Ich lag bereits in meinem Bett, völlig entkleidet, der Satan über mir - ebenfalls aller seiner Kleider entledigt.

Beliel bemerkte meine mentale Rückkehr zum Geschehen wohl augenblicklich, denn er hob den Kopf und sah zu mir herab – allerdings in keiner Weise erniedrigend.

Ich hatte seine volle Aufmerksamkeit.

Seine rechte Hand erschien in meinem Blickfeld und strich mir durchs Haar.

"Magis...", forderte ich wispernd - ich wollte *mehr*.

Der Satan hob die Augenbrauen, ein mildes Lächeln auf den Lippen, die vor wenigen Augenblicken noch meinen Hals berührt hatten. "Magisne vis?"

Du willst mehr? Das hatte ich doch gerade gesagt...

Ich hob ebenfalls die Augenbrauen. "Volo." - *Ich will.*

"Quantum?", hakte Beliel leise nach. *Wie viel?*

Ich knurrte leise. Warum müssen Satane eigentlich so verspielt sein? Ich war nicht in der Stimmung für Fragespielchen.

"Maxime!", verlangte ich zischend nach *soviel wie möglich.*

Beliel war wohl sehr amüsiert von meiner Ungeduld, nickte aber, und wohl zur Vorbeugung weiterer ungeduldiger Äußerungen meinerseits versiegelte er konsequent meine Lippen mit seinen, während seine Hand über meine Wange und meinen Hals hinab strich.

Selbstverständlich ließ ich mich auf den Kuss ein. Es war ein uraltes Zeremoniell, das bei den infernalischen Bewohnern mehr einem leidenschaftlichen Kampf glich - Besitz ergreifend, hitzig, verzehrend.

Beliels Hand wanderte langsam weiter - quälend langsam. Sein Blick ruhte nunmehr lauernd auf mir, angreifend nahmen seine Lippen die meinen ein, triumphierend drang seine Zunge schließlich zu meiner vor.

Ich hätte zubeißen können, mein Ego Daemonicus trieb mich geradezu dazu, doch ich war - glücklicherweise - viel zu benommen, um diesem Drang nachzugeben. So focht ich das an sich liebevolle Gerangel mit gegebener, angemessener Waffe - meiner eigenen Zunge - aus.

Mein Herz schlug schneller, gleichzeitig versuchte mein Atem wohl meinen Herzschlag einzuholen. Hitze fuhr in meine Glieder, ließ mich jede einzelne Sehne spüren... und erinnerte mich mit gemischten Gefühlen an die vorgestrige Nacht.

Doch ich spürte nicht nur diese Hitze, sondern noch etwas anderes. Ich spürte Beliels Aufmerksamkeit – nicht nur seine geistige, sondern auch seine physische, volle Anwesenheit.

Ein Keuchen entwich meiner Kehle, als der Satan über meinen Unterleib auf die Innenseite meines linken Oberschenkels strich und mein linkes Bein anhob. Ich ließ mich gern ausrichten, war wie ungeformter Lehm in den Händen meines Schöpfers. Ich rang nach Luft, als die Lippen des Satans die meinen schließlich verließen. Beliel gab fortan

meinem Hals und meiner Brust den Vorzug, was meinen Körper wieder und wieder erzittern ließ.

Haut an Haut, sich gegenseitig anstachelnde Körper, eine gefährliche Mixtur aus Hitze und Bewegung. Und dabei hatte es noch nicht einmal richtig begonnen. Beliels Hand machte eine schnelle Bewegung und lag mit einem Mal in meinem Schritt.

Mein ganzer Körper bäumte sich einen Moment lang unter dem Satan auf, ein Laut, der von sündhafter Lust erzählte, verließ meine Kehle.

Beliel hatte eine nette Art gefunden, mich aus meinen Gedanken zu reißen. Und er schien zweifellos gewillt, mich auch erst gar nicht mehr zum Denken kommen zu lassen. Zielstrebig legte sich die bis vor kurzem noch fremde Hand um mein Glied, ließ mich erneut stöhnen – und ich war mir sicher, meine Stimme noch nie so klar und frei gehört zu haben.

Mein Körper kam nicht mehr zur Ruhe. Ich bebte. Zitterte. Bäumte mich auf. Schneller und schneller, weiter und weiter trieb Beliel mich durch seine süße Folter in einen von mir selbst verlangten Wahnsinn. Ich keuchte, ächzte, stöhnte, verlor das Gefühl für die Grenzen meines Körpers. Schamlos natürlich - wofür hätte ich mich auch schämen müssen? Doch dann hielt Beliel inne. Er hielt so plötzlich, so unvorhersehbar inne, dass ich beinahe empört aufstöhnte und ihn fassungslos ansah.

Die Augen des Satans waren tiefrot und ich glaubte, zu sehen, dass sie glühten. Das Lächeln auf den Lippen des Satans war unbeschreiblich höhnisch, aber auf eine neckende Art und Weise, als er in die Knie ging und jene Hand wieder ihren Weg auf meine Brust suchte. Langsam strich sie dann doch wieder meinen Körper hinab. Schließlich packte er mich an der Hüfte und beugte seinen Kopf zwischen meine aufgestellten Beine.

Ich hielt vorausahnend den Atem an und zwirbelte beinahe nervös an einem Stück Decke. Es war berauschend - diese Nervosität. Jedes Mal aufs Neue umfängt sie die Liebenden - wobei ich Liebenden hier lediglich als hübsche, adäquate Umschreibung des physischen Aktes an sich benutze, denn, obgleich ich mich noch lange an diese Begegnung erinnern würde, war es doch nicht mehr als eine Zusammenkunft zum Zweck der Triebbefriedigung - sowohl für Beliel, als auch für mich.

Und das machte das Ganze so überragend, so außergewöhnlich. So leicht. Wir taten, was wir beide wollten. Ohne behindernde Fesseln.

Es war einer der Momente, in denen ich am ganzen Leibe genoss, zu sein, was ich bin.

Natürlich dachte ich diese Gedanken nicht an Ort und Stelle - sie kamen mir hinterher, als ich Zeit dazu hatte.

Zu jenem Zeitpunkt lag ich nur in den Kissen meines Bettes und erfuhr die wohl ergiebigste orale Zuwendung in meiner gesamten, bisherigen Existenz.

Mein Herz war außer sich - mein Blut wurde unnachgiebig mit Brachialgewalt durch meine Adern gepresst und gesogen. Die Hitze schien mich allmählich aufzuzehren. Und dennoch wollte ich mehr. Ich wollte eine noch größere Hitze, ein ganzes Meer davon, heißer als das Mare Loca Inferna, ein Meer aus leidenschaftlicher Hitze, in dem ich versinken konnte.

Und zu jenem Zeitpunkt wäre ich sogar als Gegenleistung in diesem Meer ertrunken - ja, ich war verzweifelt.

Und Beliel erhörte meinen Ruf, konnte mein Lied aus bald beinahe kontinuierlichem Ächzen, Keuchen und Stöhnen übersetzen und las meine Körpersprache, wie andere ein Buch – ein Bilderbuch, keinen fremdsprachigen Roman.

Doch plötzlich hielt er erneut inne, ließ mich ins kalte Wasser fallen. Wieder tat ich meine Empörung kund und blinzelte.

Der Blick des Satans war lauernd, bedrohlich. Er hatte nun unheimliche Ähnlichkeit mit Luzifer, doch trotz des Ausdrucks in seinen Augen blieb er, ganz im Gegensatz zu dem Regenten der Hölle, auf anregende, animalische Weise zärtlich.

Dann, mit einem Mal, kippte sein Blick ins Nachdenkliche. Seine Hand strich über meine Seite und bis auf die Innenseite meines Oberschenkels. Ich erschauderte unweigerlich.

Natürlich war es mir unmöglich gewesen, alle physischen Spuren der vorgestrigen Nacht auf die Schnelle loszuwerden.

Zögerlich sah ich den Teufel an, unsicher, was nun passieren würde.

Die blasse Hand strich weiterhin über ein besonders ausgeprägtes Mal - ich konnte mich nur allzu gut an dessen Entstehung erinnern. Doch sie strich nicht bloß, sie streichelte.

War dies am Ende ein stilles, heimliches Zeichen von Mitgefühl?

"Hasse ihn nicht..."

Ich stutzte bei diesen so sanft geflüsterten Worten.

Beliel begegnete meinem Blick mit faszinierender Ruhe und Geduld. Da war nichts Böses, nur eine Bitte, die - unterstellt, er besaß eines - zweifellos von Herzen kam.

Und natürlich nickte ich und wagte ein Lächeln. Ich hatte doch wirklich keinen Grund, Luzifer zu hassen. Und für den Fall, dass mir das jemand nicht glauben sollte, so möchte ich zu bedenken geben, dass ich ihn gar nicht hassen konnte, weil dieser Hass ein verzweifelter Hass gewesen wäre. Ich hatte keine Chance auf Rache. Wieso hätte ich ihn hassen sollen?

Die Lippen des Satans rissen mich aus meinen Gedanken. Mein Nicken war Beliel wohl Antwort genug gewesen. Er küsste mich auf eine Weise, die mir verriet, dass nunmehr alles zwischen uns ausgeräumt war. Bald darauf spürte ich ihn, das heißt einen seiner Finger, in mir, was mich unverzüglich dazu veranlasste, das Denken gänzlich aufzugeben, verzückt aufzustöhnen und mich wieder tief in die Kissen zurücksinken zu lassen.

Auf erlösende Weise überrollt von einer Flut von Gefühlen, wusste ich bald nicht mehr, wie mir geschah. Ich gab mich dem Satan hin, sah keinen Grund, ihm zu misstrauen.

Ich weiß nicht, wie weit mein im Verlauf immer häufigeres, immer lauter werdendes Stöhnen über die Flure meines Hauses hallte, oder ob es gar nach draußen gelangte.

Es interessierte mich auch nicht.

Wäre ich in solchen Situationen fähig gewesen, zu denken, so hätte ich vielleicht mehr Verständnis für die Neigungen Naamahs gehabt... In gewisser Weise teilte ich sie doch – was ist befreiender, als sich ganz und gar der eigenen Lust hinzugeben?

Was Beliel und ich in seelischem und körperlichem Einklang begonnen hatten, beendeten wir gleichsam vereint. Ich genoss mein persönliches Nonplusultra einer Ekstase, so frevelhaft, dass ich dafür wohl endgültig in die Höllen verdammt worden wäre, hätte mich ein Engel gehört oder gesehen. Und dennoch hatte ich mich noch nie so selig gefühlt wie nach diesem Ereignis.

Das Letzte, was ich sah, bevor ich die Augen schloss, waren Beliels blutrote Augen, die mich voller Sanftheit ansahen. Das Letzte, was ich roch, bevor ich nicht mehr bewusst atmete, war ein umfangender, fesselnder, leichter Hauch seiner feuchten Haut.

Das Letzte, was ich hörte, bevor sich auch dieser Sinn abschaltete, war sein wieder ruhig schlagendes Herz.

Das Letzte, was ich spürte, bevor mich der Schlaf übermannte, war seine streichelnde Hand auf meinem Rücken. Was ich ganz sicher wusste, war, dass er, zumindest bis ich eingeschlafen war, in meinem Bett - bei mir - liegen blieb.

XIX

inter somnire et non somnire est veritas

Zwischen Träumen und Nicht Träumen
liegt die Wahrheit

Ich hatte einen seltsamen Traum - das heißt, der Schlaf spielte mir natürlich wieder einen Illusionsstreich und ließ mich während meines Traumes glauben, er wäre Realität... in der Tat war dies wohl der am realsten wirkende Traum, den ich bis zu jener Nacht gehabt hatte.

Ich trug eine weiße Toga, war barfuss, mein Haar lang und geflochten - so wie ich es einst, zu meinen Himmelszeiten getragen hatte. Alles um mich herum war in Nebel getaucht, diesig und trügerisch. Die Luft war kalt und dünn, ich konnte nicht wirklich atmen. Aber - Gott sei Dank – hatten wir himmlische Wesen Luft nicht unbedingt nötig.

Ich konnte den Boden, auf dem ich stand, nicht sehen, von der Wade abwärts verschwanden meine Beine und Füße in einem dicken Nebelteppich.

Wo war ich hier?

Verwirrt sah ich mich um. So weit ich auch sah, da war nichts. Nur dieses seltsame, weißgraue Licht um mich herum - auch der Himmel über mir war mit einem dicken, weißen Wolkenschleier bedeckt. Es war, als würde ich in Mitten einer vollkommen in Nebelfelder eingehüllten Wüste stehen.

Ich weiß nicht mehr, wann genau ich losging. Ich war mir einfach plötzlich bewusst, dass ich ging. Ziellos. Orientierungslos.

Meine Füße traten dabei auf rauen, felsigen Untergrund - aber nicht auf scharfe oder spitze Steine.

Nichts wuchs auf diesem Untergrund, soweit ich es durch bloßes Umhergehen beurteilen konnte.

Auch wusste ich nicht genau festzulegen, wie weit ich in dem Nebel sehen konnte, denn es war nichts da, was ich hätte markieren können, nichts, was aus dem Nebel ragte, kein einziger Orientierungspunkt.

Es war seltsam - auf eine beeindruckende, Respekt einflößende Art. Aber Angst hatte ich keine.

Ich machte mir auch keine Gedanken, wie ich wieder von diesem Ort wegkommen könnte.

Ich war viel zu neugierig, um mir Gedanken darüber zu machen. Res nova oculi dormientes delectat - die neue Sache erfreut die schläfrigen Augen...

Gut, meine Augen waren im physischen Sinne nicht wirklich schläfrig - ich war voller Energie, die meine nächtliche Union mit Beliel mir hatte zukommen lassen, doch meine Seele, die natürlich auch gefüttert worden war, verlangte nun nach anderer Nahrung, sie verlangte nach Wissen. Wissen darüber, wo ich war.

Ich schritt weiter.

Das Gemisch aus Grau und Weiß drückte nach einiger Zeit gründlich auf mein Gemüt - es war so schrecklich eintönig. Deprimierend.

Mein gierender Geist sah sich immer mehr und mehr satt an seiner Umgebung - kein Wunder, es war ja auch genug Weiß und Grau da.

Rechts von mir. Links von mir. Unter mir. Über mir. Vor mir... Hinter mir.

Es war ermüdend.

Ich hatte schon begonnen, zunehmend widerwillig weiterzutraben, oder zu schlurfen, als meine nun wirklich müden Augen durch eine Anomalie im Grau-Weiß-Gefüge schlagartig aus ihrer Lethargie erwachten.

Wenige Meter vor mir ragte ein kleiner Fels aus dem Nebel - nein, es war kein Fels, es war eher ein großer Stein.

So sah ich denn auch zum ersten Mal, welche Farbe der Boden unter meinen Füßen wahrscheinlich - denn sicher konnte ich mir nicht sein - hatte: Es war ein sandfarbenes, helles Braun.

Doch weitaus faszinierender fand ich das, was auf dem Stein war - eine kleine, zusammengekauerte Gestalt mit halblangen, zu einem Zopf zusammengebundenen, rotbraunen Haaren.

Ich sah zunächst nur den Rücken der Gestalt, die einfache Leinenkleidung trug, doch konnte ich mir dennoch schon nach wenigen Schritten um den Stein herum sicher sein, dass es sich bei der Person, mit dem Äußerlichen eines Kindes im Grundschulalter, um niemand anderen handelte als den Erzengel Michael persönlich - zu hervorstechend waren die saphirblauen Augen, zu denen ich bis dato keinen Vergleich gefunden hatte.

Meine Augen wurden groß.

Gefesselt von dem Bild, das sich mir bot, beschritt ich meinen Kreis um den Stein weiter, bis ich schließlich, in etwa zwei Schritt Entfernung, direkt vor Michael stand. Der offensichtlich junge Engel hatte mich aber nicht bemerkt. Er saß, die Beine angezogen, die Arme ineinander verschränkt auf die Knie gelegt und das Gesicht in eben dieser Konstruktion versteckt, da und rührte sich nicht.

Gut, ich war auch nicht fähig, meine eigenen Schritte zu hören, aber konnte er meine Anwesenheit denn nicht spüren?

Hätte er sie nicht schon längst spüren sollen?

Wieso reagierte er nicht?

"Salve, Michael Archangelus... Sedeam ad tibi?", grüßte ich den Erzengel und fragte folgend mit einer Verneigung, *ob ich mich zu ihm setzen dürfte.*

Zuerst geschah gar nichts.

Dann aber hob der Engel den Kopf an. Zwei unbeschreiblich leere Augen sahen aus dem jungen Gesicht zu mir. Tatsächlich wirkten die Augen auf mich, als wären sie schon um Jahrtausende älter als der Körper, dem sie gehörten.

Es war ein beinahe schauerlicher Anblick.

Die saphirblauen Augen sahen nun wohl in meine Richtung, aber sah mich der Engel wirklich?

Er bewegte die Lippen, aber kein Ton erfüllte die neblige Umgebung. Er schluckte und setzte erneut an, doch wiederum blieben seine Worte stumm. Schließlich nickte er und ich setzte mich nieder.

Nun, näher bei dem Nebel am Boden, bemerkte ich, dass sich nach und nach ein leichter Tauschleier auf meiner Kleidung und meinen Schuhen ablagerte.

Ich ließ meinen Blick erneut schweifen. Mehr und mehr fragte ich mich, ob dies hier, diese seltsame, fremdartige Umgebung eine Urform Shamajims war - ich befand mich also an jenem Ort, der später der erste Himmel sein würde.

Der kleine Engel räusperte sich.

Ich wandte meinen Blick wieder zu ihm.

Die Augen schienen mir nun wacher zu sein und waren eindeutig auf mich fixiert, mich musternd, als hätte er noch nie jemanden wie mich gesehen. Doch da war noch etwas. Etwas Befremdliches.

Es lag eine gewisse Anspannung in der Mimik Michaels. Ein offensichtlicher Drang, etwas zu sagen, sich mitzuteilen.

Ich wartete, doch nichts kam aus dem Mund des Engels. Vielleicht brauchte er einen Anstoß.

"Was tut Ihr hier, Erzengel Michael?", fragte ich daraufhin.

Der Engel war gewillt, zu sprechen, ich konnte es nur allzu deutlich sehen. "Ich... warte...", erklang es schließlich. Meine Augen wurden groß. Das sollte die Stimme des Erzengels sein?

Es war ein ganz und gar leiser, kraftloser, kindlicher Ton, zitternd, unsicher, unbeständig.

Michael schien mein Mienenspiel zu verstehen und senkte sein Haupt in schier unvergleichlicher Demut und machte auf mich einen im höchstem Maße niedergeschmetterten, eingeschüchterten Eindruck.

"Verzeiht", murmelte er beschämt. "Ich spreche nicht viel."

Ich nickte und winkte ab. Und war geschockt. Das konnte doch nicht der spätere Heerführer sein, den alle lobpreisten.

Michael saß vollkommen in sich zusammengesunken da, den Kopf zwischen die schmalen Schultern geduckt, seine Hände nun gefaltet in seinem Schoß. Er sah mich nicht mehr an. Er sah ins Leere, sah weg, wieder versunken in Scheue und einer mir nicht erklärbaren Melancholie. Er passte in seiner Erscheinung jedoch genau in die Nebelwüste, in der wir uns befanden.

"Warum wartet Ihr? Worauf wartet Ihr?", fragte ich und versuchte, den Engel wieder aus sich herauszulocken, ihn zu animieren.

Es dauerte etwas, bis er wieder aufsah.

"Ich warte", wiederholte er nur.

"Warum? Worauf?", wiederholte ich.

"Weil... Er es gesagt hat", kam die zögerliche Antwort.

Ich stutzte. Fragend sah ich den kleinen Engel an. Ich erinnerte mich an das abendliche Gespräch mit Beliel. Er hatte

mir doch davon berichtet, dass Luzifer Michael einst befohlen hatte, auf ihn zu warten und ihn lange Zeit allein gelassen hatte. Je länger ich darüber nachdachte, desto mehr tat mir der kleine Engel Leid. Nein, wirklich. Seit langem fühlte ich mich nicht mehr von Sarkasmus oder Ironie umfangen. Es tat mir wirklich in der Seele weh, den eigentlich so großen Engel so hilflos zu sehen. Hier saß ein kleines, unschuldiges We sen, das mir wahrscheinlich nicht mal bis zur Hüfte reichte, allein auf einem Felsen im Nirgendwo und wartete, wartete darauf, dass das Einzige, was er kannte - sein großer Bruder Luzifer - ihn wieder abholen würde.

Michael war das Opfer seiner Treue. Er war es von Anfang an gewesen, das war mir nun klarer als je zuvor.

Und es war keine Dummheit. Mir wäre es wahrscheinlich an seiner Stelle nicht anders ergangen.

Ein gewisser Hass brodelte in mir auf - Hass gegen den, der dem armen Geschöpf dies angetan hatte.

Während ich dachte, versank Michael schon wieder in seiner Melancholie.

Und ich beobachtete ihn dabei.

Hatte er geweint?

Nein, es schien nicht so. Michael war nicht traurig. Das Wort Traurigkeit vermochte seinen seelischen Zustand meiner Beurteilung nach nicht zu benennen.

Er wartete einfach, wartete darauf, dass Luzifer wiederkommen würde.

Und er vertraute immer noch darauf, dass er dies tun würde. Treu. Jeglicher Zweifel enthoben.

Das, was ihn in die Melancholie riss, war wohl nur die Tatsache, dass Luzifer nicht da war. Eine Art Sehnsucht, ein Entzug.

Es war, als hätte man dem Engel die Fähigkeit genommen, fröhlich zu sein.

Er hatte auch keinen Grund, fröhlich zu sein, denn Luzifer - sein Fokus, sein Bruder, seine Bezugsperson, sein Ein und Alles - war schließlich nicht zugegen, aber er würde wiederkommen, deshalb war er nicht traurig.

Ich verspürte den Zwang, aufzustehen, zu dem kleinen Wesen hinüberzugehen und es einfach nur kurz in den Arm zu nehmen. Aber ich konnte es nicht. Es war, als wäre da eine heilige Grenze zwischen uns, die ich um Biegen und Brechen nicht übertreten konnte.

So stützte ich meinen Kopf in meine rechte Hand und schloss die Augen mit der Absicht, mit ihm zu warten. Ich weiß nicht mehr, wie lange wir warteten, ich weiß nur, dass ich schließlich wieder in meinem Bett erwachte.

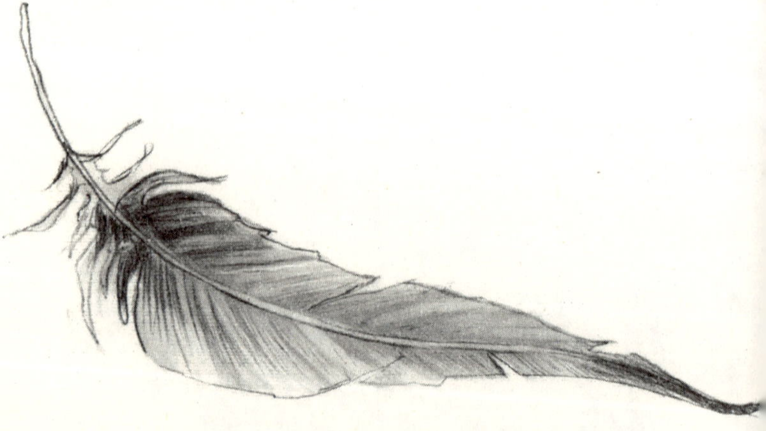

XX

mane nescit quid meridies vehat

Man weiß morgens nicht, was der Mittag bringt

Ich habe nichts gegen seltsame Träume, aber die in diesem Traum präsente Realität war auf eine befremdliche Art und Weise beängstigend.

Ich war allein. Ich war immer allein, wenn ich in meinem Bett erwachte, aber an diesem Tag machte es mir nichts aus. Ich war ja nicht alleine eingeschlafen.

Noch immer schien Beliels Wärme wie ein sanfter Schleier im Raum zu schweben. Seit langem war ich mir auf angenehme Art und Weise meines gesamten Körpers bewusst.

Es war kein Fehler gewesen.

Es war die richtige Entscheidung gewesen.

Und ich konnte es immer noch nicht fassen.

Mein Körper glühte leicht, als verzehrte er sich nach weiteren Berührungen.

Ich vermisste Beliel schon jetzt.

Und insgeheim hoffte ich, ihn bald wieder zu sehen.

Doch ich hatte wichtigeres zu tun.

Mein Herr wartete auf mich. Und man ließ Luzifer nicht warten - das konnte mitunter sehr gefährlich werden...

So verließ ich nach einem ausgiebigen Bad wieder mein Haus, natürlich in schwarzer Uniform - einer frischen versteht sich - und bepackt mit jenen Utensilien, die Luzifer verlangt hatte. Mein Ziel war natürlich jenes Kloster, doch es wäre ein Wunder gewesen, wenn ich dieses, ohne auch nur einmal aufgehalten zu werden, erreicht hätte.

So fing mich bereits - wenige Schritte von meiner Haustür entfernt - die Grande Dame Lilith persönlich ab.

"Salve, Sariel", begrüßte sie mich, nachdem sie mich auf ihrem Spaziergang rein zufällig getroffen hatte - diesen Ausdruck eines glücklichen Zufalls spiegelten nämlich ihre Augen offen wieder.

Lilith war eine gute Schauspielerin, aber ich war ein umso besserer Zuschauer und Analytiker. Nein, das ist kein Narzissmus, das ist eine Tatsache.

"Salve, Lilith", erwiderte ich trocken.

Ich muss hier wohl eigentlich nicht erwähnen, dass ich seit dem Ausgang unserer letzten Begegnung wenig Interesse an einem Gespräch mit ihr hatte, doch die Höflichkeit...

"Wohin gehst du?", fragte sie mich.

"Zu Luzifer", antwortete ich ebenso trocken und distanziert.

Sie kam näher. "Was hat er vor, Sariel?", wollte sie wissen. In ihren Augen funkelte die Neugier, als sie das von mir geschulterte Schwert als Luzifers erkannte.

Ich hob die Augenbrauen.

"Quaeso, Sariel! Dic! Er lässt uns nicht auf die Erde...", *bat* sie mich, es ihr zu *sagen*.

Ich schüttelte den Kopf. Wenn Luzifer jemandem etwas verschwieg, dann hat er seine Gründe und das wiederum veranlasste, nein, zwang mich dazu, ebenfalls Stillschweigen zu bewahren. Wobei es sich hier um einen gewollten, willkommen geheißenen Zwang handelte. Selbst wenn ich gedurft hätte, ich hätte es ihr nicht gesagt. Prinzipiell nicht. Nur, um sie zu ärgern.

"Sariel!" Ihr Gesichtsausdruck wurde drohend.

Ich blieb ruhig. Sie konnte mir ruhig drohen. Aber sie wusste ebenso gut wie ich, dass sie mir nichts tun durfte. Ich war im Moment zu wichtig. Ich war Luzifers höchster Bote. Ich war in gewisser Weise wichtiger als sie. Luzifer zog meine Gesellschaft ihrer vor.

Und das machte sie rasend.

"Verzeiht, Lilith, aber ich muss weiter, ich will Euren Gatten nicht warten lassen." Mit einem zuckersüßen Lächeln deutete ich noch eine Verbeugung an und ging dann weiter. Ich ließ sie einfach stehen. Und diese Geste war offensichtlich und niederschmetternd genug, sodass sie mir nicht folgte.

Ich verspürte in jenen Minuten ein Triumphgefühl, das ich nicht in weitere Worte fassen kann. Ich war der Sieger, ich hatte sie getroffen, sie besiegt. Und die süße, gehässige Erkenntnis, dass sie sich dem bewusst war, setzte dem Ganzen die Krone auf.

Ich fühlte mich gut. Ich fühlte mich sehr gut.

Das unbeschreibliche Gefühl von Lebendigkeit, das Beliel in der vergangenen Nacht in mir wiedererweckt hatte, hielt an – länger und intensiver, als ich es erwartet hatte.

So genoss ich dieses Gefühl in allen Zügen. Ich genoss es, bis... ja, bis ich, in Gedanken des Genießens vertieft, fast über Baal gestolpert wäre...

Der Höllenfürst war wohl auf mich zugekommen, vielleicht war ich auch schon mehrere Male einfach weitergelaufen, als er mich angesprochen hatte.

Jedenfalls hatte er sich mir schließlich in den Weg gestellt und ich war wider seiner Erwartungen weitergegangen.

Nun also konnte ich mich mit Mühen vor einem Sturz bewahren und rappelte mich sogleich wieder auf.

Baal sah mich äußerst säuerlich an. Ich hatte ihn gedemütigt. Dass ich es nur unbewusst und unbeabsichtigt getan hatte, interessierte ihn nicht - es machte das Ganze allenfalls schlimmer.

"Salve", eröffnete ich, nachdem ich meine Uniform, vor allem meinen Umhang, wieder geordnet hatte.

"Salve", schlug es mir kühl entgegen.

Ich war, wie bereits erwähnt, ebenfalls einer der großen Höllenfürsten, auch wenn mein Platz bei den Empfängen der eines Niederrangigen war. Dennoch war ich Baal in gewisser Weise gleichgestellt. Und das gefiel dem kleinen Zeremonienmeister ganz und gar nicht.

"Wo ist Luzifer?", verlangte er zu wissen - er wollte es wohl unbedingt wissen, denn er zog es vor, diese Frage zu stellen, anstatt mich in irgendeiner Weise anzukeifen.

Ich lächelte und neigte höflich meinen Kopf etwas. "Es liegt nicht in meiner Macht, dir das zu sagen."

Baals Gesichtsausdruck wurde noch grimmiger. "Dic!"

Es war nun schon das zweite Mal an diesem Tag, dass mich jemand aufforderte, etwas zu *sagen.*

Ich zuckte mit den Schultern. „Ich habe keine Befugnis dazu."

Es ist schön, wenn man nicht einmal lügen muss, wenn man jemandem partout die Aussage verweigern will...

"Ich warne dich, Sariel!" Nun begann Baal, mir zu drohen. "Die Hölle ist in Aufruhr. Nach der Verkündung Rofocals werden die Forderungen nach einem Himmelsangriff immer lauter!", berichtete er.

Meine Miene wurde ernster. Ich war dabei gewesen, als Luzifer Lilith beauftragt hatte, zu Rofocal zu gehen, um diesem aufzutragen, die Neuigkeiten um Michael zu verbreiten. Dieser Zug Luzifers war mir schon damals etwas seltsam vorgekommen. Doch allmählich schien es mir, als hätte Luzifer sich damit absichtlich ans offene Messer geliefert.

Es war von Anfang an klar gewesen, dass es diese Art von Forderung von Seiten der Höllenbewohner geben würde und was tat Luzifer? Er hatte vor, dem Himmel seinen ideologischen Leitstern wiederzugeben...

Ein leichtes Gefühl von Panik umschlich mich.

"Man munkelt, dass Luzifer mit dem Himmel paktiert!", fuhr Baal indes fort.

Mir wurde kalt.

"Wenn Luzifer sich beim nächsten Empfang nicht blicken lässt und eine entsprechende Erklärung abgibt, könnte es ungemütlich für ihn werden..."

Mir wurde kälter.

"Der Teufel Mastema hat ihn bei einem gestrigen Auftritt bereits als Verräter angeprangert... Sariel, sag mir, was du weißt!"

Ich fühlte mich tot.

Nun verstand ich Beliels Besorgnis. Demnach hatte der hohe Satan wohl von Mastemas Anschuldigungen gewusst, als er von mir verlangte, Luzifer in die Hölle zurückzubringen, bevor es zu spät sei.

Die Panik nistete sich in mein Herz und wuchs.

Würde Luzifer fallen, so würde ich fallen - das hatte mir Beliel deutlich zu verstehen gegeben.

Und nun wurde mir der Ernst der Dinge erst wirklich bewusst.

Was sollte ich tun?

Zunächst unterbrach ich Baal, der immer noch auf mich einredete, mit einer Handbewegung. "Er wird kommen", versicherte ich ihm kurz und bündig und sah zu, dass ich schleunigst weiterging.

Mein Ziel war die Erde. Mein Ziel war Luzifer. Mein Ziel war es, Luzifer wieder in die Hölle zu bringen, bevor es zu spät war.

Und die Zeit, das wurde mir seit Jahrhunderten wieder bewusst, blieb nicht stehen. Sie war von essentieller Bedeutung und ihr Fluch vernichtend. Und nun, plötzlich, unerwartet, war ich wieder auf fatale Weise in ihre umklammernden Fänge zurückgekehrt.

XXI

gravissimum est imperium consuetudinis

Groß ist die Macht der Gewohnheit

Es war ein sonniger Tag auf Erden.

Grünes Gras bog sich unter meinen schwarzen Stiefeln, als ich das letzte Stück des verwilderten Weges zum Kloster empor schritt. Zu meiner Verwunderung traf ich dort als erstes auf Gabriel, die auf dem Bogen, oder den Überresten des Bogens eines Tores der einst alles umgebenden Mauern saß und einen Blumenkranz flocht.

Als sie mich wahrnahm, legte sie den halb beendeten Kranz zur Seite und schwebte in perfekter weiblicher Eleganz zu mir herunter. "Salve", grüßte sie mich mit einem Lächeln.

Ich war etwas verwundert. Gabriel hatte es doch in letzter Zeit vorgezogen, mich zu übergehen, warum also ging sie nun wieder so auf mich zu?

Es machte mich misstrauisch. Sehr misstrauisch.

"Salve...", erwiderte ich langsam.

"Wie ist es gewesen?", wollte sie daraufhin wissen. Ich zuckte mit den Schultern und winkte ab.

Für einen Moment überlegte ich, ob ich ihr Näheres über die vergangene Nacht berichten sollte, entschied mich dann aber dagegen - ich wollte ihr zartes Gemüt nicht schocken.

"Wo ist Luzifer?", fragte ich zurück und hob leicht die Augenbrauen.

Gabriels Augen leuchteten auf. Es war mir, als hätte sie nur auf meine Frage gewartet.

"In der Kapelle!", antwortete sie sofort und griff nach meiner freien Hand - in der anderen hielt ich das Bündel mit Kleidung für Michael. "Komm!"

Kapelle?

Ich zog die Augenbrauen zusammen und ging ein Stück mit Gabriel, dann blieb ich aber wieder stehen und ließ mich auch nicht ziehen.

"Kapelle? Was bitte tut Luzifer in einer Kapelle?"

Gabriel lächelte. Ihr Lächeln war so voller Wärme, dass ich fröstelte.

"Orat!", rief sie und zog mich auch schon weiter. Orat...

Ich brauchte etwas, um das Wort und seine Bedeutung zu begreifen. Gabriel zog mich indes weiter auf die im Vergleich zum Rest des Klosters gut erhaltene Kapelle.

Orat... Orat?! Meine Augen wurden groß.

"Luzifer oratne?", hinterfragte ich skeptisch.

"Orat! Orat!", wiederholte Gabriel singend - sie war anscheinend hocherfreut.

Ich war geschockt. Wie paralysiert ließ ich mich von ihr weiterziehen. Alleine, da war ich mir sicher, wäre ich nicht imstande gewesen, die wenigen Meter bis zur Kapelle hinter mich zu bringen. Luzifer orat... immer wieder hallten ihre Worte durch meine Gedanken. Ich vermochte es nicht zu fassen. Es war nicht möglich. Mein ganzes Wesen sträubte sich gegen diese Erkenntnis:

Luzifer... *betete*...?!

Leben schoss wieder in meine Beine. Noch bevor wir den Eingang der Kapelle erreichten, hatte ich meine Hand aus Gabriels gelöst und war vor ihr ins Innere getreten.

Der zu einem kleinen Teil dachlose Raum mit dem Grundriss eines Kreuzes war von unzähligen Kerzen dort erleuchtet, wo kein Sonnenlicht hinfiel.

Automatisch stellte sich bei mir ein Gefühl der Andächtigkeit ein. Das lag aber nicht an der typischen Kirchenatmosphäre, sondern die allgegenwärtige Aura meines Herrn, die im Raum schwebte.

Schnell hatte ich die wenigen Bankreihen hinter mir gelassen und blieb neben der vordersten stehen.

Vor mir, direkt vor mir, saß, nein, kniete, den Rücken zu mir gewandt, der Drache der Dämmerung. Seine Hände hatte er wohl gefaltet - das konnte ich von meiner Position aus nicht sehen, es aber anhand seiner Armhaltung annehmen. Nur das lange, schwarze Haar fiel offen über den ansonsten unverdeckten Rücken. Deutlich sah ich jene Narben, die den wohl markantesten Beweis für seinen Bruch mit seinem alten Ego, dem Licht bringenden Seraph, waren.

Wie eine Statue kniete er da, am Fuße des Altars.

Dass auf diesem Altar Michael saß, der sich an das sich darauf befindende Kreuz gelehnt hatte und das Treiben meines Herrn mit offensichtlicher Langeweile widerwillig verfolgte, wurde mir erst einige Minuten später bewusst.

Zunächst jedoch lauschte ich. Luzifer verweilte nicht still auf dem steinernen, alten Boden der Kapelle, er sprach in klarer Monotonie vor sich hin.

"... nunc et in hora mortis nostrae", hallte es von allen Seiten an meine Ohren. "Amen."

Ich konnte es nicht glauben. Ich wollte meinen Ohren nicht trauen.

Mein Herr, der Höllenregent Luzifer betete.

Jetzt und in der Stunde unseres Todes - Luzifer betete das Ave Maria. Als sein Amen verklungen war, war es zunächst wieder still.

Ich war wie erstarrt.

"Michael", erhob sich die Stimme meines Fürsten nach einiger Zeit wieder.

Ich sah auf. Jetzt erkannte ich Michael. Unweigerlich zog ich gedankliche Parallelen zwischen der jetzigen Erscheinung des jungen Mannes und jenem kleinen Engel, dem ich in meinem Traum begegnet war.

"Was?", fragte er vollkommen desinteressiert.

Ich wusste nicht, ob Luzifer seine Augen nun offen oder geschlossen hatte - während des letzten Gebets war sicherlich Letzteres der Fall gewesen. Anhand seines ruhigen Tones glaubte ich, dass mein Herr seine Augen bis jetzt noch nicht wieder geöffnet hatte. Er schien immer noch in voller spiritueller Konzentration.

Ein höllisch-heiliges Bild.

"Oremus", forderte Luzifer. "Lass uns beten."

Gabriel trat an mir vorbei und kniete sich vor die Stufe, die den Boden, auf dem der Altar stand, deutlich und demonstrativ von dem, auf dem die Bänke standen, abhob. An den Altar traute sie sich wohl aufgrund Luzifers Präsenz nicht.

Sie faltete ihre Hände, schloss ihre Augen und wartete. Michael zog die Augenbrauen zusammen. Er wirkte irritiert. Verständlich - wie hätte man wohl reagiert, wenn der Teufel in Person einen aufforderte, zu beten?

"Nein", meinte der junge Mann schließlich und schüttelte den Kopf.

"Ora, Michael...", wiederholte Luzifer ruhig - dieses Mal war es jedoch keine offene Aufforderung im Sinne einer Einladung, sondern ein klares *Bete*.

Michael zögerte.

Ich konnte ihn verstehen. Das hier musste alles sehr merkwürdig auf ihn wirken.

In diesem Moment sah Michael mich an. Er sah mich wirklich direkt an. Sein Blick war nicht ein fragender, aber da war etwas in seinen Augen, das Bestätigung suchte.

Zunächst spiegelte ich den Blick nur unschlüssig wieder, dann aber ließ auch ich mich langsam auf die Knie sinken, schnallte das Schwert von meinem Rücken und legte es gemeinsam mit dem Bündel Kleidung neben mich.

Als ich wieder zu ihm aufschaute, schien er etwas überzeugter zu sein und stieg vom Altar herab. Noch einmal ließ er prüfend seinen Blick schweifen, dann aber ging auch er langsam neben meinem Herrn zunächst in die Knie, bis er erkannte, dass ihm bis zu diesem Punkt nichts Schlechtes widerfahren war und er sich ganz hinkniete.

Ich schloss meine Augen und faltete ebenfalls meine Hände.

Ein höchst seltsames Gefühl durchdrang meinen Körper. Ich hatte nie wieder vorgehabt, zu beten. Ich hatte Gott nichts mehr zu sagen und ich musste ihn auch um nichts bitten. Oder?

Zweifel schlichen sich in meinen Geist. Man soll nicht immer nur beten, wenn man gerade etwas braucht - das wusste ich.

Würde es mir also etwas nutzen, wenn ich Gott um Schutz für meinen Herrn bitten würde?

Ich verdrängte den Gedanken sofort. Was tat ich hier eigentlich? Was bildete ich mir ein? Gott hatte so vieles nicht getan und er hatte es sogar zugelassen, dass sein glorreichster Engel seine Existenz leugnete. So einen Gott um etwas zu bitten, war ebenso erfolgreich wie der Versuch, einer Katze das Sprechen beizubringen.

Luzifer atmete deutlich ein - ein Zeichen. Es begann.

"Sancte Michael Archangele", *heiliger Erzengel Michael*, eröffnete Luzifer in einem Ton so klar und rein, dass ich stutzte.

Doch eh ich mich versah, hatte ich die Worte schon wiederholt - im völligen Einklang mit Raphael und Gabriel. Wenn es etwas gab, das Engel - und gefallene Engel - im Schlaf konnten, dann war es das direkte Rezitieren von Gebeten oder anderen Texten.

"Veni in auxilium hominum", hörte ich meinen Herrn bitten. *Komm den Menschen zu Hilfe* - ich kannte diese Zeilen. Es war aus einem der Gebete, die man an Michael zu richten pflegte... aber mir fiel auch auf, dass Luzifer einige Zeilen aussparte... Alles, was in gewisser Weise gegen seine Person und sein Reich gerichtet war. Und sicher hatten auch Raphael und Gabriel dies bemerkt. Dennoch folgten wir seiner Stimme, sprachen, was er sprach. Und während Luzifer Michaels heilige Erscheinung beschrieb und lobte, konnte ich den großen Erzengel vor meinem inneren Auge nur zu deutlich sehen. Jene erhabene Gestalt, mildtätig und gütig, aber auch unnahbar und rätselhaft. Doch noch bevor ich mich auf dieses Bild wirklich einlassen konnte, drängte sich mir der Anblick des kleinen Engels auf, der vollkommen allein auf einem Stein im Nirgendwo hockte und wartete.

Es war nicht nur ein Traum gewesen, hervorgerufen durch die Erzählungen Beliels, in diesem Punkt war ich mir sicher. Und bin es noch.

"Sancte Michael Archangele veni in auxilium hominum", wiederholte Luzifer schließlich und in seiner Stimme schwang ein seltsamer, tiefer Ton mit, der mich an den ewigen Hall in der Sphärenbahn erinnerte. Ein Klang, der mich erschaudern ließ - fremd, aber doch so bekannt.

"Clamor meus ad te veniat", schloss Luzifer langsam und mit jedem Wort ebbte die Kraft seiner Stimme dahin, bis die letzten Silben nur noch ein Wispern waren. *Lass mein Rufen zu dir kommen...* Das Gespräch mit Beliel war mir wieder so präsent wie in dem Moment, da wir es geführt hatten. Vor seinem verhassten göttlichen Vater selbst hatte Luzifer sich geöffnet, um für seinen Bruder zu bitten, der doch eigentlich sein ärgster Rivale war. Kälte und Hitze kribbelten in gleichem Maße unter meiner Haut; ich war mehr als berührt von diesen so gefühlvoll, so inbrünstig gesprochenen Worten meines Herrn.

Die Stille wob ihre Fäden durch die Kapelle. Nur die Kerzenflammen zitterten, als ein leichter Windhauch kurzweilig im Gemäuer umherwanderte.

"Amen", endete Luzifer schließlich. Wir folgten ihm. Dann war es wieder still.

Plötzlich stutzte ich; ich hatte etwas gesehen. Durch meine geschlossenen Lider hindurch, dennoch hatte ich deutlich wahrnehmen können, dass kurzzeitig etwas vor mir aufgeleuchtet hatte. Doch noch in dem Moment, als ich die Augen öffnete, war das vermeintliche Licht wieder verschwunden.

Während sich meine Augen wieder an die Helligkeit meiner Umgebung anpassten, erhob sich mein Fürst langsam und sah zu mir. Auch Michael blieb nicht lange sitzen, während Gabriel immer noch die Augen geschlossen hatte und stumm die Lippen bewegte - sie schien noch weiterbeten zu wollen.

Wir störten sie nicht.

Luzifer winkte Michael und mich ohne ein Wort zu verlieren aus der Kapelle.

Ich sammelte die mitgebrachten Utensilien behutsam auf und folgte den beiden. Ich weiß bis heute nicht, warum ich dies so umsichtig leise tat. Etwas in mir befahl mir, Gabriel nicht in ihren Gebeten zu stören.

XXII

fas est et ab hoste doceri

Auch vom Feind lernen ist Recht

"Michael, wir machen da weiter, wo wir gestern Abend aufgehört haben.", erklärte Luzifer, als wir wenige Schritte vom Eingang der Kapelle entfernt waren.

Ich spitzte die Ohren und sah etwas neugierig zu meinem Fürsten. In der Tat interessierte es mich brennend, was genau Luzifer und Michael, während meiner Abwesenheit, noch so alles getan hatten. Meine Gedanken waren dabei keinesfalls von zweideutiger Natur.

Gut, Letzteres war eine Lüge. Na und?

Ja, ich konnte es mir nur zu gut ausmalen. Wieso sollte Luzifer Michael nicht für sich beansprucht haben?

Oder waren meine Theorien nur ein Hoffen, ein Gedanke, dessen Schöpfer wohl meine Unternehmungen der vergangenen Nacht waren?

Fühlte ich mich nun gar schuldig?

Ich war Luzifer zur Treue verpflichtet, doch reichte diese bis in sein Schlafzimmer?

Es ist überraschend, wie sehr mich diese Frage in jenen Sekunden beschäftigte. Natürlich resultierten diese Fragen aus einem tiefen Verlangen, einer Sehnsucht, aus meinem Inneren. Man erträgt als Höllenbewohner schon einiges, hat sich mit den Sitten und Gebräuchen arrangiert, aber trotzdem...

Es hätte mir nur allzu gut gepasst, mich in den Kreis der Mulieres Diaboli einreihen zu können - zumindest für den Moment.

Die Tatsache, dass ich für Luzifer letztendlich wohl doch nicht mehr war, als ein Rädchen im Getriebe einer Maschine mit unzähligen anderen Rädchen, das auch noch leicht ersetzbar und im Grunde unwichtig war, ignorierte ich. Ich habe, wie gesagt, meinen Stolz. Und zumindest war ich ein größeres Rädchen.

"...Sariel..."

Sowohl Luzifer als auch Michael sahen mich mit erhobenen Augenbrauen fragend an - mein Herr hatte die Arme vor der Brust verschränkt.

"Das Schwert, Sariel", verlangte er und an seinem Ton erkannte ich, dass er mich schon mehrmals danach gefragt haben musste.

Geistesgegenwärtig präsentierte ich ihm sein Schwert - bemüht, mich nicht zu verhaspeln oder durch übereilte, hektische Gesten und Mimik meine leichte, mentale Abwesenheit noch weiter zu verraten.

Luzifer reichte, ohne auch nur einen Moment zu zögern, sein Schwert an Michael weiter.

Ich staunte nicht schlecht - was ging hier vor sich?

Luzifers Schwert war wie ein Teil des Höllenregenten. Nein, eigentlich war es ein Teil Satanels, aber dennoch, wie konnte er diese geheiligte, beziehungsweise verdammte - denn heilig war sie nun mal nicht, jedenfalls nicht himmlischheilig - Waffe in die Hände eines Thronengels geben? Mehr noch, was bewegte den Grande Grimoire, das Schwert einem Menschen zu geben?

Michael betrachtete das Schwert skeptisch und wiegte es in seinen Händen, wobei es ihm nicht möglich war, das Schwert mit beiden Händen zu fassen und zu heben - er musste eine Hand stützend unter die Klinge legen, um das Schwert überhaupt in die Waagerechte zu bekommen. Der Zweihänder wog einiges, das wusste ich - daher hatte ich es auf dem Rücken getragen. Auch Luzifer konnte die schwere

Klinge nur mit Hilfe seiner Astralkraft führen, allerdings führte er sie mit eben dieser Hilfe wie einen leichten Stock und zuweilen sogar einhändig.

Es erschien mir rätselhaft, wie der Mensch mit diesem Schwert trainieren sollte, auch wenn er einst ein Erzengel gewesen sein mochte. Die einzige, plausible Möglichkeit, die ich sah, war die, dass Luzifer wohl den Rest des letzten Tages damit verbracht haben musste, Astralkraft auf den Menschen zu übertragen. Das war möglich. Ein dadurch in meinem Kopf hervorgerufenes Bild führte mich schließlich wieder zu meiner anfänglichen Überlegung zurück.

"...Sariel..."

Und wieder war es die Stimme meines Fürsten, die mich aus jener mentalen Illustration der Kraftübertragung herauszerrte.

"Muss ich das wirklich anziehen?", fragte Michael widerwillig.

Ich verstand - es ging um das Bündel weißer Kleidung, dass ich mir unter den Arm geklemmt hatte.

Ich fragte mich, wie Luzifer nur an diese Sachen gelangt war...

Luzifer nickte.

Um zu demonstrieren, dass ich sehr wohl zuhörte - zumindest momentan - reagierte ich unverzüglich und hielt Michael die Kleidungsstücke hin.

Der Mensch seufzte, offensichtlich am Ende seiner Nerven, aber in Resignation verwurzelt, und nahm die Sachen an sich.

Er verschwand mit ihnen und dem Schwert in einem der halbzerfallenen Gebäude.

Ich blieb allein bei meinem Herrn zurück.

"Was gibt es Neues, Sariel? Plant man schon meine Hinrichtung?"

Verwundert wandte ich den Kopf zu Luzifer. Ich hatte es befürchtet. Luzifer war sich seines Handelns und der Konsequenzen sicherlich voll und ganz bewusst und ging dennoch seinen Plänen nach.

Ich lächelte und war mir sicher, dass es sehr verzerrt aussehen musste. "Nun, nicht direkt Hinrichtung, Luzifer. Ich glaube nicht, dass Mastema das wagen würde..."

Der noch höchste Satan zuckte mit den Schultern. "Alles ist möglich." Er lächelte mich wissend an und wirkte dabei ungeheuer lässig.

"Wir sollten nicht zu lange hier bleiben...", begann ich.

Luzifer schüttelte den Kopf. "Es steht dir frei, zu gehen, Sariel."

Mein Lächeln wurde kläglich. Es stand mir frei? Beliel würde mich umbringen. Der Gedanke brachte mich fast zum Verzweifeln.

Meinem Herrn schien mein Mienenspiel nicht zu entgehen, denn er beugte sich etwas vor und sah aus den Augenwinkeln zu mir. "Du hast doch nicht etwa mit Beliel paktiert, oder?", fragte er mit einem kleinen, aber nicht zu übersehendem Grinsen.

Wie sagt man...?

Treffer. Versenkt.

Ich zuckte mit den Schultern.

Luzifer lachte. Nicht wirklich gehässig, aber offensichtlich über mich.

"Sariel, Sariel, lernst du denn nie aus?"

Er schüttelte tadelnd den Kopf. "Nun, das ist dein Problem."

In der Tat. Es war mein Problem. Trotzdem dachte ich nicht eine Sekunde daran, meinen Herrn diesbezüglich um Hilfe zu bitten. Ich hätte sowieso keine bekommen.

Ich verspürte in jenen Minuten ein dumpfes Taubheitsgefühl. Es war als stände ich neben mir, als würde mich das Ganze in keiner Weise etwas angehen.

Es ist interessant, über welche Abwehrmechanismen die Psyche verfügt, wenn man sich bereits im freien Fall in den bodenlosen Abgrund befindet.

Ich war in jenen Momenten, als es klar wurde, dass mein Tod so gut wie feststand, erstaunlich gefasst und ruhig. Mir gingen dabei keine ermutigenden Parolen durch den Kopf wie Es wird schon alles gut gehen et cetera, sondern ich dachte Nichts.

Mein Geist war so blank wie eine leere Buchseite. Zumindest für einige Augenblicke.

"Die Schuhe musst du auch noch ausziehen."

Ich sah wieder auf.

Michael kam wieder auf uns zu. Er trug nun weiße, leichte Kleidung, Hose, Unter- und Obertunika. Das Schwert schleifte er hinter sich her.

Auf Luzifers Worte hin blieb er stehen und zog skeptisch die Augenbrauen zusammen. "Was denn noch alles?", fragte er missgelaunt und rammte das Schwert in den Boden... oder versuchte es zumindest... stützte sich dann auf dasselbige und befolgte Luzifers Anweisungen. Er kam näher zu uns - vorsichtiger, wohlgemerkt, denn der steinige Boden war nicht sonderlich geeignet für einen Spaziergang auf nackten Füßen.

"Und was jetzt?", erkundigte sich der Mensch. An seinem Ton war erkennbar, dass er es gar nicht wissen wollte. Ich wollte diese Information aber umso mehr.

"Stell dich einfach da hin und lass dich nicht treffen...", erklärte Luzifer mit hintergründigem Lächeln und trat ein paar Schritte zurück.

Ich folgte ihm geistesgegenwärtig.

Michael runzelte die Stirn und hievte das Schwert mit Mühen über die Waagerechte in die Senkrechte - im korrekten, beziehungsweise optimalen Winkel vermochte er es nicht zu halten.

Luzifer beugte sich zum unebenen Boden und hob einen etwa handgroßen Stein auf.

Ich hob die Augenbrauen und verstand. Mit einem süffisanten Lächeln sah ich zu Michael. Der Mensch tat mir jetzt schon leid.

Der Höllenregent fixierte den Menschen und eine plötzliche Konzentration umfing ihn. Eine gewisse Anspannung funkelte in seinen Augen.

Michael fühlte sich scheinbar völlig überrumpelt, als der Stein sich mit einem Mal verselbstständigte und geradewegs aus Luzifers Hand auf den Menschen zuschoss.

Dieser hätte sich wohl eine üble Kopfverletzung zugezogen, wenn Luzifer den Flug des Steines nicht völlig kontrolliert und ihn wenige Zentimeter vor Michaels Kopf zum Halten gebracht hätte. Seines Lebens beraubt, fiel der Stein wieder zu Boden.

"Bist du bereit?", hakte Luzifer mit erhobenen Augenbrauen nach. Den nächsten Stein - dessen konnten wir uns nun alle sicher sein - würde er nicht anhalten.

Michael war blass. "A-aber..." Weiter kam er nicht. Auf ein Schnipsen Luzifers hin, erhob sich der Stein wieder vom Boden, flog an mir vorbei und in die Höhe, beschrieb einen Bogen und richtete seinen Flugbahn wieder auf Michael aus.

Luzifers Augen funkelten. Für ihn war dies ein willkommenes Spiel. Und doch ging dies hier weit über ein Spiel hinaus - Luzifer hatte längst die Rolle von Michaels Magister übernommen.

Ich fragte mich nur, auf welchen Krieg Luzifer den vermenschlichten Erzengel vorbereiten wollte...

Michael hatte mit dem Schwert sichtliche Schwierigkeiten. Das Einzige, was ihn vor einem nicht zu unterschätzenden Treffer bewahrte, waren seine Notreflexe, die ihm befahlen, sich in letzter Sekunde zu ducken.

Wieder flog der Stein einen Bogen um uns alle herum, um erneut von seinem Ausgangspunkt neben Luzifer zu starten.

Mir fiel auf, dass er diesmal weitaus schneller flog... Die Gesichtszüge des Menschen wurden von einer panischen Anspannung verzerrt - eine durchaus verständliche Reaktion, wenn auch eine völlig falsche. Es war nur menschlich, Angst zu haben.

Es gab ein sehr seltsames, dumpfes, aber metallisch klingendes Geräusch, als der Stein an der breiten Seite des Schwertes abprallte.

Der Stein beschrieb daraufhin stur eine weitere Kurve und schoss wieder auf Michael zu.

Ich setzte mich.

In den folgenden Anläufen gelang es dem Menschen immer wieder, sich irgendwie vor Verletzungen zu bewahren. Einmal war es sogar so knapp, dass der Stein seine Schulter streifte, beide Tuniken zerriss und wohl noch etwas Haut mitriss, denn der weiße Stoff der betreffenden Schulterseite färbte sich nachfolgend immer röter.

Jetzt schon war der Mensch außer Atem und schwitzte. Ja, Kondition ist eine treue Begleiterin, aber ihr Geleit muss man erst einmal erlangen - und Michael schien es in dieser Hinsicht daran zu mangeln.

"Genug gespielt", kündigte Luzifer an. "Jetzt wird trainiert."

Ich hob die Augenbrauen und sah fragend zu meinem Herrn. Wollte er den Menschen umbringen?

Michael keuchte, aber er griff das Schwert neu und je länger ich ihn beobachtete, desto deutlicher viel mir auf, dass er ungewöhnlich schnell lernte.

Mittlerweile stand er viel sicherer und beweglicher auf seinen Füßen.

Am auffälligsten war jedoch sein Blick. Da war nichts Fragendes, nichts Unsicheres mehr - im Gegenteil. Fast schien es, als würde sich sein Körper daran erinnern, dass er sich einst gut darauf verstanden hatte, ein Schwert zu führen.

Das Spiel hatte ihn darüber hinaus mittlerweile scheinbar soweit animiert und der Reiz, einer Gefahr zu entrinnen, ihn soweit stimuliert, dass er beinahe hochmütig wirkte.

Folgte nicht meist der Fall dem Hochmut auf direktem Fuße? Meine Zweifel hielten sich hartnäckig, doch nach und nach begann ich tatsächlich, zu staunen. Hätte ich nicht gewusst, dass es sich bei dem jungen Mann tatsächlich um den Erzengel Michael handelte, spätestens jetzt hätte ich vermutet, dass er zumindest unter Michaels Schutz stand.

Wahrscheinlich fiel es ihm selbst nicht einmal auf, dass er auf einmal Kombinationen ausführte, deren Beherrschung viele Jahre intensivstes Training beanspruchten. Dies mochte letztendlich ein weiterer Beweis dafür sein, dass er wirklich Michael war.

Eine euphorische Aufregung befiel mich. Wie ein Fieber. Vielleicht würde der Mensch sich schon in naher Zukunft der Wahrheit stellen, der Erzengel in ihm würde sich wieder erheben...

Luzifer hatte inzwischen sichtlich seinen Spaß. Die Tatsache, dass Michael nicht längst bewusstlos geschlagen am Boden lag, hatte offensichtlich seinen Spieltrieb geweckt. Die Bahnen des fliegenden Steines variierten nun immer stärker und er beschleunigte und verlangsamte immer unvorhersehbarer.

Als es Michael dennoch gelang, den Stein letztendlich so zu treffen, dass er gegen die Klostermauern schlug und zerschellte, ging das Training in die zweite Runde - Luzifer verlieh gleich mehreren Steinen unterschiedlicher Größe Eigenleben.

Für mich war es klar, wie das Ganze auszugehen hatte: Michael würde blutend und halbtot am Boden liegen. Auch wenn er nur noch ein trübes Abbild jenes Erzengels war, ich glaubte, dass Luzifer diesen kleinen Triumph suchen wollte.

Etwas Respekt vor dem Menschen hatte ich nun aber schon. Es war erstaunlich, was diese Kreaturen fertigbrachten, wenn ihnen so etwas abverlangt wurde - wenn sie in Lebensgefahr waren.

Gut, dieser Mensch hatte himmlische Hilfe, das änderte aber nichts an der Tatsache, dass seine Kondition zu wünschen übrig ließ und er allein wegen seines Menschseins große physische Nachteile zu verbuchen hatte.

Ich war angenehm überrascht, zu sehen, wie verbissen er sich zusammennahm. Obwohl seine Hände, Arme und Beine zitterten, sein Atem beinahe besorgniserregend rasselte und der Flüssigkeitsverlust mir zu denken gab, stand er immer noch - und das weitaus besser als zu Beginn des Trainings.

Diese Verbissenheit faszinierte mich. Sie war dumm, ganz klar. Natürlich wäre es besser gewesen, sich fallen zu lassen, Luzifer seinen Sieg zu gönnen.

Es war wohl wieder eine Spur des Trotzes, die den Menschen weiterkämpfen ließ.

Was ebenfalls meine Aufmerksamkeit auf sich zog, während Michael weiterhin Stein um Stein parierte, die bald aus allen Richtungen auf ihn zuschossen, war die merkwürdige Begebenheit, dass das Schwert Luzifers den Menschen mit der Erzengelseele als Führer tolerierte. Spekulationen über den mutmaßlichen Grund dafür mehrten meine Neugier zu erfahren, was sich in den Stunden meiner Abwesenheit alles ereignet hatte...

"SATANEL!"

Alles hielt inne - sogar die Steine verweilten bewegungslos in der Luft.

Im Sturzflug waren zwei Gestalten in der Nähe des Tores gelandet.

Bahnen weißer Gewänder wallten wie Wellen, zwölf Flügel wurden gerafft und ausgebreitet.

XXIII

trahit sua quemque voluptas

Jeden reißt seine Leidenschaft hin

Der Engel, der meinen Herrn nach typischer Himmelsmanier angerufen hatte, war niemand geringeres als Fürst Cassiel von Araboth persönlich.

Ich verzog das Gesicht. Tausende Engel im Himmel und ausgerechnet dieses Exemplar kam her…

Während ich tiefer in missbilligenden Gedanken über den Seraph versank, wurde ich mir wieder gewahr, dass Cassiel ja nicht alleine gekommen war.

Der andere Engel hielt sich im Hintergrund. Neben Cassiel wirkte er beinahe unsichtbar.

Offensichtlich war es auch seine Absicht, unauffällig zu sein - Haare und Gesicht waren bis auf die Augen verdeckt, die Hände in Handschuhe gepackt.

Wie ein weißer Schatten stand er Cassiel zur Seite.

Dass es sich bei dieser Gestalt jedoch auch um einen hohen Engel handeln musste, verrieten mir der mit Goldfäden bestickte lange Mantelkragen, den der Fremde über seiner ebenfalls goldverzierten Robe trug.

"Satanel!", keuchte Cassiel, ganz und gar nicht Herr seiner Emotionen. Sein Hass gegenüber meinem Fürsten war allzu offensichtlich. Nicht gerade sehr engelhaft...

Luzifer hob die Augenbrauen und sah Cassiel fragend an. Für mich selbst war die unidentifizierbare Gestalt bei Cassiel im Moment weitaus interessanter.

Ich war es als Höllenbewohner mittlerweile gewöhnt, direkt angeschaut und gemustert zu werden und auch ich selbst hatte mir dies zur Angewohnheit gemacht. So betrachtete ich den Fremden derweil offen und demonstrativ - das war nicht gerade höflich, aber was ist schon Höflichkeit?

Die Augen des Engels - offensichtlich ein Seraph – waren eine diffuse Mischung aus einem hellen Grau und einem blassen Violett. Ein seltsamer Anblick.

"Dieser Mensch", erhob Cassiel wieder seine Stimme und zeigte auf Michael, "ist Eigentum des Himmels!" Sein Blick

schoss wieder scharf zum Höllenregenten. "Du hast hier nichts zu suchen!"

Luzifer lächelte.

Michael, immer noch außer Atem, stützte sich auf das Schwert und sah Cassiel verständnislos an.

"Was ist das denn für'n Clown?"

Ich musste grinsen.

Cassiels Blick wurde für einen Moment fassungslos. "C-..?" Er hüstelte und sah wieder zu Luzifer. "Das ist doch dein Werk!", rief er anklagend. "Weiche, Elender!"

Luzifer hob beschwichtigend die Hände. "Aber, aber!"

Cassiel zog sein Schwert. Schwert? In der Tat fiel mir erst jetzt auf, dass sowohl Cassiel als auch der andere Engel bewaffnet waren. Keine angenehme Tatsache... Bewaffnete Engel konnten lästig sein.

Mein Herr wollte wohl etwas erwidern, doch bevor er reagieren konnte, stand Michael mit einem Mal zwischen Luzifer und Cassiel, Luzifers Schwert wiederum fest im Griff und gegen Cassiel erhoben.

"Was geht denn jetzt hier ab?!", verlangte der Mensch lautstark zu wissen.

Stille.

Es war ein Bild für die Ewigkeit.

Michael, der vermenschlichte Erzengel Michael, der den Satan beschützte.

Gut, Luzifer hatte diesen Schutz nicht nötig, aber allein die symbolische Bedeutung war so gewaltig, dass Cassiel der Mund offen stehen blieb.

Der Arme musste nun völlig geschockt sein.

Leider nur nicht so lange, wie ich es erhofft hatte.

"Satanel! Lass sofort von unserem Fürsten ab!", befahl er über Michael hinweg zu Luzifer - den er kaum sehen konnte, weil Michael größer war als er selbst und ihm die Sicht versperrte...

Michaels Gesichtszüge verhärteten sich zusehends. Er wurde wohl nicht gerne übergangen. "Sag mal spinnst-...", begann er, brach aber überrascht ab, als er bemerkte, dass Luzifer inzwischen an ihn herangetreten war, nun hinter ihm stand einen Arm um seine Taille legte und seinen Kopf über die rechte Schulter des Menschen beugte.

"Und wenn ich nicht will?", erklang Luzifers Stimme erneut in völlig unschuldigem Ton - selbstverständlich provozierend.

Ich musste grinsen. Zu gerne hätte ich gewusst, was Cassiel in diesem Moment dachte.

Aber er war offensichtlich sprachlos.

Michael selbst zeigte sich so gar nicht einverstanden mit dem, was Luzifer tat, aber selbst er schien die angespannte Situation deuten zu können und zog es glücklicherweise vor, zumindest ansatzweise zu kooperieren.

Nun trat der Fremde aus Cassiels Schatten und lüftete seine Verschleierung.

Mir wurde sofort klar, weshalb der Engel sich verschleierte.

Die reinweißen Leinentücher verbargen feuerrotes Haar - eigentlich ein Farbprivileg der Dämonen und Zeichen für das Böse, nicht umsonst waren Frauen mit roten Haaren einst als Hexen verdächtigt worden...

Im Gegensatz zu den meisten Engeln ging dieser Seraph recht lieblos mit seinem Haar um: Es war wohl nicht allzu lang, aber gerade lang genug, um es sorgsam und streng am

Hinterkopf zusammen zu binden und zu fixieren. Keine einzige Strähne entkam der wohl aus Selbstzwang geborenen Ordnungseifrigkeit.

Der surreale Farbton der Augen biss sich im Übrigen katastrophal mit jenem feurigen Rot.

Ich betrachtete den Engel zum wiederholten Male recht gründlich.

Er musste wohl etwas besonderes sein, wenn er es trotz seinem äußerlichen Schönheitsfehler in die hohen Ränge der Engelshierarchie geschafft hatte.

"Wir wollen doch bitte nicht vergessen, dass wir zunächst Worte sprechen lassen wollen...", ermahnte die Gestalt mit typischer, monotoner, weicher Engelsstimme.

Es war sowohl die Sprache als auch der Ton, die mich das Gesicht verziehen ließen. Zum einen, weil mir diese Art zu sprechen zuwider war, und zum anderen, weil ich diese Stimme kannte.

Mein Fürst hob die Augenbrauen. "Raziel, was verschafft uns das Vergnügen?", begrüßte er den Seraph mit einem oberflächlichen Lächeln.

Ja, tatsächlich, der Fremde war Raziel, jener Engel, der gemeinsam mit Anael die Vertretung für Michael stellte, und nebenbei eben jener radikale Verfechter des Ungeschlechtlichkeitszwangs für Engel war - und Raphaels Zögling und wahrscheinlicher Erbe, was ich immer noch nicht nachvollziehen konnte.

Ich hatte also genug Gründe, Raziel ganz und gar zu verabscheuen. Im Großen und Ganzen war Abscheu auch das Gefühl, was in mir dominierte. Ein anderes war Ratlosigkeit.

Wie konnte man nur so engstirnig sein? Ich konnte dieser Androgynitätsbewegung absolut nichts abgewinnen. Es war, als suchte der Himmel einen Sündenbock für das, was alles geschehen war und ich persönlich fühlte mich durch die Beschuldigung, dass ich nur gefallen war, weil ich ein

Geschlecht hatte, mehr als angegriffen. Es ging gegen meinen Stolz. Diese Theorie entwertete die Entscheidung aller gefallenen Engel:

Wir waren nicht aus Überzeugung gefallen, weil wir Luzifer gefolgt waren, sondern wir waren einfach nur nicht geschlechtslos, nicht rein genug und dementsprechend einfach zu blenden gewesen...

Es erschien mir persönlich vollkommen irrsinnig, dass man sich auf so eine Theorie stützen konnte.

Aber... wenn, wie bereits erwähnt, es notwendig ist, einen Schuldigen zu finden...

"Ich ersuche dein Verständnis, Satanel", fuhr Raziel gewichtig fort.

Oh, wie überaus redegewandt er doch war... Ja, das war Sarkasmus!

Mein Herr hob die Augenbrauen.

"Der Engel Michael muss um des Gleichgewichts Willen in den Himmel zurückkehren und seinen Platz wieder einnehmen. Das weißt du. Ich appelliere an deine Vernunft, Satanel." Raziel sprach sehr langsam, als glaubte er, dass Luzifer es ansonsten nicht verstehen würde.

"De facto... tatsächlich", bemerkte dieser mit einem Nicken. "Und ich habe auch nichts vergessen, mein lieber Raziel. Ich werde den Engel wohlbehalten in eure Hände übergeben, wenn ich fertig bin. Solange erbitte ich eure Geduld..." Er lächelte süffisant.

"Du hast nicht mehr das Recht, in Angelegenheiten des Himmels zu entscheiden, Luzifer", erinnerte Cassiel scharf. "Ich habe diese Angelegenheit schon längst zu einer Angelegenheit des gesamten Universums gemacht, Cassiel", entgegnete der Höllenfürst ruhig.

"Ich warne dich im Guten, Luzifer, wir sind gewillt, den Engel unter allen Umständen am heutigen Tage zurückzubringen", erklärte Raziel und legte eine Hand an den Knauf seines Schwertes.

Wiederum hob Luzifer die Augenbrauen. "Oh", kommentierte er. "Ich verstehe."

Aber er lächelte weiterhin.

"Nun, dann fragt doch den Menschen, ob er überhaupt will..."

"Michael ist verwirrt", entschied Raziel, "Er weiß nicht, was gut für ihn ist."

"Du weißt auch nicht, was gut für dich ist, Raziel...", warf Luzifer ein und lächelte diabolisch.

Das traf Raziel wohl auf eine bestimmte Weise, denn in seiner sonstigen Ruhe verzog er nun missbilligend das Gesicht, lächelte daraufhin aber sofort wieder verzerrt. "Ich glaube, diese Konversation wird keinen positiven Ausgang finden..."

Cassiel nickte und nahm eine für einen Engel sehr aggressive Körperhaltung ein.

Ich erhob mich und trat zur Seite.

Luzifer würde mir schon bedeuten, wenn ich mich am Kampf beteiligen sollte, aber bis jetzt hatte ich noch keine derartigen Zeichen von ihm erhalten, also hielt ich mich zurück.

Raziel würde sein Schwert voraussichtlich einhändig führen, das ließ zumindest seine Haltung erahnen.

Luzifer blieb im Gegensatz dazu gelassen und begnügte sich damit, seinen Kopf gänzlich auf Michaels Schulter abzulegen und gelangweilt zu seufzen.

Der Mensch schien schon ein wenig nervös zu sein - zu Recht. Mir wäre es wohl nicht anders ergangen.

Eine interessante Konstellation. Dennoch lag der Ausgang des Kampfes auf der Hand.

Luzifer bedurfte nur der Zeit eines Wimpernschlages, um Cassiel und Raziel in einer seltsamen, die Dimensionen verzerrenden Gravitationswelle von den Füßen zu reißen und gegen die steinernen Wände der Kapelle zu schicken.

Dennoch ging er dabei unerwartet sanft mit ihnen um, denn sie prallten lediglich dagegen - ich hätte erwartet, dass er sie gnadenlos durch die Wand brechen lassen würde.

Während Cassiel etwas orientierungslos am Boden lag und sich zunächst wieder sammeln musste, zeigte sich Raziel wenig berührt - noch im Fall hatte er die Kontrolle über seinen Körper wieder erlangt und seine Flügel ausgebreitet. Kurz bevor er auf dem Boden aufgeprallt wäre, hatte er seinen Körper so manövriert, dass es ihm gelungen war, sich mitsamt der Bewegungsenergie des Falles an der Wand der Kapelle abzustoßen und schoss nun auf Luzifer und Michael zu.

Ich hatte ihm diesen Zug nicht zugetraut und war nun mehr als gespannt, wie mein Herr diesen Angriff - der im Übrigen auf seinen Rücken gerichtet war - abblocken würde. Es stellte sich aber im Endeffekt nur als ein letztes vergebliches Aufbegehren Raziels heraus. Luzifer veränderte nicht einmal seine Position, er breitete lediglich seine Flügel aus.

Für einen Augenblick, eben jener, als Raziel theoretisch gegen den Satan hätte prallen müssen, wurde die Aura des Höllenfürsten wie eine schwarzviolette Kugel sichtbar. Dies hatte zur Folge, dass Raziel nicht gegen Luzifer, sondern gegen jenen kurzfristig halbmanifestierten Rahmen prallte, was ein sehr unschönes Geräusch verursachte. Es war, als hätte jemand auf eine Starkstromleitung gefasst und wäre gleichzeitig, nach einem Fall von mindestens zwanzig Metern, auf einem Betonboden aufgeschlagen.

Raziel jedenfalls wirkte, nachdem er zu Boden gegangen war, nicht mehr sehr lebendig...

Cassiel schrie in höchsten Oktaven auf und flog davon - das einzige Wort, das ich aus dem kreischenden Gebelle des Engels deutlich heraushören konnte war "Metatron".

Ich ließ den fliehenden Engel nicht aus den Augen, bis er letztendlich aus meinem Blickfeld entschwand - auf direktem Wege nach Araboth, um dem höchsten Engelsfürsten Bericht zu erstatten...

"Großartig, Luzifer", erklang Raphaels Stimme in einem beinahe abfälligen, vorwurfsvollen Ton.

Ich wandte den Kopf.

Raphael und Gabriel hatten sich wohl vor Cassiel und Raziel versteckt gehalten - ein gar nicht so dummer Zug, aber das berechtigte Raphael noch lange nicht, meinen Herrn derart unhöflich anzugehen.

"Bald haben wir den halben Himmel hier!", meinte Gabriel bestürzt.

Luzifer zuckte mit den Schultern. Er stand im Übrigen immer noch dicht hinter Michael, sein Kopf lag immer noch auf der Schulter des Menschen.

Er machte auf mich den Eindruck eines Katers, den man gerade aus seinem Sonnenbad auf den Knien seiner Besitzerin aufscheuchen wollte.

Luzifer war aber wohl eher eine Raub- als eine Hauskatze...

Michael tolerierte den Faulenzer offensichtlich nur, weil er selbst gänzlich abwesend wirkte. Das alles musste doch recht seltsam für ihn sein.

Ich für meinen Teil hielt Cassiels Verhalten mit jeder verstreichenden Sekunde für immer vorteilhafter.

"Gut", meinte ich und seufzte. "Dann sind die Seiten ja ausgeglichen..."

Raphael und Gabriel sahen mich verständnislos an.

Ich wechselte einen Blick mit meinem Fürsten. Das heißt, ich versuchte es, denn Luzifer hatte seine Augen bereits wieder geschlossen.

Ich resignierte ein wenig und winkte ab. Wahrscheinlich war es noch zu früh, um zu erwähnen, dass große Gefahr bestand.

Außerdem hätte ich ihnen dann von dem wahren Satanel erzählen müssen und ich wollte Luzifers Persönlichkeit keine Kratzer zufügen. Man muss nicht alles klarstellen...

"Sariel, geh mit Michael spazieren..."

Ich sah auf zu meinem Herrn.

Luzifer hatte von dem Menschen abgelassen und war gerade dabei, Raziel vom Boden aufzuheben.

Michael zuckte mit den Schultern. Es missfiel ihm sichtlich, herumgeschickt zu werden, aber angesichts der Situation tat er das einzig Richtige - er befolgte Luzifers Anweisungen.

Auch ich nickte und ging ein paar Schritte auf Michael zu. Raphael räusperte sich. Sein Blick hing, wie auch der von Gabriel, am bewusstlosen Raziel.

"Luzifer, du-..."

Luzifers warf dem Erzengel ein demonstratives, drohendes Funkeln zu.

Raphael nickte und versuchte ein höfliches Lächeln, was ungemein misslang.

Sowohl er als auch Gabriel standen sehr unschlüssig da. Es war allen Anwesenden - gut, bis auf Michael vielleicht - klar, was Luzifer mit Raziel vorhatte.

Man griff den Regenten der Hölle nicht so ohne weiteres an und war dann auch noch so dreist, ihn weiter herauszufordern. Darüber hinaus war Raziel aufgrund seiner Ansichten noch ein besonderer Fall.

Und gerade diese Ansichten boten Luzifer die Gelegenheit zu einer ganz besonderen Strafe. Ich wiederum war gedanklich bei den Worten Beliels, während Luzifer mit Raziel in der Kapelle verschwand.

Es sollte das letzte Mal sein, dass ich den androgynen Erzengel Raziel zu Gesicht bekommen hatte...

Keiner wagte es, ihm zu folgen.

Eine Weile standen wir Übrigen etwas unschlüssig da. Auch der Mensch musste die bedrückende Stimmung wahrgenommen haben, denn selbst er schwieg.

Schließlich wandte ich mich um, in Richtung Tor. "Komm, Michael", meinte ich halblaut.

Der Mensch nickte und folgte zwei Schritte hinter mir.

Wir waren erst wenige Meter auf dem Feldweg entlang gelaufen, als Gabriel zu uns aufschloss.

"Ich begleite euch", erklärte sie und ging wie selbstverständlich mit uns.

Ich lächelte oberflächlich. Natürlich wollten die Engel mich nicht mit dem Menschen allein lassen.

Schließlich gehörte ich zu den Bösen.

XXIV

semper homo bonus tiro est

Ein guter Mensch bleibt immer Anfänger

Es wurde mir recht schnell klar, dass Gabriel meine Anwesenheit störte. Ich verunsicherte sie wohl auf mir völlig unerklärliche Art und Weise. Immer wieder versuchte sie, mit Michael einen möglichst großen Abstand zu mir zu halten.

Ich unterließ es, dieses Fluchtverhalten zu kommentieren.

Letztendlich setzten wir uns in der Nähe eines kleinen Flusses auf einige Steine, das heißt, ich setzte mich, während Gabriel ausschwärmte, um herumstehende Blumen umzubringen und Kränze aus ihren Leichen zu flechten. Gerade Gabriel... das Bild erschien mir auf seltsame Weise unheimlich makaber...

Michael wanderte noch ein bisschen umher, warf ein paar Steine ins Wasser, versicherte sich, dass Gabriel beschäftigt war und kam dann wieder auf mich zu.

Seine Augen leuchteten - offensichtlich vor Neugier.

"Was genau passiert hier eigentlich?", wollte er wissen.

Ich lächelte und hatte ein beinahe mulmiges Gefühl im Bauch.

"Viel", sagte ich zuerst. Das reichte dem Menschen natürlich nicht, also bedeutete ich ihm mit einer Handbewegung in Richtung des Steines neben mir, sich auf denselbigen zu setzen.

Michael nickte und befolgte meine Anordnung. Ich hatte seine volle Aufmerksamkeit.

"Michael, bedenke, dass du ein Mensch bist..." Mir war klar, dass er das nicht sofort verstehen würde. "Du solltest allmählich damit anfangen, zu glauben, was wir dir sagen." Ich sah ihn nicht an, sondern ließ meinen Blick über die umliegenden grünen Wiesen wandern. "Schließlich riskieren wir alle viel, damit du wieder sicher in den Himmel kommst."

Ja, mein Leben hing von dem des Menschen ab. Ohne seine sichere Rückkehr keine Rückkehr Luzifers, ohne Luzifers Rückkehr...

"Aber ich will da gar nicht hin!", beharrte der Mensch und verzog das Gesicht. "Ihr spinnt doch alle!"

Ich sah nun doch zu ihm. "Aber deinen Augen wirst du doch noch glauben, oder? Hast du sie nicht gesehen? Ihre Flügel?" Ich mag die Mentorenrolle nicht. Ich mag es nicht, andere zu belehren, dazu fehlt mir die Ruhe. So versuchte ich auch nun, den Menschen so schnell wie möglich seiner Fragen zu erleichtern und sie oberflächlich zu beantworten, damit ich wieder meine Ruhe haben würde.

Ja, ich weiß, das war nicht sehr höflich. Aber so bin ich. Michael nickte. "Aber... das ist seltsam."

Ich zuckte mit den Schultern und strich mit den Fingerspitzen der rechten Hand über eine glatte Stelle des Steines, auf dem ich saß. Das Gestein war von den Sonnenstrahlen erwärmt worden. Eine angenehme Wärme...

"Was macht Luzifer jetzt mit dem Engel?"

Ich blickte auf und blinzelte irritiert. Dann zeigte ich dem Menschen mein wohl ironischstes Lächeln. "Oh, mach dir keine Sorgen um Raziel, der wird das schon überleben."

Michael hob die Augenbrauen. "Aber was macht Luzifer?"

Ich presste meine Lippen aufeinander und atmete tief durch. Der Mensch kannte Luzifer nicht - das war mir klar. Trotzdem war es mir zuwider, das jetzt, in Gabriels indirekter Gegenwart, hinauszuposaunen.

Ich fand es generell ungewöhnlich, dass Gabriel und besonders Raphael so gut wie keinen Widerstand in dieser Hinsicht geleistet hatten... Wahrscheinlich brachten Gabriels Pflanzenmorde, deren Ergebnis aus wilden Margariten und anderen Blumen im Übrigen wunderschön aussah, ihren Frust zum Ausdruck. Sie brauchte Beschäftigung, eine Ablenkung, um nicht an Gegenwärtiges denken zu müssen.

Nachdem meine Abneigung ihr gegenüber in der jüngsten Vergangenheit unbeschreibliche Ausmaße angenommen hatte, fühlte ich mich in diesem Augenblick seltsam verbunden mit ihr. Ich konnte sie auf gewisse Weise verstehen und - das war wohl das Ausschlaggebende - ich hatte etwas Menschliches in ihrem Handeln entdeckt, das sie mir wieder sympathischer erscheinen ließ.

"Das wirst du noch früh genug merken...", antwortete ich Michael und es war mir gelungen, mich so auszudrücken, dass er nicht mehr nachhakte.

Tatsächlich hatte ich für eine kleine Weile Ruhe, dann bekam ich erneut den fragenden Blick des Menschen zu spüren.

"Wird mich denn keiner vermissen? Ich meine... wenn ich einfach so verschwinde..." Er klang etwas abwesend. Nachdenklich. Es erinnerte mich an den Tonfall des kleinen Engels auf dem Stein in der einsamen Nebelwüste.

Ich hob die Augenbrauen, weiterhin etwas berührt, den melancholischen Ton immer noch in meinem inneren Ohr.

"Nein", sagte ich langsam und es klang wohl auch melancholisch, zumindest hatte ich das Gefühl, dass mich etwas in meiner Kehle am freien Sprechen hinderte.

Später fiel mir auf, wie sehr sich mein Bild von Michael seit jenem Traum doch gewandelt hatte. In jenem Moment jedenfalls empfand ich tiefstes Mitleid für ihn. Vor ihm lag eine ungewisse Zukunft und wir rissen ihn aus seiner vertrauten Umgebung. Er musste sich schrecklich einsam fühlen.

"Nein", wiederholte ich. Immer noch fiel mir das Sprechen nicht leichter. "Sie haben dich bereits vergessen."

Nur allzu deutlich spürte ich den beinahe furchtsamen, fassungslosen Blick des Menschen auf mir.

Aufgrund meiner Menschenkenntnis konnte ich seinen Gefühlszustand in einem gewissen, distanzierten Maße nachvollziehen. Für die Engel, wie auch für die Höllenschar, war es immer noch ein ungeschriebenes Gesetz, auf Erden möglichst namenlos zu sein.

Die Menschen wissen von einigen Namen, glauben mehr oder weniger an unsere Existenz, aber die wahre Größe unseres Reiches und unsere Zahl werden sie niemals erfahren.

Uns war es des Weiteren auch nicht wichtig, in Erinnerung zu bleiben. Gut, es gab Ausnahmen - Luzifer, Michael... Gott persönlich - welcher Mensch würde sie jemals vergessen? Kein Mensch würde sterben, ohne einen der bekannten Namen nicht gehört zu haben. Doch allein die Tatsache, dass die Menschen sich in ihren Schriften uneinig darüber waren, welcher Engel welche Position bekleidete, ob es nun vier oder sieben Erzengel gab und wer diese wohl waren, dies alles zeigte, dass wir allesamt immer noch darauf beharrten, unser Mysterium zu bewahren und zu pflegen. Wahrscheinlich waren wir deswegen göttlich und wirkten so faszinierend auf die Menschen.

Bei denen war das alles grundsätzlich anders: Es schien wie eine unheilbare Krankheit zu sein, dass sie allesamt danach strebten, sich ein Denkmal zu bauen. Und wenn sie es nicht selbst taten, dann machten das eben andere für sie. Friedhöfe sind etwas sehr bizarres.

Ich halte es für eine sehr seltsame Kunst... Der Wettbewerb des Nicht-Vergessen-Werdens wird selbst nach dem Tod eines Menschen weiter gefochten - Urnen, Grabsteine, Mausoleen, aufwendige Statuen von Marien und anderen Heiligenfiguren, Kreuze, Bepflanzung... nil mortalibus arduum est - nichts ist den Sterblichen zu schwer.

Sie sind schon seltsame Wesen, diese Menschen...

Michael seufzte resigniert und nickte.

Irgendetwas war nun anders an ihm. Und wieder konnte ich es vage nachvollziehen.

Ich hatte gerade - äußerst unsanft - seine ganze Welt in Stücke geschlagen. Ihm würde jener Wettbewerb fehlen. Er war jetzt nun mal ein Mensch, nicht mehr der Erzengel.

"Sariel!" Von Gabriels aufgeregter, heller Stimme aus meinen Gedanken gerissen, sah ich auf. Dass sie gerade meinen Namen gerufen hatte, in der offen hörbaren Absicht, mich zu warnen, das wurde mir erst viel später klar.

Der Erzengel saß wie erstarrt da und deutete mit ausgestrecktem Zeigefinger auf etwas, dass sich wohl hinter mir befinden musste.

Ich zog die Augenbrauen zusammen und sah zu Boden. Warum ich zu Boden sah?

Ich hatte es mir angewöhnt, mich stets mit dem Rücken zu einer Lichtquelle oder zu einer Wand zu setzen.

Dies brachte mir, wie schon so häufig, auch nun den Vorteil, dass ich die, natürlich verzerrten, Schattenumrisse der sich hinter mir befindenden Gestalt vor mir auf dem Boden sehen konnte.

Selbstverständlich hätte mir dieser Vorteil nichts gebracht, wenn der Gegner mir in diesem Fall wirklich hätte schaden wollen, denn ich hätte ihn nicht bemerkt, wenn Gabriel mich nicht auf ihn aufmerksam gemacht hätte. Ich erwähnte ja bereits, dass ich viel zu schnell und zu tief in Gedanken versinke.

Da ich aber aus dem Schatten nichts lesen konnte, linste ich eben über meine Schulter.

Meine Augen wurden groß.

"Salve...", brachte ich hervor.

Ja, ich war überrascht.

"Salvete!", grüßte uns niemand Geringeres als Naamah.

Sie hatte ihre Ausgangssperre wohl nicht allzu ernst genommen. Warum hatte ich mir das nur denken können?

Die werte Dame stand nun also in ihrem wohl schönsten Ausgehgewand, das wohl zu über neunzig Prozent aus schwarzem Leder bestand, vor mir, ihr dunkelrotes, gewelltes Haar fiel offen über ihre Schultern und ihr Blick bedeutete mir ihren Wunsch auf den Beginn einer Konversation.

"Was führt dich hierher?", verlangte ich ganz und gar unhöflich zu wissen. Ich hielt es nicht für notwendig, sie höflicher anzusprechen.

Und sie nahm es mir, zumindest anscheinend, auch nicht übel, denn sie verzog keine Miene. "Ich will zu Luzifer", legte sie mir offen dar. "Du weißt, wo er ist?", fuhr sie fort.

Ich nickte.

"Gut, dann bring mich zu ihm."

Ich schüttelte den Kopf.

Sie zog die Augenbrauen zusammen. Sie hatte wohl nicht damit gerechnet, dass ich ihr nicht aus der Hand fraß. Sicherlich hätten andere Höllenbewohner dies getan – Naamah hätte es sogar fertiggebracht, einen der hohen Engel zu überzeugen, wenn sie sich Mühe gab, aber mir ging die Treue zu meinem Herrn grundsätzlich über die Schönheit und die Reize seiner Frauen hinaus.

Wenige Sekunden später hatte ich die Dame auf meinem Schoß. Es war wenig überraschend für mich.

"Sariel, Sariel, ich weiß, ich weiß, deine Ehre...", begann sie mit verstellt verständnisvoller Miene. Langsam schob sie ihre Arme um meinen Hals. "Aber versteh doch, in der Hölle ist die Hölle los." Ihre Stimme war nur noch ein verführerisches Hauchen, als sie ihre Stirn gegen meine lehnte.

Ich schwieg.

Sie seufzte leidvoll. "Ich muss mit Luzifer sprechen. Bitte, Sariel, zeig mir, wo er ist..."

"Das geht nicht", mischte sich Michael ein - eine Unterstützung, mit der ich nicht gerechnet hatte.

Naamah nahm den jungen Mann ins Visier. An dem Aufblitzen in ihren milchgrünen Augen erkannte ich, dass ihr gegenwärtiges Interesse soeben seinen Fokus gewechselt hatte.

Gabriel gefiel dies offensichtlich nicht, denn sie erhob sich und trat nun näher an uns heran.

"So?" Naamah hob die Augenbrauen. Sie lächelte süffisant. "Der Herr ist beschäftigt? Womit? Mit wem?" Hörte ich da einen leisen Funken Eifersucht in ihrer Stimme knistern?

Nein, ausgeschlossen... ja, das war auch wieder Ironie und Sarkasmus.

Ich lächelte hintergründig. "Mit Raziel", offenbarte ich. "Was?", kreischte die Satansbraut entsetzt. Für einen Augenblick wirkte sie wirklich geschockt, doch sie fing sich beachtlich schnell wieder. Mit einem affektierten Räuspern korrigierte sie ihre Haltung, schlug die langen Wimpern nieder und sah dann aus den Augenwinkeln zu mir – Naamah war eine Diva durch und durch. "Ehem, gut, wann ist er fertig?"

Ich zuckte mit den Schultern. "Auch dann wird er keine Zeit haben", erklärte ich. Naamah rümpfte missbilligend die Nase.

Michael musterte den schwarzen Engel derweil mit zunehmender Aufmerksamkeit, was Naamah natürlich sehr gefiel.

Der arme Mensch. Er konnte einem Leid tun, denn er war Naamahs Bann völlig schutzlos ausgeliefert. Ja, sie war eine wunderschöne Frau - zumindest in den Augen eines Menschen. Und sie war schrecklich unzufrieden, wenn sie nicht das bekam, was sie wollte. "Sariel, bitte", setzte sie erneut an und sah mir wieder tief in die Augen. "Wir beide können uns da doch sicherlich arrangieren..."

Ich legte die Stirn in Falten. "Possum, sed nolo, Naamah" - *Ich könnte, aber ich mag nicht,* erklärte ich ihr ruhig. "Außerdem habe ich zu tun."

Sie lächelte amüsiert. "Sariel, Sariel, Arbeitswut tut keinem gut!", reimte sie und strich über meine Wange. Meinen ersten Satz schien sie überhört zu haben. "Du kannst mir nicht sagen, dass du mich nicht magst." Mögen... es ging nicht darum, ob ich sie sympathisch fand, die Aussage bezog sich auf rein äußerliche Kriterien. Zu sagen, dass ich sie in diesem Sinne nicht mochte, wäre eine Lüge gewesen. Um nicht in ihr Netz zu gelangen, schwieg ich zunächst. Das gab ihr Zeit, kurze Blicke zu Michael und Gabriel zu werfen. Ich machte in jenem Augenblick den Fehler, ihrem Blick zu folgen.

Ihr Lächeln wurde höhnisch. "Oh, ich verstehe..." Sie beugte sich näher zu meinem Ohr. "Wir könnten die beiden mit einbeziehen...", wisperte sie. Es kam mir fast so vor, als würde mich die gespaltene Zunge einer Schlange im Ohr kitzeln. Natürlich war dies ein verlockendes Angebot. Ich hätte mir einen lang ersehnten Traum erfüllen können. Michael war mir dabei in erster Linie egal, aber Gabriel... es war äußerst verlockend.

"Du solltest besser gehen, bevor ich Luzifer melde, dass du dich an Michael vergreifen willst...", erklärte ich schließlich.

Der Anfang meines Satzes schien sie nicht zu interessieren, bei dem Wort Michael sah sie überrascht auf und betrachtete den jungen Mann nochmals eingehend.

"Michael?!", presste sie hervor. "Das soll Michael sein?!" Eine leichte Aggressivität schwang in ihrer Stimme mit.

Sie verließ meinen Schoß und baute sich vor Michael auf. "Das hier? Du? Für dich opfern wir uns?" Ihre Stimme wurde lauter und schriller.

Gabriel suchte meinen Blick.

Naamahs Hand schoss vor und packte den völlig überrumpelten Menschen am Kinn. "Für dieses wertlose Stück Lehm?! Ich dachte, die Engel hätten noch Geschmack, wie kann Michael so enden?!" Ihre Augen waren voller Zorn.

Die Sache wurde heikel. Und nicht, weil Naamah Michael als Nichtsnutz anprangerte...

"Ich bring dich um, Kleiner, du bist doch das Ganze nicht wert! Pusillus!" Ihre Hand rutschte von Michaels Kinn zu seinem Hals und griff erbarmungslos zu.

Nicht einmal der stärkste Mann auf Erden hätte sich in diesem Moment gegen Naamah wehren können. Eine Satansbraut in Furore ist eine kleine Apokalypse, die Michael nun im Übrigen als Steigerung ihrer Schimpfparade als *Winzling* bezeichnete.

Ich hielt es für angebracht, einzuschreiten. Im Nu war ich aufgestanden und wollte die Teufelsbraut gerade packen, als meine Hilfe überflüssig wurde.

Es war nur eine kurze Veränderung in Michaels Blick, doch schon diese kleine Veränderung hatte zur Folge, dass Naamah, kurz bevor ich sie packen konnte, verschwunden war.

Der entsetzte Gesichtsausdruck in ihrem Gesicht verriet mir dabei, dass sie dies nicht selbst herbeigeführt haben konnte. Es hätte mich auch gewundert, wenn sie über derartige Kräfte verfügt hätte.

Fragend sah ich zu Gabriel, die Michael wie erstarrt ansah, dann aber nach einer Weile meinen Blick bemerkte, zu mir blickte und den Kopf schüttelte.

Michael selbst schien über das gerade Geschehene ebenfalls verdutzt, aber dass er Naamah gerade aus der näheren Umgebung entfernt hatte, daran hatte ich keinen Zweifel.

Nach einer Weile formten meine Lippen ganz von allein ein triumphierendes Lächeln. Nach dem dubiosen Lichtschein in der Kapelle gab mir dieser Zwischenfall die beruhigende Gewissheit, dass Luzifer vielleicht doch berechtigte Gründe für sein Handeln hatte, und dass mein eigenes Leben vielleicht doch noch eine Zukunft hatte.

"Lasst uns besser zurückgehen", meinte Gabriel schließlich.

Wir widersprachen ihr nicht und machten uns auf den Rückweg. Keiner von uns wollte einem weiteren Besucher begegnen.

"Am besten gehen wir sofort zu Luzifer und berichten ihm", schlug Gabriel vor.

Ich sah überrascht auf.

Luzifer? Hatte sie gerade Luzifer gesagt?

Mein fragender Blick war wohl etwas sehr aufdringlich, zumindest bewirkte er, dass der Erzengel leicht rot wurde - ein schönes Bild.

Ich lächelte und nickte. Ich musste mich nicht einmal zu einem Lächeln bewegen, es kam wie von selbst. Mir war seltsam leicht ums Herz.

Im Übrigen habe ich zu dieser Zeit nicht eine Sekunde darüber nachgedacht, wo genau Naamah gelandet war. Und ich sollte es auch niemals erfahren...

Als wir das Gelände des Klosters erreichten, dämmerte es bereits.

Angesichts der jüngsten Ereignisse hielt ich es für angebracht, die kommende Nacht hier zu verbringen.

Ich wollte nicht alleine in die Hölle, um dort womöglich Beliel, Lilith oder einem anderen hochrangigen Mitglied der Gesellschaft in die Arme zu laufen.

"Wo ist mein Quartier?", wandte ich mich fragend an Gabriel.

Sie sah auf, sie sah mir nun offen entgegen - eine erfreuliche Wandlung. Und sie lächelte mich sogar an.

"Wir haben die hinteren Zimmer im Hauptgebäude mit Planen abgedeckt, das müsste halten. Dein Zimmer ist das hinterste auf dem Flur."

Ich nickte. "Danke."

Als Raphael aus der Kapelle trat und auf uns zukam, entschloss ich mich, dass Gabriel und Michael Luzifer die Botschaft auch alleine überbringen konnten.

Zwar hätte ich zu gerne Raphaels Gesicht gesehen, doch fühlte ich mich, obwohl ich nicht sonderlich viel im Verlauf des Tages getan hatte, seltsam müde.

So verabschiedete ich mich mit einem Winken und einem Lächeln und schritt auf jenes halb zerfallene Gebäude zu.

Ich erwartete keinen großen Luxus. Ein notdürftiges Lager, eine Decke, das würde schon reichen.

So war ich mehr als überrascht, als ich die Tür zu meinem Zimmer öffnete und dort zwar die erwarteten Dinge vorfand, aber auch einen bewusstlosen, offensichtlich blessierten Raziel, den man mir - beinahe wie ein Geschenk - auf mein Nachtlager gelegt hatte...

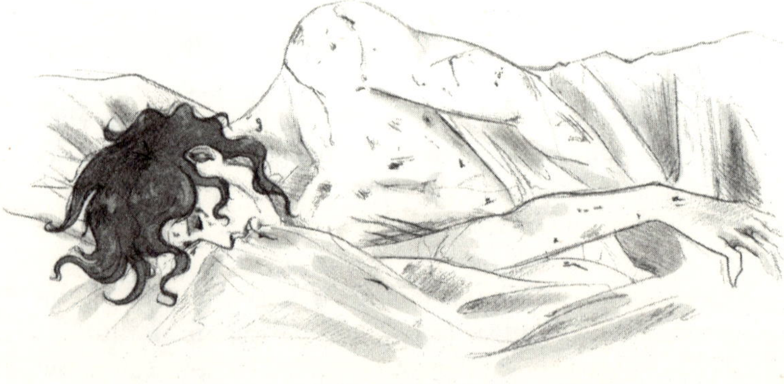

XXV

contraria contrariis curantur

Gegenteiliges wird mit dem Gegenteil geheilt

Luzifer hatte Raziel nicht aus Versehen in mein Zimmer gelegt, das war offensichtlich - sonst hätte er den Engel ganz bestimmt nicht ausgerechnet auf mein Bett gelegt.

Ich war skeptisch, doch näherte ich mich nach einer Weile dem wohl bewusstlosen Raziel.

Wie bereits erwähnt, war er von Blessuren überzogen - zumindest ahnte ich das, denn die Striemen und blutigen Kratzer verschwanden unter den übrig gebliebenen Fetzen seiner ehemals reinweißen Kleidung, die nun teilweise graubräunlich oder rot war.

Ich wollte mir gar nicht vorstellen, was der Satan an ihm ausgelebt hatte.

Sein Mund stand ein kleines Stück offen - das fiel mir sofort auf. Seine Augen waren - natürlich - geschlossen. Das so lebendig rote Haar war wirr, zerzaust und verschwitzt. Er sah aus, wie ein nach einer Hetzjagd halbgerupftes Huhn, mit dem Unterschied, dass seine Federn, beziehungsweise seine Haare sich eben nicht hatten ausrupfen lassen. Seine ebenen, vornehm blassen Wangen wurden durch Striemen und Kratzer entstellt, um sein linkes Auge herum zeichnete sich ein leichter, rotvioletter Schimmer ab, an der rechten Seite seiner Unterlippe klaffte eine immer noch blutige Bisswunde und...

Warum betrachtete ich ihn eigentlich so eingehend?

Ich wandte den Blick ab, trat zur angrenzenden Wand und lehnte mich dagegen. Es war mehr als seltsam.

Die Atmosphäre lag drückend im Raum, dabei ging es mir doch eigentlich gut.

Immer wieder wurden meine Augen zu Raziel gezogen, als wäre er mein Gegenpol.

Nun, in gewisser Weise war er das ja auch.

Nein, er war kein Gegenpol mehr. Wir hatten nun zu viele Gemeinsamkeiten, um länger Gegenpole zu sein. Wie viel wir tatsächlich gemeinsam hatten, stellte ich jedoch erst später fest.

Der ohnmächtige Engel auf meinem Lager war mir äußerst suspekt. Ich traute ihm nicht über den Weg - auch ein geschwächter Feind bleibt ein Feind.

Mehr und mehr spielte ich mit dem Gedanken, ihn zu fesseln, um die kommende Nacht ruhig schlafen zu können.

Ja, vielleicht wurde ich langsam paranoid, aber Raziel war immer noch ein Feind. Und Engel sind weitaus skrupelloser als wir Dämonen, wenn es um ihre Heiligkeit geht. Und Raziels Heiligkeit hatte Luzifer nun wirklich mehr als ausreichend geschändet. Mindestens so ausreichend, um sich dafür an mir zu rächen. Und die Rache der Engel, diese göttliche Rache, war mir nicht geheuer.

Doch alsbald beschäftigte mich wiederum etwas anderes, das mich zunächst die Nase rümpfen und folgend angeekelt das Gesicht verziehen ließ.

In der Wärme des vergangenen Tages stand die Luft nun beinahe sichtbar im Raum, es war unangenehm drückend. Weitaus schlimmer war jedoch der Geruch, dessen Quelle eindeutig Raziel war. Eine widerliche Mischung aus geronnenem und frischem Blut, Schweiß und Sperma wirkte so penetrant auf mich ein, dass mir beinahe übel wurde.

Ich war ein Sauberkeitsfanatiker und somit der festen Auffassung, dass Luzifer Raziel nach Gebrauch doch bitte wenigstens einmal unter Wasser hätte halten können.

Es war, als bäte mir jemand wieder aufgewärmtes Essen auf einem bereits benutzten Teller an. Nicht gerade appetitanregend.

Ich betrachtete Raziel noch einmal, dieses Mal aber äußerst kritisch. Der Gedanke, dass ich diese Nacht auf dem nun quasi verseuchten Lager schlafen musste, ließ mich erschaudern.

Nein, so konnte es nicht weitergehen.

Mit einem leichten Anflug von Ekel packte ich Raziel an seinen Handgelenken und zog ihn aus dem Raum in Richtung Hof, bedacht, so wenig wie möglich mit ihm in

Kontakt zu geraten. Dass meine Art, ihn zu transportieren, mit sich führte, dass ich ihn versehentlich ein paar Mal an der Wand entlang schliff oder gegen Ecken zog, war mir in jenen Momenten so gut wie gar nicht bewusst. Jedenfalls war es mir egal.

Ja, ich bin ein Egoist.

Mein Ziel war ein kleiner Brunnen. Das Wasser war eiskalt, denn die Sonnenstrahlen erreichten seinen Standort zu keiner Tageszeit, aber das war nicht mein Problem.

Dort angekommen, lehnte ich Raziel gegen die steinerne Umrandung des Brunnens.

Da der Brunnen selbst zu tief war um in ihm zu baden, ließ ich zunächst einige, im Umkreis verstreute Eimer in den Brunnen hinab, um mir einen kleinen Wasservorrat bereitzustellen.

Dann machte ich mich daran, Raziel seiner letzten Fetzen zu entledigen. Ich ging dabei ungewöhnlich unemotional vor - es war, als würde ich einer Puppe die Kleider ausziehen. Es berührte mich nicht im Geringsten.

Doch nach und nach stellte ich fest, dass es dem Engel weitaus schlechter ergangen war als mir.

Von seiner Hüfte bis beinahe zu seinem linken Knie zog sich eine beachtliche Schnittwunde, die nur noch von den Würgemalen an seinem Hals übertroffen wurde, deren ich mir erst jetzt bewusst wurde.

Er tat mir beinahe leid.

Und es war wohl dieses fast vorhandene Mitgefühl, das nach und nach weitere emotionale Kanäle in meinem Inneren für den Engel öffnete.

So hätte ich ihm das kalte Wasser ganz einfach entgegenschütten können, was diesem zweifelsohne zu einem recht unangenehmen Erwachen verholfen hätte, doch allein der Gedanke an so eine Tat war wie aus meinem Geist radiert.

Stattdessen nahm ich einen seiner Kleidungsfetzen und wusch ihn aus, um ihn als Lappen zu verwenden.

Ungewöhnlich vorsichtig begann ich, Raziel zu waschen, zunächst den zerkratzten Oberkörper, die Schultern und die Brust. Um den ebenfalls nicht verschont gebliebenen Rücken zu reinigen, setzte ich mich neben ihn und lehnte ihn an meine Brust. Ich hielt ihn also im Arm, sein Kopf lehnte schließlich an meiner Schulter, was unausweichlich dazu führte, dass ich mir meine Gewänder versaute, doch daran dachte ich in jenen Augenblicken gar nicht.

Als würde ich ein altes, kostbares Gemälde restaurieren, dem die Zeit übel mitgespielt hatte, wandte ich mich bald jeder noch so kleinen Blessur zu. Während ich dies tat, keimte nun zum ersten Mal auch der Gedanke in mir auf, ihn weitergehend zu

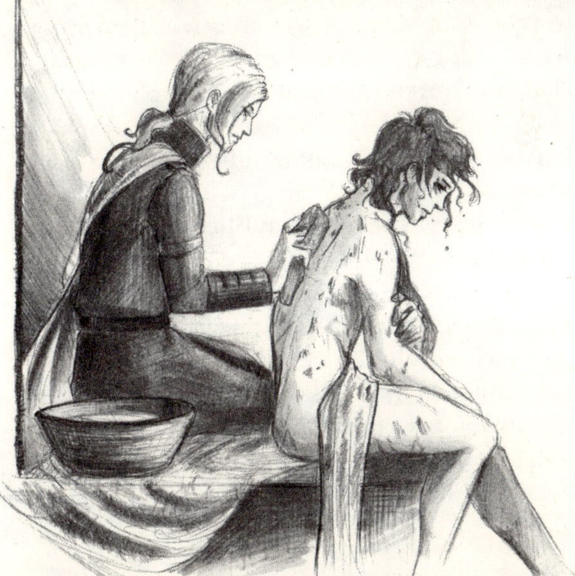

verarzten - ich würde die nötigen Mittel schon in Raphaels Zimmer finden. Zumindest um die Schnittwunde an seinem Bein wollte ich mich kümmern.

Versunken in meiner Arbeit bemerkte ich zunächst nicht, dass Raziel aufwachte. Erst, als er plötzlich die Hand hochriss und mich mit Kräften, die ich ihm in seiner Verfassung niemals zugetraut hätte, vom Stuhl warf, konnte es mir nicht mehr entgehen. Gut, es fiel mir nicht schwer, mich abzufangen, aber allein die Tatsache, dass ich es einmal wieder verschlafen hatte, aufzupassen, stimmte mich mehr als nur missmutig.

Sein zorniger Blick durchbohrte mich wie ein Speer - er sah mich an, als wolle er mich erblinden lassen.

Ich jedoch war schon wieder zu kühl, um mich von diesem Blick aus meiner Ruhe bringen zu lassen.

Der Engel schien nicht zu bemerken, dass ich ihm eigentlich nur Gutes getan hatte.

"Noli me tangere!", keifte er mir entgegen. Seine Stimme war heiser. Er musste also, nachdem sein Stolz zweifellos gebrochen worden war, recht ausgiebig geschrieen haben. *Berühr mich nicht,* ging er mich also an.

Ich hob beschwichtigend die Hände. "Bene", sagte ich ruhig. Es war ja auch in diesem Sinne alles *gut.* Ich hatte nicht vor, ihm etwas zu tun, musste ihm aber auch nicht unbedingt helfen...

Nach einem weiteren, giftgeladenen Blick streckte Raziel fordernd die Hand aus.

Ich verstand, er wollte den von mir als Lappen benutzten Fetzen Kleidung. Da ich mir denken konnte, dass er ausgerastet wäre, wäre ich auf ihn zugegangen, warf ich ihm den kleinen, nassen Klumpen Stoff zu.

Raziel fing ihn auf, zog einen Eimer zu sich, tauchte den Klumpen hinein und nahm die Reinigung seines Körpers nun selbst in die Hand.

Dass es sich bei dem Stück Stoff wirklich um seine Kleidung handelte, das bemerkte er erst später. Etwas stutzig nahm er den Klumpen auseinander und seine Augenbrauen zuckten mehrmals nachdenklich.

Kurze Zeit später wurde er sich dann dessen gewahr, dass er keine Kleidung mehr trug, was eine amüsant anzusehende Kurzschlussreaktion auslöste: Offensichtlich geschockt sprang er in den Brunnen. Ja, wirklich, er sprang in den Brunnen. Die Vitalität, die sein Körper dabei zu Stande brachte, war beeindruckend. Zwar sprang er nicht kopfüber, sondern stützte sich in seiner kopflosen Suche nach einem Versteck für seine Blöße auf die Umrandung des Brunnens und hievte seinen Körper schwungvoll und ohne sichtbare Mühen darüber.

Das es hinter der Umrandung in die Tiefe und in eiskaltes Wasser ging, das hatte er natürlich nicht wissen können.

Ich konnte mir ein Lachen nicht verkneifen und fasste mir Kopf schüttelnd an die Stirn. Nun, zumindest einer Sache konnte ich mir nun sicher sein: Dass Raziel männlich war. Nachdem ich seinem geschockten Blick über seinen Körper gefolgt war, hatte ich nun vollste Gewissheit, dass dies zutraf.

Das Wissen um Luzifers Tun hätte mich eigentlich schon früher dazu veranlassen können, dies zu überprüfen... Aber während ich ihn entkleidet hatte, hatte ich seltsamer Weise nicht darauf geachtet. Wahrscheinlich weil sich das Bild von Raziel als der geschlechtslose Engel schlechthin noch hartnäckig hielt.

Jedenfalls trat ich grinsend an den Brunnen heran, stützte meine Ellenbogen auf der Umrandung auf und lehnte mich etwas vor, um besser hineinsehen zu können.

Inmitten des kalten Wassers schwamm ein zitternder, nun pitschnasser Engel auf der Stelle und keuchte.

Das Wasser musste sich in den ganzen offenen Wunden nicht gerade angenehm anfühlen. Nun, wenn er so übereilt handeln musste, war es seine eigene Schuld.

"Soll ich dir heraushelfen?", fragte ich nach einer Weile. "Geh weg!", hallte es zu mir empor. Raziel selbst hob nicht den Blick, er starrte verbissen an die Wand.

"Das muss ja wirklich sehr kalt da unten sein...", kommentierte ich. Ich hatte nicht im Geringsten vor, zu gehen. Dafür war das Ganze zu lustig.

Ich seufzte und legte den Kopf in eine Hand. "Luzifer wäre bestimmt nicht damit einverstanden, wenn ich dich hier allein ließe", sagte ich und war davon überzeugt, dass dies den Tatsachen entsprach.

"Dein Pech!" Energisch strich der Engel seine nassen Haare zurück. Als er dabei versehentlich sein blaues Auge streifte, zuckte er deutlich sichtbar zusammen.

Ich verdrehte die Augen und schüttelte leicht den Kopf. Sein Trotz war wirklich amüsant, aber er war auch ein Zeichen der jüngsten Vergangenheit und der damit verbundenen Veränderung.

"Verschwinde!" Raziel hob die Stimme.

"Wie lange möchtest du denn da unten bleiben?" Ich spielte mit dem Gedanken, einige Holzbretter über den Brunnen zu legen und ausreichend zu beschweren.

Raziels Astralkraft war sicher ausgelaugt und er würde noch lange brauchen, um sich zu regenerieren, daher war die Fluchtgefahr äußerst gering. Aber andererseits konnte ich nicht einschätzen, was das zunehmend kalte Wasser und der Drang, aus dieser unangenehmen Lage zu entkommen, in ihm noch für Kräfte mobilisieren könnten, daher hoffte ich, diese Maßnahme nicht ausführen zu müssen.

Es wurde zunehmend dunkler und kühler. Ein kalter Wind pfiff nun durchs Gemäuer und Raziel saß im Brunnen und bibberte. Sturheit führt nun mal meist nur zur Selbstschädigung - sie ist eine sehr masochistische Eigenschaft.

Als ich nach einigen Minuten immer noch keine Reaktion von Raziel bekam, hob ich die Augenbrauen.

"Reden wir doch mal ganz offen, von Mann zu Mann", betonte ich. Es kam mir komisch vor, da ich diese Redewendung das letzte Mal von Luzifer gehört hatte, bevor... nun ja.

"Ich helfe dir raus und wir besorgen dir neue Sachen zum Anziehen."

Ich wusste zwar noch nicht, woher ich diese Sachen kriegen sollte, aber das war gegenwärtig unwichtig.

Zunächst schien auch dieser Vorschlag auf taube Ohren zu stoßen, dann aber hob Raziel zum ersten Mal den Kopf und sah zumindest nach oben.

Ich stellte mich gerade hin, lehnte mich noch weiter über die Umrandung und streckte ihm meine Hand entgegen, um ihm zu symbolisieren, dass ich meine Worte ernst meinte.

Zunächst zögerlich, dann aber bestimmt, reckte sich Raziel schließlich zu meiner Hand und ergriff sie.

Natürlich wäre es mir unter normalen Umständen niemals möglich gewesen, ihn hochzuziehen. Wieder einmal war ich sehr dankbar für meine astrale Unterstützung.

Ich habe mir schon des Öfteren Gedanken darüber gemacht, warum auch wir Höllenbewohner unsere Kraft so nannten, wie die Engel die ihre. Es war eine seltsame Verbindung.

Aber in jenem Moment dachte ich nicht im Entferntesten an so etwas.

Sobald ich ihn aus dem Brunnen gezogen hatte, wandte er mir demonstrativ den Rücken zu.

Ich belächelte seine Scham und schritt wieder zum Gebäude. Für was für ein Monster hielt er mich?

Raziel folgte mir nach kurzer Zeit, nachdem er sich mehrmals prüfend umgesehen hatte, ob nicht irgendjemand anderes in der Nähe war.

Ich lenkte meine Schritte Ziel gerichtet zu Raphaels Zimmer und trat unumwunden ein. Ich fand es leer vor, was mir nur recht war. Der Raum war ähnlich karg wie meiner, allerdings hatte Raphael wohl einige Dinge aus dem Himmel hierher geholt

Überall standen Gefäße, lagen und hingen Beutel herum. Schnell machte ich in dem Gewirr ein mittelgroßes Stück Leinenstoff aus und warf es Raziel zu - das heißt, ich warf es hinter mich und ging davon aus, dass er es auffing.

Er tat dies wohl, denn, als ich mich umdrehte, um nach Verbandsmaterial zu suchen, trug er es bereits. Es war gerade groß genug, dass er es sich um die Hüften hatte wickeln können.

Etwas am Körper zu tragen, war es auch nur dieses grobe Leinen, gab Raziels Ego einen ordentlichen Schub, wie ich wenig später feststellen musste, als er mich nicht mehr skeptisch und unsicher, sondern wieder abfällig betrachtete. Aus den Augen ließ er mich dennoch nicht.

Ich kramte in den Sachen und hatte alsbald alles zusammen. Seinen Blick ignorierte ich. Es fiel mir auch nicht schwer.

Ohne ein weiteres Wort an ihn zu richten, ging ich in mein Zimmer zurück - und siehe da, er folgte mir.

Im Zimmer angekommen, ging er völlig selbstverständlich zum Lager und setzte sich.

Das war aber auch schon seine ganze Kooperation, denn als ich mich ihm näherte, um ihn zu verbinden, wurde sein Blick wieder vollends abweisend. Wahrscheinlich war er es auch schon die ganze Zeit gewesen, aber nun fiel es mir besonders auf.

Als ich die Verbandssachen auf dem Lager ablegte, ein Salbenpöttchen öffnete und die Salbe auf einer Schramme auf seinem Oberarm auftragen wollte, schnappte seine Hand nach meinem Handgelenk, umklammerte es und drückte meine Hand demonstrativ weg.

Ich hob die Augenbrauen und sah ihn fragend an.

"Fass mich nicht an, Dämon", erklang es selbstbewusst und völlig klar aus seiner Kehle.

Ich hätte ihn an dieser Stelle aufklären sollen, was mich von einem Dämon unterschied, aber daran dachte ich in jenem Moment nicht, und so übergab ich ihm das Gefäß mit Salbe, befreite meine Hand aus seinem Griff und setzte mich in einem gewissen Abstand zu ihm ebenfalls auf das Lager.

Ich setzte mich weit zurück und lehnte mich an die Wand, während Raziel weiter vorne am Rand saß.

Ich hatte also freien Blick auf seinen zerkratzten Rücken. Raziel wusste das. Und es störte ihn.

Immer wieder sah er mit warnendem Blick über seine Schulter zu mir, um dann, nachdem er sich vergewissert hatte, dass ich weiterhin brav an der Wand lehnte und meine Hände bei mir ließ, mit dem Verbinden fortzufahren.

Allmählich missfiel mir sein Verhalten. Er ging mir mit seiner aggressiven Phobiehaltung auf die Nerven.

Gut, er hatte erst kürzlich schlechte Erfahrungen gemacht, aber ich war alles, nur nicht Luzifer.

Ich fühlte mich offen gestanden ehrlich missverstanden und war in gewisser Weise verletzt. Von einem Engel konnte man doch ein gewisses Differenzierungsvermögen und Fairness verlangen, oder? Aber nein, die Engel waren ja nicht die hellen, strahlenden Sterne, die die Menschen anbeteten. Schon lange nicht mehr - wenn sie es denn je wirklich gewesen waren.

Mehr und mehr wuchs in mir das Verlangen, ihn für sein unhöfliches Verhalten zu bestrafen. Ich wollte ihm eins auswischen.

Es wäre mir nicht schwer gefallen, ihn gnadenlos bloßzustellen. Ein einfacher Ruck an dem Leinentuch hätte genügt und er wäre wahrscheinlich in seiner Scham ertrunken.

Aber wollte ich das?

Während ich so nachdachte und ihn nebenbei beobachtete, fiel mir auf, dass ihm wohl noch immer kalt sein musste, da er deutlich zitterte. Eine ganz natürliche Sache.

Natürlich hätte ich ihm helfen können. Mir selbst war warm. Ich hätte ihm die Jacke meiner Uniform geben können.

Aber das wollte ich nicht.

Ganz sicher nicht.

Ich sah keinen Grund, weshalb er eine so freundliche Geste meinerseits verdient gehabt hätte.

So ließ ich ihn also zittern.

Raziel bedeutete mir immer wieder, ja auf Abstand zu bleiben. Selbstverständlich bat er mich auch nicht um Hilfe. Mit den Verbänden, die er zur Verfügung hatte, versorgte er zunächst die Schnittwunde. Der Rest an Material wurde als Kleidungsersatz zweckentfremdet. Raziel wickelte seinen Oberkörper samt Schultern in die Leinenbandagen ein und glich bald einer halben Mumie.

Irgendwie ahnte ich, dass diese Bandkonstruktion nicht allzu lange halten würde.

Als er letztendlich fertig war, hatte ich das Beobachten schon beinahe satt.

Nun kehrte eine seltsame, stille Periode des Nichtstuns ein. In dieser Zeit tolerierte der Engel sogar meinen unverändert auf ihm ruhenden Blick.

"Lass mich allein", klang es dann fordernd an mein Ohr. Ich hob die Augenbrauen und lächelte oberflächlich. "Nein."

Keine Reaktion kam. Es wurde wieder still. Raziel kehrte anscheinend zu seinen normalen Verhaltensmustern zurück.

"Ist es ein großer Unterschied?", fragte ich nach einer Weile und spielte auf die rein physische Veränderung an.

Raziel erschauderte deutlich, aber er schwieg weiterhin. Dies stachelte mich aber nur dazu an, mit der beabsichtigt unangenehmen Ausfragerei weiterzumachen.

Ich rutschte näher zu ihm und beugte mich leicht vor. "Schrecklich, nicht wahr? Sieh es so, du hast eine fadenscheinige Auffassung verloren, aber einen Freund fürs Leben dazubekommen...", säuselte ich mit demonstrativ gekünsteltem Mitleid.

Seine Gesichtzüge zuckten und spannten sich kurzzeitig an.

Es mochte nur eine Auffassung sein, die man ihm zerschlagen hatte, doch diese Auffassung war sein Leben gewesen, dessen war ich mir bewusst. Nun, das war eben sein Pech.

Ebenso demonstrativ ließ ich meinen Blick langsam von seinem Gesicht über seine Brust und tiefer wandern.

Die Verbände interessierten mich dabei eigentlich kein Stück, ich wollte ihn lediglich ärgern. Ich wusste, dass ihn meine aufdringlichen Blicke störten. Deswegen machte es mir ja auch Spaß.

Raziels Körper spannte sich unter meiner Musterung deutlich sichtbar an. Es war wirklich köstlich, zu sehen, wie sehr ich ihn verunsicherte.

Ein kurzer Blick nach oben verriet mir aber, dass der Engel immer noch einen recht konzentrierten, gefassten Ausdruck in den Augen hatte und weiterhin geradeaus an die Wand starrte.

Meinem Lächeln tat das aber keinen Abbruch - im Gegenteil.

Mir wurde wieder bewusst, dass Luzifer Raziel sicherlich nicht grundlos in mein Zimmer gebracht hatte.

Ja, ich verfüge nicht über das, was Menschen und Gottes Engel als Moral oder Ehrgefühl bezeichnen - ich bin schließlich ein Höllenbewohner. Ich habe meine eigene Moral, mein eigenes Ehrgefühl, und weder jene Moral noch dieses Ehrgefühl verboten mir das, was ich gerade tat und dachte.

Aber noch setzte ich keinen meiner Gedanken in die Tat um, noch traktierte ich den armen Engel nur mit meinen immer aufdringlicher werdenden Blicken.

Es war einer der Momente, in denen ich alles andere vergaß. Ich dachte nicht im Entferntesten daran, dass mir Beliel womöglich bald nach dem Leben trachten würde, dachte nicht daran, dass Cassiel den höchsten der Engel persönlich rufen würde.

Summa summarum: Ich hatte vergessen, an welch seidenem Faden mein Leben im kommenden Sturm baumeln würde.

Momentan triumphierte ich, denn ich hatte den gleichen Besitzanspruch auf Raziel wie Luzifer auf Michael.

"Es ist seltsam."

Ich sah auf und war überrascht.

Raziel hatte gesprochen. Zu mir. Ohne, dass ich ihn auffordern musste.

Fragend schaute ich ihn an.

Er wandte den Kopf zu mir - auch das hatte ich nicht erwartet.

"Es ist seltsam", sagte er noch einmal im gleichen Tonfall - einem sehr angenehmen.

Ich hatte Mühe, mich auf seine Worte zu konzentrieren, denn ich war viel mehr mit seinen schimmernden, klaren Augen beschäftigt, die mich wohl zum ersten Mal vollkommen neutral ansahen.

Weg waren meine Gedanken. Alle.

"Seltsam?", wiederholte ich monoton. Die Tatsache, dass ich dabei nicht wirklich dachte, muss in diesem Augenblick deutlich hörbar gewesen sein, denn Raziel blinzelte etwas konfus, dann nickte er.

"Ja, seltsam."

XXVI

ita est vita

So ist das Leben

Die folgenden Tage verliefen in einem gemeinschaftlichen Zustand, den man fast als Harmonie hätte bezeichnen können.

Grundlage für die entspannte Lage war wohl die Toleranz der jeweils anderen Seite.

Gabriel und Raphael hatten eingesehen, dass Michaels Rückführung ohne Luzifer vergeblich sein würde, Luzifer hatte die Engel von Anfang an toleriert, Michael schien die Situation mehr und mehr zu akzeptieren und Raziel und ich... wir lebten aneinander vorbei, wechselten die Menge an Worten, die notwendig war und teilten uns weiterhin ein Zimmer. Dennoch blieb ich stets in seiner Nähe - ich nahm Luzifers Anweisungen sehr ernst.

Raziel musste wohl oder übel mit meiner Gesellschaft auskommen.

Und nachts träumte ich.

Immer häufiger traf ich dabei den kleinen Engel Michael wieder, der immer noch auf seinem Stein hockte und wartete. Aber die Träume entwickelten sich weiter. Es war, als würde ich beim Einschlafen eine andere Welt betreten, mich dort mit Michael unterhalten und dann wieder in die reale Welt zurückkehren, nur um auf die nächste Nacht zu warten.

Unterhalten ist hier stark übertrieben. Wir grüßten uns, ich setze mich zu ihm und wir schwiegen, warteten.

Und wann immer ich erwachte, hatte ich mich seltsamer Weise so gedreht, dass ich beim Öffnen der Augen als Erstes Raziel im Blickfeld hatte.

Der Engel hatte einen seltsam friedlichen Schlaf. Wie ein Stein lag er da und ich fragte mich oft, ob er sich überhaupt im Schlaf bewegte.

Das eine oder andere Mal blieb ich lange wach, um ihn zu beobachten, doch niemals rührte er auch nur einen Muskel. Ein wirklich seltsamer Anblick.

Wir teilten uns, nebenbei gesagt, ein Lager. Natürlich wäre es nicht schwer gewesen, ein zweites zu errichten, aber weder er noch ich fanden den Elan, dies zu tun, und so ließen wir es bleiben. Raziel beschwerte sich aber auch nicht. Ich hätte diesen Zustand ausnutzen können. Das dachte ich immer wieder, besonders in den ersten Minuten nach dem Erwachen.

Aber nein, ich blieb brav auf meiner Seite. Eigentlich hatten wir nie eine Seitenteilung ausgemacht, sie hatte sich ganz von selbst eingeschlichen und wir beide akzeptierten sie.

So etwas nennt man auch die normative Kraft des Faktischen.

Eines Nachts jedoch konnte ich Michael nicht mehr in der Nebelwüste finden. So sehr ich auch nach ihm rief, meine Stimme verhallte ungehört.

Schließlich fand ich den Stein. Ich war mir sicher, dass es der Stein war.

Aber Michael war nicht da.

Wäre ich in diesem Moment dazu fähig gewesen zu begreifen, dass ich mich in einem Traum befand, hätte ich an diesem Punkt den Sinn dieses Traumes angezweifelt.

Aber dessen war ich mir nun einmal nicht bewusst. Ich schlief ja. Aber nicht einmal dessen war ich mir bewusst. Träumen ist schon etwas Eigenartiges. Wirklich.

Nach einer Weile wurde es mir - salopp ausgedrückt - zu blöd, in der nebeligen Einöde zu stehen und darauf zu warten, dass irgendetwas passieren würde.

So begann ich wieder zu wandern. Ziellos.

Aber das Umherwandern regte mich immer wieder zum Nachdenken an.

Die Luft, die mich umgab, die ich einatmete, war feucht, der Boden, auf dem ich stand, auf dem ich wandelte, war staubtrocken. Beide Extreme gingen sofort ineinander über. Eine schönes, bildliches Beispiel und Symbol für das Leben im Himmel. Hier, um mich herum, gab es die nötigen Essenzen, um Leben zu schaffen, doch sie verweilten isoliert nebeneinander, wurden nicht genutzt.

Gut, jetzt konnte man noch sagen, dass sich der Himmel hier wirklich noch in der Aufbauphase befunden hatte, doch auch heute noch lagen die Ressourcen für Leben im Himmel im Überfluss ungebraucht in den riesigen Lagern.

Wenn ich von Ressourcen spreche, meine ich nicht nur Wasser, Erde, Wind und Feuer, die in einigen Himmeln chaosartig gelagert wurden, sondern die überaus kostbaren Fähigkeiten, wie vor allem die Gefühle.

Gott schuf den Menschen. Er gab ihm etwas, das man Seele nennt.

War ein Engel fähig Gefühle wahrzunehmen, so war er nicht mehr rein. Er durfte sich freuen, aber Freude nicht in dem Sinne fühlen wie Menschen es taten. Einem Engel, der sich freute, war es in dem Moment, da er sich freute, gestattet, streng gefilterte Gefühlsfragmente zu verbrauchen.

Diese Gefühlsfragmente wurden von den zuständigen hohen Engeln dosiert und entsprechend zur Verfügung gestellt. Je hochrangiger ein Engel war, desto mehr Fragmente standen ihm zu. Nur in sehr außergewöhnlichen Augenblicken wurden Engel von Gefühlen heimgesucht. Doch meist waren es Gefühle wie Neid oder Hass, die beide als Sünde kategorisiert wurden.

Engel sind seelenlos, sie sind nicht Herren ihrer Gefühle.

Da aber nicht mehr alles so war, wie es sich jene Verfechter von Gottes Engelsgeboten einst erdacht hatten, behaupte ich, jedes Wesen verfügt über eine Seele.

Für mich ist eine Seele ein unbeschriebenes Blatt Papier.

Natürlich beschmutzt man diese Reinheit, wenn man darauf schreibt. Doch die Dinge, die man darauf schreibt, machen das Papier individuell und geben ihm einen ganz besonderen Wert. So gesehen wäre die Tinte, mit der man auf dem Papier schreibt, ein Gefühl, eine Farbe für ein Gefühl und ein Fragment nur ein einziger, wieder ausbleichender Tropfen.

Soviel zu dieser These.

Was ich damit eigentlich sagen will ist, dass im Himmel generell alles im Überfluss vorhanden war, das Verfügbare aber aufgrund seltsamer, zwiespältiger Gebote partout nicht genutzt wurde.

Eine Schande für jeden, der das Ganze von außen betrachtet.

Dieses scheinbar unnütze Horten hatte außerdem einen unverkennbaren Sinn, wenn man an die Masse dachte. Jetzt, da noch nicht einmal die sieben Himmel in der finalen Form vorhanden waren, musste natürlich noch einiges aufgebaut werden.

Doch ich hatte die Vorratskammern des gegenwärtigen Shamajims gesehen und wage zu behaupten, dass dort noch Vorräte für die Erschaffung von mindestens zwei Erden liegen.

Ein Omen für eine baldige Apokalypse?

Ich hatte keine Zeit weiter darüber nachzudenken, denn als ich den nächstgrößeren Schritt machte, blitzte für kurze Zeit alles um mich herum auf. Als meine Augen wieder fähig waren, etwas anderes außer gleißendes Licht zu sehen, stand ich in einer von weißen Wänden umgebenen Gasse.

Ich musste gerade eine verkürzte, innerhimmlische Sphärenreise gemacht haben. Ich fühlte mich wie in Watte gepackt, ein seltsamer Druck lag auf meinen Ohren und ein Flimmern trübte meine Augen.

Die weißen Wände schimmerten surreal und erschienen mir beinahe durchsichtig.

Ich hob den Blick. Die weißen Wände nahmen kein Ende.

Ich sah keine Decke. Die Räumlichkeiten hatten demnach kein Dach.

Ich senkte den Blick zu Boden. Glänzend weiß. Ich war im Himmel, da gab es keinen Zweifel.

Und ich kannte diesen Ort sehr gut. Ich hatte ihn schon in seiner fertigen Form besucht.

Auch wenn sie noch schmucklos waren, auch wenn noch keine heiligen Gesänge durch die hohen Gänge hallten, auch wenn noch kein sakrales Licht die Hallen erleuchtete, ich befand mich im Allerheiligsten Gottes - ich war in Araboth.

Eine gewisse Andacht erfüllte mich, als ich mich dazu aufraffte, vorwärts zu gehen.

Vereinsamt hallten meine Schritte auf dem weißen, steinernen Boden wider.

Ein Seufzen entwich meiner Kehle.

Ich war zu Unrecht hier. Ich hatte kein Recht dazu, diesen Ort zu betreten, ich war nicht rein genug... Dennoch ging ich weiter. Ich konnte gar nicht anders.

Und je weiter ich schritt, desto größer wurde mein Stolz, doch hier zu sein, obwohl ich es nicht sein durfte.

Kein Windzug regte sich. Die Luft stand, aber sie war kühl. Eine seltsame Mixtur.

Die weißen Wände bildeten ein schier unübersichtliches Labyrinth, aber ich musste meine Augen gar nicht benutzen, um mich zurecht zu finden. Dies hier war die Grundstruktur. Ich würde einst durch diese Hallen gehen, ich war schon einmal hindurch gegangen, ich kannte mich hier aus. Mit beinahe geschlossenen Augen schritt ich weiter. Vor meinem geistigen Auge sah ich die in dem mir bekannten Araboth stehenden Springbrunnen und fügte sie automatisch in diese Grundmauern ein. Meine Vorstellung war hierbei so stark, dass ich die Fontänen beinahe hören konnte.

"Luzifer, bitte!"

Ich schrak auf und hielt sofort in meinem Schritt inne.

Die Stimme war heller als Michaels jetzige, tiefer als die des kleinen Engels, aber es war - für meine Ohren unverkennbar - Michaels.

Ich sah mich suchend um. Wenige Meter voraus schloss der Gang, in dem ich mich gerade befand, in eine mittelgroße Halle auf.

Ich trat ein paar Schritte vor, doch noch bevor ich den ganzen Raum vor mir mit dem Auge erfassen konnte, fiel eine Gestalt in mein Blickfeld, die kurz darauf neben mir gegen die harte Steinwand prallte.

Geistesgegenwärtig wich ich zurück und verbarg mich im nichtexistenten Schatten des Ganges - zumindest verbarg mich die Ecke ein wenig.

Ich wusste nicht, warum ich flüchtete, ich tat es instinktiv. Und mein Instinkt täuschte mich nicht.

Wenige Meter vor mir rappelte sich indes ein Engel mit jugendlichem Aussehen hoch. Natürlich waren das braune, leicht rötliche, schulterlange Haar und vor allem die saphirblauen Augen schon bezeichnend genug, um den Betreffenden als Michael zu verraten, weitaus markanter waren aber nun jene sechs Glieder, die aus seinem Rücken sprossen.

Obwohl etwas zerrupft, leuchteten mir abertausende Pfauenfedern entgegen - jede einzelne von ihnen, das war allgemein bekannt, sehend.

Michael hatte mich bestimmt schon bemerkt, daran war nicht zu zweifeln.

Wieder einmal war ich zutiefst fasziniert. Man stelle sich vor, man habe abertausend Augen. Wie schaffte es der Engel, sich überhaupt noch zu konzentrieren?

"Luzifer...", riss mich ein jammerndes Flehen aus meinen Gedanken.

Ich war im Nu wieder gegenwärtig. Langsam wandte ich den Kopf.

Wenige Meter entfernt von Michael stand - ebenso unverkennbar - Luzifer, der Engel Luzifer, seinen Blick mit zerrüttender, aggressiver Strenge auf den jüngeren Engel gerichtet, seine Mimik eiskalt und berechnend, seine so tiefblauen Augen missbilligend, das noch braune Haar scheinbar lieblos im langen Zopf zurückgeflochten.

"Gib es mir", verlangte der Regent des Himmels. Seine Stimme ließ keinen Widerspruch zu.

Dennoch schüttelte der Jüngere den Kopf.

Rätselnd zog ich die Augenbrauen zusammen. Bei näherem Hinsehen fiel mir auf, dass der Engel etwas im Arm hielt, das Luzifer allem Anschein nach haben wollte.

Das Etwas war in weiße Tücher eingewickelt und bewegte sich.

Ich wurde neugierig.

"Das kann ich nicht zulassen!", erklärte Michael indes, sein ganzer Körper war angespannt. Seine Fußstellung verriet mir, dass er bereits darauf gefasst war, erneut von den Füßen zu fliegen.

Luzifers Augen verengten sich sichtlich. "Es bringt nichts, Michael", meinte er und sprach ungewöhnlich ruhig.

Michael schüttelte den Kopf. "Sag so etwas nicht!" Er drückte das weiße Bündel an sich. "Ich bitte dich, tu ihr nichts!"

Jetzt war ich wirklich neugierig. Ihr?

Ich nahm das Bündel nochmals in Augenschein. Eine kleine Hand tauchte aus den Tüchern auf.

Mein Blick schweifte wieder zwischen Luzifer und Michael hin und her.

"Ihr?" Luzifer hob skeptisch die Augenbrauen. Dann seufzte er. "Meinetwegen auch sie." Er schüttelte den Kopf. "Michael, Er nennt sie Gabriel."

Nun hob ich ebenfalls die Augenbrauen - allerdings war ich überrascht.

"Das gibt dir noch lange nicht das Re-..."

"Keine Widerworte", unterbrach Luzifer.

Es überraschte mich doch sehr, dass Michael tatsächlich augenblicklich verstummte.

Zwar zeigte sein Gesicht weiterhin großen Unmut gegenüber dem, was vor sich ging, doch sein verbaler Protest war offenbar gebremst.

Luzifer streckte die Hand aus. "Gib es mir", wiederholte er. Ich gebe sie dir später zurück", betonte er.

Die Erkenntnis traf mich wie ein glühender Pfeil. Schockiert blickte ich wiederum zu dem Bündel in Michaels Armen.

Das konnte doch nicht Luzifers Ernst sein...

Michael war im Übrigen ebenso entrüstet wie ich. Weiterhin hielt er das kleine Wesen im Arm. Da ihm der verbale Protest untersagt worden war - und er sich, zu meinem Erstaunen, weiterhin daran hielt - sah er Luzifer einfach nur an.

"Michael", forderte dieser - seine Stimme wurde allmählich resoluter.

Der jüngere Engel schüttelte den Kopf. Als er wenige Sekunden später erneut mit der nicht ausweichenden Steinwand kollidierte, zuckte ich zusammen.

Luzifer schritt weiter auf ihn zu, während sich Michael wiederum auf die Füße hievte und sich in natürlich vergeblicher Schutzsuche an die Wand drückte.

Der Regent baute sich vor dem deutlich kleineren Engel auf und sah demonstrativ auf ihn herab - zu jenem Bündel.

Michael drehte sich daraufhin seitlich weg.

Es war wohl eine Trotzreaktion zuviel, denn im nächsten Augenblick hatte Luzifer ihn wieder mit dem Rücken an die Wand gedrückt und hielt ihn dort unbarmherzig fest.

"Es reicht, Michael." Seine Stimme war immer noch vergleichsweise ruhig. Er sprach wie ein gespielt wohlwollender Lehrmeister zu seinem hoffnungslos unfähigen Schüler. "Es ist gut. Genug." Seine freie Hand legte sich unter den kleinen Engel in Michaels Armen. Michael jedoch wollte das offenbar hilflose Geschöpf immer noch nicht preisgeben.

"Es ist doch noch Zeit genug...", brach er sein Schweigen.

Luzifer hob erneut die Augenbrauen. "Soso..." Er seufzte. "Und wahrscheinlich würdest du sogar alles dafür tun, oder?" Er zog seine Hand von Gabriel zurück.

Michael nickte geistesgegenwärtig.

"Verstehe." Luzifer ließ den Engel los, drehte sich um, und ging ein Stück in die Hallenmitte. "Sag mir, Michael, wie kann man nur so wenig Stolz haben?"

Ich sah zu Michael. Dieser drehte nur den Kopf aus Luzifers direktem Blickeinfluss und schwieg.

"Sag schon..." Der Blick des obersten Engels war stechend.

"Stolz, sagst du?" Michaels Stimme war nur halblaut. "Ich habe keinen Stolz", gab er zu. "Es bringt mir nichts. Aber ich würde gerne stolz sein..." Dieser letzte Satz klang nicht sehnsüchtig. Er klang durch und durch unbeendet. Im Grunde war er ebenso monoton wie der erste Satz.

"So?" Luzifer hob die Augenbrauen. "Und warum?"

Michael sah seinen älteren Bruder offen an. Nach einer Weile lächelte er leicht. "Du scheinst mich lieber stolz sehen zu wollen. Dir gehört dieses Reich, Gott hat es dir anvertraut. Wenn es dein Wunsch ist, so will ich stolz werden."

Da war etwas in Michaels Augen, eine bedingungslose Treue, die mich ungemein stutzig machte. Und wie naiv er geklungen hatte - beinahe wäre ich erschaudert.

Luzifer schloss für zwei Sekunden die Augen und winkte Michael dann zu sich, während er selbst eine Tür am anderen Ende der Halle ansteuerte. "Lass uns ein anderes Mal darüber reden", beschloss er. "Folge mir..."

Michael nickte und folgte Luzifer. Selbstverständlich. Bedingungslos. Er schien die vorangegangene Situation bereits wieder vergessen zu haben, als er gemeinsam mit seinem Regenten - Gabriel immer noch auf seinem Arm - die Halle verließ.

Ein paar Minuten stand ich einfach nur da und wunderte mich. Ich wunderte mich. Ich wunderte mich sogar sehr. Und aus diesem Wundern schöpfte ich genug Elan, um den beiden aus der Halle zu Folgen.

Gut, es wäre langweilig gewesen, ihnen nicht zu folgen, denn dies war ein Traum - und Träume, behaupte ich, haben generell eine Aussage. Und den Sinn dieser Aussage würde ich wohl nur dann erfassen, wenn ich ihnen folgte.

Wie auch immer, jedenfalls folgte ich ihnen. In einem gewissen Abstand.

XXVII

hospes invocatus

Ein ungeladener Gast

Warmes Licht schien mir entgegen. Wasser plätscherte. Ich blinzelte und war wie von Sinnen.

Immer noch umgaben mich weiße Wände, aber nun beherbergten sie ein gewisses Leben: Die mir so gut bekannten Fontänen sprudelten an den Wänden, seltsame fluoreszierende Kugeln säumten den Weg und goldene Ornamente schmückten den Boden, auf dem ich stand.

Auch dies hier war Araboth. Aber es war das Araboth, das ich in meinen Erinnerungen vor Augen hatte.

Ob es ein schöner Anblick war, darüber lässt sich streiten, es war einfach bombastisch, blendend. Und es war sehr steril. as fließende Wasser schien das einzig Lebendige zu sein. Typisch Himmel.

Ab und an hallten kurzzeitig Schritte in dem Gang, in dem ich mich nun befand, aber sie schienen von weit her zu kommen.

Tatsächlich waren diese Gänge schier unendlich, das heißt, sie bildeten einen Kreis.

Routiniert ging ich bis zur nächsten Kreuzung, einer weiteren Halle, und wandte mich zu der Tür, die mich weiter ins Innere Araboths führen würde.

Woher ich wusste, welche der Türen das war, kann ich nicht beantworten. Auch dies war wieder eine routinierte Handlung.

Weshalb ging ich überhaupt ins Innere? Gut, das war eine rhetorische Frage. Es war mir nun einmal bekannt, dass die Gemächer der höchsten Engel nahe des Zentrums lagen. Und mir erschien es nun einmal offensichtlich, dass Luzifer und Michael auf dem Weg zu diesem Zentrum waren. Es erschien mir die einzig plausible Erklärung zu sein. Träume haben eine verarbeitende Funktion. Was also wollte mir dieser Traum nun zeigen? Er zeigte mir Araboth, mein Araboth.

Schritte. Schritte hinter mir. Ich blieb ruckartig stehen und wich zur Seite aus.

Ich sah nur einen langen, weißen, wehenden Mantel. Erst als die Gestalt einige Meter vor mir ging, konnte ich den dazugehörigen Engel einordnen. Nein, ich konnte ihn sogar genau identifizieren.

Größer als ich, weite, lange, weiße, vielteilige, Gewänder, weiße, schnallenlose Stiefel und hüftlanges, kastanienbraunes Haar - der Engel Michael in einer Aufmachung, wie ich ihn nie gemocht hatte. So hatte ich ihn in Erinnerung. Strikt, streng, auf seine ganz eigene Weise stur, engstirnig, überkorrekt und stolz.

Bevor ich überhaupt den Gedanken hegte, folgte ich ihm bereits. Es war eine Spur.

Mein Traum, oder wer oder was auch immer für diesen Traum verantwortlich war, dass ich diesen Traum hatte, hatte ihn bestimmt nicht bedeutungslos direkt an mir vorbeigeschickt.

Die Gangart des Engels war charakteristisch - gerade, immer gleichlange Schritte, monoton.

Sein Weg führte mich noch eine ganze Weile ins Innere des siebten Himmels. Schließlich erreichten wir einen kleinen Platz, der aussah wie alle kleinen Plätze im Himmel: Eine bestimmte Musterung der Ornamente auf dem Boden, eine bestimmte Anordnung von Sprenkelanlagen und eine große, leuchtende Kugel auf einem steinernen, runden Altar in der Mitte des Platzes.

Scheußlich kitschig. Aber wem es gefiel... außerdem musste es ja auch niemandem gefallen. Ganz davon abgesehen.

Interessant waren nun aber die acht verschiedenen Türen, die hier angrenzten.

Acht Türen aus hellem Holz, mit einem silbernen Metall beschlagen und ebenfalls mit Ornamenten verziert. Eine davon war schäbiger als die anderen. Schmuckloser. Und ein schwerer Riegel war an ihr angebracht.

Muss ich erwähnen, welcher Persönlichkeit die Gemächer hinter dieser Tür einst gehörten hatten?

Michael ging direkt auf sein Zimmer zu. Es grenzte an das hinter jener verschlossenen Tür. Auch dies war nicht wirklich eine Überraschung.

Ich folgte ihm und war überrascht, dass er mich immer noch nicht wahrnahm.

Dieser Teil des Traumes unterschied sich also vor allem dadurch von den anderen beschriebenen, dass ich hier scheinbar nur Zeuge sein sollte.

Die Tür schloss sich hinter mir wie von selbst, aber ich war viel zu beschäftigt damit, die Innenausstattung des hochheiligen Raumes zu betrachten.

Ein großer, sehr großer, dreiteiliger Schreibtisch stand in einer Arbeitsecke.

Der Engel ging auf diese zu und ließ sich in einen großen, hölzernen Stuhl sinken.

Seine Gesichtszüge waren beinahe... sein Gesicht schien keine charakteristischen Züge mehr zu haben.

Es war ernst. Steif. Steinern. Nein, es als arrogant zu bezeichnen, wäre eine zu subjektive Beurteilung.

Ich löste meinen Blick von dem Engel, der sich nun seiner Arbeit – was auch immer es sein mochte – widmete, und sah mich weiter um.

Gegenüber der Tür, am anderen Ende des riesigen Raumes, stand ein Bett. Ich weiß nicht, warum mich sofort dieses Bett anzog. Ich musste einfach darauf zugehen...

Es war seltsam. Sehr seltsam.

Dunkelroter Samt, ähnlich dem, den man an den Umhängen von Königen der Erde findet. Er umrandete und überdachte das hölzerne Bettgestell.

Für das Bett eines himmelstreuen Engels erschien es sehr dekadent - beinahe sündhaft schön.

Im Grunde waren wir doch alle nur kleine Geschwister Luzifers... auch Michael, Gottes Vorzeigeengel.

Erst nach einer Weile nahm ich ein fremdartiges Ticken wahr. Ich blickte zur Seite und ich sah auf eine von Standuhren gesäumte Wand. Alle Pendel schwangen im Einklang.

Scheinbar zeigte jede der Uhren eine Zeit in einem bestimmten Teil der Erde an.

Ich persönlich empfand das Ticken sehr bald als störend und versuchte, die Geräuschkulisse schnellstmöglich wieder auszublenden.

Eine Weile geschah nichts. Michael arbeitete, die Uhren tickten und ich stand da.

Warten ist wirklich etwas Mühseliges.

Wieder einmal verlor ich mich in meiner Umgebung. Ich löste meinen Blick erst wieder von der kahlen, schmucklosen, aber dennoch prunkvollen Wand, als Michael seinen Stuhl zurücksetzte und langsam eine Schublade des Schreibtisches aufzog.

Ich hob die Augenbrauen und trat etwas heran. Warum öffnete er diese Schublade so bedacht langsam? Ja, ich war neugierig geworden.

Der Engel hatte die Schublade noch nicht einmal ganz aufgezogen, als ich bemerkte, dass es kontinuierlich kälter im Raum wurde.

Ohne es sofort zu merken, wich ich ein paar Schritte zurück und sah Michael fragend an - obwohl ich wusste, dass er mir wohl kaum antworten würde.

Meine Neugier wuchs. Was bewahrte Michael in seiner Schreibtischschublade auf, das so gebührend herausgenommen zu werden verlangte?

Das große Geheimnis entpuppte sich als eine einfache Feder. Die Feder einer Engelsschwinge.

Ich war enttäuscht.

Als ich jedoch kurz darauf fröstelte, wurde ich vorsichtiger mit meinen Gedanken. Wieder linste ich zu der Feder hinüber, nahm sie genauer in Augenschein.

Michael hielt sie in den Händen wie ein feines, kostbares Kristallglasgebilde - um einen sächlichen, irdischen Vergleich zu nennen. Für mich war die Art, wie er diese Feder hielt, eher damit zu vergleichen, wie man im Himmel die Seelenkugeln - eben jenen, mit denen Eisheth und Agrat so gerne Werfen und Fangen spielten - behandelte: Voller Achtung und Respekt, mit größter Vorsicht und Andacht.

Je länger ich die Feder betrachtete, desto mehr kam ich zu dem Schluss, dass das makellose, reine Weiß nicht zu ihr passte. Nicht, weil meine eigenen Flügel schwarz waren, oder weil ich etwas gegen Weißes hatte, nein. Es war ein ganz unterbewusstes Sträuben in mir; etwas in mir sträubte sich, anzuerkennen, dass speziell diese eine Feder in Michaels Hand eine weiße war.

Es klopfte an der Tür.

Niemals hätte ich erwartet, dass es an dieser Tür klopfen würde. Dementsprechend überrascht fuhr ich zusammen.

Auch Michael war hochgeschrocken und schlug die Schublade wieder zu - nachdem er die Feder wieder hineingelegt hatte.

"Ich habe keine Zeit", erklang seine Stimme deutlich in einem ungewohnt tiefen Ton.

Das Klopfen hörte auf.

Michael war von seinem Stuhl aufgesprungen, was mich vermuten ließ, dass er gerade etwas Verbotenes getan hatte.

Jetzt seufzte er tief, schob den Stuhl zurück und löste den Umhang von seinen Schultern.

In einer ausladenden Bewegung fuhr er sich durchs Haar und strich dabei die vordersten Strähnen zurück.

Sein Blick huschte noch einige Male zu der Schreibtischschublade, bevor er zu seinem Bett hinüber schritt.

Während er sich dort niederließ und seine Stiefel auszog, kam mir der Gedanke, dass ich doch gerne seinen Blick gesehen hätte, mit dem er die Feder eben gemustert hatte. Ich war in jenem Moment so vom Anblick der so trügerisch weißen Feder gefesselt gewesen, dass ich den Engel selbst kaum wahrgenommen hatte.

Immer noch hing die Kälte wie ein unsichtbarer Schleier im Raum. Ob Michael diese Kälte spürte?

Er musste sie doch spüren.

Oder hatte er sich gar an sie gewöhnt, dass er sie nicht mehr wahrnahm?

Als Michael plötzlich wiederum überrascht und aus aufgerissenen Augen aufsah und wie gebannt durch mich hindurch starrte, hielt ich den Atem an.

Der Blick des Engels war beängstigend. Aber ich war mir nun sicher, dass er mich nicht sehen konnte. Langsam drehte ich mich um und blickte ebenfalls zur Tür.

Ich bin durch mein Leben in der Hölle so Einiges gewöhnt: Luzifers kalte, berechnende Brutalität, die Tatsache, niemandem vertrauen zu können, öffentliche, spontane Hinrichtungen minderwertiger Dämonen, infernalische Rituale und Gewohnheiten aller Bereiche und vieles mehr.

Aber als ich nun sah, wie sich ein Rinnsaal einer verdächtig roten Flüssigkeit seinen Weg unter der Tür in Michaels Zimmer bahnte, erschauderte ich und wich angewidert zurück.

Es ist etwas anderes, in der Hölle zuzusehen, wie ein einfacher Dämon von seinen Artgenossen auf offener Straße zerfleischt wird, als im allerhöchsten Himmel erkennen zu müssen, dass Blut unter einer Tür hervor fließt.

Ich schluckte und stellte fest, dass mir irgendetwas die Kehle zuschnürte. Außerdem erfüllte mich eine fremdartige Übelkeit.

Es war gut, dass Michael mich nicht sehen konnte.

Wieder klopfte es.

"Introite", erklang Michaels Stimme nun - für meine Ohren war sie erstaunlich gefasst. Der Engel hatte sich kerzengerade am Fußende des Bettes aufgesetzt.

Benommenheit wich der Neugier - wen bat Michael denn so förmlich, *einzutreten*?

Die Tür schwang auf, die Kälte mehrte sich, das Blut suchte sich weiter den Weg über den weißen Fußboden und mir blieb fast der Atem stehen, als meine Frage in Form zweier grell leuchtender, eisblauer Augen beantwortet wurde.

XXVIII

quaestio suberbiae

Eine Frage des Stolzes

Weiter floss das Blut.

Eine weiße Feder segelte in die dunkle Pfütze und nahm in Sekunden deren Farbe an.

Ich war wie gefesselt.

Wenige Meter vor mir stand mein Herr. Und ich konnte ihn ansehen, ohne dass er mich sah.

Ja, es war mein Herr. Der große Drache, der schwarze Engel Luzifer. Das lange schwarze Haar fiel offen über seine Schultern, seine Lippen waren zu einem diabolischen Lächeln geformt, seine Augen voller Hohn, seine Haut vornehm blass - das war er, mein Herr Luzifer, in seiner großen Zeit nach seinem Fall.

Und in seinem einen Arm hing, um die wohl letzten Atemzüge ringend, ein mir unbekannter, wohl niederrangiger Engel mit zerrissenen, blutdurchtränkten Flügeln und ebenso zerfetztem, beflecktem Gewand.

Es war das Bild, das man im Himmel am meisten fürchtete. Damals. Luzifer, der Engelfresser.

In der Tat zierte Blut die schmalen Lippen des Höllenherrschers und gab dem Bild den letzten Schliff - oder war es doch eher die Tatsache, dass er mit der anderen Hand das Kinn des Engels hielt, als wollte er ihn küssen?

Verschlingen war wohl der bessere Ausdruck.

Ich kam nicht darum herum zu lächeln. Das Bild gefiel mir. Es gefiel mir sogar sehr. Nicht eine Sekunde hatte ich Mitleid mit dem Engel. Wieso auch?

"Salve, Luzifer", grüßte Michael seinen Bruder der Finsternis trocken. Er wirkte angespannt, zeigte aber keine Anzeichen von Angst. Er machte einen sehr nüchternen Eindruck.

"Einen Gruß auch an dich, mein Bruder."

Luzifer trat über die Türschwelle, wobei er den Engel losließ und, nachdem dieser keuchend auf den Boden gefallen war, elegant mit dem Fuß wegschob. "Ein Lob an dich", fuhr

der Satan derweil in hochgestochener Art fort, "Die Widerstandskraft deiner Untertanen hat sich verbessert. Sie müssen gut trainiert haben."

Er schloss die Tür.

"Hm, schade, dass dieser dennoch sterben wird, nicht wahr? Wirklich schade..." Ohne Michael auch eine Sekunde aus den Augen zu lassen, leckte er sich das Blut von den Lippen. "Aber, was musste er mir auch in den Weg laufen..."

Muss ich erwähnen, dass ich diesen Luzifer in seinem ganzen Wesen vergötterte?

Vor mir stand der reine, dunkle Herrscher, der noch nicht von Lethargie gefesselt war, sondern mit ganzer Grausamkeit für die Wahrheit kämpfte. Er war der Engel, dem ich blind gefolgt war, weil er mir damals so sehr aus der Seele gesprochen hatte.

Michael blieb ruhig. Kühl. Engelstypisch steif verweilte er auf seinem Sitzplatz und hielt Luzifers Blick stand.

Und was mich am meisten wunderte: Er schwieg.

Ich konnte die Ruhe des Engels, die, wie gesagt, frei von jeglicher Angst war, nicht nachvollziehen.

Luzifer war im Himmel, nach seiner Verbannung. Und dann auch noch in Araboth, am Thron Gottes.

Und Michael machte keine Anstallten, ihn sofort unter möglichstem Aufwand wieder hinauszuwerfen?

Luzifer, im Übrigen in charakteristischer, schwarzer Uniform, schritt indes hinüber zu Michaels Schreibtisch und zog den langen, schwarzen Umhang von seinen Schultern.

"Aber dich interessiert wohl eher der Grund meines Erscheinens, nicht wahr, Michael?"

Er legte den Umhang über Michaels und drehte sich wieder zu diesem herum.

Michael hob die Augenbrauen.

Luzifer lächelte hintergründig und ging auf das Bett zu, doch auf halbem Weg hielt er inne. "Du siehst noch genauso aus wie damals, Michael, Zweiter Engel...", wechselte er das

Thema. "Genau so wie damals, als ich ging und du mir nicht folgtest." Der letzte Teil des Satzes kam schneller und schärfer als der Rest, aber immer noch ruhig.

"So unschuldig." Er setzte wieder einen Fuß in Michaels Richtung. "So verletzbar?" Er lächelte höhnisch. "Sag mir, wie lange ist es jetzt her, dass wir uns sahen?"

"Fünf Dekaden, Luzifer", antwortete Michael in völlig neutralem Ton. Der Ausdruck in seinen Augen war immer noch gefasst.

"Ein halbes Jahrhundert?" Luzifer hob offensichtlich gespielt überrascht die Augenbrauen. "So viel Zeit und du hast dich kein bisschen verändert..." Er ging einen weiteren Schritt. "Und immer noch so unschuldig... als könnte dich kein Wässerchen trüben..." Langsam lenkte er seine Schritte bis zu Michael und beugte sich zu ihm hinunter. "Aber bist du das wirklich?" Er stützte sich mit einer Hand neben Michael auf das Bett und starrte herausfordernd in die Augen des Engels. "Gottes Engel Michael ist bestimmt unschuldig und rein, nicht?" Er hielt inne, dann lachte er leise. "Nein, nein, das ist er sicher nicht... unschuldig." Er richtete sich wieder auf. "Was für eine schöne Fassade du dir errichtet hast, Zweiter Engel", zischte er.

Meine Augen wurden groß.

Mir war bewusst, dass Luzifer außergewöhnlich war, und sicherlich war er in gewisser Hinsicht verrückt und größenwahnsinnig... aber hier hatte ich eine völlig manische Gestalt vor mir, die mir schauriger erschien als alles, was sich die Menschen in ihren Horrorgeschichten ausmalten. Michael blieb weiterhin gerade sitzen, sah Luzifer ruhig an und schwieg.

Luzifer trat einen Schritt zurück, doch sein Blick verlor nicht an vieldeutiger Penetranz. "Oh, ich kann immer noch dein Stöhnen hören, wenn du dich mir hingegeben hast, Michael", sprach der Teufel deutlich, während er begann, langsam und lauernd wie ein Raubtier, im Halbkreis vor Michael auf und ab zu gehen - wobei Michaels und seine Augen weiterhin wie verbunden aufeinander ausgerichtet waren. "Wie dein zitternder, verschwitzter Körper mir im Endeffekt doch jedes Mal nachgegeben hat, devot, vollkommen ergeben." Die Intensität seiner Stimme steigerte sich bis zum Ende des Satzes, ohne lauter zu werden. Seine Augen funkelten voller Triumph und Besessenheit.

Michaels Augen verengten sich, aber ansonsten blieben seine Gesichtszüge entspannt. "Was willst du, Luzifer?", fragte er ruhig.

"Nein, unschuldig bist du bestimmt nicht...", fuhr Luzifer fort, ohne auf Michaels Frage einzugehen. "Und rein?" Eine Sekunde später stand Luzifer wieder genau vor Michael, seine Hände rechts und links neben dem Engel auf dem Bett abgestützt.

"Was für eine schöne Fassade", wiederholte er und legte leicht den Kopf schief. "Verletzlich, verletzbar?", stellte er seine nächste These auf und lächelte mitfühlend. "Ja, in gewisser Weise schon", beantwortete er seine eigene Frage kurz darauf und das Lächeln kippte ins Hinterlistige. "Denke Er, Zweiter Engel Michael, doch einmal an Gabriel..."

Seine Art zu sprechen ließ mich immer wieder erschaudern. Ich hatte Luzifer noch nie so sprechen gehört. Ich hatte Luzifer noch nie so wahnsinnig erlebt.

"Was wäre, wenn es ihr nicht anders erginge als dem Engel dort draußen?" Langsam wandte der Herr der Hölle seinen Kopf zur Tür und der Blutspur am Boden, bevor er sich wieder Michael zuwandte.

Michael sah nicht zur Tür. Seine Gesichtszüge wurden lediglich härter - was Luzifer offensichtlich amüsierte.

"Warum diese Drohung, L-..."

"Scht!" Luzifer hob die Hand und richtete sich wieder ganz auf.

"Nein", meinte er dann leise, aber umso bedrohlicher. "Sei Er still, der Michael, der sich mir hingegeben hat!", befahl er in seiner seltsamen Sprechweise. "Der Michael, der damit seine Sünden wortwörtlich auf den Höhepunkt getrieben hat..."

Seine eine Hand schoss vor und packte den sitzenden Engel am Kinn. Der gesamte Körper des Satans war angespannt. Langsam und in grober Sanftheit hob er nun seine zweite Hand und strich mit dem Handrücken über Michaels rechte Wange.

"Dieser Michael ist mein..." Seine Augen glühten und seine Stimme klang der Anspannung seines Körpers gemäß gepresst - das mein insbesondere.

Ich hatte anfangs gesagt, dass Luzifer nicht besitzergreifend war. Später hatte ich mich bezüglich Liliths korrigiert.

Es ist nun an der Zeit für eine weitere Korrektur, denn was ich hier erlebte, sollte auch erst hier preisgegeben werden. Ich war in diesen Momenten äußerst nervös. Ich ahnte, was geschehen würde, doch ich verstand immer noch nicht, warum ich von so etwas träumte.

Hatten sich meine Gedanken in den vergangenen Tagen derartig gewandelt?

Was hatte ich getan, um so etwas mit ansehen zu müssen?

Aber einen gewissen Reiz hatte es. Nicht, dass ich grundsätzlich voyeuristisch veranlagt wäre... ich war nun einmal ein gefallener Engel, eine Höllengestalt.

Michaels Blick blieb kalt und unberührt - aber auf eine warme, typisch engelhafte Weise.

Er schien sich der Gefahr, in der er war, entweder nicht bewusst zu sein, oder er war auf eben engelhafte Weise naiv. Ich vermutete das Zweite.

Die Naivität der Engel ist etwas, worüber ich nur immer wieder den Kopf schütteln kann. Der feste Glaube daran, dass es in jedem Wesen, egal wie verdorben, immer noch etwas Gutes gibt.

Vielleicht ist das auch gar nicht naiv, vielleicht empfinde ich es nur als naiv, weil ich nun mal ein Bewohner der Hölle bin.

Aber bei Luzifer war es zwecklos, nach etwas Gutem zu suchen.

Luzifer wiederum war hoch amüsiert über Michaels Reaktion. "Was für eine Fassade", wiederholte er nun zum dritten Mal. "Oh, Michael... Ich habe dich zu meinem Eigentum gemacht, erinnerst du dich?", sein Blick wurde zunehmend lasziv, sein Lächeln wieder hintergründig und seine Augen funkelten immer lauernder. "Und weißt du, was", flüsterte er deutlich genug, dass ich es auf drei Meter Entfernung noch verstand, während er sich wieder näher zu Michael beugte.

"Ich werde es wieder tun. Ich werde dich nehmen, wie ich es schon so oft getan habe."

Er schloss kurzzeitig die Augen, während er offensichtlich genüsslich mit der Zunge über Michaels Lippen fuhr.

"Und du", fuhr er wispernd fort, "wirst dich mir nicht widersetzen können."

Sein Griff um Michaels Kinn verstärkte sich und weitete sich auf die Kiefer des Engels aus.

Ein äußerst rabiater Kuss folgte.

Nun kam doch Leben in Michael. Leben in Form von deutlichem Protest.

Ohne weiter auszuharren riss der Engel die Hand seines älteren Bruders von sich und stieß ihn zurück. "Geh, du bist hier nicht mehr willkommen", klang es nun strikt und deutlich aus dem Mund des treuesten Engel Gottes.

Ich hob die Augenbrauen.

Luzifer hatte sich offensichtlich gewollt zurückstoßen lassen, denn nicht eine Sekunde lang verlor sich das Berechnende aus seinem Blick.

Er ließ Michaels Forderung still über sich ergehen und begnügte sich damit, sich demonstrativ über die Lippen zu lecken. Er lächelte diabolisch.

"Nicht mehr willkommen?", wiederholte er Michaels Worte fragend und hob mit einem Unschuldsblick die Augenbrauen. "Weshalb?" Als wäre nichts dabei hob er die Hände und begann, das Oberteil seiner Uniform aufzuknöpfen. "Ich denke, dass ich hier sehr wohl willkommen bin, Zweiter Engel Michael."

Die Jacke landete auf dem Boden. "Du hast mich doch herein gelassen, oder?" Das Lächeln auf seinen Lippen wurde immer bösartiger. "Michael, willst du etwa, dass ein Unglück geschieht?"

Erneut schlich Luzifer wie ein hungriges Raubtier um das Bett.

Die Kälte hatte inzwischen deutlich zugenommen, aber ich war so auf die Szene vor mir konzentriert, dass ich die Temperaturschwankung im Raum kaum bemerkte.

"Geh, Luzifer."

"Das willst du doch gar nicht." Luzifer schüttelte den Kopf. "Das weiß ich. Das spüre ich."

Mit nun entblößtem Oberkörper trat Luzifer wieder an das Bett und entledigte sich seiner Schuhe - ohne den Blick von Michael zu nehmen.

"Du kannst doch gar nicht ohne mich sein", meinte er scharf. "Du kannst dich mir gar nicht entziehen!" Er schielte aus den Augenwinkeln zum Schreibtisch hinüber - zweifellos zu jener Schublade.

Demnach war es also seine Feder, die Michael wie einen Staatsschatz hütete.

Ich war erstaunt, obwohl es mir auch nicht abwegig vorkam. Irgendwie war es typisch für einen Engel - Michael bewahrte eine weiße Feder auf - er bewahrte das wohl letzte reine Überbleibsel eines großen Engels.

Luzifer beugte sich wieder zu Michael. "Du hast mich ebenso vermisst, nicht wahr? Ich sehe es an deinen Augen..."

Michael wandte den Blick ab. In diesem Moment war mir klar, er hatte verloren. Eindeutig.

Und Luzifer wusste das. "Na siehst du. War das so schwer?" Wieder lehnte er seinen Kopf nach vorne, um dem Engel einen weiteren Kuss zu stehlen, den dieser nun gezwungenermaßen akzeptierte.

"Weißt du, was ich vermisst habe?", raunte der Satan, ohne seine Lippen auch nur ein Stück von Michaels zu entfernen. "Dein Stöhnen, dein Keuchen, deine bedingungslose Hingabe." Seine linke Hand wanderte wiederum über Michaels rechte Wange, dann weiter über seinen Hals, zur Schulter und über seinen rechten Arm. Schließlich umfasste er sein Handgelenk. Er hob die Augenbrauen. "Dein Puls rast ja...", stellte er scheinheilig fest. "Angst, Michael?" Langsam beugte er sich zum rechten Ohr des Engels. "Oder hat dein Verlangen nach mir bereits gesiegt?"

Michael reagierte nicht. Sein Blick wirkte nun leer. Verständlicher Weise. Mitleid hatte ich trotzdem keines.

"Ich will dich schreien hören, Michael", fuhr Luzifer fort, während er nun mit einer kontrollierten Bewegung beider Hände Michaels Gewand zerriss. "Ob vor Schmerz oder Lust, das ist mir egal."

In Luzifers Augen leuchteten blanke Aggression und Rachsucht. "Ich werde dich lehren, was es heißt, gedemütigt zu werden! Und du wirst darum betteln, Demütigung erfahren zu dürfen!"

Michael schwieg. Er zeigte keine Gegenwehr mehr, auch nicht, als Luzifer ihn schließlich ohne Mühe auf das Bett drückte.

"Du wirst niemals Ruhe haben", prophezeite Luzifer, "Meine lustvolle Jagd wird weitergehen. Ich werde dich solange hetzen, bis ich dich habe." Seine Augen waren weit aufgerissen. "Und dann werde ich dich nicht mehr gehen lassen. Nie mehr!"

Ohne es wirklich zu merken, trat ich fast bis an die Bettkante vor.

"Dann gehörst du wieder ganz mir, so wie es das Schicksal bestimmt... - so wie ich es bestimmt habe! Ich, Luzifer! Herrscher des Himmels und der Hölle!" Luzifers Hände gruben sich in Michaels Schultern.

Ich war wie gebannt, wie betäubt.

Vor mir entfaltete sich Luzifer in einem mir bisher unbekannten Größenwahn, der keine Grenzen mehr kannte. Und es erklärte mir mehr, als ich jemals hatte wissen wollen - vorausgesetzt, dies waren Erklärungen.

Fasziniert beobachtete ich die beiden, ohne zu wissen, ob ich es gut oder schlecht finden sollte.

Aber ich spürte eine gewisse Zerrissenheit, wann immer ich Michael ansah.

Ich verstand ihn nicht.

Warum hatte er sich geschlagen gegeben? Warum war er so dumm? Hatte er denn keinen Stolz?!

Noch im gleichen Augenblick geschah das, wovor ich mich die ganze Zeit gefürchtet hatte.

Michaels Augen bewegten sich und sahen mich an. Direkt. Und ich war mir sicher, sie sahen mich wirklich.

XXIX

fenestra somnium

Ein Traumfenster

Von Panik übermannt schrak ich aus meinem Traum hoch - verbissen redete ich mir ein, dass es nur ein Traum gewesen war - und rang nach Luft.

Der nach Rache dürstende Blick Luzifers hatte sich tief in meine Seele gebrannt - tiefer, als ich gedacht hatte.

Ich hatte in diesem Moment mehr Angst vor dem Teufel als jemals zuvor.

Aber wieso hatte ich jetzt Angst?

Wieso hatte ich Angst vor Luzifer, wo es doch Michael gewesen war, der mich angesehen hatte?

Ich hatte während der ganzen Szenerie keine Angst verspürt, warum auf einmal jetzt?

Warum zitterte ich?

Ich verstand nichts mehr. Woher diese Angst?

Ich fühlte mich, als wäre ich von einem ganzen Strom unterschiedlicher Gefühle mitgerissen worden.

Und ich glaubte, zu spüren, dass es nicht nur meine Gefühle waren, die durch meine Nerven brannten.

Es war nur ein Traum. Es war nur ein Traum gewesen.

Michael hatte mich unmöglich wirklich sehen können. Das war einfach... nicht möglich.

Es half mir etwas, mir dies immer wieder einzureden. Etwas Warmes berührte meine Oberlippe.

Ich stutzte und blinzelte. Meine Augen waren bei meinem Auffahren wohl aufgegangen, aber ich hatte meine Umgebung nicht wirklich wahrgenommen.

Immer noch wie betäubt von den Bildern meines Traumes hob ich mühsam eine Hand und berührte meine Oberlippe mit dem Zeigefinger.

Was auch immer da war, es war warm und feucht. Und es tropfte oder rann weiter.

Nachdenklich zerrieb ich die Flüssigkeit zwischen Zeigefinger und Daumen. Das war kein Wasser, es war dickflüssiger, wobei dickflüssig nicht wirklich der passende Ausdruck war.

Wiederum blinzelte ich und sah auf meine erhobene Hand.

Rot. Blutrot.

Ich riss die Augen auf.

Mit der sicheren Erkenntnis, dass ich blutete, katapultierte mich mein Bewusstsein aus den Schleiern des Schlafes: Mit einem Mal spürte ich einen brennenden, anhaltenden Schmerz in meiner Nase.

Ein Ächzen befreite mich kurzzeitig von diesem Schmerz, doch er kehrte schnell wieder zurück.

Während meine Hand nun meine Nase abtastete und das Blut wegwischte, kehrte meine Sensibilität für die Gegenwart vollständig zurück - der Schmerz rüttelte mich endgültig wach und klärte meinen Blick.

Zum zweiten Mal stutzte ich.

Neben mir kniete ein sich den Kopf haltender und offenbar noch nicht ganz anwesender Raziel.

An diesem Punkt beschloss ich, dass ich gar nicht darüber nachdenken wollte, weshalb meine Nase blutete.

Es war mir bekannt, dass eine große Zahl von Engeln über Fähigkeiten wie Telepathie verfügte, und somit war es ein Leichtes für mich, die Möglichkeit eines Zusammenstoßes zwischen meiner Nase und Raziel zu akzeptieren.

Offensichtlich hatte Raziel in meinem Kopf herumgestöbert.

Im Gegensatz zu hochqualifizierten Gottesgeschöpfen wie Luzifer, dem es generell ermöglicht war, in jeden beliebigen Geist im Universum einzudringen, wenn er nur genug Energie aufwandte, schien Raziel dazu eine bestimmte Nähe zu brauchen. Wahrscheinlich hatte er sich innerhalb meines Aurakreises befunden und nicht damit gerechnet, dass ich so plötzlich erwachen – und noch dazu hochschrecken - würde.

Erneut wischte ich mir das Blut von Nase und Lippen. Ich für meinen Teil besaß keine telepathieähnlichen Fähigkeiten, sondern verfügte über die Möglichkeit, mich anderen gegenüber mental zu verschließen.

Zumindest verfügte ich für gewöhnlich über diese Fähigkeit.

Die Tatsache, dass Raziel nun trotzdem in meinen Träumen gewesen war, betrachtete ich mit Argwohn. Eigentlich war ich eher sauer auf mich selbst, weil ich ihn unterschätzt hatte; aber wenn man in Rage ist, schaut man nicht so tief - vor allem nicht in die eigene Seele.

Ich bin eine sehr ausgeglichene Person. Ich bin nicht aggressiv. Ich reagiere nicht in Kurzschlusshandlungen.

Aber in diesem Moment war ich wie von Sinnen. Ich kann es nun mal nicht leiden, wenn man sich ungebeten in meinen Gedanken aufhält.

Ich tat also, was ich - meiner damaligen Ansicht nach - tun musste.

Ich brauchte einen Handgriff, einen einzigen, um eines von Raziels Handgelenken zu schnappen und ihn zur Seite zu reißen. Dabei äußerte sich die angestaute Aggression in mir in Form eines kräftigen Schwunges, der den immer noch völlig perplexen Raziel nicht nur vom Bett, sondern bis an die gegenüberliegende Wand segeln ließ.

Als er wieder Herr seiner Kräfte war und sich alarmiert aufrappelte, stand ich bereits vor ihm, setzte einen Fuß auf seine Schulter und drückte ihn erbarmungslos auf den Boden. Pädagogisch gesehen tat ich das völlig Falsche. Gut, ich holte zu einer Bestrafung aus, die ihn dazu veranlassen würde, sich meinem Geist nie mehr so zu nähern. Aber der Preis dafür war, dass ich all seine Vorurteile bezüglich meines Wesens bestätigte - ich war aggressiv, dämonisch aggressiv.

Ich war böse. Und das mit scheußlicher Absicht.

Das Erste, was ich daraufhin bemerkte, war der Ausdruck von Panik in den Augen des Erzengels.

Es ist möglich, dass ich zu mitleidig für Meinesgleichen bin.

Aber ich glaube, dass er es meiner wiedererwachenden Lethargie verdankte, dass ich an diesem Punkt nicht weitermachte.

Ich hatte mein Ziel ja erreicht, wieso hätte ich ihn weiterquälen sollen?

Natürlich, der Gedanke daran war reizvoll, aber hier kam wieder jener Funke Mitleid zum Zuge.

Anstatt mein Gewicht also weiter auf meinen Fuß zu legen, nahm ich ihn wieder ganz von ihm und hielt ihm kurze Zeit später sogar meine Hand hin.

Zwei große, blassviolette Augen sahen mich fassungslos an. Aber ansonsten rührte er sich nicht.

Ich ließ ein paar Minuten verstreichen, ehe ich meine Hand wieder zurückzog, mich umdrehte und zurück zum Bett ging.

In aller Ruhe setzte ich mich und fuhr mir durchs Haar - das vollkommen zerzaust war, wie ich nun feststellte.

Mein Traum war beinahe völlig in den Hintergrund gerückt. Wie schnell so etwas doch geht...

Kurz darauf setzte sich Raziel auf und sortierte ausgiebig an seiner Kleidung herum. Er hielt seinen Blick zu Boden, schien sich wieder zu sammeln. Er wirkte nun gänzlich anders auf mich als ich ihn in Erinnerung hatte. Nun gut, die war etwas vage. Aber da war kein himmlischer Stolz mehr, nichts arrogantes und er wirkte nicht mehr so unnahbar und fremd.

Es ist erstaunlich, wie schnell man sein Verhalten bereuen kann.

Nicht, dass mir der arrogante Engel Raziel lieber gewesen wäre... Es ging hier auch gar nicht darum, welche Seite ich bevorzugte. Ich verachtete mein Verhalten einzig und allein deshalb, weil ich in jenem Moment nicht Herr meines Handelns gewesen war.

Ich hasse es, wenn mir die Kontrolle über etwas entrinnt. "Raziel, steh auf", sagte ich schließlich und bemühte mich um einen versöhnlichen Ton.

Zunächst reagierte er nicht, dann aber erhob er sich richtete sich kerzengerade auf, nur sein Blick blieb am Boden.

Ich seufzte tief. Das war nicht das, was ich gewollt hatte. Aber es war ein Anfang.

"Komm her", fuhr ich fort und winkte ihn heran.

Wieder dauerte es etwas, bevor er in überkorrekten Engelsschritten auf das Lager zuging und etwas seitlich von mir zum Stehen kam - seinen Blick jetzt starr auf die Wand gerichtet.

Fast ein wenig verlegen fuhr ich mir durchs Haar und kam mir vor, wie in einem schlechten Roman.

"Raziel." Keine Reaktion. Ich hob die Augenbrauen. "Habe ich dir die Zunge abgebissen?"

Raziel blinzelte und sah demonstrativ aus den Augenwinkeln zur Seite - von mir weg.

"Raziel", sprach ich ihn nochmals an.

Langsam, sehr langsam, bewegten sich die Augen des Erzengels und waren schließlich beinahe auf mich gerichtet

- beinahe, sage ich, weil er mich immer noch nicht ansah, sondern mehr über mich hinweg.

"Ich habe dich etwas gefragt."

"Nein", gelangte ein gepresster Ton über die fast geschlossenen Lippen des Engels.

Ich legte fragend den Kopf schief und begann, ihn wie des Öfteren ausgiebig zu mustern - nur, um ihn zu ärgern und mir seine Aufmerksamkeit zu sichern.

Raziel verdrehte die Augen und sah wieder weg.

Eine Trotzreaktion ist auch eine Reaktion.

Ich schenkte ihm ein leicht spöttisches Lächeln zur Bekundung meiner Sympathie. "Möchtest du mir nicht verraten, was du vorhin bezwecktest?"

Aufschlussreiche Stille.

"Ich würde es wirklich gerne wissen, weißt du?"

Der Engel biss die Zähne zusammen.

"Setz dich", befahl ich ruhig.

Raziel setzte sich. Er setzte sich an die gegenüberliegende Kante - wahrscheinlich, um mir die Distanz, die zwischen uns lag, zu verdeutlichen und mir gleichzeitig seine Abneigung zu demonstrieren.

Vielleicht hatte er aber auch einfach nur Angst vor mir. Verständlich. Trotzdem musste ich noch mehr lächeln. Es war für mich interessant und faszinierend, Raziels Kampf gegen seine eigenen Gefühle zu verfolgen. Ich war mir sicher, dass so intensive Empfindungen für ihn neu waren. Und ich beschloss, seine Verwirrung auszunutzen.

"Und jetzt hätte ich gerne meine Frage beantwortet", nahm ich das Gespräch wieder auf.

Zu meinem großen Erstaunen setzte sich Raziel nun um - er drehte sich zu mir und sah mich sogar an. "Im Gegensatz zu anderen Engeln, habe ich noch das Bedürfnis, meine Pflichten mit Freude auszuführen", sagte er und plötzlich flackerte Stolz in seinen Augen.

Ich hatte mit so einem Schlag gerechnet und konnte seine Worte daher gefasst belächeln. "Ich verstehe."

Sichtlich im ersten Moment irritiert darüber, dass ich mich nicht beeindrucken ließ, dann aber mit neuer Zuversicht, wandte Raziel sich wieder ab. "Metatron wird bald kommen."

"Sicher", meinte ich desinteressiert und band mein Haar zurück. In der Tat interessierte mich der Himmel im Moment herzlich wenig.

Manchmal tut es gut, nicht in zu großem Rahmen zu denken, sondern engstirnig nur so weit zu sehen, wie man eben gerade mit den Augen sehen kann.

Und ich sah gerade Raziel. Allein.

Und diese Aufmerksamkeit missfiel Raziel immer mehr. "Sie werden Michael retten und der Verräter wird abgeurteilt werden", fuhr er fort. Er klang ernst, aber es klang mehr so, als würde er zu sich selbst sprechen.

"Michael retten?" Ich lehnte mich zurück. "Was ist mit dir?" Mit einem Gähnen schloss ich die Augen.

Raziel schwieg.

Nach einer Weile blinzelte ich wieder und sah zu ihm. Da ich mich zurückgelehnt hatte, sah ich nur seinen Rücken, aber die Art, wie er da saß, kerzengerade, die Hände wohl in seinem Schoß, völlig verkrampft, sprach bereits Bände.

"Nun?", hakte ich - wider aller Rücksicht auf etwaige Gefühle - nach.

Raziel atmete tief durch. "Das spielt keine Rolle. Es geht hier nicht um mich."

Ich setzte mich wieder auf. "Hm, nehmen wir - rein hypothetisch - an, es ginge um dich."

"Das spielt keine Rolle." Er wollte sich anscheinend nicht mit mir unterhalten. Schade.

Aber ich ließ ihm gar keine andere Wahl. Ob er mit mir reden wollte oder nicht, das spielte keine Rolle.

"Es interessiert mich", fuhr ich fort.

"Das spie-..."

"... spielt keine Rolle, ich weiß", unterbrach ich ihn und nickte. "Ich will es aber trotzdem wissen."

Raziel schnaubte. "Ich bleibe hier."

Das fand ich interessant. Schätzte er meine Gegenwart etwa? "Ich gehe ins Exil."

Ich legte die Stirn in Falten. "Bitte?"

"Ins Exil", wiederholte er langsam und überdeutlich.

Ich winkte ab, um ihm zu bedeuten, dass ich seine Worte wohl gehört hatte. "Warum?"

Es war wohl die falsche Frage gewesen, denn Raziel, der sich gerade dazu aufgerafft hatte, wieder zu mir zu sehen, drehte sich nun wieder völlig weg.

Nach einer Weile rutschte ich an die Kante des Lagers und beugte mich leicht vor, um ihn ansehen zu können. Seine Gesichtszüge waren wie versteinert und sein Blick wirkte leer.

"Raziel..."

"Sei still", zischte der Engel. "Sei endlich still. Lass mich in Ruhe." Er sprang auf die Füße. Sein Gesicht hatte einen leicht roten Farbton angenommen. "Raziel, Raziel, Raziel, ich kann es nicht mehr hören!" Seine Stimme lebte auf.

Neugierig auf das, was nun kommen würde, lehnte ich mich wieder zurück und machte es mir bequem – ohne ihn auch nur eine Sekunde aus den Augen zu lassen.

Raziel starrte mich plötzlich direkt an. "Hör damit auf!" Unruhig lief er im Raum auf und ab, hielt sich den Kopf. "Hast du nichts Besseres zu tun?!"

Ich zuckte mit den Schultern.

"Spar dir das! Du hast doch keine Ahnung!" Allmählich steigerte sich der Erzengel in Rage. Eine interessante Entwicklung.

"Erklär es mir", entgegnete ich kühl.

"Was gibt es da noch zu erklären?!" Er schnaubte.

"Wieso willst du denn ins Exil gehen? Wieso nicht in den Himmel?", fragte ich trocken.

Es war ein neuer Treffer ins emotionale Schwarze - Zerstörung garantiert.

Raziel jedenfalls schien beinahe unter diesen Worten zusammenzusacken. Seine Augen funkelten. "Wieso? Wieso??!" Seine Hände waren zu Fäusten geballt, die unter einem enormen Druck zitterten. Sein Blick durchbohrte mich für einen Augenblick, dann sah er demonstrativ an sich herab. "Komm mir nicht mit wieso!"

Ich setzte mich wieder auf. Natürlich verstand ich seinen Wink. Trotzdem reagierte ich nicht darauf. Er sollte es aussprechen.

Ja, es war ein gemeines Spiel, durch das ich ihn trieb. Aber er hatte es nicht anders verdient.

"Nenn mich begriffsstutzig."

"Verflucht seiest du, Teufel!", fuhr er mich an.

Ich blinzelte etwas irritiert und hob die Augenbrauen. "Du überschätzt mich."

"Ich verdiene es nicht, in den Himmel zurückzukehren, und das weißt du genau! Und du weißt auch, warum!" Er drehte sich weg.

Ich verschränkte die Arme vor der Brust und schwieg.

Raziel schnaubte. "Schau mich doch an!" Seine Stimme zitterte.

Ich verkniff mir einen Kommentar darüber, dass er es war, der wegsah.

"Wenn ich ins Exil gehe, behalte ich wenigstens meine Ehre!"

Ich hüstelte. Überdeutlich. Natürlich war das auch kein pädagogisch wertvolles Verhalten. Aber seine Gedanken steigerten sich mehr und mehr in puren Schwachsinn, sodass ich es einfach nicht mehr hören konnte. Es war nur noch lächerlich.

Raziel war indes herumgefahren und starrte mich wieder mit wohl beabsichtigt tötendem Blick an - den ich jedoch mit Leichtigkeit überlebte.

"Ehre...", wiederholte ich nach einer Weile monoton. Ich erhob mich, ging auf ihn zu. "Ist sie denn wirklich so gefährdet, deine Ehre?"

Der Erzengel wich mit dem Kopf zurück. "Lass mich in Ruhe."

"Deine Ehre bedeutet dir so viel?" So angestrengt ich auch nachdachte, ich fand keinen Grund, weshalb ich ihn in Ruhe lassen sollte.

Raziels rechte Hand zuckte drohend.

Als sie letztendlich vorschießen wollte, fing ich sie unverzüglich ab und zog ihn noch näher zu mir. „Wie wäre es mit meinem Kopf?"

XXX

sermocinatio diabolorum

Das Zwiegespräch der Teufel

Eine Weile war es wieder still.

Das einzige, was sich regte, waren Raziels Augen, die zwischen Irritation, Wut und Fassungslosigkeit immer wieder hin und her zuckten.

Schließlich riss er sich los und trat einige Schritte zurück. "Soll das ein schlechter Scherz sein?"

Ich hob beschwichtigend die Hände. "Schon gut, ich wollte einen derartigen Dialog eigentlich auch vermeiden." Langsam ging ich wieder auf das Lager zu und setzte mich. Raziel blieb wie angewurzelt stehen.

Mit penibeler Sorgfalt prüfte ich meinen Zopf und schlug das eine Bein über das andere - aus einem psychoanalytischen Blickwinkel betrachtet, verwendete ich eine so genannte Übersprungshandlung. De facto.

"Warum?", fragte Raziel schließlich und trat zögernd auf mich zu.

Ich lächelte leicht. "Das bleibt mein Geheimnis." Ich verspürte keinen Drang, ihm irgendetwas über meine derzeitige Situation zu verraten.

Raziel nickte und setzte sich in gebührender Entfernung zu mir ebenfalls auf das Lager.

Wiederum verstrich etwas Zeit, dann beugte er sich zu mir und streckte die Hand in meine Richtung. Etwas überrascht wich ich der näher kommenden Hand aus.

Raziels Hand stoppte und blieb in der Luft. "Du... du hast da noch Blut", erklärte er leise und seine Fingerspitzen berührten meine Oberlippe.

Ich hob etwas fragend - zumindest hoffte ich, meinen Augen einen ähnlichen Ausdruck zu verleihen - die Augenbrauen. Kommentarlos tolerierte ich den Anflug von Freundlichkeit, aber nicht ohne mich zu fragen, was er damit wohl bezweckte.

Schweigend zog Raziel letztendlich seine Finger zurück und vermied den Augenkontakt, indem er seine Finger betrachtete, die durch Verreiben mein Blut auf der Haut seiner Fingerkuppen verteilten und trocken werden ließen.

Ich seufzte und erhob mich. Mein Vorhaben war klar: Ich wollte dem Protagonisten und dem Antagonisten meines Traumes gegenübertreten. Einfach nur, um sie einmal unter dem Aspekt zu betrachten, den der Traum mir vermittelt hatte.

Raziels fragender Blick ließ mich jedoch nicht bis zur Tür kommen.

"Was willst du, Raziel?", verlangte ich und ließ ihn hören, dass ich in gewisser Eile war.

Der Engel sah zunächst wieder weg und rümpfte die Nase, dann aber sah er doch zu mir. "Was hat das zu bedeuten?"

Es war nicht schwer, nachzuvollziehen, was er meinte. Trotzdem fragte ich nach. "Was meinst du?"

Es ist erstaunlich, mit wie viel Desinteresse man seine Stimme füllen kann.

"Satanel und Michael...", knirschte er halblaut.

Ich lächelte. Oh, und wie ich lächelte! "Was ist mit ihnen?"

"Wieso..." Raziel stand auf.

"Wieso was?" Ich hob die Augenbrauen.

"Wieso hat Michael das mitgemacht?", verlangte er zu wissen.

Gute Frage. Das war eine wirklich berechtigte Frage - deren Antwort ich nicht wusste, ich konnte sie lediglich erahnen, doch an dieser Stelle wagte ich noch nicht, Raziel von dieser Ahnung in Kenntnis zu setzen.

"Gut, er ist kein androgyner Engel, a-..."

"Tace!", fuhr ich ihn ohne zu zögern an und sah ihn finster an. Die herablassende Art und den arroganten Ton, die er an den Tag legte, wollte ich mir nicht bieten lassen.

Raziel wich augenblicklich zurück.

Meine Augen funkelten - sie mussten einfach funkeln, denn es wäre ein Wunder gewesen, wenn all die Wut, die in jenem Moment in mir hoch brodelte, in meinem Körper verborgen geblieben wäre. "Wenn ich dieses Wort noch einmal von dir höre, dann reiß ich dir deine Zunge eigenhändig heraus..."

Es ist erstaunlich, wie aggressiv ich mitunter reagieren kann. Wohlgemerkt warf ich ihm diesen Satz nicht etwa laut und in Rage an den Kopf, nein, ich blieb völlig ruhig und trocken. Und das erzielte die Wirkung, die ich anstrebte: Raziels Augen waren für einen Moment wieder groß und der Engel war sichtlich geschockt - er traute mir immerhin zu, dass ich meine Drohung wahr machen könnte.

Raziel drehte sich weg. Aber nicht, ohne mir mit einem letzten schiefen Blick all seine Missachtung und seinen Hass entgegenzuschleudern.

Ich tat das, was man in so einer Situation am besten tut: Ich ignorierte ihn und verließ den Raum.

Kaum hatte ich einen Fuß über die Türschwelle gesetzt, erschien - wie herbeigerufen - Gabriel auf dem Flur.

"Sariel!", rief sie und blieb ruckartig stehen. Sie war außer Atem, ihre Augen waren groß, ihr Gesicht blass.

Ich hatte jedoch keine Zeit, darauf zu reagieren, denn schon im nächsten Augenblick schoss ein "Schnell" in meine Richtung und Gabriel machte kehrt.

Als ich nach einigen Sekunden - etwas verwirrt - immer noch nicht reagiert hatte, drehte sie sich jedoch wieder um, packte mich am Handgelenk und zog mich mit sich. "Ein Dämon!", hörte ich ihre aufgewühlte, jetzt beinahe schrille Stimme.

Aus den Augenwinkeln erhaschte ich noch einen knappen Blick auf Raziel, der mittlerweile in der Tür stand und offenbar alles mitbekommen hatte.

Wahrscheinlich folgte er uns, vielleicht kam er aber auch erst später nach, das kann ich nicht beurteilen, denn in den folgenden Sekunden nahm ich kaum etwas um mich herum wahr. Meine Konzentration, alsbald benebelt von dem

Schock, der in meine Glieder fuhr, richtete sich unverzüglich auf die Gestalt des Dämons. Und der Schock kam mit der Erkenntnis.

Oh, wir sehr wünschte ich mir in jenem Augenblick, es wäre tatsächlich ein Dämon gewesen, der Gabriel aufgeschreckt hatte.

Doch das Erste was ich sah, als ich den Hof betrat, die Visage, deren Anblick mich unverzüglich paralysierte, war das wissende, hämische Lächeln Beelzebubs.

Natürlich nahm der Satan sofort von mir Notiz und sein Lächeln wuchs, als er sein Haupt leicht neigte.

"Salve, Sariel", säuselte er höflich, woraufhin Gabriel zwei Schritte zurückwich und hinter Raziel verschwand.

"Salve", gab ich trocken zurück.

Es war ein Moment, indem ich mich sehr leichtsinnig verhielt. Aber ich sah es nicht ein, Beelzebub vorzustellen. Zum einen aus Trotz. Zum anderen aber, weil ich keinen Grund sah, Raziel oder Gabriel den Namen des Dämons preiszugeben.

Warum hätte ich das auch tun sollen?

Jetzt traten auch Raphael und Luzifer ins Freie. Die beiden Satane nahmen sich sofort gegenseitig ins Visier.

"Quid volis?", fragte Luzifer mit durchdringender Stimme, aber eiskaltem Ton, nach Beelzebubs Belangen.

Mir wurde bei dem Anblick des Höllenherrschers plötzlich unwohl. Zu präsent war noch mein Traum. Ich fröstelte.

Beelzebub aber verneigte sich und trat demonstrativ einen Schritt zurück - zwischen sich und Luzifer, der in gewisser Entfernung seitlich von mir stand.

"Verzeih, Luzifer, doch ich habe höllische Kunde zu überbringen u-..."

"Tace!" Luzifer hob in einer energischen Bewegung die Hand. "Veni mecum, Sariel!", wies er mich an, *mit ihm zu kommen* - wohl weg von den neugierigen Engelsohren...

Während Beelzebub sich sofort an Luzifers Seite begab und mit ihm losschritt, dauerte es zugegebener Weise etwas, bis ich mich von der direkten Anrede meines Fürsten erholte und den beiden folgte.

Zu gerne hätte ich Raziels Blick gesehen.

Keiner der Engel wagte es, uns zu folgen.

"Nunc dic!", gewährte - nein - forderte Luzifer Beelzebub schließlich auf, *nun zu sprechen.*

Beelzebub nickte höflich und stellte sich vor den Regenten. "Ich warnte dich, Luzifer. Wir alle warnten dich", begann er langsam und monoton, dass es fast schon leiernd klang. "Die Hölle tobt. Dein Volk versteht dich nicht mehr. Man will nun einen neuen Satan."

Ich duckte leicht den Kopf. Ich war tot. Beliel würde mich umbringen. Gut, ich war mir dessen schon vorher bewusst gewesen, aber die Worte waren trotzdem unglaublich niederschmetternd für mich.

Luzifer zeigte sich indes wenig beeindruckt. Er hob lediglich die Augenbrauen. "So?"

Er lächelte. "Wie man meint."

Dann trat er einen Schritt zur Seite und ging weiter.

Beelzebub sah mich fragend an.

Ich gab mir Mühe, ebenfalls so gelassen wie Luzifer zu wirken.

Aber Beelzebub war nicht dumm - er war ein Satan. Ich hatte keine Chance, meine Nervosität zu verbergen.

Gerne hätte ich gewusst, ob Beelzebub auch Luzifer durchschaute und, wenn er es denn konnte, zu was für einer Erkenntnis es ihm verhalf.

Luzifer konnte seine Entmachtung doch nicht so einfach hinnehmen. So souverän konnte er doch nicht sein - niemand war das. Oder?

"Es scheint dir egal zu sein...", kommentierte Beelzebub, der wieder zu Luzifer aufschloss.

Mit gespitzten Ohren folgte ich ebenfalls.

Luzifer blieb stehen.

"Beelzebub... ich bin der Teufel - egal, wen ihr wählt."

Das war eindeutig.

"Auf Erden gewiss..."

Gutes Kontra. Ich fühlte mich zwischen den beiden Satanen offen gestanden etwas verloren. Natürlich protzten die beiden lediglich, steckten ihre Gebiete ab, stellten Positionen klar. Doch Satane sind generell nicht durchschaubar. Man kann sie nicht einschätzen.

Der Gedanke daran, dass im nächsten Augenblick wortwörtlich die Fetzen - meine Fetzen, wenn auch nicht beabsichtigt - fliegen könnten, beunruhigte mich. Nein, beunruhigen ist kein Ausdruck - es versetzte mich in einen Zustand akuter Panik.

Doch bis zu diesem Zeitpunkt blieb - oder besser - gab sich Luzifer weiterhin gelassen. "Die Hölle wird also wählen?"

Beelzebub nickte gewichtig. "Noch heute Nacht, Luzifer. Wenn du dich retten willst, so kehre stante pede zurück..."

Es ist erstaunlich, wie ehrlich die Falschheit von Satanen klingen kann. In diesem Fall muss ich jedoch zugeben, dass ich von Beelzebubs Vorschlag sehr angetan war. Aus rein egoistischen Gründen.

Doch selbstverständlich winkte Luzifer ab.

Was heißt selbstverständlich? - Ich verstand es nicht. Noch nicht.

Beelzebub hob die Augenbrauen. "So willst du dein Imperium einfach fallen lassen? Wegen einem Menschen?"

"Erzengel!", betonte Luzifer ruhig und nickte.

Es war unfassbar. Ich konnte es nicht fassen, dass Luzifer das wirklich aussprach.

Beelzebub wirkte sichtlich erschüttert über diese Offenbarung.

"Das ist do-...", setzte er an, aber Luzifer unterbrach ihn. Er unterbrach ihn wortlos. Er lächelte - in höchstem Maße amüsiert.

Es gab mir eine gewisse Sicherheit, dass Beelzebub nun ebenso aus der Bahn geworfen war wie ich, wobei seine Fassungslosigkeit sicherlich größer war als meine, denn er war ja auch der höhere Satan von uns beiden.

"Beelzebub, bitte..." Luzifers triumphierend lächelnden Lippen entwich ein kaltes, aber höflich verhaltenes Lachen. Der Teufel war offenbar gut gelaunt. "Bevor ich antworte..." Seine Miene wurde wieder steinern. "Möchte ich dich fragen, ob nur ein Mensch es denn wert ist, ein ganzes Imperium - noch dazu das der Hölle - zu erobern?" Er hob die Augenbrauen.

Das saß. Ich verstand nicht sofort, was er meinte, doch mit Beelzebubs finsterem Blick kam die Erkenntnis.

Es mochte absurd erscheinen, doch in der Tat war es taktisch klüger für Luzifer, auf Erden zu bleiben. Beelzebub wollte Luzifer wieder in die Hölle locken. Mit einem einzigen Ziel: Sobald Luzifer in der Hölle wäre, würde Michael allein unter dem Schutz von drei Erzengeln stehen, die für die zügellosen Höllenbewohner ein gefundenes Fressen wären. Gegenwärtig herrschte in der Hölle Anarchie - ausgerufen von Mastema und Beelzebub. Mastema beanspruchte, nach Beliels Aussage, Luzifers Position. Luzifer ließ sich seine Macht nicht so einfach nehmen, aber Mastema hatte die Hölle offenbar vom sinkendem Stern des Höllenkönigs überzeugt. Die Hölle hatte keinen Führer.

Aber Michael, der Luzifer im Kampf einst geschlagen hatte, war ein einfacher Mensch, leichte Beute für jeden Dämon.

Man hatte es also auf Michael abgesehen. Der, der ihn tötete, wäre der Herrscher der Hölle - bis ein stärkerer diesen wiederum getötet haben würde.

Auf diesem Wege würde Mastema letztendlich ganz legitim nach den Regeln der Rangkämpfe an die Macht kommen - mit Beelzebubs Unterstützung und, was das essentielle war, mit Michaels Kraft.

Oh, ich habe eine neue Schublade geöffnet. Ein infernalischer Mythos um Michael - die Legende, dass Michael bei dem Sieg über Luzifer einen Teil von dessen Kraft absorbiert hätte - ganz klar ein Irrglauben. Aber die meisten glaubten daran. Michael war so etwas wie das Excalibur der Hölle, um mich auf irdische Vergleiche zu berufen.

Dieser Irrglaube würde sich wohl spätestens dann aufklären, wenn Luzifer Mastema nach dessen Thronbesteigung tödlich zurechtweisen würde.

Aber die Sache hatte einen Haken, den Luzifer glücklicherweise von vorne herein klar gesehen hatte: Bis die Höllenbewohner ihre Rangordnung geklärt hätten, würde sich ihre Anzahl um einiges vermindert haben. Und das würde dem Himmel nur allzu Recht sein.

Beelzebub aber sah dies alles nicht. Er war angesichts der neuen Konfrontation nur unheimlich erbost.

"Wie du willst, Luzifer. So sieh zu, wie deine Ära untergeht."

Noch im gleichen Augenblick fuhr er herum und verschwand in Windeseile.

Stille legte sich über die Wiese.

Ich war in Gedanken.

Michaels symbolische Bedeutung für Luzifer war mir von Beliel ja nahe gelegt worden, aber ich war - wider aller Erkenntnis - immer noch nicht sicher.

"Gibt es denn keine andere Möglichkeit?", fragte ich nach einer Weile.

Luzifer sah auf und in meine Richtung. "Eine andere Möglichkeit?", echote er und hob die Augenbrauen.

Ich suchte nach Worten. Es geschieht mir selten, aber in diesem Moment wusste ich nicht, wie ich mich ausdrücken sollte, zumal mir - typisch für diese Situation - auch mein Traum wieder präsent wurde.

"Ist es klug, Euer Reich für Michael fallen zu lassen?" Ich legte den Kopf schief. "Ich meine, kein Zweifel, dass Ihr Euch wieder behaupten werdet, aber es ist doch ein... Bruch u-..."

"Mein Reich?" Luzifer lächelte. "Sariel... ich werde Himmel, Erde und Hölle zu einem - meinem - Reich vereinen." Seine Augen funkelten und wirkten dennoch wie kaltes Glas - als hätte man ein loderndes Feuer in einen Käfig aus Eis gebannt. "Aber nicht so, Sariel." Er schüttelte den Kopf. "Was bringt es mir? Was für ein Sieg wäre das?", seine Stimme reduzierte sich auf ein energisches Zischen. "Ich werde mein Reich errichten, werde wieder als mächtigster Stern am Firmament strahlen... aber ich will einen Kampf, einen Kampf wie jenen. Es wäre banal, mein Reich aus den Händen eines mickrigen Menschen entgegenzunehmen."

Ich hatte das Gefühl, dass wir etwas vom Thema abgekommen waren - Luzifer beantwortete mir nicht die Frage, die ich gerade gestellt hatte.

Aber er erläuterte mir ein Motiv, das mich umso mehr interessierte und unverzüglich mit Überzeugung fesselte.

"Ich will meinen Triumph auf den ausgerissenen Flügeln eines vor mir auf dem Boden knienden Erzengels feiern. Des Erzengels, der mir damals zu trotzen wagte und mich verraten hat!" Die Gesichtszüge des Teufels waren grimmig, verbissen und von kaltblütiger Entschlossenheit; seine Augen flackerten groß und drohend; sein ganzer Körper war bis ins Äußerste angespannt. Er kostete in diesem Moment wohl das gerade beschriebene Bild in vollen Zügen aus.

"Man verrät Luzifer nicht einfach, Sariel." Punkt.

Von einer Sekunde auf die nächste entspannte sich der Teufel sichtlich. "Und dennoch sinne ich nicht nach vernichtender Rache...", erklang es mit einer unvergleichlichen Souveränität.

Das überraschte mich nun doch. Mein Blick wurde fragend und zweifelnd.

Luzifer lächelte maliziös. "Im Grunde, Sariel, habe ich diesen armen Toren, diesen leichtsinnigen Narren doch schon längst vergeben..." Es schien, als würde er in den Sekunden, da er diese Worte sprach, noch ein Stück wachsen. "Ich bin so frei. Was würde es mir bringen, die braven Engel Gottes zu töten? Es reicht doch vollkommen, an Michael ein Exempel zu statuieren... und auch ihn brauche ich nicht zu töten... denn er wird bald erkennen, dass Wunder sich nicht wiederholen. Und Gott..." Das Lächeln wuchs zu einem Grinsen. "Gott wird sich dieses Mal auch nicht mehr helfen können..."

Er drehte sich um und ordnete somit den Rückweg an. Ich hatte meine eigentliche Frage immer noch nicht beantwortet bekommen. Aber ich konnte mir das Nein ohne weiteres denken.

Und bald konnte ich mir noch mehr denken.

Je näher ich wieder den alten Mauern kam, desto mehr verstand ich.

Es stand gar nicht zur Debatte, ob es einen anderen Weg gab. Es hatte nie zur Debatte gestanden. Nicht eine Sekunde lang.

Luzifer hatte einen Plan. Und den verfolgte er. Den führte er durch - ohne Rücksicht auf Verluste.

Alles war geplant, Umwege wurden rigoros ausgeschlossen.

Der Teufel war souveräner als der Tod.

Es war Luzifer egal, was mit uns allen passieren würde - für ihn zählte nur sein ganz persönlicher Feldzug gegen Gott.

Alles andere spielte keine Rolle.

Plötzlich blieb Luzifer stehen.

Ich sah ihn fragend an.

"Morgen brechen wir auf."

Meine Augen wurden groß. "Wohin?"

"Ad Astra", erklang es bedeutungsvoll. Dann ging Luzifer weiter.

Er ließ mich stehen.

Luzifer wollte *zu den Sternen* - ergo, es ging gen Himmel. Morgen.

Während ich sah, wie Michael uns - oder viel mehr Luzifer - entgegenkam, wurde mir zunehmend unwohl.

Es war die eine Sache, einen Engel wiedererwecken zu wollen. Aber als Teufel den Himmel zu betreten... wie sollte das gut gehen?

Während ich weiter ging, nahm ich mein Umfeld nur vermindert wahr.

Im Grunde - das erkannte ich bald - war ich nicht in Sorge um Luzifer. Ich fürchtete mich auch nicht vor dem Tumult.

Ich bin ein Gefallener. Ein Erzinfernalischer.

In Wahrheit sorgte ich mich einzig und allein um mich. Ich wusste nicht, was mich erwarten würde und ob ich fähig war, mich dieser Herausforderung zu stellen.

Würde ich an Luzifers Seite auftauchen, wäre ich wohl endgültig ein Feind. Und, sobald wir Himmelsboden unter unseren Füßen haben würden, würden auch Raphael, Gabriel und Raziel wieder ganz ihren himmlischen Pflichten nachkommen.

Ich hatte keine guten Aussichten.

Es würde, so dachte ich, meine letzte ruhige Nacht auf Erden werden.

Als ich die Mauern passierte, hatte mich die Gewalt dieser Hiobsbotschaft so sehr aufgezehrt, dass es wieder erträglich für mich wurde.

Ich dachte weiter.

Raziel würde allen Grund haben, sich an uns rächen zu wollen. Demnach würde es auch keinen Unterschied machen, ob ich von dem mir von Luzifer verliehenen Recht noch Gebrauch machen würde oder nicht.

Morgen würde er ein Feind sein. Heute besaß ich ihn. Was also hielt mich davon ab, ihm meine Macht zu demonstrieren?

Gut, es war in keiner Weise moralisch vertretbar.

Aber habe ich je behauptet, ein Moralist zu sein?

XXXI

locus ecclesia nominatus

Ein Ort genannt „Kirche“

Wenn man einen dringenden Termin hat, so kann man sicher sein, dass irgendetwas zwangsläufig dazwischen kommt.

In diesem Fall lief unerwarteter Weise Michael plötzlich auf mich zu, bevor ich Raziel ausfindig machen konnte.

"Sariel...?" Unsicherheit sprach aus der Stimme des Menschen.

Eigentlich hatte ich Wichtigeres zu tun als mich mit ihm zu befassen. Aber dann fiel mir ein, dass der Mensch Michael mich nach Uriel am längsten kannte und mir deshalb wahrscheinlich noch eher vertraute als Gabriel und Raphael. Also überwandt ich meine Vorurteile, bemühte mich um eine offene, aufgeschlossene Körperhaltung und hob fragend die Augenbrauen.

"Kann ich... könnten wir...", brachte er mühevoll hervor und versuchte, unterstützend zu gestikulieren.

Ich hätte ihn jetzt zappeln lassen können, bis er seinen Satz letztendlich ausgesprochen hätte. Doch hatte ich noch etwas Wichtiges vor, demnach war ich nett und befreite ihn aus seinem rhetorischen Kampf der Wörterfindung.

"Ite mecum", forderte ich ihn höflich auf, ein Stück *mit mir zu gehen.*

Michael wich irritiert etwas zur Seite. "Was?" Dann verstand er, schüttelte den Kopf und verzog etwas missmutig - beinahe grimmig - das Gesicht. "Lassen wir doch das Latein tot sein!"

Ich hatte mich wohl etwas zu souverän ausgedrückt. Jedenfalls gingen wir los - ich gab die Richtung vor und entschied mich für einen Spaziergang um die mehr oder weniger vorhandenen Klostermauern.

Ich war noch nie in meinem Leben soviel und so lange gelaufen wie an diesem Tag.

Es dauerte einige Minuten, bis Michael sich räusperte. "Sariel? Irgendetwas wird passieren, oder? Ich meine, das hier ist doch nicht alles *just for fun*, oder? Schwerttraining und so..."

Mein Blick hing am Horizont. Die Sonne war im Begriff, den Horizont in nahester Zukunft zu berühren. Alles Land in der Ferne wurde in ein sanftes, aber trügerisches Licht getaucht. Die im Osten liegenden Berggipfel schienen mir wie mit Gold überzogen.

Ich bevorzugte eindeutig, was ich sah, denn was ich hörte, wollte ich nicht hören. Ich hasste diese Art von Unterhaltungen. War ich denn dafür zuständig, ihm zu antworten?

Aber gut, ich hatte eingewilligt, also hatte ich in gewisser Weise die Pflicht, mich an diese Einwilligung zu halten. Dass ich das tatsächlich tat, zeigte nur, dass ich viel zu freundlich für einen Anhänger der infernalischen Horden war...

"Ja. Luzifer will in den Himmel. Morgen." Es war paradox, wie einfach mir diese Worte über die Lippen sprangen und wie eng und schwer es mir doch im selben Augenblick ums Herz war. Auch vermochten es meine Augen nicht, Michael anzusehen. Ich fühlte mich im totalen Zwiespalt.

Ich wusste nicht, warum es mir so erging. Ich weiß es heute noch nicht.

Vielleicht war es Scham. Ich wollte es ihm nicht sagen. Ich wollte mich so weit es ging von ihm entfernen. Ich wollte nichts mit der ganzen Sache zu tun haben. War es denn meine Aufgabe, ihm zu sagen, dass er seine Welt im Morgengrauen verlassen musste? Nein, dafür gab es doch gewiss andere, die, die mich mit ihrer Aufgabe allein gelassen hatten.

Der Mensch aber nickte nur.

Das erstaunte mich.

"Geht das für dich in Ordnung?", hakte ich nach einer Weile nach. Wieder wurde ich mir meiner Träume gewahr. Immer noch war etwas in meinem Inneren unangenehm verspannt, drückte mir auf die Kehle, zwang somit meine Stimme in die Knie, und ließ mich alles auf eine überintensive Art und Weise wahrnehmen.

Michael lächelte. Es erschlug mich, dieses Lächeln erschlug mich. Es war so mir so schrecklich vertraut. Es war so charakteristisch - so charakteristisch oberflächlich, und doch tröstender als eine warme, sanfte Hand. Ein typisch engelhaftes Lächeln. Der Mensch erschien mir beinahe wie ein Prophet.

Was auch immer da vor sich ging, ich mochte es nicht.

"Luzifer... hat es mir noch einmal erklärt..."

Oho. Gut. Keine weiteren Fragen... erklärt also.

"Und du hast keine Angst?" Meine Stimme schwankte und ich merkte, wie ein zynischer Unterton mitschwang.

Wieder konterte der Mensch mit einem milden, aber grausamen Lächeln. "Ist doch natürlich, oder?" Jetzt schwankte die Stimme des Mensches allmählich immer monotoner.

Das sprach Bände.

Ich mag kein Pädagoge sein, doch bin ich durch meine Erfahrung mit Engeln und Dämonen in gewisser Weise gegen ihre psychologischen Spielchen gefeit.

Michael zog sich augenblicklich die Kleider der Gleichgültigkeit an - ahmte wohl Raphael oder Gabriel nach.

Engel sind die schwersten Patienten, denn sie glauben nicht, dass sie krank sind. Mit ihren infernalischen Brüdern und Schwestern ist es übrigens kein bisschen anders. Derjenige, der den ehemaligen Erzengel und Höllenfürsten Sariel in eine Behandlung einweisen will, muss erst noch geboren werden!

Wie auch immer, es lag auf der Hand, dass Michael dabei war, einen völlig falschen, selbstverleumderischen Weg einzuschlagen.

"Natürlich", antwortete ich nüchtern. "Aber wider dieser Angst wirst du mitkommen?"

"Es ist meine Pflicht."

Falsche Antwort.

"Du hast keine Wahl", korrigierte ich ihn barsch, sodass es fast schon wie eine Zurechtweisung klang.

Michaels zu einem Widerspruch ansetzender Mund blieb offen stehen, kein Ton verließ ihn. Dann wandte er sich ab und verließ mit energischen Schritten den Kreis, den wir um die Klostermauern zogen und sprang eine kleine Böschung hinab.

Ich folgte ihm. Natürlich folgte ich ihm. Ich wusste, dass ich mich auf dünnem Eis bewegte. Was ich tat und getan hatte, war äußerst gefährlich, wenn man bedachte, was für Pläne ich - beziehungsweise Luzifer - verfolgte.

Dennoch vermochte mich das in diesen Momenten nicht abzuschrecken.

Halbherzigkeit hatte noch nie zu einem Sieg geführt. Michael sollte mit Überzeugung tun, was von ihm verlangt wurde, nicht, weil er es musste.

Und lieber wollte ich die totale Niederlage und mein Ende sofort, als beinahe zu gewinnen und dann doch zu fallen. Emotionen können ein starker Antrieb sein. In der Tat dauerte es - sogar für mich als überirdisches Wesen - seine Zeit, bis ich Michael zu Fuß wieder einholte.

Grotesker Weise wartete der Mensch dabei auf einem Stein auf mich.

Ich blieb neben ihm stehen - in gebührendem Abstand, versteht sich - und sah zum Horizont.

Die Sonne war auf ihrem Weg nicht stehen geblieben und im Begriff, unterzugehen. Das Licht, das sie zur Erde sandte, verwandelte sich mehr und mehr in ein rotes Glühen. Wie schnell doch die Zeit verging.

"Sag mir, Sariel, wie ist es dort? Ich meine... was ist das für ein Himmel, wenn so viele Engel ihn verlassen haben?"

Ich musste lächeln. "Ich glaube, diese Frage kann ich dir nicht beantworten." Das war die Wahrheit. "Vielleicht solltest du dir dein eigenes Bild machen..." Eigentlich fand ich meine Worte schrecklich pathetisch. Aber ich hielt sie in dieser Situation für angebracht.

Michael sah mich an. Er durchschaute mich. "So?" Er seufzte. "Weißt du, wenn ich ein Messias oder so etwas wäre, dann würde das ja wenigstens noch Sinn machen - aber nein, ich bin nur ein Mensch. Und nicht mal das wirklich. Ich bin die Hülle eines verkappten Bewusstseins eines Erzengels."

Ich hob die Augenbrauen. "Wer sagt, dass du nur eine Hülle bist? Weshalb bist du dir so sicher, dass du kein Bewahrer bist?" Ich mochte das Wort Messias noch nie...

Michael verschränkte die Arme vor der Brust. "Aber sind solche Leute nicht die, die am Ende immer sterben?"

Jetzt musste ich aufpassen, was ich erwiderte. Genau deswegen mochte ich das Wort Messias nicht. Leider sah ich auch keinen Grund, zu lügen.

"Hm, wenn sie ihre Sache mit Herz getragen haben, ja." Ich zuckte mit den Schultern.

"Ist das nicht unfair?"

"Was ist schon fair?", schoss es aus mir heraus. Mein Ego Daemonicus hatte wieder die Oberhand. Und dieses Mal empfand ich es fast als unangebracht.

Michael wich zurück. "Also sterbe ich..."

"Nein."

Zwei große Augen sahen mich überrascht an.

Es war einer der Augenblicke, da ich glaubte, über mich hinauszuwachsen. Ich hatte das unerschütterliche Gefühl, etwas Gutes, Richtiges und gleichzeitig Grausames zu sagen. Etwas, das ich wenig später vielleicht bereuen würde. "Du bist ein Mensch. Du bist kein Messias. Nicht du wirst unser Gleichgewicht bewahren, der Erzengel Michael wird es tun. Du bist Michael. Du wirst nicht sterben - du hast nie wirklich gelebt."

Michael sah mich an. Ich konnte nur raten, ob er geschockt oder nachdenklich war, jedenfalls schienen seine Augen entsetzlich leer zu sein.

Es war Zeit für mich, wieder mehr Engel zu sein. Im Grunde leide ich unter einer gespaltenen Persönlichkeit. Aber auch nicht mehr als jeder andere gefallene Engel auch.

"Verzeih, lass es mich neu ausdrücken..."

Das Menschlein blinzelte irritiert. Ich sage Menschlein, weil er mir in diesen Momenten sehr klein und hilflos vorkam.

"Du wirst nicht mehr leben, aber auch nicht sterben. Du wirst wieder ein Engel sein. Das bedeutet: weder tot, noch lebendig." Ob das jetzt eine sanftere Erklärung war, weiß ich nicht - mir persönlich war dies die grausamere Variante.

Michael nickte. "Verstehe... also wollte Michael leben?"

Eine Frage, dessen Antwort auch ich gerne gekannt hätte.

"Vielleicht. Sag du es mir." Ich seufzte tief und lächelte leicht.

"Aber, warum glaube ich nicht an Gott? Ich meine... gut - ihr habt Flügel und seid irgendwie schon so etwas wie Engel und ich wohl auch... aber..." Michael rang etwas verloren die Hände. "Was bringt es mir, Gott anzubeten? Ich kann das immer noch nicht glauben..." Er schüttelte den Kopf. "Ich könnte der Natur danken für das, was sie mir tagtäglich gibt - das ist zwar auch komisch, aber das ist wenigstens greifbar!" Er rutschte vom Stein ins Gras. "Wieso soll ich auf irgendeinen Gott vertrauen, der angeblich überall ist und mir hilft? Ich habe noch nie gesehen, dass Gott irgendwem geholfen hat! Ich habe mir selbst geholfen, die ganze Menschheit hilft sich selbst! Ist Gottes Existenz da nicht eigentlich total irrelevant?" Ich hörte ihm zu. Seine Fragen waren berechtigt. Ich fühlte mich seltsam.

"Tatsache ist doch, dass die Kirche ihre Geschichte vermarktet hat! Gott ist doch das erfolgreichste Unternehmen schlechthin!", fuhr Michael fort. Seine Stimme schwankte, machte aber keine Anstalten, zu brechen. "Wie soll ich denn bitte der Erzengel Michael sein, wenn ich nicht an Gott glaube?!", stieß er verbissen zwischen den Zähnen hindurch und sah gen Himmel.

Jetzt wirkte er endgültig verloren.

"Menschen sind schwach", begann ich ruhig und setzte mich zu ihm. "Weißt du... Ecclesia - die *Kirche*, oder wie auch immer man es auch nennen mag, ist leider oft nicht mehr das, was sie mal hatte sein sollen. Es geht um Zusammenhalt um liebevolle Verantwortung für seine Mitmenschen. Gott ist viel mehr als das, was man unter dem Begriff Kirche zusammenfasst. Du hast Recht. Es gibt Missbrauch." Ich lehnte mich gegen den Stein. "Aber die Menschen sind schwach. Es fällt ihnen soviel leichter, ihr Schicksal hinzunehmen, wenn sie glauben, dass es jemand steuert. Sie sehen nicht die Kraft, die Gott in ihnen wachsen lässt, sondern suchen sie in ihrer Umgebung. Sie beten zum Himmel und hoffen auf Zeichen, dass Gott bei ihnen ist, während Gott doch stets in ihnen ist. Ich weiß nicht, ob das mit dem Glauben bei euch Menschen nach Plan verläuft... Die Kirche hat viele seltsame Dinge eingeführt... Warum glaubst du, heißt es, dass du dir von Gott kein Bildnis machen sollst?"

Michael zuckte mit den Schultern. Nach einer Weile stand er auf. "Weil man das nicht braucht." Er streckte sich. "Sobald man das tut hat man verloren?"

Ich lächelte und ließ seine Antwort unkommentiert. Es ging – wie bei vielen Antworten - nicht darum, ob sie richtig oder falsch war. Seine kurze, eher pauschale, eher beiläufig gegebene Antwort verriet mir vielmehr, dass er noch nicht offen, noch nicht bereit war, die Frage in sein Herz zu lassen.

"Du sagst, die Menschen sind schwach...", setzte Michael an. "Etwa, weil sie von Gott so abhängig sind?"

Wieder gab ich ihm weder Bestätigung noch Widerspruch.

"Sie sollten mehr an sich selbst glauben... und entdecken, dass Gott ein Teil von ihnen ist?"

Eine angenehme Wärme breitete sich in meinem Körper aus. Auch wenn Michael das, was er da sagte, hörbar noch nicht ganz an sich heran ließ, war offensichtlich, dass ihm die Worte Kraft gaben. Nur, weil er sie überhaupt aussprach. Für einen Moment war da ein kleines, zufriedenes Lächeln auf seinen Lippen.

Dann aber wurde er wieder ernst. "Aber warum soll ich zu den Engeln in den Himmel?", fragte er und verschränkte die Arme vor der Brust. "Und überhaupt, warum hat Michael den Himmel verlassen?"

"Vielleicht, weil er wieder klar sehen wollte?"

"Du meinst, Michael selbst wollte nicht mehr an Gott glauben?"

Ich schüttelte entschieden den Kopf. " Es gibt niemanden, der so fest an Gott glaubt, wie Michael, der ist wie Gott." Doch ich musste mir selbst eingestehen, dass der Gedanke auf den zweiten Blick doch nicht ganz abwegig erschien...

"Aber du hast doch gesagt-..."

"Engel sind anders als Menschen. Kein Engel würde Gottes Existenz jemals leugnen", unterbrach ich ihn mit gehobenem Zeigefinger – auch wenn in meinem Kopf die gewagte These spukte, dass der Erzengel vielleicht wirklich eine Flucht von Glauben und Gott bezweckt hatte.

"Äh... klar - wogegen sollte Luzifer denn auch sonst kämpfen", kommentierte Michael nun.

Ich hob die Augenbrauen. Nein, diese Schlussfolgerung stimmte nicht. Aber ich ließ diese Aussage so stehen - mit einem wissenden Lächeln. Das Gespräch hatte Wendungen genommen, die ich nicht erwartet hatte – und jetzt kaum noch überblickte. Ich entschied mich daher, noch einmal an einer wichtigen Stelle anzusetzen: "Der Glaube an dich selbst verleiht deinem Geist Flügel und wenn dein Geist frei zu fliegen vermag, dann kannst du weit mehr als ein hoher Engel... denn die sind der Kirche gefolgt und wandeln auf Irrwegen."

Während ich sprach sortierten sich die Gedanken in meinem Kopf. Es schien mir immer wahrscheinlicher, dass der Mensch recht hatte. Vielleicht hatte der Erzengel Michael einen Ausweg aus seiner höchstpersönlichen Tragödie gesucht, indem er seinen Gott mit dem freien Geist und Glauben eines Menschen betrachten konnte. Vielleicht hatte er durch die Nähe zu Luzifer zu viel gesehen und erkannt und hatte es deshalb im Himmel nicht mehr ausgehalten. Was auch immer seine Motivation gewesen war, ich war mir sicher, dass es sich dabei um Gefühle handelte, die über die Empfindungen eines gewöhnlichen Engels hinausgingen.

Michaels Räuspern ließ mich hochschrecken. Ich musste ihn eine ganze Weile übergangen haben. Irritiert und mit verständnislosem Blick sah der junge Mann mich an.

"Du wirst es verstehen", versicherte ich ihm und stand auf. In der Hoffnung, die richtige Geste zu wählen, klopfte ich ihm auf die Schulter und machte einen ersten Schritt in Richtung Kloster. "Wichtig ist nur, dass du weißt, dass der Glaube an dich selbst - den du hast - viel stärker ist, als der Glaube eines hohen Erzengels an einen Gott, der tatsächlich nur der Gott einer Kirche ist."

Michael nickte. "Also wollte Michael nicht länger blind sein...?"

Ich sah ihn an. "Möglich. Das weiß nur er", antwortete ich wahrheitsgemäß. Dann schwieg ich für den Rest des Weges. Ich hatte dem Menschen genug zu denken gegeben. Und mir selbst auch. Wäre ich ein Philosoph gewesen, hätte ich wohl noch bis in die Nacht mit ihm diskutiert. Aber ich war kein Philosoph.

An jenem Abend war ich - wie so häufig - nicht mehr als ein gefallener Engel, der etwas höchst Untugendhaftes vorhatte.

XXXII

ius summum saepe summa malitia est

Das höchste Recht ist oft die höchste Bosheit

A wir uns dem Kloster näherten, ging ich schneller, und machte Michael somit auf simpelste Art und Weise klar, dass ich keine Zeit mehr hatte.

Nichts würde mich mehr aufhalten.

Zu lange schon schob ich ein unbeschreibliches Verlangen vor mir her - wer war ich, dass ich dies aushalten musste?

Ich vergaß alles um mich herum, nur mein Ziel war mir klar vor Augen. Doch ganz von alleine verlangsamten sich meine Schritte, als ich das Gebäude betrat. Wie in einem Spiel schlich ich auf jene Tür zu, die als einziges Hindernis zwischen mir und Raziel stand - Raziels Körper wohl bemerkt.

Doch als ich dieses Hindernis gerade überwinden wollte, hörte ich Raziels Stimme und hielt inne. Ich lauschte.

Es war Raziels Stimme.

"... ist die einzige Möglichkeit!", drang es durch die Tür an mein Ohr - eindeutig Raziel.

Ich hob die Augenbrauen.

"In Ordnung..."

Das war nicht Raziel - die Stimme klang älter. Sie kam mir zwar bekannt vor, doch wusste ich ihr kein Gesicht zuzuordnen.

Aber eines lag auf der Hand: Raziel unterhielt sich mit jemandem, mit dem er sich nicht unterhalten sollte.

Ich zögerte nicht und stieß die Tür auf, konnte aber nur noch sehen, wie eine schemenhafte Gestalt spurlos hinter Raziel verschwand, der wie vom Donner gerührt zu mir herumfuhr und mich anstarrte.

"Mit wem plauderst du denn so geschäftig?", verlangte ich mit gehobenen Augenbrauen zu wissen.

Raziel lächelte oberflächlich. "Spielt das eine Rolle?"

Die Schlucht zwischen uns hatte sich wohl nicht verkleinert - im Gegenteil, Raziel wirkte noch abweisender als je zuvor. Doch da war mehr: Raziels Augen waren wieder gefüllt mit Selbstsicherheit und Stolz. Er musste ein höchst erfolgreiches Gespräch geführt haben.

Ich schloss die Tür hinter mir und lehnte mich an die angrenzende Wand. "Komm schon, erzähl es mir..." Ich verschränkte die Arme vor der Brust. "Wir haben doch sowieso verloren, nicht wahr?"

Raziel richtete sich deutlich auf, zog seine Schultern zurück, brüstete sich mit einer Sicherheit, die mich wohl beeindrucken sollte und schritt auf mich zu. "Damit könntest du sogar Recht haben."

Sein Lächeln wurde auf eine Mitleid spendende Art höhnisch. "Der Himmel wird Luzifers Treiben nicht länger dulden. Metatron persönlich wird sich eurer nun annehmen..."

Ich hob die Augenbrauen. "Schön, wenn er so gütig ist...", erwiderte ich mit einem völlig unbefleckten Lächeln - das natürlich die gewünschte Wirkung auf Raziel hatte, der sich für einen Augenblick von mir irritieren ließ.

Wieso hätte ich ihm auch nur eine Silbe von Luzifers Plänen erzählen sollen? Es machte viel mehr Spaß, ihn in seiner Sicherheit zu lassen, ihn höher spekulieren zu lassen. Je stolzer und stärker ein Geist und sein Stolz, umso verlockender ist es, ihn zu zerbrechen.

Und da Raziel noch kein weiterer, biestiger Kommentar eingefallen war, begann ich gleich mit meiner Arbeit - ich begann, mich in demonstrativer Lässigkeit meiner Kleidung zu entledigen.

Es ist erstaunlich, wie groß Augen werden können. Vollkommen entrüstet starrte Raziel mich an. Dabei entging ihm natürlich keine meiner Bewegungen. Wiederum etwas, was ich durchaus bezweckt hatte.

Es ist zwar keine festgeschriebene Regel, kein Naturgesetz, aber ich gehe grundsätzlich davon aus, dass jedes Wesen, sofern es ihm sein Bewusstsein denn ermöglicht, sich von seinen Trieben eine gewisse Unabhängigkeit zu schaffen, auf eine bestimmte Art und Weise bisexuell ist. Die meisten wissen es nur einfach nicht.

Und es war einfach interessant zu sehen, ob und wie Raziel auf das, was ich vorhatte, reagieren würde.

Gewalt konnte ich immer noch anwenden. Aber ich liebe das Spiel zu sehr, als dass ich sofort über ihn hergefallen wäre - auch wenn es einige Gründe gab, dies zu tun.

Nachdem ich meinen Oberkörper von allem lästigen Stoff befreit hatte, begegnete ich ganz unbefangen seinem schockierten Blick und hob fragend die Augenbrauen.

"Was denn?", verlangte ich in feinstem Unschuldston zu wissen und ging langsam auf ihn zu. Ganz von alleine streckten sich meine Hände nach seinen Schultern aus - und natürlich wich Raziel zurück.

"Geh weg!", schoss es mir überdeutlich entgegen.

Ich hob die Augenbrauen, kam aber nicht näher. "Was denn, was denn?", wiederholte ich lächelnd. "Angst?"

"Geh weg!", sagte der Engel nachdrücklich und ballte die Hände zu Fäusten.

"Aber, aber!" Beschwichtigend hob ich die Hände. "Wer wird denn gleich..." Ich konnte mein Lächeln nicht davon abhalten, hintergründiger zu werden.

"Wir beide wissen doch genau um die Tatsachen, nicht wahr?" Ich machte einen Schritt in seine Richtung, woraufhin Raziel wieder zurückwich.

"Warum also sollte ich nicht tun, was ich tun kann?", fragte ich und schritt weiter auf ihn zu.

Wieder wich er aus, doch wurde er sich dieses Mal der Wand hinter sich bewusst. Nach hinten konnte er nicht mehr fliehen und auch der seitliche Ausweg würde ihm nach wenigen Schritten blockiert sein.

Er hatte seinen Fluchtweg schlecht gewählt.

Seine Augen blickten voller Missmut zu mir. "Ja, natürlich musst du es tun...", kommentierte er abfällig. "Du bist ja zu nichts anderem in der Lage, Dämon!"

Ich belächelte seine Betitelung. Ich hätte ihm die Unterschiede zwischen Dämon und gefallenem Engel nun ausführlich darlegen können, aber ich unterließ es und ging stattdessen weiter auf ihn zu.

"Wehr dich doch... oder verbietet dir das dein Stolz, weil du weißt, dass du keine Chance hast und es doch rühmlicher ist, von vorne herein aufzugeben und zu verlieren, ohne die Niederlage des Kampfes gespürt haben zu müssen...?"

Raziels Blick war nun ausgesprochen giftig. "Das muss dir ja sehr viel Spaß machen...", zischte er. Er gab kein Stückchen nach.

Gut, ich machte also noch einen Schritt auf ihn zu, trat letztendlich ganz an ihn heran.

"Spaß? Nun..." Ich betrachtete ihn eingehend. "Ja, ich habe meinen Spaß. Sei unbesorgt..."

Wieder hob sich meine Hand, dirigierte meinen Arm, strebte nach der Wange des ach so unschuldigen Engels. "Aber weißt du, wir könnten beide unseren Spaß haben...", meine Stimme wurde zu einem Flüstern.

"Das ist ja widerlich!", zischte Raziel zurück und sprach so scharf, dass es mir für einen Augenblick so erschien, als wollte er mich anspucken.

Ich ließ mich jedoch nicht weiter von ihm beeindrucken, packte ihn ohne weitere Ausführungen am Kinn und verhinderte auf die wohl simpelste Art und Weise, dass er mich weiterhin mit Worten attackierte - ich küsste ihn.

Ich muss nicht weiter ausführen, was für eine vehemente Gegenwehr mir nun zu Teil wurde. Aber ich gab mich gelassen, fing seine Hände, bevor sie mich wegdrücken konnten, richtete mich mehr seitlich zu ihm aus, um bestimmte Körperpartien vor seinen strampelnden Beinen zu schützen und konzentrierte mich darauf, den Kopf immer dann kurz zurückzuziehen, wenn er zu einem Biss ausholte.

Es war ein nettes Spiel. Es gefiel mir. Aber es war noch lange nicht das Nonplusultra - es war ja noch nicht einmal das Maximum an Vergnügen, dafür hatten wir beide einfach noch zuviel an.

Raziel war ein guter Mitspieler - er wehrte sich unnachgiebig, was das Ganze weitaus spannender gestaltete.

Doch jede Spielrunde geht einmal zu Ende und es war es mir nicht wert, diese Runde angesichts der Dinge, die noch kommen würden, weiter in die Länge zu ziehen; so ging ich in die nächste Runde, griff mir seine Handgelenke, nahm sie in eine Hand, drückte sie über seinem Kopf and die Wand - ja, er leistete heftigsten Widerstand - und hatte zu guter Letzt eine Hand frei.

Raziel schnaubte verächtlich und drückte seinen Kopf in den Nacken und zur Seite an seinen linken Arm - wohl, um mir auf diese Weise die Möglichkeit des ganz speziellen Kusses zu verwehren.

Aber ich war ja flexibel.

Warum hätte ich um seine Lippen kämpfen sollen, jetzt, da er mir seinen Hals geradezu anbot?

Raziels Blick war voller Zorn, doch gab ihm das nicht die Kraft, meinen Kopf wegzudrücken.

Ich meinerseits war wie von Sinnen. Es ist Geschmackssache, ob himmlische oder infernalische Wesen die schöneren sind - die zartere Haut haben zweifellos die Engel des Himmels. Selbst Samt war noch zu hart, zu grob, zu unvollkommen im Vergleich zu der unbeschreibbar zarten Haut Raziels. Es war wohl ein Kompliment, das er niemals hören wollte - gerade als doch eher männlicher Engel.

Darüber hinaus fühlte ich mich nunmehr beinahe schuldig. Sicherlich würde ich dieser so verletzbaren Oberfläche Striemen zufügen - würde sie entstellen, so wie Luzifer es getan hatte.

Nein. Pause.

Ich würde sie bei Weitem nicht so schänden wie der Teufel es getan hatte. Das war gar nicht möglich - was nicht heißt, dass ich es nicht gern getan hätte.

Es bleibt ein Faktum: Ich hatte Unschönes vor. Ich gierte nach dem Anblick von rubinfarbener Flüssigkeit auf übersamtener Haut. Wie oft würde ich dem Gedanken nahe kommen, das Wesen vor mir in Stücke zu reißen, nur um diesen Kontrast so intensiv wie möglich zu sehen...

Aber noch war es nicht an der Zeit.

Bis jetzt hatte ich ja noch nicht einmal wirklich angefangen.

In diesem Moment, da ich mich nach üblicher Manier an seinem Hals verging, seufzte er unüberhörbar auf.

Das hätte mich eigentlich nicht verwundert, ich hätte ein normales Seufzen als normale physische Reaktion gewertet - aber so klang es nicht. Ich hätte es problemlos ignorieren können, wenn es genervt oder ansatzweise verzweifelt geklungen hätte. Aber dem war nicht so.

Es klang so seltsam aus Raziels Mund - wahrscheinlich, weil ich es niemals erwartet hatte. Diese Lautäußerung - an sich so unbeholfen, rein, klar und doch so inbrünstig, herzlich. Mir war, als lockere Raziels ganzer Köper mit dem Seufzen auf - sein Kopf drückte nicht mehr protestierend gegen meinen, seine Hände widerstrebten meinem Griff nicht mehr, seine Beine strampelten nicht mehr.

Ganz ruhig stand er da, seinen Kopf an seinen Arm gelehnt, sein Atem deutlich hörbar aufgrund der vorherigen Anstrengungen.

Es war ein sehr anziehendes Bild. Es faszinierte mich so sehr, dass ich meinen Kopf weiter zurückzog, nur, um ihn anzusehen.

Dann sah er mich an.

Im ersten Augenblick wich ich ein Stück zurück - zu intensiv war der beinahe gefügige Ausdruck in seinen halbgeöffneten Augen.

Es war atemberaubend.

Ich ließ ihn los, streckte die andere Hand derweil nach seiner Wange aus, strich über die blütenzarte Haut und er ließ mich gewähren, nein, er lehnte sich sogar leicht an meine Fingerspitzen und schloss für einen Moment die Augen. Es war wie ein Traum. Ein heißkalter Schauer rann über meinen Rücken und ließ meinen Körper erschaudern. Ich trat an ihn heran und hob ihn behutsam hoch.

Wie leicht er mir vorkam.

Und auch, während ich ihn langsam zum Lager hinübertrug: Er wehrte sich nicht.

So vorsichtig, wie man wohl nur die zerbrechlichsten Dinge behandelt, legte ich ihn auf der Decke ab und setzte mich fast andächtig zu ihm.

Seine Augen waren immer noch nur halb geöffnet und erschienen mir unendlich tief.

Langsam - ich ertappte mich dabei, dass mein Atem vor Aufregung zitterte - beugte ich mich über ihn, strebte den Kontakt mit seinen Lippen an. Und er verwehrte ihn mir nicht. Ein seltsames Gefühl durchzog meinen Körper, als sich seine Lippen - dieses Mal wohlwollend und kooperierend - bewegten.

Wieder seufzte der Engel.

Ein wahrlich süßer Ton, wenn man denn meint, dass Töne süß sein können.

Für einige Sekunden erlebte ich eine vollkommen idyllische Welt. Ich fühlte mich seltsam - aber nicht schlecht. Ich hatte so etwas noch nie erlebt - weder bei Luzifer, noch bei Beliel oder irgendeinem anderen gefallenen Engel und erst recht nicht bei einem Dämon.

Ich fühlte mich frei. Auf eine fesselnde Art und Weise. In all meiner Gespaltenheit, meiner auf Gegensätzen beruhenden Existenz, fühlte ich mich für einen kurzen Moment vollkommen und im Gleichgewicht. Dass mir wärmer wurde und mein Herz auch noch schneller schlug, bemerkte ich kaum - es erschien mir nicht unangenehm, sondern völlig passend.

Es war Raziels Hand, die mich wieder in die Gegenwart zurückrief. Sie griff nach meiner eigenen.

Ich blinzelte, immer noch betäubt von der so intensiven, neuen emotionalen Erfahrung, und trennte unsere Lippen, um ihn ansehen zu können.

Er zog meine rechte Hand näher zu sich und setzte sich auf.

Ich ließ ihn gewähren und beobachtete ihn mit wachsender Neugier.

Mit einem milden, aber nicht etwa engelhaften Lächeln verglich Raziel die Größe unserer Hände, indem er seine Handfläche auf meine auflegte. Aber das war noch nicht das Anregende daran.

Weitaus reizvoller war sein Blick, die Art, wie er sein Tun mit seinen Augen kontrollierte.

Ich würde lügen, wenn ich behauptete, dass mir die Ergebenheit in seiner Mimik und Haltung nicht gefallen hätte - immerhin bin ich ein gefallener, verdorbener Engel.

Raziel nahm wieder meine Hand in die seine und - ich hielt den Atem an - begann auf eine völlig unbefangene, unschuldige Art, über meine Handfläche zu küssen.

Eine wohlige Wärme lähmte meinen Körper. Wie verzaubert konnte ich nichts anderes tun, als den Engel zu beobachten.

Behutsam und in ungekannter Zärtlichkeit hielt er meine Hand und Finger, und erkundete sie mit seinen weichen Lippen.

Als sie sich schließlich auch noch um meinen Zeige- und Mittelfinger legten, vermochte der Engel selbst mir ein beinahe seliges Seufzen zu entlocken. So unvermutet war mir diese Aufmerksamkeit - nie hätte ich mit ihr gerechnet.

Um mich guten Willens auf die nun in mir aufkeimenden Gefühle einzulassen, schloss ich die Augen. Eine angenehme Wärme zog von meinen Fingerspitzen aus durch meinen Körper, als sie nun mit Raziels Zunge zusammentrafen.

Verflogen waren all meine bösartigen Gedanken.

Dann biss er zu.

Was nun in mir vorging, kann man bildlich am besten ausdrücken:

Man nehme einen Spiegel, der in seiner Ganzheit perfekt ist und eine schöne Umgebung widerspiegelt, dann nehme man einen schweren Gegenstand und werfe oder schlage ihn gegen das Spiegelglas.

Das geschah irgendwo tief in meinem versiegelten Inneren.

Reagierend tat ich folgendes: In kalter Seelenruhe riss ich meine Hand - samt daran hängendem Raziel - zur Seite, packte ihn mit der freien Hand unterm Kinn und drückte mehr oder weniger brutal seine Kiefer auseinander. Ebenso geduldig befreite ich meine blutenden Finger von seinen Zähnen, die ich folgend kritisch betrachtete, während meine andere Hand von seinem Kiefer tiefer rutschte und sich mit angemessenem Druck um seinen Hals legte. Angemessen bedeutete, dass Raziel wohl die Luft wegblieb, ich ihn aber nicht gleich umbrachte.

Ja, ich war ungehalten.

Man sollte die Gutgläubigkeit - ja, ich gestehe - eines gefallenen Engels aus Luzifers Gefilden nicht ausnutzen. Das kann tödlich enden.

Und im Moment war ich verstimmt genug dazu.

Raziel wehrte sich nicht. Er verzog nicht eine Miene. Er starrte mich einfach nur voller degradierender Missgunst an. Er machte mir auf eine niederschmetternde Weise klar, wie nichtig ich doch war. Das heißt, er versuchte es.

Ich war viel zu sehr in Rage, um davon getroffen zu werden.

Ich war nahe daran, einfach noch fester zuzudrücken. Er hatte mich bloßgestellt, das war ihm anzurechnen. Der ach so unschuldige Engel hatte einen Höllenfürsten umgarnt.

Aber war gerade das nicht ein Grund, ihn nicht zu töten? Hatte Raziel sich in gewisser Weise nicht gerade selbst an den Galgen geliefert? Das ach so unschuldige Engelchen hatte wohl doch eine dunkle Seite.

Vielleicht hatte er ja doch recht damit, dass geschlechtliche Engel anfälliger für das so genannte Böse waren...

Aber dennoch sah ich keinen Grund, sein Verhalten nicht zu bestrafen. Auf angemessene Weise.

Ich brauchte etwa zehn Sekunden, um die Kleidung des Engels zweckmäßig zu entfernen.

Obwohl Raziel mir wohl vieles zugetraut hatte, mein Verhalten schien ihn trotzdem zu schockieren.

Ohne weiter zu zögern drückte ich ihn wieder auf den Rücken und hielt ihn - immer noch am Hals - unten, während meine andere Hand ihren Tribut einsammelte, indem sie völlig ungehemmt über die Brust des Engels wanderte.

"Wie kann man nur so tief sinken?!", fauchte Raziel plötzlich.

Ich hob nur die Augenbrauen und überlegte, woher er die Luft zum Sprechen nahm, woraufhin ich seine Kehle noch fester zudrückte, was den Engel zum Röcheln brachte. Mir fehlte einfach die Lust, mich jetzt von ihm beschimpfen zu lassen - ich hatte Wichtigeres zu tun.

Es weckte eine leise Eifersucht in mir, dass Luzifer sich dieses Körpers zuerst bemächtigt hatte...

Raziel fiel indes wieder ein, dass er Hände hatte und versuchte, meine Hand von seinem Hals zu bekommen.

Wenn er nur nicht so schrecklich unkooperativ gewesen wäre...

Ich hatte es ernst gemeint. Wir hätten wirklich beide unseren Spaß haben können.

Meine Hand passierte die Lenden des Engels. Zielstrebig.

Raziels Augen wurden groß, er hielt inne. Dann geschah etwas eigentlich völlig Menschliches: Der beinahe makellose Engelskörper wurde von einem Zittern erfasst - gleichzeitig schnappte Raziel entsetzt nach Luft.

Ich lächelte. Es mag chauvinistisch klingen, aber ich hatte genau dies erwartet.

Raziel war mehr als erschüttert über das Verhalten seines Körpers - es war zugegeben auch nicht sehr nett von mir, seinen Körper unnachgiebig zu reizen.

"Sollten wir nicht versuchen, einmal fair zu spielen?" Ich hob den Blick und sah den Engel fragend an und ließ die Hand um seinen Hals lockerer.

Raziel keuchte und atmete durch. Er begegnete meinem Blick und war sichtlich unbegeistert.

Um ihm meinen guten Willen zu zeigen, hielt ich meine andere Hand still, ließ sie unbeweglich in seinem Schritt verweilen.

Der Engel schnaubte widerwillig.

Ich hob die Augenbrauen. "Ich habe keine Angst, Raziel. Ich habe nichts zu verlieren. Es ist mir gleich, ob Metatron seine Engelshorden schickt, um meine nicht vorhandene Seele zu bewahren und mir meinen Körper nimmt. Es ist mir egal, begreifst du?" Meine Stimme war vollkommen ruhig. So ruhig, dass es mich fast wunderte.

"... dir kann doch geholfen werden!", brachte Raziel mit Mühe hervor.

Ich lachte kurz auf. Aber ebenso plötzlich sah ich ihn wieder ernst an. "Nein. Raziel, mir ist nicht mehr zu helfen!" Und noch einmal lachte ich. "Ich will gar nicht gerettet werden. Lieber sterbe ich, als das zu verlieren, was ich jetzt habe!"

Oh, klang das melodramatisch.

Raziel sah mich skeptisch an. "Sieh doch, wie verloren du bist! Du warst einst ein Erzengel!", schoss es mir vorwurfsvoll entgegen.

Ich lächelte zynisch. "In einer Welt, in der man entweder gut oder böse sein kann und gut zu sein heißt, nicht zu leben, will ich lieber bei den Bösen in der Hölle mein Dasein fristen."

Raziel nahm die Hände von meiner und ich ließ als Gegenleistung von seinem Hals ab.

Beschämt fasste er nun meine andere Hand und entfernte sie aus seinem Schritt, während er an irgendeinen undefinierbaren Punkt an der Wand schaute.

Zähneknirschend setzte er sich auf und zog ein Stück Decke über seinen Schoß.

Ich fand diese Aktion kurz gesagt so putzig - ja, putzig, dass ich ihn lächelnd gewähren ließ.

Die Augen des so naiv-unschuldigen Engels zeigten mir einen neuen Ausdruck: Raziel musterte mich abschätzig, aber von einem neutralen Standpunkt aus. Er schien sich ernsthaft Gedanken über meine Aussage zu machen.

Darüber hinaus hielt er seine Hände verbergend über der Decke und funkelte mich böse an, wann immer mein Blick zu ihnen wanderte.

Ich wartete ein paar Minuten, dann räusperte ich mich.

"Also, ich sage es noch einmal: Ich habe meine Pläne und werde sie ausführen und nicht wieder aufschieben, weil ich nichts, rein gar nichts zu verlieren habe, verstehst du?" Ich hob die Augenbrauen. "Es liegt an dir, ob du dich einfach einmal ganz ungezwungen darauf einlässt - du kannst deinem Herrn Metatron immer noch sagen, ich hätte dich dazu gezwungen, denn das tu ich insofern ja auch - und vielleicht etwas positives entdeckst, oder - Möglichkeit Zwei - ich geh einfach nicht auf dich ein und zieh konsequent mein Vorhaben durch."

Raziel sah mich nur aus den Augenwinkeln an, sein Kopf war leicht geneigt. Immer wieder zuckten seine Augen zur Seite weg.

Wieder vergingen einige Momente der Stille.

Dann nickte Raziel. "Ich habe verstanden", gab er leise nach.

"Gut." Ich nickte ebenfalls, fasste ihn an der Schulter und drückte ihn zurück auf den Rücken.

XXXIII

daemonicus ludens

Der spielende Dämon

Ich hatte kaum dazu angesetzt, mich über ihn zu beugen, da schloss er die Augen.

Wie friedlich er plötzlich wieder wirkte.

Wie ein Engel - nein, wie ein Mensch, der die positiven Aspekte eines Engels ausstrahlte.

Er zwang sich wohl zur Ruhe.

Ich ließ nun Ruhe Ruhe sein - egal um was für eine Ruhe es sich auch handeln mochte - und wandte mich wichtigeren Dingen zu: Der detaillierten tastsensorischen Erkundung des so faszinierenden Engelkörpers. Tastsensorisch bedeutet hier: Mit allem, was fähig war, zu tasten. Darunter fielen meines Erachtens nicht nur meine Hände, sondern auch Lippen und Zunge.

Raziel schnaubte etwas empört und sein ganzer Leib zitterte unter aufgebauter Spannung, ich selbst war daran völlig unschuldig. Zumindest noch.

Die Haut des Engels war so unglaublich zart, dass ich es hier noch einmal erwähnen muss. Beinahe zu zart. Beinahe zerbrechlich. Trotzdem wirkte Raziel im Vergleich zu anderen eher männlichen Engeln nicht auffallend weiblich.

Es ließ mich sogar leicht erschaudern, als ich erkannte, dass wir vom Körperbau gar nicht so unterschiedlich waren - ich war nicht viel kräftiger als er.

Doch letztendlich hatten mir die Situation und die damit verbundenen Umstände offensichtlich genug Macht über ihn verliehen, um zeitraubende Dominanzspielchen im kurzen Zeitrahmen zu halten. In Bezug auf Dominanzkämpfe hatte ich nun wirklich schon Schlimmeres erlebt als einen Fingerbiss. Ich war schließlich ein Höllenbewohner.

Als Raziel letztendlich aufseufzte, hatte ich schon folgende Punkte in meinem Tastinventar gesammelt: Übersamtene Haut, feingliedrige Finger, wohlgeformte Schlüsselbeine und einen für meinen Geschmack äußerst ästhetischen Oberkörper.

Gut, bis zu diesem Punkt waren es zugegeben lediglich Spielereien gewesen. Ich hatte Raziel nur zu jener Reaktion treiben wollen. Das mochte nicht ganz fair sein, aber ich sah es als meine Pflicht an, ihm zu beweisen, dass das, was er so abgrundtief verteufelte, durchaus Spaß machen konnte.

Ich wollte den Engel - salopp ausgedrückt - lehren, wie geil es ist, geil zu sein.

Vielleicht war mein Ausgangspunkt dafür nicht ganz glücklich, aber ich sah Hopfen und Malz noch nicht verloren.

Jedenfalls setzte ich mich nachfolgend wieder auf und strich betont langsam eine weitgehend gerade Linie längs über den Oberkörper Raziels - angesetzt an seinem Hals, fortgeführt über seine Brust und weiter bis hin zu jenen verbotenen Grenzen unterhalb der Gürtellinie.

Nur zu deutlich nahm ich wahr, wie Raziel nach einem schnell geführten Atemzug die Zähne zusammenbiss und die Luft anhielt.

Ich belächelte dies nur und verschonte ihn noch einmal, steuerte meine Hand über seine Lenden direkt auf seinen linken Oberschenkel, um zunächst seine Beine in näheren Augenschein zu nehmen.

Auch hier fand ich nichts vor, was hätte bemängelt werden können. Die weiche Haut zog meine Lippen förmlich an - was zu einer angedeuteten Unruhe des Engels führte. Es war zugegebener Maßen auch etwas dreist, was ich tat.

Aber kann man hier überhaupt noch von Dreistigkeit sprechen? Obwohl Raziel sich nicht sonderlich zur Wehr setzte, war es fraglich, ob hier von vollkommener Freiwilligkeit gesprochen werden konnte. Aber lassen wir diese Verstrickungen in widersprüchliche Thesen.

Tatsache ist, dass Raziel in einer, auffällig dem Sich Räkeln ähnlichen, Art seine Position auf dem Lager korrigierte, als meine Lippen die weiche Haut auf der Innenseite seines rechten Oberschenkels berührten.

Obwohl ich wusste, dass Luzifer dieses Wesen bereits vor mir eingeweiht beziehungsweise entweiht hatte, war ich ebenso andächtig. Es war, als würde ich, während ich mich mehr oder weniger sanft küssend wieder dem zentralen Zielort für Lust und Leidenschaft näherte, eine bislang verborgene Kostbarkeit enthüllen.

Und wieder wurde der Engel deutlich nervöser - seine Finger strichen, nein, kratzten hörbar über die Decke.

Ein kurzer Blick verriet mir, dass er die Augen wieder geöffnet hatte und angestrengt die Decke musterte. Sein Kiefer bewegte sich immer wieder gegeneinander, seine Gesichtszüge waren angespannt.

Nicht, dass mich dieses Bild auch nur eine Sekunde lang von meiner Tätigkeit abbrachte. Ich stellte diese Beobachtungen grundsätzlich während meines Handelns an.

Als ich dann völlig zusammenhangslos meine linke Hand in seinen Schritt legte, fuhr Raziel zusammen und zuckte wieder halb von mir weg, stützte sich nach hinten auf die Ellenbogen auf und zog seinen Körper ein Stück von mir weg.

Ich lächelte nur wissend und stellte die alte Entfernung wieder her - nahm dieses Mal jedoch die rechte Hand. Während ich beinahe neckend fortwährend nach seinem Blick suchte, der mir sekündlich in immer neue Richtungen auswich, ließ ich meine Hand zunehmend emsiger durch seinen Genitalbereich streichen, ordnete auch hier alles akribisch in meinem geistigen Inventar ein und freute mich über das, was ich fand.

Raziel erschauderte, dann wurde sein Blick mit einem Mal konzentriert und er versuchte sich erneut, dieses Mal erheblich schneller, wegzudrehen, doch ich sah es kommen und hielt ihn an der Hüfte fest in die Matte gedrückt. Plötzlich war wieder Bewegung in der ganzen Sache: Raziel wand sich weiter wie ein Fisch im Netz und ich bedeckte mit wachsendem Eifer seinen Unterleib mit Küssen.

Das war mit Sicherheit nicht der Effekt, den Raziel angestrebt hatte, doch nun ließ ich ihn nicht mehr entkommen.

Eine Hand weiterhin kontrollierend an seiner Hüfte, umschloss die andere nun bedacht sein Glied und ich erlaubte meinen Augen ein gieriges Funkeln.

Der Engel keuchte, hielt aber wie vom Blitz getroffen still. Sicherlich verfügte ich nun über zu heikle Druckmittel, die ihn fortan zweimal über Widerstand nachdenken lassen würden. Andererseits hätte ihm mein Hauptdruckmittel vielleicht doch nicht so viel bedeuten müssen - immerhin war es nun ein Symbol der Sünde aus Fleisch und Blut.

Aber Emotionen sind eben meist doch stärker als rationale Gedanken.

Meine Hand verhielt sich im Übrigen nicht lange ruhig; ein mir vollkommen unverständlicher Drang zwang sie geradezu zu immer nachdrücklicheren Bewegungen - stetig auf und ab. Meine Augen weideten sich indes an dem Anblick, der sich ihnen bot, verfolgten jede noch so kleine Muskelregung an Raziels Körper, weder ein Mundwinkelzucken noch ein Baucheinziehen blieb ungesehen. Und ich fühlte mich in keiner Weise schuldig.

Natürlich reichte mir das bald nicht mehr. Darüber hinaus erschien mir meine Hose mit der Zeit mehr als überflüssig. Also gönnte ich Raziel eine kurze Pause, die er dazu nutzte, seinen eigenen Körper mit Scheu und Entsetzen auf bestimmte, nun eindeutig visuell erkennbare, physische Veränderungen zu inspizieren, während ich mich meiner mir noch verbliebenen Kleidungsstücke entledigte.

Als ich den Engel wieder ansah, drehte er sofort seinen hochroten Kopf weg und rümpfte missbilligend die Nase.

Grinsend senkte ich mein Haupt - woraufhin Raziel erneut die Luft anhielt - und ließ es mir nun nicht nehmen, meine Lippen um die Spitze seines Glieds zu legen. Wiederum keuchte der Engel und grub seine Finger in die Decke. Ein knapper Blick verriet mir, dass er die Zähne aufeinander biss.

Meine Lippen umschlossen sein Glied ehe ich überhaupt darüber nachdenken konnte. Es geschah automatisch. Mein Ego Daemonicus, gezähmt durch die Aussicht auf Befriedigung, übernahm die Kontrolle über meinen Körper und ich ließ es gewähren, denn wir wollten dasselbe und waren uns vollkommen einig.

Raziel stöhnte. Entsetzt. Schockiert.

Aber nicht über mein Handeln, das war hörbar, sondern vielmehr über seine eigene Reaktion auf mein Handeln.

Mir wiederum gab dies mehr als nur Antrieb. Schon tasteten meine Hände zu seiner Hüfte, packten ihn - plötzlich konnte es mir nicht mehr schnell genug gehen. Ich wollte die von Gott verdammte Vereinigung!

Meine Finger suchten sich ihren Weg, drangen nacheinander, leicht zeitlich versetzt als erste in Raziels Körper vor, weiteten die beinah unberührte Öffnung - der Engel schrie und ich verlor den Verstand.

Im Nu war ich über ihm.

Dann gefror die Welt um mich.

Zwei große, violette Augen sahen mich direkt an, warfen ihren Blick wie Speere durch meine Augen hindurch in mein Herz, durchbohrten alles, auf das sie stießen. Ich hielt inne. Ganz und gar betäubt von dem so intensiven Anblick.

Raziels Atem drang schwer aus Mund und Nase. Der Engel war verschwitzt, die roten Haare klebten auf seiner Stirn. Seine Augen jedoch zeigten kein Anzeichen von Erschöpfung. Im Gegenteil. Ganz weit, weit hinter diesen Fenstern zu seiner Seele war eine kleine Flamme aufgelodert, die deutlich flackerte.

Im nächsten Augenblick spürte ich seine zitterten Hände an meiner Schulter.

Für einen Moment glaubte ich, er würde mich nun wieder wegdrücken. Raziel war ein Erzengel - auch, wenn ich das leicht zu vergessen pflegte.

Aber nein, er drückte mich nicht einmal ansatzweise weg. Er hielt sich fest.

Nun hielt mich nichts mehr auf. Ich verlor mich unverzüglich, unaufhaltsam in meinem Tun - drang in den Engel vor, mein Körper steigerte sich innerhalb weniger Momente in eine absolute Ekstase, auf das totale Optimum zurasend.

Ich fühlte mich, als hätte man mir Leben gespritzt. Belebt, umfangen von Lebendigkeit. Engelwesen leben nicht. Ich war kein Mensch. Ich war nie geboren worden. Doch in diesen Augenblicken ging ein Ruck durch meinen Körper und ich glaubte, geboren zu werden. Das mag seltsam klingen, doch genauso war es.

Mit jedem Stoß fühlte ich etwas in mir zum Leben erwachen, mit jedem Laut, den der Engel von sich gab, schoss mein Blut schneller durch meine Adern. Und ich stimmte nur allzu gern in seine Äußerungen mit ein.

Ich war später nie dazu fähig, meine weitere, Trieb gesteuerte Jagd nach bestmöglicher Befriedigung, zu dokumentieren. Es blieb mir immer ein Mysterium. Nur vage kann ich beschreiben, was folgend geschah – ich war viel zu besessen von dem, was wirklich mit mir passierte.

Warum meine genaue Erinnerung partout in meinem tiefsten Inneren verborgen bleiben und mir nicht mehr über die Lippen gleiten wollte, erschien mir jedoch nach und nach immer plausibler: Sie ist mir zu persönlich. Sie bedeutet mir zu viel.

Daher zensiere ich.

Jedenfalls endete es, wie es für gewöhnlich endet.

Ja, ich zensiere immer noch.

Mein Körper rebellierte. Erschöpfung versus Glücksgefühl. Mein Kopf war angenehm leer, frei von allen Nichtigkeiten. Und nichtig war in diesen Augenblicken alles, was mehr als einen halben Meter von mir entfernt war.

Nach einigen Atemzügen in gänzlicher Unbeweglichkeit ließ ich von Raziels nicht minder strapaziertem Körper ab.

Nicht ohne festzustellen, dass auch sein Körper entsprechend reagiert hatte - eine Tatsache, die mich lächeln ließ.

Mission erfüllt. Oder nicht?

Der Engel keuchte, während seine blutigen Lippen langsam wieder verheilten. Er hatte nicht geschrien. Er hatte sich auf die Lippen gebissen. Diese Tapferkeit verwunderte mich - was hatte ihn abgehalten, zu schreien? Sein Stolz?

Der Ausdruck in seinen nun tiefvioletten Augen war stumpf, aber nicht oberflächlich. Es war, als hätte er sich in sein Innerstes zurückgezogen. Als hätte er sich allen äußeren Einflüssen entzogen, um konzentriert in sich hinein zu fühlen.

Oder war das lediglich ein Wunschgedanke meinerseits? Er hatte sich nicht gewehrt. Er hatte sogar in etwa zugestimmt. Hatte er doch, oder?

Mir wurde klar, dass ich versuchte, mein Gewissen zu beruhigen - ein Gewissen, das ich wohl doch irgendwo in den unergründlichsten Tiefen meines Bewusstseins besaß. Aber warum?

Fragen marterten meinen Geist. Ich merkte, ich war unsicher.

Und Raziel zeigte keine Reaktion, die mich aus meiner Ungewissheit erlöste.

Sekunden verstrichen und ich wagte nicht, mich zu bewegen, geschweige denn Raziel direkt anzusehen.

Um Zeit zu überbrücken tat ich, was ich in solchen Momenten schätzen gelernt hatte: Die Selbstverständlichkeit, nicht sofort wieder aufzustehen, sich anzuziehen und das Zimmer zu verlassen.

Um etwas Abstand zu schaffen, legte ich mich zunächst neben ihn.

Dabei bemerkte ich, dass seine Fingernägel wohl sichtbare Striemen an meinen Schultern hinterlassen haben mussten, denn ich spürte ein unangenehmes Ziehen, als ich eine seiner Hände vorsichtig löste.

Raziel keuchte immer noch.

Weiterhin herrschte diese drückende Stille.

Ich muss hier erwähnen, dass mir noch nie zuvor etwas Vergleichbares passiert war.

Ich erfuhr keine Erlösung.

Irgendwann umfing mich die trügerische Ruhe des Schlafes, ohne zu wissen, ob Raziel ebenfalls schlief oder noch lange wach lag.

Was dachte er in jenen Momenten? Wie würden wir dem morgigen Tag begegnen? Und warum war es mir eigentlich so wichtig, das alles zu wissen?

Fragen, die mir mein zumindest traumloser Schlaf nicht beantworten würde.

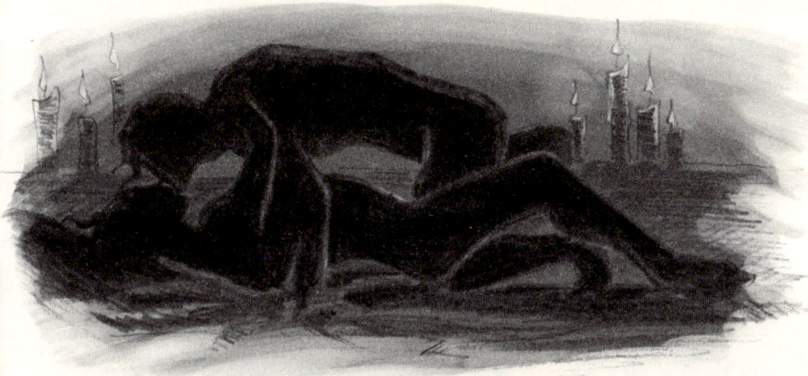

XXXIV

factum illud fieri infectum non potest

Geschehene Dinge kann man nicht ungeschehen machen

Der Morgen graute klammheimlich und viel zu schnell. So schnell, dass ich ihn verschlief.

Ich fühlte mich gut. Sehr gut. Vielleicht viel zu gut.

Jedenfalls schlief ich, und solange ich schlief, blieb auch mein Gewissen stumm.

Nur langsam wich das Netz des Schlafes von meinen Gedanken. Nur langsam nahm ich meine Umgebung wieder in Ansätzen wahr.

Und immer noch fühlte ich mich gut.

Raziel, das wurde mir bald bewusst, lag immer noch bei mir. Auch er schlief noch. Das war doch ein gutes Zeichen, oder? Für mich jedenfalls war es das.

Unaufhaltsam stieg die Sonne derweil draußen am Horizont empor. Es wurde heller im Raum. Das merkte ich jedoch nur hinter noch verschlossenen Lidern - ich fand keinen Antrieb, die Augen zu öffnen.

Ich spürte Raziel doch neben mir, hörte seinen ruhigen Atem, wenn ich meinen anhielt. Was brauchte ich da sehen? In diesem Moment flog die Tür auf und metallene Sohlen trafen schnellen Schrittes auf den alten Steinboden. Das Geräusch war denkbar grausig und laut.

"Sariel!"

Ich schrak auf, blinzelte irritiert und wurde von leuchtendem Silber geblendet.

Sofort war ich hell wach.

Luzifer stand in herrschaftlicher Gewandung mitten im Raum, unvergleichbar majestätisch. Noch nie war der Herr der Hölle mir prächtiger erschienen. Nur sein Schwert fehlte...

Demütig senkte ich mein Haupt, mein Blick passierte die schwarze Hose, die alsbald in kniehohen, schwarzen Schaftstiefeln verschwand, die mit eigentlich unsinnigen Kettchen und Schnallen aus Silber verziert waren - aber gerade im richtigen Maß, sodass sie nicht kitschig, sondern prunkvoll wirkten. Etwas beschämt verweilte mein Blick an der rechten Stiefelspitze meines Fürsten.

"Guten Morgen, Raziel", erklang Luzifers Stimme in einem zuckersüßen Ton, getränkt von Ironie.

Sofort sah auch ich zu Raziel. Ungewissheit keimte. Ich hatte getan, was ich getan hatte.

Und ich bereute es immer noch nicht.

Ich rief mir ins Gewissen, dass er sich nicht gewehrt hatte - er konnte mir gar nicht so böse sein.

Zum Glück hatte ich keine Zeit, mich tiefer in diese Gedanken zu verstricken, denn Raziels violette Augen waren geradewegs auf Luzifer gerichtet und sein Gesichtsausdruck verriet, dass der Spott des Teufels ihn wenig berührte.

Da war nur eine nüchterne Ruhe in seinen Augen, die mir keinen einzigen Blick schenkten. War das nun ein gutes oder ein schlechtes Zeichen? Immerhin hatte er sich immer noch nicht von mir entfernt.

"Sariel", forderte Luzifer dann wiederum meine Aufmerksamkeit ein und ich gab sie ihm ohne zu zögern.

Wieder wurde ich fast geblendet von dem silbernen Brustpanzer. Fast schien es, als würde das Schwarz von Umhang, Waffenrock und Hose das reflektierte Licht des Panzers umschließen wie das dunkle Nichts einen Stern am Himmel.

Nie würde ich wohl erfahren, woher Luzifer diese Kleider über Nacht herbekommen hatte. Aber er war der Gott der Finsternis. Also war für ihn erst einmal nichts unmöglich. Der Satan lächelte wissend. "Ich gebe euch eine Stunde." Schon drehte er sich wieder um und verließ wehenden Umhangs das Zimmer.

Die Tür schloss sich hinter ihm wie von Geisterhand geführt.

Eine Weile war es still.

Dann räusperte sich Raziel. "Würdest du mich loslassen?", fragte er nachdrücklich und schob noch im selben Moment meinen Arm von sich, den ich wohl irgendwann um ihn gelegt und völlig vergessen hatte. Er setzte sich auf. Immer noch hatte er mich nicht angesehen.

Um dem Schweigen aus dem Weg zu gehen, stand ich auf und sammelte meine Kleidung zusammen.

"Was passiert in einer Stunde?"

Ich sah auf, begegnete Raziels Blick. Stimmt, ich hatte ihm noch nichts von den geplanten Unternehmungen erzählt.

Musste ich das?

"Wir brechen auf", erklärte ich kurz und trocken.

Binnen Sekunden stand Raziel neben mir, die Decke verbergend um seine Hüfte haltend. "Was soll das heißen?"

Seine Augen wurden größer.

Ich hob die Augenbrauen, lächelte oberflächlich und ging zur Tür. Ich wollte zum Brunnen.

Es ist mir unbegreiflich, warum ich von einem Moment auf den anderen so unterkühlt reagierte. Ich war wohl enttäuscht. Ja, ich war ganz sicher enttäuscht.

Warum?

Nun, vielleicht hatte ich mir den Ausgang der letzten Nacht etwas anders vorgestellt... gut, ich hatte zumindest im Sinne der Triebbefriedigung mein vollstes Pensum erfüllt bekommen, doch das reichte mir nicht!

Ich war wohl doch engelhafter Naivität verfallen und meine nun wieder dominierende infernalische Denkweise machte sich unverzüglich daran, wieder klare Grenzen herzustellen, indem sie mich Raziel, der sich für meinen Geschmack wieder einmal überheblich aufgeführt hatte, in seine Schranken zurückwiesen ließ.

Wir wollen nun nicht an dieser Stelle über Fairness diskutieren.

Nein, wirklich nicht.

"Sariel!" Raziel folgte mir. Es ist erstaunlich, wie anhänglich selbst Feinde sein können, wenn sie etwas Bestimmtes haben wollen.

Am Brunnen angekommen, legte ich meine Kleider bei Seite und holte Wasser.

"Sariel!", erklang die Stimme des Erzengels hinter mir.

Ich zögerte einen Moment, drehte mich aber schließlich halb zu ihm um.

Immer noch die Decke um die Hüften, tapste Raziel über den rauen, mit vielen kleineren Steinen bedeckten Boden des alten Klosterplatzes und setzte sich letztendlich auf die Umrandung des Brunnens.

Seine Augen gierten nach Antworten. "Sariel, was wird das? Was hat Satanel vor?"

Ich lächelte nur. "Du brauchst nicht beunruhigt zu sein", erklärte ich. "Wir brechen lediglich auf und bringen Michael in den Himmel, wo er hingehört." Mit diesen Worten wandte ich mich wieder meiner Waschtätigkeit zu, schöpfte Wasser aus dem Eimer und wusch mir Gesicht, Schultern und Arme.

Natürlich entging mir Raziels fassungsloser Blick nicht. Seine violetten Augen wurden stumpf.

Ich konnte das in gewisser Weise nachvollziehen. Höchstwahrscheinlich hatte sich Raziel bereits ausgemalt, wie wunderbar es doch gewesen wäre, wenn der Himmelsfürst Metatron einen Trupp zur Rettung Michaels hierher geführt und den Satan und seinen Helfer vernichtend geschlagen hätte.

Vielleicht war das all die Zeit seine Stütze gewesen. Und ich hatte sie ihm jetzt zerschlagen.

"Man wird euch töten", ließ der Erzengel schließlich heiser verlauten.

Ich sah ihn an und runzelte kritisch die Stirn. Langsam ließ ich den Eimer wieder zu Wasser, ohne den Blickkontakt zu unterbrechen. "Ja, vermutlich."

Raziel stutzte. Er hatte wohl eine andere Reaktion erwartet. Ich zog den Eimer wieder hoch. "Und?", hakte ich nach einer Weile nach.

Der Engel blinzelte irritiert. "Wie, und? Wieso?" Er stotterte beinahe.

Ich lächelte träge. "Würdest du nicht auch freiwillig für deinen Gott sterben?"

Raziel hob die Augenbrauen. "Aber Satanel wird ebenso sterben", behauptete er dann.

Weiter lächelte ich. "Wenn du es sagst."

Wieder dieser absolut fassungslose Blick. Beinahe niedlich. Raziel schüttelte den Kopf. "Was soll das?" Er verschränkte die Arme vor der Brust. "Kein Kontra? Keine Sticheleien?" Er lächelte spöttisch. "Wo ist denn der böse Dämon?"

"Gefallener Erzengel", korrigierte ich ihn, "Ich bin ein so genannter gefallener Erzengel – mit Nichten ein Dämon." Ich fuhr mit meiner Waschzeremonie fort.

Dem wusste Raziel zunächst nichts entgegenzusetzen. Ich hob den Eimer und leerte ihn über meinem Kopf. Was wohl angesichts der Temperatur des Wassers mehr als unüberlegt war... Diese Eiseskälte!

Raziels Miene schlug wieder ins Spöttische um. Er grinste hämisch und setzte sich auf den Rand des Brunnens. "Ist da jemandem kalt?"

Einen Moment lang musste ich noch verharren, bis der Frost wieder aus meinen Gliedern gewichen war. Dann lächelte ich finster und ließ damit Raziels Grinsen versterben. "In der Tat, es dürstet mich nach Wärme..." Mit einem schnellen Schritt trat ich auf ihn zu.

Mehr brauchte ich gar nicht zu tun. Raziel lehnte sich ruckartig zurück, verlor das Gleichgewicht und fiel in den Brunnen.

Ich lachte. Ich konnte gar nicht anders. Ich hatte die Runde gewonnen.

In höchstem Maße amüsiert beugte ich mich über die Umrandung, stützte meine Hände darauf ab und lächelte in den Brunnenschacht hinunter. "Dieses Bild hatten wir doch schon einmal, oder?"

Raziel hustete und strampelte. Die Decke hatte er natürlich mitgerissen. Nachdem er sich sicher war, beim Atmen kein Wasser zu schlucken, strich er sich seine nassen Haare zurück und sah hoch. Seine Augen funkelten. Schnaubend schüttelte er den Kopf.

Ich lächelte und konnte gar nicht verhindern, dass mein Lächeln von Milde zeugte.

Wieder streckte ich meine Hand aus und hielt sie ihm entgegen - bedachte aber auf der anderen Seite, mich gut an der Umrandung festzuhalten, um möglichen Racheakten vorzubeugen...

Offensichtlich widerwillig griff Raziel nach meiner Hand und ich zog ihn herauf. Ich ließ ihn aber nicht los, sondern zog ihn zu mir, hielt ihn fest, drückte mich an ihn, nutzte schamlos aus, dass er nun keinen Schutz mehr vor seiner, beziehungsweise meiner Nacktheit hatte.

Raziel wurde zwangsläufig rot und war wie gelähmt.

Ich nutzte die Gelegenheit, dem Erzengel einen Kuss zu rauben. Wer wäre ich, wenn ich dies nicht ausgenutzt hätte?

Die Paralyse des Engels hielt an. Ich konnte mich ungestört wieder von ihm lösen und mich ganz unbehelligt meiner Kleidung zuwenden. Ich hatte mich beinahe vollständig eingekleidet, als ich bemerkte, dass er immer noch wie angewurzelt und versteinert dastand. Etwas verwundert hob ich die Augenbrauen. "Willst du dich nicht anziehen?"

Raziel blinzelte. Er sah mich an. Sein Blick war vollkommen undefinierbar für mich.

Dann aber wandte er sich ab und stapfte den Weg zum Zimmer zurück - er hatte ja keine Kleidung mitgenommen.

Kopfschüttelnd richtete ich mich vollends her und schritt über den großen Hof in Richtung Haupttor.

Luzifer, Michael, Raphael und Gabriel warteten bereits am Wegesrand - Luzifer und Michael jedoch etwas abseits. Raphael und Gabriel entdeckten mich zuerst und kamen auf mich zu.

Ihre Mienen waren ernst. Aber nicht nur das. Ihre Blicke waren beinahe vorwurfsvoll.

Ich konnte mir denken, dass Luzifer das, was er in meiner Kammer vorgefunden hatte, nicht für sich behalten hatte. Aber das spielte auch keine Rolle mehr.

"Du bist dir bewusst, was dich erwartet?", fragte Raphael halblaut.

Ich hob die Augenbrauen. "Ja."

Wiederholte sich jetzt etwa die Gesprächsabfolge mit Raziel? Ich hatte nicht im Entferntesten Lust darauf.

Ein Flackern ging durch Gabriels Augen. "Kehr doch um, Sariel..."

Ich blinzelte. Das verwunderte mich nun doch. Ich sah zu Raphael. Seine Miene war ernst. Sehr ernst. Aber er schien Gabriels Vorschlag zuzustimmen.

Nachdenklich verlagerte ich mein Gewicht von einem Fuß auf den anderen und musterte die beiden Erzengel nachdenklich. Dann lächelte ich. "Ich nehme euer Wohlwollen dankbar zur Kenntnis. Aber für mich gibt es kein Zurück." Ich versuchte, ein bedeutendes Gewicht in meine Worte zu legen. Und ich schien Erfolg zu haben: Die Engel tauschten einen Blick und nickten, dann sahen mich an und über mich hinweg.

Der Grund war nicht etwa wieder auflebende Ignoranz, sondern Raziel, der nun als Letzter die Klostermauern verließ.

Ich ließ die Engel nun allein und gesellte mich lieber wieder zu meinem Herrn.

Wir waren nun einmal keine Gestalten des Himmels mehr, also grenzten wir uns mit nicht zu vergessendem Stolz von jenen Wesen Gottes ab.

Raziel verschwand fast sofort in Raphaels Schatten - sie waren eben Mentor und Schüler.

Luzifer warf indes einen prüfenden Blick in die Runde, musterte insbesondere Michael noch einmal mit Argusaugen und begann mit der Beschwörung eines Sphärentores.

"Michael..."

"Ja, ich weiß", murrte der Mensch und schloss die Augen. Der Teufel nickte, nahm seinen Schützling bei der Hand, streifte uns alle noch einmal mit einem ernsten Blick und trat dann mit Michael ins Nichts.

Wir folgten ihnen.

XXXV

in insaniam nulla sapientia

Im Wahnsinn ist keine Weisheit

Wir erreichten die Intersphäre ohne Probleme.

In grotesker Schönheit breitete sich die pechschwarze Umgebung vor uns aus. Schon des Öfteren hatte ich mir Gedanken darüber gemacht, wie es wohl gewesen wäre, hier ein Universum im Hintergrund zu haben - anstatt des verschluckenden schwarzen Nichts.

Aber es ging hier nicht um die schöne Aussicht. Eine schöne Aussicht hätte wohl viel eher zum Verweilen und Umschauen verführt. Die Intersphäre hatte jedoch nie so ein wichtiger Ort sein sollen. Sie war lediglich ein Ort, der sein musste. Vielleicht, um eine Balance zu wahren. Wahrscheinlich hätte es sonst nicht anders funktioniert, das Sphärenreisen.

Während ich mich also umsah und mich schon gar nicht mehr darüber wunderte, dass ich das konnte, bildete sich auf Luzifers Geheiß hin das Ausgangsmandala an einer anderen Stelle der Plattform.

Doch plötzlich stoppte es in seiner Vervollkommnung. Das seltsame rote Licht, das auf seinem Weg fluoreszierende Linien zog, wirkte wie eingefroren.

Luzifer blinzelte und zog die Augenbrauen zusammen. Er trat einen Schritt zurück - das Geräusch seiner metallenen Absätze verhallte in den Weiten der finsteren, uns umklammernden Ewigkeit.

Ich fröstelte.

Luzifer trat auf Raphael zu und übergab ihm den Menschen, der sich gehorsam an sein Seh- und Sprechverbot hielt.

"Bleib bei ihm, Michael", ordnete Luzifer an. Er hielt seine Stimme gedämpft.

Die Vorsicht, die seinen Ton in leise Dimensionen drückte, irritierte mich.

Die Engel sahen meinen Fürsten fragend an. Waren sie ebenso irritiert wie ich?

Ich verschränkte die Arme vor der Brust. Etwas stimmte hier nicht...

Der Satan ging zu einer anderen Stelle des Plattformrandes und setzte einen neuen Lichtpunkt. Aber auch dieser bewegte sich nicht mehr, sobald er Luzifers Zeigefinger entsprungen war.

Forschend ließ ich meinen Blick schweifen. Der Grund für das Geschehen musste doch irgendwo hier zu finden sein...

"Es hat keinen Zweck, Satanel", hob Raziel plötzlich seine Stimme.

Alle sahen ihn an.

Ich hob skeptisch die Augenbrauen. Hatte er etwa...

Es dämmerte mir. Warum hätte Raziel die Zeit, in der ich ihn nach der Brunnenszenerie alleingelassen hatte, auch nicht dazu nutzen sollen, Metatron Bescheid zu geben...?

Ich verfluchte meine Naivität.

In dem Moment klirrte es - ein Kälteklirren.

Luzifer, der wohl die gleichen Gedanken wie ich gehabt hatte, war einen Schritt auf Raziel zugetreten. Er war auf Eis getreten, das nun unter seinen Stiefeln zerbrochen war. Aber wie konnte es hier im Nichts Eis geben? Eis - das ist gefrorenes Wasser...

Augenblicklich richteten sich alle Augen - Raziel und Michael ausgeschlossen - auf Gabriel, doch diese war ebenso überrascht und entsetzt wie ich.

Die Luft knisterte. Ich sah mich um. Was ich sah, bereitete mir noch mehr Unbehagen.

An den Rändern der Plattform wuchsen Eiskristalle in die Höhe und formten allmählich eine Kuppel über unseren Köpfen.

"Verzeiht dieses Spektakel, Luzifer..."

Alle fuhren herum.

Ich kannte diese Stimme. Diesen seltsamen, lasziven, manischen Ton.

Die Hände ineinander gelegt vor dem hoch gewachsenen Körper haltend, stand er barfuss da; gekleidet in dieses für ihn charakteristische, selbstverständlich weiße, so genannte Gewand, das mich stark an menschliche Schlafbekleidung vergangener Jahrhunderte erinnerte.

Schwarze, emotionslose Augen starrten uns an, während uns ein hintergründiges Lächeln begrüßte. Eine schmale, mit dünnen, langen Fingern besetzte Hand strich sich zunächst über die zur Hälfte rot gemalten Lippen und dann über die eigene Wange hoch durch das lange, zerzauste bläulichgraue Haar.

"Aber Metatron hat etwas dagegen, dass du den Himmel betrittst", erklärte die Gestalt amüsiert und füllte ihr Lächeln mit stichelndem Hohn.

Dieses äußerst bizarre Wesen war ein Engel. Es war Sandalphon, seines Zeichens regierender Fürst des fünften Himmels, die Verkörperung des Selbst, das Pendant seines Zwillingsbruders Metatron. Und er war anscheinend in göttlicher Mission unterwegs...

"Oh", kommentierte Luzifer und spiegelte das Lächeln des Himmelsgeschöpfes wider. "Und was Metatron sagt, wird sofort erledigt, nicht wahr?"

Sandalphon legte den Kopf leicht in den Nacken. "Mir war langweilig", erklärte er. Tatsächlich konnte man sich bei diesem Engel nie sicher sein, wie weit seine Loyalität reichte. Und wem seine

Loyalität für wie lange galt, stand wiederum auf einem anderen Blatt.

Jetzt wandte sich der Engel mir zu. Er hob die Augenbrauen.

"Salve, Sariel", grüßte er mich. "Von dir hat man ja auch schon lange nichts mehr gehört. Aber du sollst ja viel herumgekommen sein..."

Ich lächelte oberflächlich, doch ehe ich ihm etwas erwidern konnte, wandte er sich den anderen Engeln zu.

"Ist er das?" Er visierte Michael an. Bevor man ihm antworten konnte, nickte er. "Ja, natürlich ist er das!"

Der Mensch fühlte sich sichtlich unwohl, hielt sich aber weiterhin an Luzifers Anordnung.

Sandalphon schritt auf Michael zu. In seinen Augen glomm neugieriger Wahnsinn. Dieser Engel war vollkommen unberechenbar – und das machte ihn, obwohl er ein Engel war, zu einer Gefahr für den Menschen. So war es umso überraschender, als er plötzlich abrupt stehen bleib und sich vor dem Menschen verneigte. "Erhabener Fürst, seid willkommen. Willkommen zurück."

Michael schwieg und hielt weiterhin die Augen geschlossen.

Sandalphon richtete sich wieder auf und machte ein grimmiges Gesicht. Offensichtlich missbilligte er es, nicht beachtet zu werden. "Hoher Erzen-...", setzte er erneut an, doch Luzifer unterbrach ihn barsch:

"Er spricht nicht mit dir. Und das ist gut so."

Ich ließ Michael nicht aus den Augen. Was auch immer zwischen ihm und Luzifer passiert war, es vermochte mir keine Sicherheit zu geben.

Noch war Michael unser Trumpf. Solange er tat, was Luzifer wollte, behielten wir ihn. Reagierte er jedoch trotzig und ging er auf Sandalphon ein...

"Ach? Weshalb?" Sandalphon hob die Augenbrauen. "Hast du ihm die Zunge herausgerissen und die Augen ausgestochen?"

Luzifer lächelte hämisch und schüttelte den Kopf. "Nein, aber vielen Dank für den Vorschlag..."

Sandalphon lachte manisch. Ein gläsernes, heiseres, leeres, aber in keiner Weise gekünsteltes Lachen. Dabei klatschte er schließlich in die Hände wie ein kleines Kind und demonstrierte erneut, wer und was er war: Ein undurchschaubares Wesen - und vielleicht gerade deshalb nicht ganz unberechenbar.

Raziel zog mit einem Räuspern die Aufmerksamkeit auf sich. "Wir sollten gehen", erklärte er und trat an Sandalphons Seite. „Kommt, Fürst Michael", richtete er sich dann eindringlich an Michael. „Wenn Ihr in den Himmel zurückgekehrt seid, könnt Ihr Euch in Ruhe mit der Angelegenheit befassen."

Spürte er meinen verachtenden Blick?

Das Einzige, was meine Zunge im Zaum hielt, war die überraschende Tatsache, dass Gabriel und Raphael beinahe Hilfe suchend nicht etwa zu Sandalphon, sondern zu meinem Herrn Luzifer sahen als erbaten sie sein Eingreifen.

Und der Teufel ließ sich nicht lange bitten: "Willst du wirklich schon gehen, Sandalphon?", fragte er und klang immer noch gelassen.

Sandalphon kicherte und zuckte mit den Schultern. In der Manie einer lüsternen Frau strich er sich wieder über die Lippen. "Weißt du, ich will gehen, weil ich es kann..."

Oder übersetzt: *Ich lasse euch nicht gehen, bevor ich nicht mit Michael gegangen bin.*

Aber auch das brachte meinen Fürsten nicht aus der Fassung. "Bist du sicher, dass du das kannst?" Was soviel hieß wie: *Du wirst nicht an mir vorbeikommen.*

Doch trotz der Sticheleien hatte sich die Situation fühlbar entspannt. Luzifer und Sandalphon umkreisten sich verbal, aber ein plötzlicher Angriff war – trotz Sandalphons unberechenbaren Wesens – unwahrscheinlich. Ich nutzte den Moment, um mich zu beruhigen und empfand Genugtuung, dass sich Raziel offensichtlich darüber ärgerte, dass Sandalphon nicht auf ihn gehört hatte.

"Seien wir ehrlich miteinander, Luzifer", leitete der hohe Engel die nächste Runde ein rümpfte pikiert die Nase.

Der Satan deutete eine Verbeugung an. "Oh, ich bitte darum!"

"Du hast andere Dinge, um die du dich kümmern solltest..." Sandalphons Stimme wurde zu einem Zischeln.

"Wirklich?" Luzifer hob die Augenbrauen.

Ein Mandala brannte sich durch die Eiswand, Dampf bildete sich und die Ruhe war dahin. Spätestens, als die Wand zerbarst und Mastema und Beelzebub mit gezogenen Schwertern die Plattform stürmten.

Sandalphon lächelte amüsiert und verschränkte zufrieden die Arme vor der Brust.

„Ja, wirklich!"

Gabriel stellte sich sofort schützend vor Michael. Ich hingegen stand, ohne es zu wollen, plötzlich in der Schusslinie zwischen den Höllenfürsten und Raziel – und redete mir dann vergeblich ein, es nur zu tun, damit Raziel nichts Dummes tat.

Luzifer blieb gelassen, musterte Beelzebub und Mastema nur abschätzig, bevor er wieder mit gelangweilter Miene zu Sandalphon sah. "Nein, ich denke nicht."

"Luzifer!", hallte Mastemas energische Stimme durch die Eiskuppel.

"Wir sind hier, das einzufordern, das nicht mehr dir gebührt", erklärte Beelzebub verdächtig ruhig.

"So? Und dafür paktiert ihr mit einem Engel wie ihm?" Luzifer deutete mit einem Kopfnicken in Sandalphons Richtung. "Seid ihr so tief gesunken?"

Mastema fasste sein Schwert fester - seine Augen sprühten Funken des Zorns. "Wir müssen unser Reich vor den Torheiten bewahren, die ihm Schaden zufügen!"

Luzifer faltete die Hände vor der Brust. "Ich habe meinem Reich geschadet?" Er hob die Augenbrauen. "Kläre mich auf..."

Beelzebub streckte bedacht eine Hand vor Mastema aus, um ihn zurückzuhalten. Der Teufel wusste offenbar um das impulsive Temperament des Anderen.

"Lasst uns - selbst vor den Augen der Blinden - nicht streiten", meinte er eindringlich. "Dein Volk gab dir deine Chance. Niemand zweifelt an deiner Macht, Luzifer, doch will es einen neuen Führer."

Ich fragte mich, wie dieses Gespräch wohl auf die anderen wirkte. Es legte das Chaos der infernalischen Welt verwundbar offen....

"Stell dich hier und jetzt dem Kampf, Luzifer!", forderte Mastema nun überdeutlich.

Sandalphon lachte amüsiert. Er hatte sich mittlerweile auf einem kleinen Thron aus Eis niedergelassen, der wohl sein Geheiß hin entstanden war. Auch das Loch in der Wand, das Mastema und Beelzebub bei ihrem Eindringen hinterlassen hatten, war wieder verschwunden.

Wie Sandalphon zu diesen Kräften kam, war mir rätselhaft; jedenfalls machte er seinem Ruf alle Ehre...

"Und deswegen paktierst du mit einem Engel?", fragte Luzifer erneut in Mastemas Richtung. "Um mit mir zu kämpfen?" Er hob sein Kinn und verdeutlichte, dass er auf den anderen Teufel herabsah. "Um mit mir kämpfen zu können?", fügte er hinzu und zeigte, dass er durchaus mit Sandalphons manischem, bedrohlichem Blicken konkurrieren konnte. Aber hinter seinem Wahnsinn stand eine offensichtliche, schier umwerfende Sicherheit, die ihm eine unbeschreibliche Machtausstrahlung verlieh. "Ich hielt dich für klüger..."

Mit einem Schrei drängte sich der endgültig aufgebrachte Mastema an Beelzebub vorbei und stürmte mit erhobenem Schwert auf Luzifer zu.

Aber er kam nicht weit. Luzifer war noch nicht einmal in der Reichweite seines Schwerts, als der Höllenfürst von einer unsichtbaren Welle erfasst und von den Füßen gerissen wurde. Luzifer hatte lediglich eine Hand gehoben.

Beelzebub sah zuerst zu dem sich aufrappelnden Teufel, dann zu meinem Herrn.

"Jähzorn war schon immer sein Schwachpunkt... und Hochmut ist deiner, Luzifer", meinte er, bevor er sein Schwert schwang und ebenfalls angriff. Allerdings zeigte er sich weitaus geschickter und viel bedachter - er ließ sich nicht beirren, war gefasst auf das, was vor ihm lag und zwang Luzifer dazu, seiner Schwertklinge auszuweichen.

Erst jetzt fiel mir siedendheiß ein, dass Luzifer kein Schwert trug... Keiner von uns war bewaffnet.

Ich zweifelte nicht im Geringsten an den Kräften meines Herrn. Er würde mit den Teufeln und Sandalphon fertigwerden - und gegebenenfalls auch mit Raziel.

Aber das konnte, besonders im Falle Sandalphons, seine Zeit in Anspruch nehmen. Und Metatron war sicherlich auf dem Weg hierher.

Abgesehen davon wurde es stetig kälter. Und Michael war immer noch ein Mensch...

Je länger ich darüber nachdachte, desto mehr Sorgen machte ich mir um Michael. Zwar hatten Gabriel und Raphael ihn beiseite geführt und standen schützend bei ihm, aber auch ihnen konnte ich nicht trauen. Sie waren immer noch Engel.

Wie berechtigt meine Sorgen waren, wurde mir schlagartig überdeutlich bewusst, als Michael in die Knie brach und sich den Kopf hielt.

Sofort knieten Raphael und Gabriel bei ihm und stützten ihn und auch ich eilte zu ihm. Schweiß stand auf seiner Stirn, hielt sich den Kopf, und verzog das Gesicht als hätte er unerträgliche Kopfschmerzen.

Ich ahnte, was vor sich ging...

Ich traute es Raziel nicht zu, in Michaels Geist einzudringen. Sandalphon aber schon.

Sandalphon besaß die Skrupellosigkeit, so etwas Unmenschliches zu tun.

"Macht dir das Spaß?", fragte ich geradeheraus und sah den hohen Engel abschätzig an.

Sandalphon lächelte. "Wer weiß."

Das war wohl der erlaubte Mittelweg zwischen Wahrheit und Lüge. Er leugnete nicht und er log nicht – er hielt sich an göttliche Gebote. Offenbar war Sandalphon ein Meister darin, auf dem schmalen Grat zwischen Sünde und Tugend zu wandern.

Meinem Herrn blieb Michaels Leiden natürlich nicht unentdeckt - im Gegenteil. Immer noch Beelzebubs und Mastemas Attacken ausweichend, ließ er jede Möglichkeit auf Konterangriffe aus, um stattdessen zu dem Menschen zu sehen.

"Sandalphon", rief er - so kontrolliert, wie nur er in so einer Lage rufen konnte, "was willst du damit erreichen?"

Wieder lachte der Engel. Seine Augen leuchteten voller Tatendrang. "Oh, interessiert dich das wirklich?" Er hob die Augenbrauen. "Nun..." In einer unendlich lässigen Bewegung lehnte er sich in seinem eisigen Thron zurück. "Ich suche lediglich nach dem richtigen Anreiz für dich, um dir den Ablauf des Kampfes ein wenig - ähm..." Er schnipste wortsuchend. "Schmackhafter zu machen..." Und wieder dieses durch und durch oberflächliche, fast schon gehässige Lächeln.

Luzifers Blick war ernst. Warum, war allen Beteiligten – Mastema und Beelzebub einmal ausgenommen – bewusst. Sandalphons Worte waren nichts anderes als eine hübsch verpackte Erpressung. Aber was verlangte er von meinem Fürsten?

"Was bringt es dir, wenn du Michael schadest? Metatron wird davon bestimmt nicht begeistert sein", wandte ich ein und fragte mich doch, weshalb Raziel dies alles duldete. Meinem Blick wich er jedenfalls konsequent aus.

Wieder ein manisches Kichern. "Oh, ich schade ihm nicht, Sariel! Ich reinige ihn! Satanel hat ihm geschadet, nur Satanel!"

Reinigen?

Michael schrie auf und riss die Augen auf. "Hör auf!", rief er schmerzerfüllt und starrte Sandalphon wütend an. "Lass mich in Ruhe!"

Luzifer war für einen Moment so irritiert, dass es Beelzebub beinahe gelungen wäre, ihn zu streifen.

Der Mensch rappelte sich ruckartig hoch und stürzte mit geballter Faust auf den thronenden Engel zu.

Raziel stellte sich ihm in den Weg und fing ihn erfolgreich ab.

Kurz darauf kauerte der Mensch wieder am Boden; stöhnend und keuchend klammerte er sich in Raziels Gewand.

Und endlich sah ich den inneren Konflikt auf Raziels Gesicht, all die Anspannung, die Verbissenheit – ich sah die Zweifel, die Missbilligung auf seiner gerunzelten Stirn und die unausgesprochene Hinterfragung auf seinen zusammengekniffenen Lippen.

Sah er jetzt mein stummes Flehen, auf Sandalphon einzuwirken? Wenigstens zugunsten des Menschen...

"Was in Gottes Namen willst du?"

Ich fuhr herum – halb erschrocken. Solche Worte war ich von meinem Herrn nun wirklich nicht gewohnt. In der Hölle war diese Phrase so gebräuchlich, wie man auf Erden ein Verdammt! oder ein Was zur Hölle?! als Ausruf des

Erstaunens von sich gibt. Aber jetzt klang es anders - eindringlicher. Und dann auch noch aus Luzifers Mund...!

Trotzdem zuckte Sandalphon nur unbeeindruckt mit den Schultern. "Das wird sich zeigen...", erklärte er mit hintergründigem Lächeln. "Aber sage mir, Satanel, wovor hast du eigentlich Angst?"

Luzifer wich erneut den Schlägen seiner Gegner aus und sah Sandalphon mit immer weiter wachsender Missbilligung an. "Angst?"

Fragen schwirrten durch meinen Kopf.

Warum unternahm Raziel nichts gegen den immer noch leidenden Michael? Warum schonte Luzifer Beelzebub und Mastema, anstatt sie in ihre Schranken zu weisen?

Und wieso war mein Herr plötzlich doch wieder nur Satanel?

XXXVI

dolus diaboli

Die List des Teufels

Wie ein Fels thronte Sandalphon auf dem Eisgebilde - dennoch wirkte er filigran wie ein Spinnennetz. Eine verstörende Kombination. Aber es passte zu ihm. Schließlich war er ein durch und durch undefinierbares Wesen. Wahnsinnig wie gefährlich.

Ob er nun Angst hatte oder nicht, war nicht zu beantworten. Ich konnte aus Erfahrungen sagen, dass er immer leicht hektisch wirkte, wenn man ihn denn einmal über längere Zeit zu Gesicht bekam. Er war das genaue Gegenteil von Metatron und dennoch war ihre Verwandtschaft offensichtlich.

Ich persönlich möchte behaupten, beide waren gleich strikt und in ihren Urteilen gleich grausam und gerecht. Nur, dass Sandalphon zusätzlich auch noch wahnsinnig war. Aber konnte man hier wirklich von Wahnsinn sprechen?

Vielleicht wäre der Begriff vielsinnig hier treffender, wenn auch nicht wirklich existent. Sandalphon war nicht schizophren, er war lediglich vielgesichtig und ein eigenes Charakterlabyrinth. Im Gegensatz zu Metatron war dieser Engel nicht allein wegen seiner Kräfte gefährlich. Wobei gefährlich hier auch wieder äußerst relativ ist.

"Angst?" Sandalphon hob pikiert die Augenbrauen. "Satanel, nicht doch..." Wieder lächelte er finster. "Du müsstest doch wissen, dass man ab einer gewissen Liga keine Angst mehr haben muss." Er schlug die Augenlider nieder. "Und wenn überhaupt - wovor?"

Schon im nächsten Augenblick stand der Höllenregent vor Sandalphon und sah auf ihn herab. Sandalphon fuhr mit einem Kreischen, das Cassiel alle Ehre gemacht hätte, zusammen – und auch Raziel zuckte zusammen.

"Oh, wir alle haben unsere Schwächen, Sandalphon...", kommentierte Luzifer indes mit einem finsteren, höhnischen Lächeln, das jedoch kurz darauf verschwand. "Lass Michael in Ruhe."

Ein wenig frustriert ob des letzten Satzes biss ich die Zähne aufeinander. Ich konnte nicht nachvollziehen, wieso mein Fürst dem Feind erst erfolgreich drohte und sich dann mit solch einer Äußerung wieder selbst entmachtete.

Für Sandalphon war es jedenfalls ein gefundenes Fressen. "Oh, ich glaube nicht", erklärte er wieder lächelnd und vom Schock befreit. "Aber vielleicht überlege ich es mir ja, wenn Luzifer persönlich für seinen Michael kämpft..."

Mein Herr hob skeptisch die Augenbrauen. Dann wich er zunächst wieder den beiden anderen Satanen aus, die immer noch nicht aufgegeben hatten. Und endlich schien Luzifer die Unterhaltung mit Sandalphon so wichtig zu sein, dass er Beelzebub und Mastema mit einem bösen Blick an die Eiswände schickte.

Nach einem Räuspern wandte er sich wieder dem thronenden Engel zu.

"Damit ich das richtig verstehe", begann er langsam. "Du glaubst, ich sei Satanel und müsste erst zu Luzifer werden und dann sollte ich gegen die beiden kämpfen und gewinnen - und dann ließest du Michael in Frieden?" Er hob die Augenbrauen.

Eine Frage, die ich so nur unterstreichen konnte. Scheinbar wusste der Himmel mittlerweile doch mehr über die Gestalt Satanels. Warum richteten sich meine Augen nur automatisch auf Raziel?

Sandalphon nickte. "Aber ich wäre auch so gnädig, Michael in Frieden zu lassen, wenn du verlieren würdest."

"Natürlich würdest du das." Luzifer verschränkte die Arme vor der Brust. "Nun, ich habe meinen Teil dieser Abmachung bereits erfüllt. Nur dein Teil fehlt noch."

Sandalphons Blick wurde ungläubig. "Bitte?"

Ich konnte mir ein Grinsen nicht verkneifen. Sandalphons Quellen reichten wohl doch nicht so weit, denn sonst hätte er wissen müssen, dass Luzifer Satanel bereits bei seiner offiziellen Abreise aus der Hölle zurückgelassen hatte.

Der Engel lehnte sich in seinem Thron leicht vor. "Was soll das heißen?", verlangte er zu wissen, unfähig, seine unterschwellige Empörung zu verbergen.

Luzifer duckte gespielt betroffen sein Haupt. "Verzeih, aber Satanel ist zu schwer, um ihn die ganze Zeit zu tragen..." Für den Bruchteil einer Sekunde wirkte er fast wie ein trotziges Kind. Vielleicht bildete ich mir dies aber auch nur ein...

Beelzebub und Mastema, die sich im Hintergrund wieder aufgerappelt hatten, hoben die Augenbrauen. Offensichtlich verstanden die Meuterer den Ernst der Situation und hielten sich zurück. Dennoch konnten sie sich eines leichten Grinsens nicht erwehren. Trotz aller Differenzen: Da stand jetzt immer noch ihr Herrscher und er spielte einen hohen Engel an die Wand, ohne Hand an ihn zu legen.

Sandalphon legte den Kopf schief. "Du sprichst, als wäre Satanel ein Gegenstand..."

Luzifer lächelte. "Ich habe nie behauptet, dass er keiner ist, oder?"

Ich musste ebenfalls lächeln. Auch ich genoss es natürlich, meinen Herrn so zu sehen - absolut überlegen gegenüber einem Engel.

Dieser schlug die Beine übereinander und lehnte sich zurück. "Zeig ihn mir", verlangte er.

"Ich habe ihn, wie gesagt, leider nicht dabei." Luzifer rang die Hände, als hätte man ihn ernsthaft unter Druck gesetzt - allerdings zerriss sein weiterhin selbstsicheres Lächeln dieses Bild sofort wieder.

Raziel hatte währenddessen Mühe, stillzustehen - das fiel mir auf, weil ich es doch nicht lassen konnte, aus reiner Neugierde immer wieder zu ihm hin zu sehen.

"Aber weshalb suchen deine rebellierenden Dämonen dann nach dir?", hakte Raziel plötzlich nach - und es war eine durch und durch berechtigte Frage. Raziel mochte die Antwort zwar nicht kennen, aber er konnte wohl ausschließen, welche Antworten falsch waren.

Gott sei Dank hatte Raziel den Unterschied zwischen Dämonen und gefallenen Engeln immer noch nicht verstanden. Auch hatte er noch kein Auge dafür, diese zwei optisch voneinander zu unterscheiden, was selbst mir hin und wieder schwer fiel.

Luzifer legte den Kopf schief und sah in Raziels Richtung. Sandalphon hatte einen Anknüpfungspunkt bekommen und nickte eifrig. "Genau, weshalb suchen sie nach dir, wenn sie doch einfach Satanel in der Hölle holen könnten?"

"Weil sie nicht wissen, wo er ist", warf ich ein. "Außerdem können sie ihn nicht benutzen, weil sie nicht wissen, wie er funktioniert."

Luzifer nickte.

"Gibt es keine... Gebrauchsanweisung?", fragte Sandalphon mit hochgezogenen Augenbrauen.

Der oberste Satan zuckte mit den Schultern. "Deswegen suchen sie mich ja." Er hob seinen Zeigefinger und tippte sich an den Kopf. "Sie ist hier drin."

Jetzt nickte auch Sandalphon. "Gut, gut, verrat sie uns!", forderte er.

Michael, der die ganze Zeit mehr oder weniger teilnahmslos zu Füßen des Engels gekauert hatte, blinzelte nun. Sandalphon schien dies nicht aufzufallen - der Engel war viel zu versessen darauf, an Wissen zu gelangen.

Luzifer hob die Augenbrauen. "Das geht nicht." Er zuckte mit den Schultern. "Es ist ein unterbewusstes Wissen. So, wie du von Anfang an wusstest, wie man Gott am besten dient, wusste ich von Anfang an instinktiv, Satanel zu befehligen - ohne sagen zu können, wie und warum", erklärte er und zuckte mit den Schultern.

Sandalphon presste seine Lippen aufeinander. "Dann... dann demonstrier es uns!"

Luzifer schüttelte den Kopf. "Ich kann ihn nicht einfach rufen - außerdem wird er mir böse sein, weil ich ihn so lange allein gelassen hab."

Ich musste mich schon sehr bemühen, mein Grinsen im Zaum zu halten.

Sandalphons Augen blitzten auf. "Das heißt also, dass Satanel dir nicht zur Hilfe kommen würde, wenn du ihn riefest?"

Mein Fürst zuckte mit den Schultern und nickte. Daraufhin richtete sich der Engel wieder sicherer in seinem Thron auf. "Interessant, interessant!", meinte er und klang beinahe vergnügt.

Diesen Moment nutzte Michael. In einer ruckartigen Bewegung sprang er nach vorne und floh an Luzifers Seite.

Sandalphon sah auf. "Oh, er kann ja doch noch laufen..." Er beugte sich leicht vor. "Mal sehen wie-..."

Luzifer legte schützend eine Hand auf Michaels Kopf und sah Sandalphon finster an. Es wurde noch kälter in der Eiskuppel. Dann aber hob

Sandalphon beschwichtigend die Hände. "Schon gut, schon gut!", meinte er schnell. "Wir wollen doch nicht gleich gewalttätig werden! Das ist nicht im Sinne des Herrn und in meinem schon gar nicht!"

"Der Typ ist irre!", keuchte Michael fassungslos und schüttelte apathisch den Kopf.

Luzifer nickte seufzend und zog seine Hand wieder zurück.

Auch ich konnte dem nur zustimmen.

"Luzifer", hob Beelzebub seine Stimme.

Mein Herr wandte den Kopf in die Richtung des anderen Satans.

Beelzebub und Mastema knieten in sicherer Entfernung nieder.

"Veniam quaesimus", erklang es synchron und die Satane senkten ihre Häupter. Sie ersuchten die Vergebung des Königs.

Luzifer tat das, was ein jeder guter Herr angesichts der Situation getan hätte: Er belächelte die Kriecherei der Verräter und nickte. "Wir reden später darüber..."

Ich hatte nichts anderes von ihm erwartet. Auch wenn es Verräter waren, kein infernalisches Wesen würde es ihnen übel nehmen - immerhin waren wir alle Gefallene, ohne Moral und durch und durch egoistisch. Außerdem waren die beiden Satane auch nützlich, ja sogar unentbehrlich für das Gleichgewicht in den infernalischen Gefilden. Jedenfalls waren Mastema und Beelzebub jetzt sichtlich erleichtert und ihrem Herrn unendlich dankbar – und hatten scheinbar das überhört, dass Luzifer sich später noch eingehender mit ihnen befassen wollte...

"Das Ende der Stunde naht", kommentierte Sandalphon plötzlich mit abwesender Stimme. Sofort hatte er die Aufmerksamkeit aller wieder gewonnen.

Erst richteten sich seine Mundwinkel langsam wieder nach oben und seine Augen funkelten, dann brach er wieder in heiseres Gelächter aus.

Luzifer hob die Augenbrauen und schüttelte den Kopf, während Raziel den Abstand zwischen sich und dem hohen Engel mit zweifelnder Miene vergrößerte.

In diesem Moment erschien ein weiß leuchtendes Mandala auf der Wand neben Sandalphons Thron und das Eis begann zu schmelzen.

Sandalphon schreckte auf und zuckte deutlich auf seinem Thron zusammen. Dennoch lachte er weiterhin – auch wenn es immer verzweifelter klang.

Kurz darauf erklangen Schritte. Insgesamt vier verhüllte Engel betraten die Intersphäre. Hochrangige Engel - das war spürbar, ihre Astralenergie hatte sich bald in der Kuppel ausgebreitet, während sich das Loch in der Eiswand wieder schloss.

Allen voran trat nun ein wirklich großer Engel weiter in den Raum. Es war unverkennbar der höchste Engelsfürst des Himmels - der Engel Metatron. Er war wohl der Einzige der Himmelssöhne, der meinen Herrn überragte.

Kurz darauf gab er sich auch zu erkennen, lüftete die weiße Kapuze seines ebenso weißen Überwurfs. Weißgraues wallendes schulterlanges Haar umrahmte das von Alter gekennzeichnete Gesicht. Ja, nur zu gut sah man noch, dass dieser Engel einst ein Mensch gewesen war.

Ein weiterer Engel gab sich auf gleiche Weise zu erkennen und ich verdrehte die Augen - natürlich musste auch Cassiel wieder mit von der Partie sein. Wenn man vom Teufel sprach...

Luzifer zeigte sich von dem Spektakel wenig beeindruckt. Er war - selbstverständlich - nicht sehr von den Fähigkeiten seines himmlischen Nachfolgers überzeugt.

Und Sandalphon lachte immer noch.

"Tace, frater", tönte es da streng von Metatrons schmalen Lippen.

Sandalphon verstummte augenblicklich und kauerte sich zusammen.

Metatron hatte wieder einmal mit dem Fronten klärenden *Schweig, Bruder* ein Paradebeispiel für die dubiose Beziehung der beiden hohen Engel geboten.

Ja, die beiden waren Brüder, Zwillingsbrüder. Von Gott aus einem Menschen erschaffen, spiegelten sie unterschiedliche Seiten der Existenz wieder: Reiner Verstand und ungebändigtes Gefühl. Im Grunde ergaben sie nur zusammen ein Ganzes, was man Metatron natürlich niemals offen sagen sollte.

Ich konnte nicht ganz nachvollziehen, weshalb sich Sandalphon von dem anderen Zwilling so anherrschen ließ. Im Grunde waren sie gleich mächtig. Obwohl Metatron laut Araboth natürlich der tugendhaftere war. Wahrscheinlich war Sandalphon – ob seines gefühlvollen Wesens – abhängig von seinem durch und durch rationalen Bruder. Es wäre nicht die erste tragische Geschwisterbeziehung in Gottes Reich...

"Welch unerwarteter Anblick, der Himmelsfürst persönlich", sprach Luzifer in diesem Augenblick. "Diesen Aufwand hättest du dir doch wirklich nicht machen müssen..." Metatron wandte seinen Blick zu meinem Herrn. "Bist du immer noch nicht klüger geworden, Satan? Reicht dir deine eine Niederlage nicht?"

Luzifer lächelte hämisch. "Oh, ich kann mich nicht erinnern, jemals dir unterlegen gewesen zu sein, Metatron", entgegnete er ruhig. Dann faltete er die Hände. "Aber gut, dass du da bist, ich wollte sowieso mit dir sprechen." Er trat einen Schritt vor. "Du weißt, warum ich hier bin?", fragte er mit erhobenen Augenbrauen.

Metatrons Blick blieb starr. "Ja. Und die Antwort heißt Nein."

Luzifer hob die Augenbrauen. "Wie schade", kommentierte er. Sein Lächeln wuchs. "Wie schade, dass du dieses Mal absolut keinen Einfluss nehmen kannst..." Er sah zu Michael.

Der Mensch sah wie auf ein Zeichen hin auf. "Metatron", erklang es ohne jede Scheu. "Ich werde Luzifer mit mir nehmen." Er nahm meinen Herrn bei der Hand. "Sonst komme ich nicht zurück."

XXXVII

os verum in speculo

Das wahre Gesicht im Spiegel

Eigentlich hatte ich solch heroische Worte ja beinahe erwartet. Trotzdem war ich wie betäubt, als ich sie tatsächlich hörte.

Bilder schwirrten immer schneller vor meinem inneren Auge. Erinnerungen an die furchtbare Zeit des Kriegs, an den Kampf der Mächte mischten sich mit friedlichen Szenen, die ich jüngst hatte erleben dürfen. Luzifer und Michael. Gottes untreuester und treuester Engel. So lange waren sie eiserne Gegenspieler gewesen.

Und jetzt standen sie plötzlich wieder Seite an Seite, vereint gegenüber einem vermeintlichen Feind.

Es war ein Anblick, auf den ich – obwohl es absehbar gewesen war – nicht vorbereitet war. Etwas schnürte mir die trockene Kehle zu. Meine Hände zitterten und mein Herz klopfte so schnell, dass ich das Gefühl hatte, nicht genug Luft zu bekommen.

Egal, was ich über den Himmel dachte. Seit ich ihm den Rücken gekehrt hatte, war ich ein entwurzeltes Wesen. Obwohl niemand meiner höllischen Mitstreiter seine Rolle in diesem Konflikt bereute, waren wir doch letztendlich Kinder Gottes, die im Streit mit ihrem Vater auseinander gegangen waren. Kinder, die entsetzliches Heimweh hatten.

Der letzte Gedanke ging vielleicht etwas zu weit – ich hatte mich gehen lassen. Deshalb versuchte ich umgehend, ihn wieder zu vertreiben. Aber das war leichter gesagt als getan, denn gerade, als ich es versuchte, bemerkte ich den überirdischen, gütigen Glanz in Michaels entschlossenem Blick. Oh, wie hatte ich diesen Blick des Erzengels verflucht – aber diesen Menschen ließ er erhabener als jeden König wirken. Und auch mein Herr Luzifer hatte schon seit langem nicht mehr eine so herrschaftliche Aura versprüht. Gott allein weiß, was sie in diesem Moment tatsächlich einte.

Aber für mich waren *Vergebung* und *Versöhnung* plötzlich nicht mehr nur Worte, sie hatten wieder Sinn und heilende Wirkung. Meine großen Brüder, die gegensätzlicher in ihrer Art zu denken nicht hätten sein können, wieder geeint zu sehen, verlieh mir ungeheure Kraft. Und auch wenn in mir die Gefühle tobten wie ein Sturm, waren meine Gedanken entsetzlich klar: Ich hatte Hoffnung. Hoffnung, bald wieder einen Platz zu haben, den ich lächelnd *mein Heim* nennen konnte.

Metatron klatschte in die Hände und riss mich aus meinem trotz allem stillen Gefühlsausbruch. "Bravo", kommentierte er milde lächelnd. "Sehr beeindruckend."

Ich wusste nicht, was ich von dieser Äußerung halten sollte. Metatron schien in keiner Weise bewegt oder auch nur berührt worden zu sein. Ich konnte es beim besten Willen nicht verstehen. Es ging hier doch um so Wichtiges, um die Erfüllung einer Prophezeiung, nein, eines göttlichen Versprechens: Es ging hier um die Rückkehr des gefallenen Engels und seiner Schar in die heiligen Hallen des Himmels! Unsere Heimkehr.

"Du warst tapfer, junger Mensch", erwiderte Metatron schließlich mit einer Stimme wie ein tiefer Glockenton, "und deine Aufgabe hast du gewiss erfüllt." Er hob den Blick und sah zu Luzifer. "Doch dieser hier ist noch lange nicht bereit, in den Himmel zurückzukehren."

Raphael und Gabriel waren indes näher gekommen, standen nun zwischen der Gruppe um Metatron und Sandalphon und Raziel. Sie schienen ebenso überrascht und verwirrt wie ich - eine beruhigende Sache. Und auch Raziel hatte nachdenklich die Augenbrauen zusammengezogen.

Nun hob Luzifer die Augenbrauen. "Du scheinst nicht zu verstehen, Metatron..."

"Du bist es, der nicht verstehen will, Luzifer", widersprach der Engelsfürst. "Aber lass es mich dir genauer erklären..." Einer seiner noch verhüllten Begleiter trat vor.

"Junger Mensch", sprach Metatron dann zu Michael. "Wir sind dir sehr dankbar für deine Anstrengungen. Dir sei der

Lohn gewährt, den man dir versprach, als man dich auf die Erde schickte. Unverzüglich."

Der Begleiter streckte eine Hand nach Michael aus. Ehe Luzifer reagieren konnte brach der Mensch auf die Knie und sackte mit leerem, leblosem Blick in sich zusammen.

Gabriel schrie erschrocken auf und wich zwei Schritte zurück. Alles hielt den Atem an - außer Metatron und seinen Begleitern... und dem abwesend lächelnden Sandalphon.

Luzifer ging auf die Knie, suchte offenbar vergeblich nach dem Puls des Menschen.

„M-Michael!!", rief Gabriel und wurde nur mit Mühe von Raphael zurückgehalten.

Luzifers Augen funkelten als er wieder zu Metatron sah. Und ich war mir sicher: Der Teufel war wütend. Wirklich wütend.

"Lohn?", zischte er. "Was war das für ein Versprechen?"

Metatron faltete die Hände zum Gebet. "Dass er wieder da aufgenommen wird, von wo er aus bestimmten Gründen entfernt wurde."

"Ach, und wo ist das?", knurrte der Satan.

Ein Knistern erfüllte die Luft.

Sofort wandten sich alle Augen wieder auf den leblosen Körper des Menschen, der im nächsten Moment zu Staub zerfiel.

"Memento mori...", murmelte Raziel - *bedenke, dass du sterben musst.*

Ich biss die Zähne aufeinander. Ja, Michael war ein Mensch. Menschen starben. Aber er war doch auch ein Engel. Also konnte er doch gar nicht sterben. Was also geschah hier?

"Tace!", befahl Luzifer. Seine Augen musterten jenen Begleiter Metatrons und in ihnen glomm ein gefährliches Feuer.

Raziel gehorchte - angesichts Luzifers Ton hätte das wohl jeder getan.

"Sieh einer an...", begann der Teufel dann sehr leise, aber so scharf, dass es deutlich in der Kuppel widerhallte. "Spielen wir jetzt seit Neuestem gerne Verkleiden?"

Ich war viel zu beunruhigt von dem Ton meines Herrn, als dass ich in jenem Augenblick große Aufmerksamkeit auf seine Worte gelegt hätte. Umso überraschter war ich als ich eine sanfte und warme männliche Stimme vernahm, die mir entsetzlich bekannt war:

"Du hast dich nicht verändert, Luzifer", sprach der Begleiter und schien mit seinen Worten die eisige Atmosphäre der Kuppel, ja die Kuppel selbst zum schmelzen bringen zu wollen.

Und als er seine Kopfbedeckung löste, wurden meine Augen groß und ich war nicht der einzige, dem ein erstauntes Raunen entkam.

Eingehüllt in makellos weiße Gewänder stand Gottes treuester Engel vor uns, aus seinem weichen Gesicht, umrahmt von kastanienbraunem Haar und erhellt von wachenden Augen, strahlte sein gütiges Lächeln. *Michaels* bloße Präsenz tauchte alles in ein göttliches Licht.

Ein schöner, atemberaubender Anblick, beinahe wie eine Illusion. Und in meinem Kopf setzte sich langsam ein Puzzle zusammen...

Es war an Luzifer, die Stille zu unterbrechen: "Gut, das Spiel habt ihr ja offensichtlich zu Ende gespielt..." Sein finsterer Blick pendelte zwischen Michael und dem Engelsfürst.

Metatron räusperte sich. "Ich würde dies mit Nichten als Spiel bezeichnen, Luzifer", korrigierte er den Teufel. "Es war ein Versuch."

Die Augen meines Herrn blitzten gefährlich. "Nun, da es euch offenbar Spaß gemacht hat, war es ein Spiel", beharrte er.

Michaels Blick wurde undurchsichtig und das Lächeln schmaler, bis sich seine Gesichtszüge zu jenem Bild verformt hatten, das ich hassen gelernt hatte: Eine Komposition aus Strenge, Milde, Verständnis und Teilnahmslosigkeit. Der Thronengel streckte seine Hand in Richtung der Asche auf dem Boden aus. "Nenn es, wie du willst, Luzifer", erklang es monoton, während sich eine kleine Pfauenfeder aus der Asche hob und in die Hand ihres Herrn - Michaels Hand - zurückschwebte. Kaum hatte sie die Haut des Engels berührt, verschmolz sie mit ihr und verschwand. "Es war auf jeden Fall... aufschlussreich."

"Michael!", tönte Gabriels heisere Stimme leise herüber. Der weibliche Engel stand da, leicht vorgebeugt, die Hände auf der Brust gefaltet, der Blick sehnsüchtig auf den angesprochenen Erzengel gerichtet. Doch offensichtlich wagte sie es nicht, auf ihn zuzugehen.

Nur langsam begegnete er ihrem Blick. Keine Regung bewegte sein Gesicht.

Gabriel machte auf mich den Eindruck, als würde sie jeden Moment anfangen, zu weinen. "Wieso hast du uns nichts davon gesagt?", fragte sie zögerlich.

Raphaels Blick war ebenso fragend und auch Raziel hob leicht den Kopf.

Michaels Augen brauchten nicht lange, um mit zielsicherer Genauigkeit zu mir zu finden.

Ich ließ mich dadurch jedoch nicht beunruhigen. Ich war viel zu sehr in Gedanken. Das war also alles ein Plan des Himmels gewesen? Nun, ich war auf jeden Fall enttarnt, Gabriels und Raphaels Treue zum Himmel und zu Michael war in ein ganz neues Licht gerückt und Raziel...

"Hat euer Experiment wenigstens das von euch erhoffte Ende gefunden?", spottete Luzifer.

Ich wusste absolut nicht, wie ich ihn einschätzen sollte - er erschien mir unberechenbarer denn je. Würde er losstürmen? Würde er die Engel angreifen? Wir waren in der Unterzahl - Der Teufel, zwei Satane und ein Höllenfürst, gegen den Engelsfürst, seinen Zwillingsbruder, vier Thronengel, einen Seraph und einen immer noch Betuchten. Außerdem beunruhigte mich der Kampfplatz an sich; wir waren immer noch in der Intersphäre und taten Dinge, die an diesem Ort normalerweise nicht möglich waren...

Ich gehörte zwar dem so genannten Bösen an, doch behaupte ich an dieser Stelle, dass ich mich mehr um das Gleichgewicht sorgte als jeder der anwesenden Engel.

"Es nahm überraschende Wege", gestand Metatron lächelnd - ein Lächeln, bei dem mir meine Hand auszurutschen drohte. "Aber insgesamt hast du genau so reagiert, wie wir es erwartet hatten."

Michaels Augen verengten sich fast unmerklich, zuckten kurzzeitig in Richtung des Engelsfürsten - eine Reaktion, die mich annehmen ließ, dass Metatron nicht die volle Wahrheit sprach...

Luzifer blieb der Blick des Thronengels natürlich ebenso wenig verborgen, wie mir. Er lächelte höhnisch. "Sicher, Metatron, sicher." Er winkte ab. "Und nun?" Fragend hob der Teufel die Augenbrauen. "Wollt ihr mich und meine Gefolgsleute hinrichten?"

"Ich verbitte mir diesen Sarkasmus", ermahnte Metatron den Teufel streng. "Deine Lage ist ernster als du glaubst."

Der Satan lachte. "Ach wirklich?"

Ich war nicht so frohen Mutes. Gut, ich würde gegen Cassiel und Raziel wohl ankommen, aber wollte ich das? Je intensiver ich darüber nachdachte, desto sicherer wurde ich mir, dass ich es nicht wollte. Cassiel war mir dabei im Grunde relativ egal, aber ich wollte - angesichts der Situation - unter keinen Umständen Hand an Raziel legen, ungeachtet der Tatsache, dass er uns verraten hatte. Mit dem Grund wollte ich mich gar nicht weiter auseinandersetzen. Ich akzeptierte es als Auswirkung emotionaler Überanstrengungen, ausgelöst durch die Vielzahl der Ereignisse der letzten Stunden.

"Er ist unbewaffnet", kommentierte Cassiel in diesem Augenblick.

Luzifer legte den Kopf schief. "Sieht so aus, nicht wahr?" Unter seinem direkten Blick wich Cassiel hinter Metatron zurück.

"Er braucht keine Waffen", korrigierte Metatron. "Er ist der Teufel."

"Braucht ihr noch lange?", warf Sandalphon gelangweilt ein. Der Engel lag auf dem Rücken quer über seinem Thron, der Kopf hing über die eisige Lehne. Allein bei dem Anblick wurde mir kalt.

Er erntete einen sehr ernsten Blick seines Zwillingsbruders, während Michael einen Schritt auf Luzifer zuging. "Du willst in den Himmel zurück? Weshalb?", fragte er ruhig.

Luzifer hob die Augenbrauen. "Weshalb? Warum? Wieso wohl?", entgegnete er. "Ich dachte, ich hätte mich nicht verändert?" Er verschränkte die Arme vor der Brust. "Errate es doch, Michael."

Der Erzengel lächelte. "Du willst den Thron?"

Luzifer zuckte mit den Schultern. "Gibt es sonst irgendetwas, für das ich in den Himmel gehen würde?" Rasch hob er eine Hand. "Nein! Warte! Gott sollte es sein, nicht wahr?" Er lächelte hämisch. "Ich soll zu Füßen des Herrn kriechen, um Verzeihung bitten und Buße tun..." Der Satan nahm die Haltung eines stolzen Feldherrn an und schien plötzlich alles - selbst den größeren Metatron - zu überblicken. "Das halte ich für einen schlechten Scherz."

Der Engelsfürst zog die Augenbrauen zusammen und legte seine Stirn in Falten. "Gott selbst ist der Thron und der Thronende."

"Das hieße, du wärest Gott, da du auf dem Thron sitzt", knüpfte Luzifer an.

Ich lächelte. Es war eine willkommene Befriedigung, die hohen Engel bloßzustellen - schon mit simpelster Blasphemie. Aber dann erregte etwas anderes meine Aufmerksamkeit: Michael Lächeln. Es war kein engelhaftes Lächeln mehr. Ich war mir sicher, dass er in diesem Moment Metatron tatsächlich belächelte.

Doch sofort fühlte sich der Erzengel beobachtet und das - in meinen Augen angenehme - Lächeln verblasste.

"Hör zu, Luzifer", sprach er. "Du weißt, wer dir im Weg steht. So schieben wir es denn nicht durch weiteres, sinnloses Gerede vor uns her." Michael löste seinen weißen Umhang. Die Farbe die mir nun entgegen stach war eine Kombination aus blendendem Weiß - in Form von Waffenrock, Hose und Stiefeln - und dem blutigen Rot eines langen Umhangs. Die rechte Hand des Engels legte sich um den Griff seines Schwertes.

Mein Fürst musterte den Engel eingehend. "Du erinnerst dich daran, dass ich deine Entschlossenheit immer gern gesehen habe?", fragte der Satan und hob leicht die Augenbrauen.

Michael lächelte und seine Stimme war ein dunkles Raunen, als er erwiderte: "Oh, ich vergesse nie, Luzifer..."

In den Augen meines Fürsten funkelte ein triumphierendes Leuchten. "Spricht da der Hass in dir?"

Das Lächeln des Engels wurde milder. "Luzifer, ich habe mir noch nie ein derartiges Gefühl zu Schulden kommen lassen. Du wirst letztendlich akzeptieren müssen, dass ich dich niemals hassen werde."

Meine Augen wurden groß. Bilder tauchten aus den Tiefen meiner Erinnerung auf - meine Träume, meine Erlebnisse, alles, was ich mit der gegenwärtigen Szene verbinden konnte. Dass Michael Luzifer nicht hassen würde, nicht hassen konnte, löste in mir verschiedenste Gefühle aus. Es versetzte mich einerseits in andächtiges, atemloses Staunen, aber ebenso in kritisches Unverständnis. Nach allem was passiert war, wäre es doch nur menschlich gewesen, Luzifer zu hassen. Aber Michael – und das war der entscheidende Punkt – war nun einmal kein Mensch.

"Edelmütig wie eh und je, nicht wahr, mein Bruder?", knurrte Luzifer kampflustig.

Ich merkte, wie ich instinktiv einen Schritt zurückging. Luzifers Aura hatte sich verändert und das spürte ich sofort. Auch Mastema und Beelzebub wichen zurück. Mein Fürst erschien mir plötzlich finsterer als je zuvor. Plötzlich schien es vollkommen abwegig, dass dieser Teufel und Michael vor wenigen Augenblicken noch Seite an Seite gestanden hatten. Gut, da war es ein anderer Michael gewesen. Ein gewichtiger Unterschied.

Ich musste schmerzlich feststellen, wie beschränkt wir doch waren, ob Engel oder Gefallener. Wir waren gezwungen, entweder das eine oder das andere zu sein. Und obwohl die Gefallenen ihre Seite selbst gewählt hatten, waren sie dennoch nicht frei in ihrer Wahl wie die Menschen. Für uns gab es keinen Mittelweg ... Aber auf welchem Pfad war ich über Jahrtausende gewandert?

Der Anblick meines Herrn ließ mich diese Frage wieder vergessen. Es zerriss mir das Herz und mahnte mich zur Vorsicht: Luzifer rang offensichtlich mit sich und seinem Zorn.

Michael hasste ihn nicht.

Das musste ein wahrer Schlag ins Gesicht für ihn sein, denn es entzog ihm Macht über den Engel. Und es bedeutete, dass Michael ihn nicht als Gegner sah.

"Wird mir gestattet, mein eigenes Schwert zu holen, oder befürchtest du dann eine Niederlage in einem fairen Kampf?", stichelte er mit rauer Stimme.

Michael lächelte milde. "Würde es deinem Ego nicht schaden, in einem fairen Kampf zu verlieren und der Wahrheit ins Gesicht sehen zu müssen, dass ich auch damals gewonnen hätte, wenn du mich von Anfang an als vollwertigen Gegner gesehen hättest?"

Die Augen des Teufels blitzten. Wie eine Raubkatze auf der Jagd wandte er sich um, ging zur eisigen Wand. "Sag dem Irren, dass er mich durchlassen soll!", befahl er barsch.

Sandalphon hob den Kopf, drehte sich in seinem Thron auf den Bauch, woraufhin sich dieser langsam seiner der Position des Engels anpasste, und sah fragend zu seinem Zwillingsbruder.

Metatron nickte.

Im nächsten Augenblick schlug Luzifer ein Loch durch den Eismantel, ein Mandala erschien und im nächsten Augenblick Luzifer war verschwunden.

Stille breitete sich im Raum aus. Alles wartete. Und offensichtlich zweifelte niemand daran, dass Luzifer fliehen könnte. Zu Recht - um nichts im Universum hätte Luzifer sich dies entgehen lassen. Er hatte genau, was er wollte. Ich wusste, dass er geradezu darauf brannte, seine Revanche mit Michael auszufechten. Es war seine Rache, seine Aussicht auf Genugtuung: Er wollte den Engel zu seinen Füßen. Kriechend. Um sein Leben flehend. Und dann würde er, Luzifer, in all seiner Gnade, Michael sein weiteres Leben unter seinem höllischen Befehl gestatten.

Ich war mir sicher, Luzifer ein einziges Mal wirklich durchschaut zu haben.

Luzifer kehrte kurz darauf mit zwei Schwertern zurück und brachte Michael das eine. "... Machen wir es ordentlich", erklärte er, als er es ihm überreichte.

Michael nickte und in der Geste und seinem Blick lag tiefer, ehrlicher Respekt. "Es hat mir gefehlt", gestand der Feldherr der himmlischen Heerscharen.

Unverzüglich bezog der Teufel Position und visierte Michael an. "So beginne es...", raunte er mit tiefer Stimme und zog sein eigenes Schwert.

Auch Michael fasste sein Schwert jetzt beidhändig, hob es in defensive Haltung. "Pro caelum et honorem...", erklang es gewichtig.

Für Himmel und Ehre.

XXXVIII

requies nova

Die neue Ruhe

Ich stand wie angewurzelt da. Meine Faszination fesselte mich. Angst hatte ich keine. Ich war nur beeindruckt.

Die Zeit schien langsamer zu vergehen.

In vollkommenster Perfektion stürmten der Teufel und Gottes treuester Engel aufeinander zu - es war wie damals...

Kontrolliert und gezielt durchschnitten die Schwerter die Luft, die Klingen trafen sich unausweichlich - die Gegner waren sich ebenbürtig. Und keiner von ihnen war bereit, den anderen zu schonen oder Kompromisse einzugehen.

Meine Gedanken schweiften ab, während meine Augen wie gefesselt die in äußerster Dynamik tanzenden Körper verfolgten.

Dies war Ziel beider Seiten gewesen, da war ich mir sicher, auch wenn ich den genauen Plan der Engel nicht kannte. Aber offensichtlich hatten sie ebenso auf eine derartige Konfrontation gehofft, dass sie sie letztendlich bewusst herbeigeführt hatten.

Meine Sinne schlugen Alarm, als ich bemerkte, wie der immer noch vermummte Begleiter Metatrons sich aus dessen Schatten löste und zu Raziel hinüber schritt.

Skeptisch beobachtete ich, wie Raziel aufsah und ein leises Gespräch mit dem anderen begann.

Ich würde lügen, wenn ich behauptete, dass mich das Thema der Unterhaltung nicht interessierte.

Im Gegenteil: Die Szene nahm all meine Aufmerksamkeit in Anspruch, ließ mich für einen Moment den Kampf meines Herrn vergessen.

Besonders neugierig wurde ich dann, als Raziel für einen kurzen Moment zu mir sah und mich im nächsten Moment auch die Augen des anderen Engels förmlich durchbohrten.

Ein blitzartiger Funke schoss an mir vorüber und durchbrach die eisige Wand, verschwand in der Sphärenbahn.

Mein Blick fuhr zu den Kämpfenden. Die Schwerter glühten, prallten immer wieder aufeinander, vollkommen entfesselt gingen Muskeln an ihr Limit, um die Körper in einer perfekten Partnerschaft aus Geschmeidigkeit und Kraft zu halten.

Es war beinahe beängstigend, was für Kräfte sie hier freisetzten.

Wie von Geisterhand geführt bewegte ich mich immer weiter auf Raziel zu - eigentlich mehr aus dem Grund, dass dort verhältnismäßig weniger Funken flogen.

Wieder knallten die Klingen aufeinander, wie in einem grausigen Schrei rieb Metall auf Metall.

Ich erreichte die sichere Zone und wandte mich sofort wieder dem Kampfgeschehen zu.

Es riss mich mit - was für Kräfte durch die Zusammenarbeit von Körper und Geist doch entstehen konnten.

Keiner stand dem anderen in irgendetwas nach - beide wussten das. Und ich hatte das Gefühl, dass Luzifer es genoss, sich in diesem Kampf auszuleben.

Dennoch war die Miene des Teufels ebenso unleserlich wie die seines Gegners - reine Konzentration, aber keine Gefühlsregung.

Immer besser konnte ich mir jenen großen, letzten Kampf vorstellen, doch ich glaubte Michael, dass Luzifer den Engel damals wirklich unterschätzt hatte. Sonst wäre Luzifer der Verrat seines Bruders nicht so nahe gegangen.

Beinahe vergaß ich Raziel und den anderen Engel, bis dieser deutlich hörbar wieder zurück zu Metatron schritt.

Als ich ihn mit dem Blick verfolgte, stach mir wiederum Sandalphon ins Auge, der unheimlich angespannt wirkte. Kerzengerade saß er in seinem Thron, offensichtlich unruhig rieben seine Hände über die eisigen Lehnen, griffen immer wieder neu darüber. Und in immer kürzeren Abständen zuckten seine Augen kurzzeitig in Metatrons Richtung.

Skeptisch legte ich die Stirn in Falten.

Wartete der Engel auf etwas? Oder hatte er einfach nur Angst?

Ein Knarren und Knacken erfüllte die Luft. Es erschien mir zunächst völlig unwichtig, doch als mit einem Mal eine große Eisplatte aus der Kuppeldecke brach und auf die Plattform stürzte, schreckte ich auf - und ich war nicht der Einzige.

Eissplitter flogen durch die Luft, immer wieder stürzten neue Stücke aus der Decke, die sich wenige Augenblicke später wieder schloss, nur, um wieder zu zerbröckeln.

Meine Ängste wurden offensichtlich wahr:

Sandalphons Kräfte reichten nicht aus, um die geballte Energie, die Luzifer und Michael in ihrem Kampf freisetzten, mit der eisigen Kuppel im Raum der Plattform zu halten - noch dazu wurden die Funken der Schwerter immer zahlreicher und glühten immer heller.

Ein prüfender, kurzer Blick verriet mir, dass Luzifer und Michael kein Problem mit den herabstürzenden Eisstücken hatten - ihre Körper strahlten genug Energie ab, dass das fallende Eis bei Berührung ihrer Aurakreise zerschmolz, ehe es ihre Körper überhaupt erreichen konnte.

Wieder ein lautes Bersten hinter mir. Meine Sinne schlugen Alarm.

Irgendetwas ergriff unverzüglich Kontrolle über meinen Körper, ließ mich herumfahren, nach vorne stürzten, meine Augen konnte meinen eigenen Bewegungen nicht mehr folgen, für den Bruchteil einer Sekunde sah ich nur noch Raziel vor mir und diese Eisplatte...

Mit einem Donnern zersprang sie auf dem musterreichen Boden. Ich spürte die Kälte eines Splitters, der meine Wange streifte.

Er hatte mich nicht getroffen. Der Eisbrocken hatte mich nicht getroffen, nicht mich und - was noch viel wichtiger war - auch Raziel nicht. Der Engel war sicher in meinem Arm und sah mich an...

Sofort drehte ich den Kopf zur Seite. Ich wollte seinen Blick nicht sehen. Ich wollte es gar nicht wissen.

Unbeweglich blieb ich hocken, blickte auf den Boden und warte darauf, dass Raziel aufstehen würde.

Die Zeit schien stehenzubleiben. Raziel bewegte sich nicht. "Raziel, geht es dir gut?", erklang eine andere Stimme in meiner Nähe. Ich kannte diese Stimme, konnte ihr aber kein Gesicht zuordnen.

Vorsichtig linste ich aus den Augenwinkeln nach oben. Weiß.

Der letzte verhüllte Engel stand vor uns und zog Raziel in diesem Moment aus meinem Arm auf die Füße.

"Ja, Remiel", antwortete er leise.

Remiel? Ich stand auf, drehte den beiden den Rücken zu und ging auf Entfernung, ohne noch einen Blick auf den Betuchten zu werfen. Ich wusste jetzt, wer er war. Er war ein Thronengel. Der einzige, der bei der ganzen Geschichte bisher nicht in Erscheinung getreten war. Aus gutem Grund. Er war dem Himmel, nein, Metatron ausgesprochen treu.

Sah Raziel mir nach?

Für einen Augenblick glaubte ich, es zu spüren. Aber sicher war ich mir nicht und im Endeffekt einigte ich mich darauf, dass es lediglich eine Wunschvorstellung gewesen war.

Wieder donnerte es.

"MICHAEL!!"

Ich fuhr zusammen.

Zuerst wagte ich nicht, mich umzudrehen. Aber Gabriels Stimme klang so verzweifelt, dass ich es letztendlich doch tat.

Und sofort schnürte mir etwas die Kehle zu. Mein Atem stockte. Ich sah Michael nicht. Ich sah meinen Herrn, der sein Schwert immer noch zum Schlag bereit in den Händen hielt, aber dessen Augen fassungslos geweitet waren.

Kaum wagte ich den Blick weiter schweifen zu lassen. Ein eisiger Windzug streifte meinen Nacken.

Der Engel war und blieb verschwunden. Ich konnte nur ahnen, wo er gestanden hatte, nämlich da, wo nicht nur ein riesiges Loch in der Kuppel klaffte, sondern auch ein ganzes Stück Plattform weg gebrochen war.

Leider war mir durch mein Zögern entgangen, was tatsächlich passiert war...

Alles hielt inne.

Das Loch schloss sich nicht mehr - nur am Rande bekam ich mit, dass Sandalphon wohl von seinem Thron gefallen war und nun keuchend am Boden kauerte.

Die Kuppel begann, sich aufzulösen. Der eisige Wind verklang. Es wurde totenstill.

Das Einzige, was absolut nicht zur Stimmung im Raum passte, war Metatrons Gesichtsausdruck, der mir mehr durch Zufall auffiel: Der Engelsfürst lächelte zufrieden.

Die Spitze des Schwertes meines Herrn schabte mit einem markerschütternden Geräusch über den Boden der Plattform - der Satan drehte sich in die Richtung des Engelsfürsten und seine Augen waren gefährlich klar.

Für einen Moment standen sich die Herren von Himmel und Hölle nur schweigend gegenüber, dann lächelte Luzifer kalt.

"Wo ist er?", fragte er mit gefährlich blitzenden Augen.

Ich hatte Mühe, Luzifers Stimmung zu erfassen, geschweige denn nachzuvollziehen. Ich hatte zuviel verpasst... und das Raziel der Grund dafür war, ärgerte mich umso mehr.

Angestrengt versuchte ich, die Informationsfetzen zu sortieren: Luzifer und Michael hatten gekämpft, bis Sandalphon die Kontrolle über die Plattform verloren hatte. Jetzt war Michael verschwunden.

Der Gedanke löste eine ungeheure Leere in mir aus. Wie musste sich das für meinen Herrn anfühlen?

Erst der Mensch, der für mich eindeutig der bessere Michael gewesen war, dann der Engel...

Wäre mein Herr ein Mensch gewesen, dann hätte dies alles wohl seine Spuren hinterlassen. Aber mein Herr war ein Teufel.

Und außerdem... war Michael doch nicht tot. So gesehen war die Situation an sich gar nicht so tragisch, es war lediglich ein Schock über die vielen überraschenden Ereignisse, der mich – und vielleicht auch meinen Herrn – für einen Moment aus dem Konzept gebracht hatte.

Luzifer war sicherlich in der Lage, den Engel zu finden. Aber warum fragte er dann Metatron nach ihm...?

Mein Blick wurde fragend.

Metatron lächelte ebenfalls. Milde, verständnisvoll, oberflächlich, gleichgültig - je nach Interpretation.

"Er kommt wieder, wenn der Himmel ihn braucht..." Luzifers richtete sein Schwert in Richtung des Engelsfürsten. "Er braucht ihn jetzt!"

Wer braucht ihn jetzt?, musste ich sofort denken. Es gefiel mir nicht, dass mein Herr sich offenbar noch nicht wieder gefangen hatte. Und ich war nicht der Einzige: Auch Beelzebub und Mastema wirkten nervös.

Metatron hob beschwichtigend die Hände. "Es ist noch nicht an der Zeit, Luzifer."

"Wo ist Michael?", wollte jetzt auch Gabriel nachdrücklich wissen. Raphael hielt sie zurück, doch auch in seinen Augen sah ich deutlich das Verlangen nach einer Antwort.

"Ich werde euch alles erklären", versprach Metatron. "Gehen wir." Er drehte sich um - offensichtlich im Begriff den Ort zu verlassen.

"Ihr habt verloren!", warf Mastema triumphierend und nachdrücklich ein und wollte auf den Engel zustürmen, doch Luzifer hielt warnend eine Hand in seine Richtung. Die Miene des Teufels war steinern und finster.

Nein. Nichts war verloren. Nichts war gewonnen. Es war nur aufgeschoben.

Luzifer wollte den Sieg über den Himmel über alles. Aber das hier war kein Sieg über den Himmel gewesen, denn Sieg über den Himmel bedeutete für ihn in erster Linie der Sieg über Michael, seinen Bruder, Gottes treuesten Engel, der ihn, Luzifer, verraten hatte.

Und diesen Sieg hatte ihm Metatron – vorläufig und auf unbestimmte Zeit – genommen, das bezweifelten weder er noch ich.

Gabriels Blicke zuckten von mir zu Luzifer, dann zu Raphael. Letztendlich nickte sie gehorsam und folgte Metatron, der bereits mit Cassiel und Remiel den Rand der Plattform erreicht hatte und ein Mandala herbeiorderte.

Raphael folgte ihr.

Raziel auch.

Sah er noch einmal zu mir? Ich wusste es nicht. Ich sah nicht hin.

Sandalphon kauerte immer noch am Boden. Metatron ließ ihn zurück. Er verschwand in der Sphärenbahn, gefolgt von den anderen.

Stille kehrte ein.

Ich sah zu meinem Herrn. Er hatte Metatron nicht aufgehalten - warum hätte er es auch tun sollen?

Nach einer Weile ließ Luzifer seine Hand sinken und hielt mir auffordernd sein Schwert hin.

Ich ging zu ihm und nahm es in Empfang.

Der Gesichtsausdruck des Satans war immer noch steinern, aber nicht mehr finster. Seine Augen waren auf jene Stelle gerichtet, an der ein Stück der Plattform fehlte. Und obwohl der Wind nicht mehr wehte, spürte ich einen eisigen Hauch in meinem Nacken.

Schritte durchbrachen die Stille.

"Luzifer", hallte Azazels Stimme unverkennbar durch die Luft.

Wir wandten uns um.

Azazel und Sammael hatten die Intersphäre betreten. Sie wirkten gehetzt.

"In der Hölle ist die Hölle los!", eröffnete Azazel gestikulierend - er sprach sehr schnell.

Sammael nickte eilig. "Der Palast brennt! Wir brauchen Satanel!"

Luzifer seufzte und fuhr sich mit den Fingerspitzen über die Schläfe. "Ich komme gleich", murmelte er halblaut und klang unendlich müde.

Mastema und Beelzebub duckten schuldbewusst die Köpfe. Azazel betrachtete sie mit Missgunst.

Sammael hingegen trat zu Sandalphon hinüber und hielt ihm seine Hand hin.

Der Engel sah etwas irritiert auf, dann aber konnte ich seinem erfreuten Blick entnehmen, dass er etwas Bekanntes erspäht haben musste. Er ließ sich aufhelfen und suchte wie selbstverständlich am Arm des Satans Halt - Sammael wiederum ließ ihn gewähren.

Trotz der Schwere, die auf mein Herz drückte, musste ich angesichts dieser Szene unweigerlich lächeln. Vielleicht war ich wirklich nicht der einzige Höllenbewohner, der sich gelegentlich in den Himmel verirrte...

Von einem Moment auf den anderen war Sandalphon wieder zu Kräften gekommen, richtete sich zu voller Größe auf. Er ließ auch von Sammaels Arm ab, den er jetzt um einen halben Kopf überragte, und trat auf Luzifer zu.

"Ich erbitte Vergebung, Lichtbringer", eröffnete er mit klarer Stimme.

Luzifer hob die Augenbrauen. Auch ich war skeptisch.

"Ich hätte die Barriere gerne länger gehalten, doch es war mir nicht möglich."

Das klang ehrlich.

Mein Herr winkte ab und drehte sich halb von ihm weg. "Das spielt nun auch keine Rolle mehr", erklärte er und ein finsteres Lächeln spielte über seine Lippen. "Metatron wird noch einsehen, dass er mir mein Schicksal nicht ewig vorenthalten kann."

Sandalphon nickte. "Doch noch ist die Zeit für die Erfüllung nicht gekommen."

Luzifer sah noch einmal zu der Stelle, an der Michael verschwunden war. Ich glaubte, für einen Moment ein stilles Flehen in seinen Augen blitzen zu sehen. Vielleicht ein letztes Rufen nach seinem kleinen Bruder? Jedenfalls blieb es ungehört, kurz darauf zuckte er gleichgültig mit den Schultern und erwiderte nüchtern: "Wohl nicht." Er warf mir einen befehlenden Blick zu und ich reichte ihm sein Schwert.

"Entschuldige mich jetzt", verabschiedete er sich in Sandalphons Richtung.

"Eins noch", betonte dieser und streckte eine Hand in Richtung des Satans.

Ich blinzelte irritiert. Auf der Handfläche des Engels lag eine kleine Pfauenfeder.

Auch mein Herr hob fragend die Augenbrauen. "Was soll das?", wollte er wissen. "Bestechung?"

Sandalphon schüttelte den Kopf und hielt ihm die Feder nachdrücklich hin. "Nenn es... Tauschhandel... Ausgleichende Gerechtigkeit..."

Ich musterte die Feder. Sie gehörte zweifellos dem Engel Michael...

Aber was für ein Motiv hatte Sandalphon, sie so einfach dem Teufel zu überlassen - gerade jetzt, wo Michael auf unabsehbare Zeit verschollen war? Er war nicht irgendein Engel, er musste sich bewusst sein, was für eine Gefahr für den Himmel es mit sich brachte, wenn er Luzifer eine Feder, ein Teil von Gottes treuestem Engel gab.

Warum er es auch immer tat, natürlich war das Angebot zu verlockend als dass der Satan es nicht angenommen hätte - der ausgleichenden Gerechtigkeit zu Liebe.

Wie um zerbrechlichstes, feinstes Glas oder eine kostbare Blüte schloss der Satan seine Hand um die Feder. "Gut..."

Nun war er offensichtlich im Begriff, zu gehen. Sein Blick streifte mich noch einmal, dann wandte er sich endgültig der Wand und dem fertigen Mandala zu und trat den Heimweg an.

Die Satane folgten ihm.

Ich blieb mit Sandalphon zurück. Der Engel sah mich noch einmal an, musterte mich von Kopf bis Fuß. "Et quo vadisne, Sariel...?" Dann lächelte er und verschwand ebenfalls.

Eine Weile horchte ich der Stille.

Sandalphons Frage war berechtigt.

Wohin würde ich gehen?

Epilog

fabula angeli

Die Geschichte eines Engels

Vieles blieb rätselhaft.

Immer wieder verspürte ich eine gewisse Wehmut, wenn ich an das Geschehene dachte, obwohl es ja an sich doch ganz gut ausgegangen war - besonders für mich.

Dass in der Hölle wieder Ruhe einkehrte und Luzifer fortan wieder ihr unangefochter Herrscher war, daran zweifelte ich nicht.

Auch wenn ich nicht mehr in die Hölle zurückkehrte, um mich zu vergewissern. Und natürlich blieb ich auch dem Himmel fern.

Selbst wenn man mir Einlass gewährt hätte, ich wollte es nicht. Mehr als je zuvor war mir klar, dass weder die eine noch die andere meine Welt war. Ich verspürte nicht einmal den Drang, mein Hab und Gut aus meinem Haus zu holen. Gut, Beliels Drohung mochte da auch eine Rolle spielen...

So blieb ich letztendlich auf Erden - Uriel und Raguel nahmen mich herzlich bei sich auf.

Ich beschloss, mich fortan dem Irdischen zu widmen. Ich lebte. Unter Menschen. Und ich schätzte sie und beneidete sie um ihren freien Geist, um ihre Lernfähigkeit, ihre Wandelbarkeit.

Beinahe vergaß ich die Hölle und ihren Regenten, beinahe vergaß ich die Engel, vergaß, dass Michael verschollen war. Und auch Raziel wich mehr und mehr aus meinen Gedanken. Mit jedem Tag.

Man mag den letzten Absatz als Lüge abtun. Ich bitte sogar darum!

Luzifer war und blieb mein Fürst - ob ich in der Hölle war oder nicht. Er war mein Stern. Nie hätte ich ihn vergessen können.

Zu gerne hätte ich noch einmal ausführlich mit Luzifer, Raphael oder Gabriel über alles geredet. Wie genau hatte Metatrons und Michaels Plan ausgesehen? Und hatte er wirklich beinhaltet, dass Michael in der Intersphäre verschwand?

Und die Feder? Was genau war ihre Bedeutung? Ich wusste, dass es Michaels Feder war - das einzig Fassbare von Michael, das Luzifer sein Eigen nennen konnte. Der Teufel besaß jetzt einen Teil von Michael. Zumindest, bis der Engel zurückkehren würde.

Ich konnte mir gut vorstellen, dass es Luzifer eine Stütze war. Und ihm zusätzliche Macht gab.

Ich brachte Stunden damit zu, über Luzifers und Michaels Beziehung zu sinnieren, all die Informationen zu verarbeiten, die ich gesammelt hatte. Ich führte das ein oder andere gute Gespräch mit Uriel, aber zu einem Ergebnis kam ich dennoch nicht.

Und Raziel... Oh, wie gerne hätte ich ihn vergessen! Wie gerne hätte ich sein Bild aus meinem Kopf verbannt! Er war mein Frühling gewesen. Jetzt wartete ich auf den Sommer, suchte den Sommer, aber ich fand ihn nicht.

Wie gerne hätte ich ihn im Traum getroffen. Nur ein einziges Mal. Aber er spukte nur in meinen Gedanken - doch da so präsent, dass ich manchmal dachte, er stände tatsächlich vor mir.

Um dem zu entfliehen, suchte ich die Nähe der Sterblichen. Ich lernte die Menschen besser kennen, traf Cathrin und auch Adina wieder. Und obwohl sie keine Erinnerungen mehr an Michael hatten, spürte ich, dass ihnen etwas fehlte. Und ich merkte, dass sie ahnten, dass ihnen etwas fehlte. Ihre Wesen waren in einem seltsamen Ungleichgewicht, das den Menschen natürlich nicht bewusst auffiel.

Aber, dass sie es grundsätzlich in sich trugen, dieses Ungleichgewicht, beeindruckte mich, hatte ich doch gedacht, ihre Seelen würden die Trennung gar nicht bemerken.

Menschen sind eben doch etwas Besonderes. Und nicht nur Gestalten aus Lehm...

Wie dem auch sei, hier endet meine Geschichte. Zumindest diese Geschichte. Ein sehr offenes Ende, das gebe ich zu. Sie kann aber auch kein richtiges Ende haben, denn ein Ende ist stets der Vorbote eines neuen Anfangs.

Und auf diesen Anfang werde ich warten.

Eines Tages werde ich wieder auf das große Schlachtfeld zurückkehren. Als Beobachter. Oder vielleicht sogar als aktiver Beteiligter. Ich werde Zeuge des nächsten, vom Schicksal vorherbestimmten, unausweichlichen Kampfes zwischen Licht und Finsternis sein. Ich werde Luzifers und Michaels Wege weiterhin aus der Ferne beobachten, werde zusehen, wie Luzifer sein Reich führt und auf Michaels Rückkehr wartet, werde diese faszinierende, fatale, schicksalhafte Hassliebe bis zum letzten Atemzug, bis zur Entscheidung verfolgen.

Und wenn mir einst die Möglichkeit dazu gegeben wird, so werde ich Raziel zu mir holen. Das ist mein größter Wunsch. Ach was, kein Wunsch! Ein Plan, den ich in die Tat umsetzen werde - in hoffentlich nicht allzu ferner Zukunft...

Ich werde ihn wiedersehen, ihn zu mir holen und ihm meine neue Welt zeigen - das habe ich mir selbst geschworen. Bei meiner Ehre.

Und bei Gott.

~Finis - *Ende*~

Glossar

Die angegebenen Seiten markieren den Beginn von wichtigen Textstellen zu den einzelnen Charakteren.

Abaddon Einer der sieben Satane im Höllenrat.
siehe Seite 120

Adina Eine Freundin von Michael auf Erden.
s.S. 125

Agrat Bat Mahlat Eine der vier Engel der Prostitution, Luzifers Frau.
s.S. 24

Anael Ein Engel und Oberhaupt des siebten Chores.
s.S. 84

Azazel Einer der sieben Satane im Höllenrat.
s.S. 118

Baal Fürst und Zeremonienmeister der Hölle.
s.S. 18 & 232

Beelzebub Einer der sieben Satane im Höllenrat. Er steht Luzifers Politik kritisch gegenüber.
s.S. 118, 341 & 406

Beliel Einer der sieben Satane im Höllenrat und enger Verbündeter Luzifers.
s.S. 118 & 192

Cassiel Ein Himmelsfürst und geschlechtsloser Engel mit markanter Stimme.
sS. 68, 72 & 254

Cathrin Eine Freundin von Michael auf Erden.
s.S. 127

Eisheth Zenunim Eine der vier Engel der Prostitution, Luzifers Frau.
(s.S. 24)

Gabriel Ein himmlischer Erzengel. Herrin der Cherubine und des ersten Himmels.
s.S. 35, 70, 83, 138, 202, 236, 266, 301, 340 & 405

Leviathan Der Chaos-Drache. Eine Erzdämonin der Hölle.
s.S. 89

Lilith Eine der vier Engel der Prostitution, Luzifers Frau und Liebling.
s.S. 26, 58, 89 & 230

Luzifer Ehemaliger Erzengel, jetzt hoher Satan, König der Hölle und Vorsitzender des Höllenrates. Hat gegenwärtig die Macht über Satanel.
s.S. 21, 92, 116, 154, 169, 174, 184, 195, 240, 298, 314, 342, 433 & 450

Mastema Einer der sieben Satane im Höllenrat. Er steht Luzifers Politik kritisch gegenüber.
s.S. 119, 195, 234, 345 & 406

Metatron Erzengel und höchster Himmelsfürst.
s.S. 36, 83, 158, 177, 202 & 420

Michael Wer ist wie Gott. Legendärer Erzengel, der zurzeit als Mensch auf Erden lebt – ohne Erinnerungen an seine himmlische Gestalt.
sS. 11, 38, 45, 49, 83, 111, 125, 174, 195, 222, 298, 314, 352, 423, 429 & 445

Naamah Eine der vier Engel der Prostitution, Luzifers Frau.
s.S. 24, 58, 166 & 270

Raguel Ein ehemaliger Erzengel, jetzt auf der Erde im Exil. Er lebt mit Uriel zusammen.
s.S. 150, 152, 169 & 454

Raphael Ein Erzengel.
s.S. 45, 54, 72, 83, 118, 138, 170, 258, 341 & 405

Raziel Ein Erzengel, Schüler des Erzengels Raphael, Oberhaupt des dritten Chores. Ein androgyner Engel.
s.S. 83, 258, 278, 327, 370, 411 & 443

Remiel Ein Erzengel.
s.S. 83 & 444

Rimmon Ein Ehemaliger Erzengel, jetzt Erzdämon der Hölle.
s.S. 16

Rofocal Der Schatzmeister der Hölle.
s.S. 63 & 233

Sammael Einer der sieben Satane im Höllenrat, der Luzifer unterstützt.
s.S. 119 & 449

Sandalphon Ein Engel, Zwilling von Metatron.
s.S. 402 & 450

Sariel Gottes Befehl. Der Erzähler der Geschichte, ehemaliger Erz- und Todesengel, seit Luzifers Fall „Doppelagent" für Himmel und Hölle.
s.S. 33, 66, 352, 370, 426, 443 & 454

Satanel Die gebündelte infernalische Kraft der sieben Satane. Gegenwärtig in Luzifers Hand.
s.S. 21, 111, 120, 142, 194 & 415

Uriel Erzengel und Erdeneremit, zurzeit Lehrmeister des menschlichen Michael. Er lebt mit Raguel zusammen.
s.S. 36, 45, 72, 83, 144, 152, 171 & 454

Nachwort

Lieber Leser!

Vielen Dank, dass Du Dir *In majorem dei gloriam* gekauft hast!

Die ersten Szenen zu *In majorem dei gloriam* entstanden in meiner Oberstufenzeit – zwischen 2002 und 2003. 2004 war dann die erste Rohfassung fertig. In den vergangenen Jahren habe ich die Geschichte immer wieder überarbeitet, sodass ich Dir mit Hilfe des Fireangels Verlags jetzt die Druckfassung präsentieren kann.

Wie schon anfangs erwähnt, war es nie meine Absicht mit dieser Geschichte jemanden in seinem religiösen Empfinden zu verletzen.

In majorem dei gloriam ist eine Fantasy-Geschichte und sollte nie mehr als das sein. Ich habe, als ich mit dem Schreiben anfing, ein wenig in Sekundärliteratur und Primärquellen gestöbert, um mich inspirieren zu lassen. Aber ich hatte nie vor, wissenschaftlich vorzugehen.

Die ersten Ansätze zu *In majorem dei gloriam* entstanden in einem Zeitraum, in dem ich mich selbst sehr mit verschiedenen Religionen auseinandergesetzt habe.

Wenn jemand nach dem Lesen der Geschichte Lust hätte, die ein oder andere Sache nachzulesen (und sei es nur, um herauszufinden, was jetzt mehr oder weniger *korrekt* ist), fände ich das toll.

Denn - woran man auch immer glaubt - interessante Geschichten liefern uns religiöse Texte in jedem Fall. Wenn jemand von mir ein Statement zu meinem Standpunkt zu Religionen haben wollte, würde ich so etwas sagen wie:

Ich finde es gut, wenn Menschen aus ihrem Glauben - an wen oder was auch immer - Kraft schöpfen können.

Wichtig ist für mich die Freiheit, an etwas glauben zu können, ohne dazu gezwungen zu werden.

Jedenfalls ist *In majorem dei gloriam* eine Fantasy-Geschichte.

Lässt man die religiöse Thematik bei *In majorem dei gloriam* außer Acht, geht es vor allem um Selbstfindung und die Erfüllung der Sehnsucht, sich heimisch und geborgen zu fühlen. Es geht darum, einen Platz für sich zu finden, an dem man sich nicht verstellen muss und an dem man Anerkennung dafür erfährt. Ein Thema, das – wie ich finde – zeitlos und immer aktuell ist.

Ich möchte mich an dieser Stelle noch ganz herzlich bei Kerstin, Yvonne, Sandra und Kalinka bedanken, die mich ganz besonders tatkräftig in meiner schriftstellerischen Entwicklung unterstützten - und bei Nina (EruNuo) für die genialen Illustrationen!

Danke natürlich auch an alle, die mich in den letzten Jahren begleitet haben – eine Namensliste würde den Seitenrahmen sprengen…!

Ich würde mich über einen Besuch von Dir auf meinen Homepages freuen:

http://www.alicubi.de

Einen Überblick über weitere Veröffentlichungen von mir im Fireangels Verlag findest du hier:

http://www.fireangels.net/ArtistsLail.php

Name: Anne „Lail“ Delseit

Geburtstag: 03.06.1986

Wohnort: Köln

Das brauche ich zum Schreiben:
Meinen Laptop, eine Kanne Tee, Zeit und Inspiration.

Zum Schreiben höre ich gerne:
Filmmusik, Klassik, Pop und Rock.

Hobbys: Ich gehe so oft ich kann mit Freunden essen, oder koche gemeinsam mit ihnen. Außerdem gehe ich gerne ins Kino/Theater/Musical, oder in die Oper (ich singe auch selbst).

EruNuo

NAME: Nina Anna Nowacki

GEBOREN: Ja (13.05.1987, Köln)

GO: Sushi, Fisch, Klassische Musik, Rock, Metal, etc.

NO GO: Gekochter Lauch, gekochter Kohl, SupaAsiGengstaHipHop

HOBBYS: Zeichnen, Musik, RPG, Rumspinnen, mit Anne Sushi essen gehen

GALLERIEN: Mexx: Loeffel
Sheezy: Feraz
y!Gallery: EruNuo
DevArt: EruNuo

www.dustrealms.net

Hallo lieber Leser!

Auch ich möchte mich sehr dafür bedanken, dass Du Dir dieses Buch gekauft hast! Ich hoffe, Du hattest beim Lesen genauso viel Spaß wie ich, als ich es zum ersten Mal in der Hand hatte und wirst noch lange Freude daran haben.
Ich habe mich sehr darüber gefreut, *„In majorem dei gloriam"* illustrieren zu dürfen. Die Geschichte und die Charaktere sind mir im letzten Jahr sehr ans Herz gewachsen. Zum Teil wurde während der Arbeit auch mein persönliches Bild, das ich von Gott, Engeln und Teufeln hatte, gehörig umgekrempelt (um ein Beispiel zu nennen: früher war Gabriel ausschließlich eine ‚männliche' Figur in meinen Augen. Dank Anne und eigener Recherche zum Thema sehe ich das mittlerweile ein wenig anders ;)). Hoffentlich hast Du an den Illustrationen Gefallen gefunden!

Ich möchte mich an dieser Stelle sehr bei Anne und meinen Freunden für ihre moralische Unterstützung bedanken und außerdem noch bei Toni und seinem Team, die uns Woche für Woche mit frischem Sushi und leckeren Nudelsuppen bewirtet haben :)

Bis bald!
Eru

Das wird ein Nachspiel haben!

Extra

Illustrationen
Work in Progress
Erste Skizzen
Verworfene Illustrationen
Bonus-Story

in flagranti

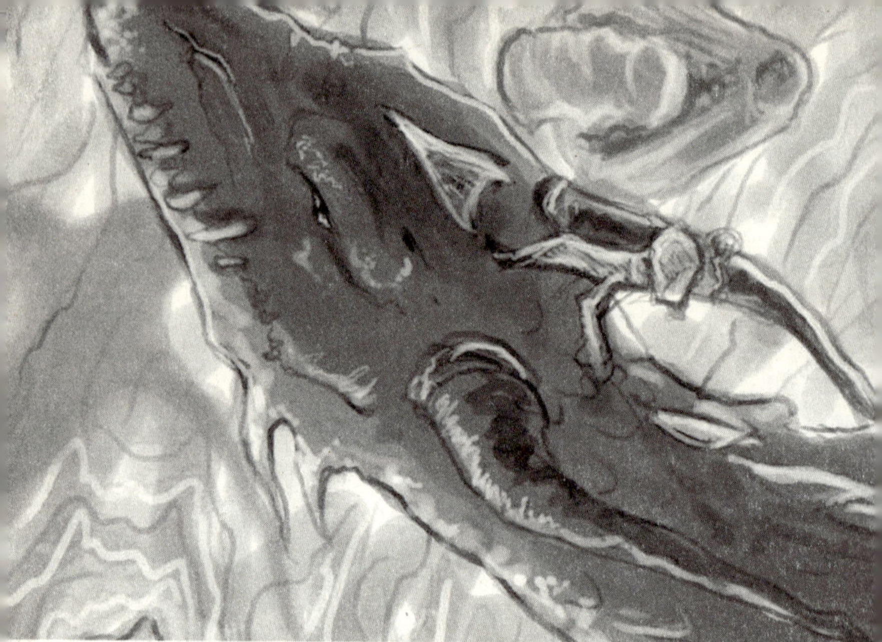

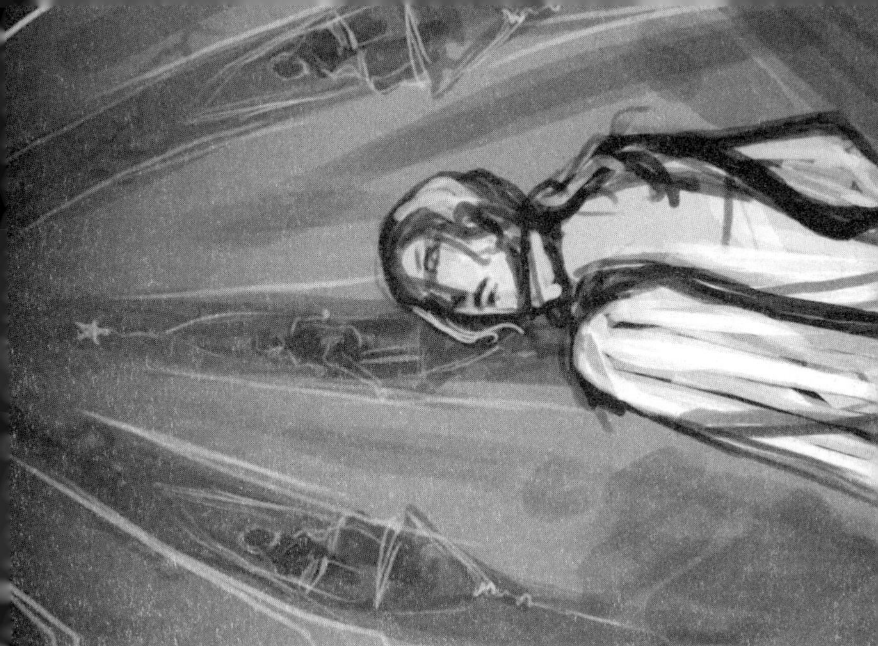

Der erste und zweite Entwurf des Covers.

Grundkonzept
Beliel
Luzi
=
fahle,
furchteinflößend
Augen
Dunkelrot
108
Raziel
Uriel
Haare
gelockt
gerade
Nase
Raziel

siehe Seite 248

siehe Seite 121

Bonus

pro deo belligero

Für Gott führe ich Krieg

Diese Kurzgeschichte entstand während des Schreibens an der ersten *In majorem dei gloriam*-Fassung und war eine Art Gedächtnisstütze für die Charaktere der Erzengel (vor allem für den Erzengel Michael) und ihre Beziehung untereinander.

Langeweile. Abgrundtiefe, endlose Langeweile. Mit Mühe und Not konnte Michael ein Gähnen unterdrücken und starrte weiterhin auf die marmorne glänzende Wand – direkt an dem Botenengel vorbei, der seit über zwei Stunden versuchte, dass, was der Erzengel ihm über den Schlachtplan erklärt hatte, fehlerfrei wiederzugeben.

„Die Cherubine werden… ehm…" Der Engel griff wahl- und hilflos in seinen Stapel Pergamentrollen und mehrte das Chaos auf dem hochgelegen himmlischen Balkon.

„Nachhut", erinnerte Michael – oh, wie entsetzlich monoton seine Stimme klang. Und dann doch so seltsam ausgeglichen, dass man nichts Verächtliches in sie hätte hineindeuten können. Es ärgerte ihn, dass seine Lippen ihn zwangen, milde zu lächeln. Ging es darum, Gefühle auszudrücken, war er mit seinem Körper tatsächlich eingeschränkt, tat dieser in solchen Momenten doch nie das, was er wollte. Ironie. Süffisanz. Sarkasmus. Arten, etwas zu sagen, sich auszurücken, die seinem Repertoire fehlten. In seinen Gedanken stauten sich gefühlsgenährte Sätze, blanke, unverblümte Äußerungen. Doch sobald die Worte seinen Mund verließen, waren sie wie gereinigt von allem, was das Bild des heiligen Erzengels Michael hätte trüben können. Richter. Heerführer. Alles von Gottes Gnaden. Nicht, dass ihm dies nichts bedeutet hätte. Nicht, dass er dies je hätte missen wollen. Aber wer durch die gegenwärtigen Ereignisse nicht in seinem Glauben an das System erschüttert war, wer nicht in sich ging und seinen Handeln vor sich selbst rechtfertigte, der… ja, wer war so jemand?

„Richtig, und… die anderen Chöre..."

Wahrscheinlich jemand, der diesem Engel vor ihm sehr ähnlich war.

„Lass den Teil weg. Hauptsache, ich kenne die Positionen der Chöre. Ich muss sie schließlich führen", erinnerte Michael den Boten. Bei Gott, wie unerträglich sanft konnte seine Stimme noch werden? Ihm verging jegliche Lust, sich selbst zuzuhören.

„Aber, ich soll es doch verkünden, Fürst Michael..."

„Was sollst du verkünden?" Michael lehnte sich auf der steinernen Bank zurück.

„*Seinen* Schlachtplan."

„*Seinen*?" Michael hob die Augenbrauen. Wieso war es plötzlich *Sein* Plan? Er selbst war es gewesen, der Tage und Nächte, damit verbracht hatte, Stärken und Schwächen des himmlischen Heeres auszuloten, alte Aufstellungen zu modifizieren und modernisieren – oder ältere wieder hinzuzuziehen. Aber was zählte sein Handeln – das Handeln eines Einzelnen? Alles zum Ruhme des Vaters. Selbstlos. Michael atmete aus und fuhr sich über die Schläfen.

Ja. So musste es sein. Was brauchte er Ruhm? Er war solcher Selbstsüchtigkeiten erhaben.

„Wieso ist Euer Bataillon so klein, Fürst?"

Er hob langsam den Blick. „Was meinst du?" Wie hieß dieser Botenengel überhaupt?

„Fürst Raphael hat mehr als fünfmal so viele Seraphine und Throne unter sich", bemerkte der Engel.

Michael nickte. „So ist es wohl." Jetzt war es also so weit: Man stellte Fähigkeiten in Frage. Ein einfacher Botenengel...

„Zweifelst du an deinem Fürsten, Engel?", fragte er und sein Lächeln beinahe müde Züge – ein kleiner Sieg. „Zumindest zweifelt der Fürst allmählich an sich selbst", nahm er die Antwort vorweg und ersparte seinem Gegenüber die Peinlichkeit, Zweifel eingestehen zu müssen. Er wusste nicht, wieso er das tat – an sich hatte der Andere diese Peinlichkeit durchaus verdient. Aber dies war kein Gerichtssaal, der Engel nicht angeklagt, also wieso hätte er urteilen sollen?

„Was führt dich zu mir, Gabriel?", fragte er plötzlich. Im Gegensatz zu dem Boden, der jetzt ehrfürchtig und erschrocken zurückwich, hatte er den anderen Erzengel hinter dem Vorhang der Balkontür längst bemerkt.

„Dein Ohr und Wort will ich ersuchen, Michael", erwiderte der schlanke, zierliche Erzengel und setzte sich zu Michael auf die Bank.

„Ich bin in einer Besprechung", wandte dieser ein und wies mit einer offenen Handbewegung in Richtung des Engels, der ihn belästigte.

„Nein!", widersprach der Engel hastig und schüttelte heftig den Kopf und raffte die Pergamentrollen zusammen. „Ich muss meine Ansprache ohnehin nochmals überarbeiten!"

Michael hob die Augenbrauen. Etwas in ihm jubelte. „Gut!", rief er dem Engel hinterher, bereits durch die Balkontür verschwunden war. Oh, das war verräterisch euphorisch gewesen.

„Sei vorsichtig, Metatron! Es ist glatt draußen!", schloss sich Gabriel an.

Michael hob die Augenbrauen. Metatron also. Seltsamer Engel.

„Geht es dir gut, Micha?", fragte Gabriel nach einer Weile und runzelte besorgt die Stirn.

„Lass uns in deine Gemächer gehen." Michael wollte aufstehen, doch Gabriel hielt ihn fest.

„Niemand hört uns zu."

„Selbst der Stein hat Ohren", beharrte Michael mit Unbehagen.

„Du wirst paranoid, mein Freund."

„Ich bin es schon." Hey, das war Sarkasmus gewesen?!

Gabriel kicherte. „Du bist nervös?"

„Du glaubst gar nicht wie..."

„Raphael hat mir erzählt, dass du gestern nicht einmal auf Verlangen von *Ihm*, dich zu sehen, dein Schwert aus der Hand gelegt hast, sondern *Ihn* auf später vertröstet hast?"

Michael wandte beinahe beschämt den Kopf ab und wich der Frage aus: „Wir müssen handeln."

„Ich bin erleichtert, das zu hören."

„So?" Er legte den Kopf schief.

„Wir sorgen uns um dich", offenbarte Gabriel ernst.

„Du und Raphael?"

„Selbst Uriel."

Großartig. Michael stand auf – und setzte sich dieses Mal auch durch. „Hör zu, Gabriel… Ich bin ein Erzengel und als Heerführer verantwortlich für die anrückenden Ereignisse."

„Und führen Geist und Herz dein Schwert in bester Absicht?"

„Engel sind nicht dazu gemacht worden, mit dem Herzen zu denken. Wir leben durch unseren Glauben. Was für Narren wären wir, an ihm zu zweifeln."

„Dennoch eröffnet der Glaube uns jetzt, eine Seite wählen zu können…"

Michael schüttelte energisch den Kopf. „Mit welchem Sinn?"

Gabriels Augen zeigten für einen Moment große Überraschung. „Michael...?"

„Ich will darüber nicht reden", bat er inständig. „Bitte, Gabriel ..."

Das Gesicht des anderen Erzengels verschwamm zu einer undurchsichtigen Maske voller Milde. Ein typisches Engelsgesicht. Und trotzdem erkannte Michael darin diesen kleinen Funken Missbilligung, den die meisten Engel wohl nicht bemerkt hätten. „Das solltest du aber."

„Ich halte meinem Schöpfer die Treue."

„Oh, das hoffe ich", murrte Gabriel.

Michael sah zu ihm und lächelte. Sanft, aber bestimmt griff er Gabriel bei der Schulter. „Ich halte *euch* die Treue." Manchmal war Gabriel sehr einfach zu durchschauen. Und, dass sie jetzt lächelte, bewies wieder einmal, dass Michael sich nicht täuschte.

„Es tut mir leid, dass ich dich provozieren wollte, Micha", gestand Gabriel, was Michael längst vermutet hatte. „Aber es wäre katastrophal, wenn noch einer von uns vergiftet würde."

Vergiftet. Tonlos formten Michaels Lippen das Wort. Es lag bitter auf seiner Zunge. *Vergiftet* – was für eine schöne Umschreibung. „Gäbe es doch ein Gegengift…", seufzte er.

„Ich habe eine neue Weinsorte gezüchtet!", erzählte Gabriel plötzlich. „Sobald die Schlacht geschlagen ist, wollen wir Saatgut auf die Erde bringen."

Michael brauchte einen Moment, um seine Verwunderung über den Themenwechsel zu überwinden, bevor er zögerlich antwortete: „Ob das so klug ist…?"

„Was meinst du?" Gabriel hob die Augenbrauen.

„Die Versuchung des Alkohols..."

„Der Wein ist kein Werkzeug des Versuchers!", beharrte sie empört.

„Und dennoch erliegen ihm selbst die gläubigsten Männer und tun unter seinem Einfluss gar untugendhafte, frevlerische Dinge…"

„Seit das Böse Namen und Gesicht hat, müssen wir umso mehr an Vaters Kinder glauben!" Gabriel klang sehr entschlossen. So entschlossen, dass Michael keine Lust verspürte, weiter mit ihr darüber zu diskutieren.

„Glauben. Ja", antwortete er deshalb kurz angebunden. Was konnten sie auch mehr tun? Sie kontrollieren? Das war keine Lösung...

„Schaffen wir es?"

„Wir haben ein Drittel verloren. Es darf nicht mehr werden", betonte Michael.

„Nein." Gabriel schüttelte den Kopf. „Ich meine nicht die Schlacht oder unsere Geschwister! Schaffen wir es, an die Menschen zu glauben?!"

„Ach so…" Michael zuckte mit den Schultern. „Werden wir sehen. Aber zuerst die Schlacht."

„Bist du dem gewachsen?"

Was sollte das? Wieso diese Frage? Er hasste diese Frage. „Ja, Gabriel. Mit Gottes Hilfe."

Das war keine ergiebige Antwort. Das wusste er. Aber es war das ultimative Ausweichmanöver. Denn dieser Schluss war allgemein als Ende einer Diskussion zu akzeptieren - nach himmlischem Protokoll durfte jetzt nicht mehr nachgefragt werden. Und tatsächlich, es funktionierte auch dieses Mal:

„Gut", meinte Gabriel. „Ich muss wieder zu den Cherubinen", verabschiedete sie sich. Das war ihre protokollgemäße Art, Michael zu zeigen, dass es ihr missfiel, das Protokoll zu befolgen. Da sie sich dann aber doch daran hielt, verlor sie - auch dieses Mal.

Der Griff des Schwertes lag gut und sicher in seiner Hand. Die Klinge durchschnitt die Luft, ein scharfes Surren erklang – wie eine Stimme.

Wieso?

Das Schwert hob sich, fuhr nieder.

Sag mir, wieso...

Heben. Niederfahren. Hochreißen. Seitlich. Schlagen. Stoßen.

Verrate die Engel. Verrate den Vater...

Tödlich. Kraft. Gewandtheit. Richtig abwägen, wie viel wovon wann eingesetzt werden musste.

Frevel genug.

Den eigenen Körper kontrollieren – oder ihn doch ziehen lassen? Die Zügel loslassen, um sie dann wieder einzufangen, um Effektivität zu steigern.

Aber...

Kreisen. Runde Bewegungen. Fließend. Durchschaubar. Mit Absicht.

... mich zu verraten...

Als Basis, um überraschend aus der Form zu brechen. Unerwartet. Fast Hinterhältig. Im Krieg war letztendlich alles erlaubt.

... wirst du bereuen!

Sein Atem wollte ausbrechen. Er hielt ihn in sich. Ein Schweißtropfen perlte von seiner Stirn.

Bitter bereuen!

„Michael!"

Er hatte das Schwert fallen gelassen. Erschrocken. Mehr über seine eigenen Gedanken als über die Anrede.

„Ah… Uriel…" Er seufzte und rang nach Luft. So hastig aus seiner Übung heraus geworfen, war er mehr als nur außer Atem. „Was… führt dich her?"

Der Erderzengel trat auf Michael zu, nahm den Saum seines Obergewandes und wischte dem kleineren Erzengel über die Stirn.

„Sieh in den Spiegel", riet Uriel und wies auf einen goldenen Rahmen an der Wand.

Etwas missmutig wandte Michael sich um. „Das ist mein Spiegelbild, ja." Was war daran jetzt so besonders?

„Sieh dich an."

„Ich bin verschwitzt. Ich übe mich in meinen Fähigkeiten."

„Sicher weise", pflichtete Uriel bei. „Dennoch…"

„Ich weiß, was du sagen willst", versuchte Michael, einer Konfrontation auszuweichen. „Ich werde meine Ruhe wieder finden, bis zur Schlacht."

„Darauf vertrauen wir alle, Michael." Der Erzengel nickte und setzte sich auf eine Bank in einer Ecke des Raumes.

Michael hob sein Schwert vom Boden auf und führte es zurück in die Scheide. „Ich muss meinen Stil verändern. Er gleicht dem des Gefallenen zu sehr."

Uriel lächelte müde. „Ja… und er wird das gleiche tun. Und da ihr euch so ähnlich seid, wird sich auch der neue Stil gleichen… Ich weiß, das willst du nicht hören."

„Schon gut." Michael löste das Schwert von seinem Gürtel.

„Aber es ist gut, dass du es so ernst nimmst."

Lob… Michael lächelte. Auch wenn Uriel ein Sonderling war, er war es, der auch lobte, wenn es sich anbot. Der himmlische Heerführer legte das Schwert in eine aus der Wand ragende, steinerne Halterung in Gestalt zweier ausgestreckter Hände.

„Michael… wenn die Schlacht geschlagen ist, werde ich gehen."

Michael fuhr herum. „Was?" Er konnte sein Entsetzen nicht verbergen.

„Meine Schwingen sind längst mit zu vielen Sünden behangen. Ich werde für den Himmel allmählich nicht mehr tragbar", erklärte Uriel. „Aber keine Sorge", wandte er dann angesichts Michaels fassungslosen Gesichtsausdrucks ein. „Ich bleibe dir und unserem Herrn treu. Ich ziehe mich nur auf die Erde zurück. Oder in die Vorhölle."

Michael schüttelte den Kopf.

„Michael, hör..."

„Du kannst nicht gehen!"

„Das hat nichts mit dir zu tun."

„Wir alle sind Sünden behangen", räumte Michael ein. Er wusste, dass das kein ziehendes Argument war. Es hätte ihn selbst auch nicht überzeugt.

„Ja, und wir alle führen unseren kleinen Kampf mit ihnen, suchen einen Weg, sie zu entschuldigen, zu akzeptieren oder mit ihnen umzugehen. Ich habe meinen Weg gewählt."

„Ach wirklich..." Michael sah den anderen nicht mehr an. Sein Blick hing wieder an dem Spiegel.

„Das hat nichts mit dir zu tun, Micha."

Zeit für Gabriels Kosenamen? Sah er wirklich so verzweifelt aus? War sein Körper wieder einmal nicht in der Lage, für ihn und mit ihm zu lügen?

„Ich weiß", murmelte er und hörte, dass er den Worten nur wenig Überzeugung verleihen konnte.

„Dann hör auf, dich schuldig zu fühlen. Du bist nicht für uns alle verantwortlich. Er war es auch nie." Letzteres zu sagen war riskant, das wusste Uriel. Michaels einsehendes Nicken gab Entwarnung.

„Du trägst deinen Namen zu Recht, Michael. Trotzdem bist du nicht allmächtig wie unser Vater. Aber wenn du das Schwert des Herrn führst, dann bist du seine Hand. Und ich denke nicht, dass Gott seine ihm treuen Kinder aufgeben wird."

Michaels Finger strichen über die kühle Oberfläche des Spiegels. „Ich lasse dich gehen, Uriel." Der Erzengel schloss die Augen. „Unter einer Bedingung... Diese Schlacht geht vorbei. Doch sollte es einst eine neue geben... kämpfe wieder an meiner Seite."

Uriel musterte den Heerführer schweigend. Dann nickte er. „Wir sehen uns bei der letzten Besprechung."

Sich entfernende Schritte. Gut.

Michael lehnte die Stirn an die kalte Oberfläche. Sie beschlug ein wenig. Gedanken verloren nahm er den Ärmel seiner Tunika und wischte den Spiegel wieder klar.

Seine Augen sahen matt und trüb auf ihr Abbild.

Quo vadeo? Quo vadis? Quo vademus? Luzifer...

Wind. Kalter Wind auf seiner Haut. Leere. Nichts.

Dann aber ein Leuchten. Kein Licht. Aber ein Leuchten. Und Wärme. Sogar ein Windschutz: Große Schwingen. Mit weißen Federn. Er wurde gehalten. Umschlungen. Von Schwingen. Und Armen.

Luzifer...

Wie oft traf er ihn hier. In einem Zustand zwischen Wachen und traulosem Schlaf. Irgendwo dazwischen tauchte immer wieder sein Schicksalsengel aus dem schwerelosen, schwarzen Nichts und packte ihn.

Nicht, dass es ihn störte. Nicht, dass er nicht darauf gewartet hätte.

Es gibt Träume, deren Ende man entgegensehnt. Und solche, deren Ende man verflucht. Dieser gehörte wohl zu letzteren Träumen. Ein schwaches Abbild der Realität. Und dennoch seine Rettung. Eine lebendige Erinnerung.

Deutlich spürte Michael die Umarmung des Älteren. Seine Gedanken kreisten umher – doch immer an den anderen gebunden:

Wieso bist du an einen Ort gegangen, an den ich dir nicht folgen kann?

Seine Stimme hallte durch die unendliche Leere seiner Traumwelt, in der es nur sie beide gab. Doch dann begannen die weißen Schwingen des Anderen, sich schwarz zu färben. Er sah Luzifer an. Doch er konnte das Gesicht des Engels nicht sehen.

Er wurde losgelassen. Etwas in ihm schrie auf, er wollte den anderen Engel festhalten. Aber seine Hände kamen seinem Wunsch nicht nach, er hatte keine Kontrolle über sie. Hilflos musste er ansehen, wie Luzifer sich entfernte.

Luzifer...

Tränen. Die Schwerelosigkeit setzte aus. Michael fiel.

Luzifer...

Tränen. Seine Flügel reagierten nicht. Konnten den Fall nicht abfangen.

Unter ihm tauchte die blau schimmernde Erde auf, kam immer näher. Und der Aufprall riss ihn aus seinem Schlaf.

„Lu-..." Keuchend grub sich seine Hand in das Federbett. Die Tränen wollten nicht aufhören zu fließen. Michael bedeckte sein Gesicht mit seinen Händen. Irgendwann würde er aus diesem Traum nicht mehr aufwachen... oder hoffte er auch darauf vergeblich?

„Wieso bin ich Michael? Kann ich nicht irgendein Engel sein?!", stammelte er verzweifelt und wollte zurück in die unwirkliche Welt seiner Träume.

„Hab Mut."

Michael schreckte hoch, wischte sich eilig über das Gesicht. „Was willst du hier, Raphael?"

Der Erzengel lächelte schwach. „Mich um einen Freund sorgen."

„Du also auch, Raphael?", fragte Michael und es gelang ihm, beinahe vorwurfsvoll zu klingen. Er erhob sich von seinem Bett und trat hinter eine Trennwand zu seinen Gewändern, um sich anzuziehen.

„Du musst das nicht tun", erinnerte Raphael mit gewichtiger Stimme.

„Ich werde nicht davonlaufen. Ich stehe zu meinem Wort."

„Und wir stehen hinter dir."

Mit einem Ruck zog Michael den Gürtel um sein weites Obergewand zu. „Das hoffe ich, Raphael. Das hoffe ich." Er trat wieder hinter der Trennwand hervor.

„Wir halten dir in der Schlacht den Rücken frei", versprach Raphael.

„Haltet lieber die Menschenfrau von mir fern."

„Lilith?"

Michael verdrehte die Augen und ging an Raphael vorbei zur Tür. „Wen sonst?"

Schnell hatte der andere Erzengel wieder zu ihm aufgeschlossen. „Gut."

Michael stutzte. Kein Nachhaken? Kein Kommentar? Etwas irritiert sah er zu dem himmlischen Heiler.

Doch dieser lächelte nur. „Geh mit Gott, Michael. Wir sehen uns morgen auf dem Feld."

Rätselnd sah Michael Raphael nach. Hatte er nun also auch seinen Vertrauenstest bestanden? Nein – er korrigierte sich selbst – Vertrauenstest war nicht das richtige Wort, denn seine Geschwister hätten ihm nie misstraut. Es war, wie sie sagten: Sie sorgten sich um ihn. Zu Recht, wie Michael sich eingestehen musste.

Luzifers Fall hatte ihn verändert, verunsichert und verletzt. Aber Luzifer hatte nicht gewonnen. Trotz aller seiner Bemühungen:

Michael, der zweite Engel, würde in der großen Schlacht für Gott kämpfen.

Bis bald!

Die nächsten Beiden Seiten zeigen einen Ausschnitt des Manga „*Carved in Stone*“ der brasilianischen Künstlerin Astasias, der in **Lemon Law 2** zu lesen ist.
Dieser Boys Love Sammelband **ab 18** wird außerdem zwei illustrierte Kurzgeschichten von Anne „Lail“ Delseit enthalten.

Neugierig geworden? Die wunderschön tragische Geschichte um den jungen Damien und den Seeteufel Wyvern könnt ihr in **Lemon Law 2** nachlesen.
ISBN-13: 978-3-939309-15-4